DARKLOVE.

THE GHOST BRIDE
Copyright © Yangsze Choo, 2013
Todos os direitos reservados.

Tradução para a língua portuguesa
© Leandro Durazzo, 2015

Published by arrangement with Lennart Sane Agency AB.
Publicado mediante acordo com Lennart Sane Agency AB.

Os personagens e as situações desta obra são reais apenas no universo da ficção; não se referem a pessoas e fatos concretos, e não emitem opinião sobre eles.

Diretor Editorial
Christiano Menezes

Diretor Comercial
Chico de Assis

Gerente de Novos Negócios
Giselle Leitão

Gerente de Marketing Digital
Mike Ribera

Editoras
Marcia Heloisa
Raquel Moritz

Editora Assistente
Nilsen Silva

Coordenador de Arte
Arthur Moraes

Capa e Projeto Gráfico
Retina78

Ilustração
Kamisaka Sekka
Katsushika Hokusai

Designer Assistente
Sergio Chaves

Finalização
Sandro Tagliamento

Revisão
Felipe Pontes

Impressão e acabamento
Ipsis Gráfica

DADOS INTERNACIONAIS DE CATALOGAÇÃO NA PUBLICAÇÃO (CIP)
Angélica Ilacqua CRB-8/7057

Choo, Yangsze
  A noiva fantasma / Yangsze Choo ; tradução de Leandro Durazzo. —
2. ed. — Rio de Janeiro : DarkSide Books, 2020.
  360 p. : il.

  ISBN: 978-65-5598-020-2
  Título original: The Ghost Bride

  1. Literatura norte-americana 2. Ficção 3. Fantasia
  I. Título II. Durazzo, Leandro

15-0525   CDD 813

Índices para catálogo sistemático:

1. Literatura norte-americana

[2020]
Todos os direitos desta edição reservados à
DarkSide® Entretenimento LTDA.
Rua Alcântara Machado, 36, sala 601, Centro
20081-010 — Rio de Janeiro — RJ — Brasil
www.darksidebooks.com

A Noiva Fantasma

Yangsze Choo

Tradução Leandro Durazzo

DARKSIDE

Este livro é para James

Malaia[1]
1893

Parte Um

[1] Nome geral da península malaia e de seus estados no período colonial. Compreende, atualmente, países como a Malásia e Cingapura. [As notas são do Tradutor, salvo indicação contrária.]

1

Certa noite, meu pai perguntou se eu gostaria de me tornar uma noiva fantasma. *Perguntar* talvez não seja bem a palavra. Estávamos em seu escritório, eu folheando um jornal e ele no sofá de vime. A noite estava quente e quieta, com mariposas voando em círculos pelo ar úmido, atraídas pela lamparina acesa.

"O que você disse?"

Ele fumava ópio. Aquele era o primeiro cachimbo da noite, então imaginei que ainda estivesse relativamente lúcido. Meu pai, com seus olhos tristes e a pele esburacada feito um caroço de damasco, era um erudito. Nossa família costumava ser bastante rica, mas nos últimos anos tinha decaído e agora estávamos no limiar da classe média.

"Uma noiva fantasma, Li Lan."

Prendi a respiração enquanto virava uma página. Era difícil dizer quando meu pai estava brincando. Às vezes eu não tinha certeza se ele mesmo sabia. Ele fazia pouco caso de assuntos sérios, como nosso orçamento minguante, dizendo que não se importava em vestir uma camiseta puída, nesse calor. Mas às vezes, quando o ópio o envolvia com seu abraço nebuloso, ele ficava quieto e distraído.

"Fizeram-me a proposta hoje", ele logo disse. "Pensei que você poderia gostar de saber."

"Quem propôs?"

"A família Lim."

Era uma das famílias mais ricas de nossa Malaca. A cidade era um porto, um dos mais antigos postos de comércio no Oriente. Nos últimos séculos, tinha sido submetida às leis de Portugal, Holanda e, finalmente, Grã-Bretanha. Um conjunto de casas baixas com telhas vermelhas se estendia ao longo da baía ladeado por coqueiros e com uma densa floresta terra adentro, cobrindo Malaia como um vasto oceano verde. A cidade de Malaca era muito calma, sonhando sob o sol tropical com o passado glorioso de quando era a pérola dentre as cidades portuárias dos Estreitos. Com o surgimento dos barcos a vapor, contudo, entrara em um elegante declínio.

Mas, comparada aos vilarejos da floresta, Malaca continuava o maior exemplo da civilização. Apesar do forte português destruído, tínhamos um correio, a prefeitura em Stadhuys, dois mercados e um hospital. Éramos, na verdade, o centro da administração britânica do estado. Entretanto, quando comparava isso ao que havia lido sobre as grandes cidades de Xangai, Calcutá ou Londres, eu tinha certeza de que éramos insignificantes. Londres, como o oficial do distrito contou uma vez para a irmã de nosso cozinheiro, era o centro do mundo. O coração de um enorme e deslumbrante império que se estendia tanto, de leste a oeste, que o sol nunca se punha. Por aquela remota ilha (muito úmida e fria, ouvi dizer), nós em Malaca éramos governados.

Como muitas raças se estabeleceram aqui por gerações – malaios, chineses, indianos e uma pitada de mercadores árabes e judeus –, nós mantivemos nossas próprias práticas e vestimentas. E, embora meu pai fale malaio e um pouco de inglês, ainda prefere o chinês para seus livros e jornais. Não importa que tenha sido meu avô quem deixou sua terra natal para fazer fortuna com os negócios aqui. O dinheiro da família ter escorrido por entre os dedos de meu pai foi muito ruim, ou duvido que ele consideraria a proposta dos Lim.

"Eles têm um filho que morreu há uns meses. Um jovem chamado Lim Tian Ching – você se lembra dele?"

Lim Tian Ching era alguém a quem eu tinha visto, talvez, uma ou duas vezes, em algum festejo. Tirando o nome de família rica, ele não causara qualquer impressão. "Certo que ele era muito jovem?"

"Não muito mais velho que você, imagino."

"E morreu de quê?"

"Uma febre, foi o que disseram. Em todo caso, ele é o noivo." Meu pai falou com cuidado, como se já lamentasse as palavras.

"E querem que eu me case com ele?"

Distraída, derrubei nanquim sobre a mesa de meu pai, a tinta se espalhando sobre os jornais em uma mancha negra de mau agouro. A prática de arranjar o casamento de uma pessoa morta era rara, e costumava ser feita para aplacar um espírito. Uma concubina falecida, que tenha gerado um filho, pode ser oficialmente casada para elevar seu status ao de esposa. Ou dois amantes que tenham morrido de forma trágica podem se unir depois da morte. Disso eu sabia. Mas casar alguém vivo com um morto era um caso incomum e, de fato, horrível.

Meu pai corou. Ele era, me contaram, um homem muito bonito até contrair varíola. Em duas semanas sua pele se tornou tão grossa quanto o couro de um crocodilo e ficou marcada por uma centena de crateras. Antes sociável, ele se retirou do mundo, deixou os negócios da família nas mãos de estranhos e mergulhou em livros e poemas. Talvez as coisas fossem melhores se minha mãe não tivesse morrido durante esse mesmo surto, deixando-me para trás com a tenra idade de quatro anos. A varíola passou por mim deixando apenas uma cicatriz atrás da orelha esquerda. Na época, um vidente disse que eu teria sorte, mas talvez estivesse sendo apenas otimista.

"Sim, é o que eles querem."

"Por que eu?"

"Tudo que eu sei é que me perguntaram se eu tinha uma filha chamada Li Lan e se você já era casada."

"Bom, não acho que isso vá me servir, de jeito nenhum." Esfreguei com força a tinta sobre a mesa, como se pudesse limpar o assunto daquela conversa. E como sabiam meu nome?

Estava prestes a perguntar quando meu pai disse "O quê, você não quer ser viúva aos dezoito anos? Passar a vida na mansão dos Lim, vestindo seda? Mas, provavelmente, não teria permissão para vestir cores vivas". Ele deu um de seus sorrisos melancólicos. "Claro que não aceitei. Como ousaria? Se bem que, se você não ligar para amor ou filhos, não seria tão ruim assim. Teria casa e roupas em todos os dias de sua vida."

"Estamos tão pobres assim?", perguntei. A pobreza havia pairado sobre nossa casa por anos, como uma onda que ameaça rebentar.

"Bom, não podemos mais nem comprar gelo."

Era possível comprar gelo do comércio britânico, apertado em pacotes com serragem e embrulhados em papel pardo. Eram restos de carga, tendo chegado aqui com os navios a vapor, todo o caminho desde o meio do mundo, e sendo usados para preservar a comida fresca nos carregamentos. Depois, os blocos de gelo eram vendidos para qualquer um que quisesse um pedaço do Ocidente congelado. Minha *amah*[1] tinha contado como, nos primeiros tempos, meu pai comprara algumas frutas exóticas para minha mãe. Um punhado de maçãs e peras crescidas sob os céus temperados. Eu não tinha memórias desses episódios, mas adorava tirar lascas de nossos eventuais blocos de gelo e imaginar que também aproveitara daquelas extravagâncias.

Deixei meu pai com o resto de seu ópio. Quando criança, eu passava horas em pé no escritório, memorizando poesia ou triturando tinta para que ele treinasse caligrafia, mas minhas habilidades com bordado eram péssimas e eu não tinha a menor ideia de como administrar uma casa, todas aquelas coisas que fariam de mim uma boa esposa. Minha *amah* fez o que pôde, mas havia limites para o seu conhecimento. Eu muitas vezes fantasiava sobre o tipo de vida que minha mãe tinha levado.

Assim que saí da sala, Amah me agarrou. Ela estava me esperando do lado de fora e me deu um susto enorme. "O que seu pai queria perguntar?"

Minha *amah* era muito miúda e velha. Era tão pequena que quase parecia uma criança: uma muito teimosa e tirânica que, apesar disso, me amava de todo o coração. Ela havia sido enfermeira de minha mãe antes de eu nascer e já teria o direito de se aposentar há muito tempo, mas ainda perambulava pela casa em suas calças pretas e blusa branca, como uma boneca de corda.

"Nada", eu disse.

"Era uma proposta de casamento?" Para alguém que alegava ser velha e surda, *amah* tinha um ouvido surpreendentemente apurado. Uma barata não podia atravessar um quarto escuro sem que ela pisasse em cima.

"Não exatamente." E, como ela não parecia convencida, completei: "Era mais um tipo de piada".

---

[1] Palavra chinesa, corresponde às funções de ama-seca e aia, empregadas acompanhantes na criação das crianças nas grandes casas.

"Uma piada? Desde quando seu casamento é piada? Casamento é muito importante para uma mulher. Dele depende todo o seu futuro, sua vida, crianças..."

"Mas não era um casamento de verdade."

"Uma concubina? Alguém quer você como concubina?" Ela balançou a cabeça. "Não, não, minha senhorita. Você deve ser esposa. Esposa número um, se possível."

"Não era para ser concubina."

"Então de quem veio a oferta?"

"Da família Lim."

Seus olhos se arregalaram até que ela parecesse um daqueles lêmures selvagens. "A família Lim! Oh! Minha senhorita, não foi à toa que você nasceu bela como uma borboleta", e assim por diante, e não sei mais o quê. Fiquei ouvindo com um tanto de diversão e aborrecimento enquanto ela continuava listando uma porção de qualidades que nunca tinha se dado ao trabalho de mencionar antes, até que parou de falar, de forma abrupta. "O filho da família Lim não morreu? Deve haver um sobrinho, então. Algum herdeiro, imagino."

"Não, foi uma proposta para o filho", falei com alguma relutância, temendo trair meu pai ao admitir que ele, por um momento, pudesse ter levado a sério um pensamento tão ultrajante. A reação da *amah* foi exatamente a esperada. No que meu pai estava pensando? Como os Lim ousavam insultar nossa família?

"Não se preocupe, Amah. Ele não vai aceitar."

"Você não entende! Isso é um azar muito grande. Você não sabe o que isso quer dizer?" Seu corpinho tremia. "Seu pai nunca deveria ter mencionado essa história para você, nem de brincadeira."

"Eu não estou aborrecida." E cruzei os braços.

"*Aiya*,[2] se pelo menos sua mãe estivesse aqui! Seu pai foi longe demais dessa vez."

Apesar de minhas tentativas de tranquilizar Amah, fui para a cama com um sentimento de desconforto, cobrindo a luminária para evitar as sombras tremeluzentes. Nossa casa era grande e velha, e desde nosso declínio financeiro não havia nem um décimo dos criados necessários para tomar conta dela. Na época de meu avô, a casa vivia cheia de gente. Ele tinha uma esposa, duas concubinas e várias filhas. O único filho

---

2 Interjeição de espanto, de origem cantonesa.

que sobreviveu, entretanto, foi meu pai. Agora, as esposas estavam mortas e enterradas. Minhas tias haviam casado muito tempo atrás e meus primos, com quem eu brincara quando criança, tinham se mudado para Penang junto com essa parte da família. Conforme nossa fortuna definhava, mais e mais quartos eram fechados. Eu me lembrava da agitação de servos e convidados, mas isso foi antes de meu pai se retirar do mundo e deixar que os parceiros de negócios o passassem para trás. Amah às vezes falava sobre aqueles tempos, mas sempre terminava amaldiçoando as besteiras de meu pai, seus péssimos amigos e, no fim das contas, o deus da varíola, que permitira que tudo isso acontecesse.

Eu não estava muito certa de acreditar em um deus da varíola. Não parecia muito correto que um deus se rebaixasse ao ponto de andar por aí soprando varíola através das janelas e portas das pessoas. Os médicos estrangeiros no hospital falavam sobre doença, surtos e quarentenas, uma explicação que me soava muito mais razoável. Às vezes eu pensava em me tornar cristã, como as damas inglesas que iam à igreja anglicana todo domingo. Nunca estive lá, mas parecia tão tranquilo, olhando de fora. E o cemitério deles, com aquele gramado verde bem arrumado e as lápides respeitáveis sob árvores *frangipani*,[3] parecia um lugar muito mais confortável do que os bagunçados cemitérios chineses empoleirados nas colinas.

Íamos ao cemitério no Qing Ming, o dia do festival dos mortos, para limpar a sepultura, honrar nossos antepassados, oferecer comida e queimar incenso. As sepulturas pareciam pequenas casas ou poltronas muito grandes, com asas em ambos os lados que circundavam uma placa central e um pequeno altar. Os caminhos que subiam as colinas eram cobertos por ervas e capim *lalang*, a planta que pode cortar o dedo, se você esfregar a borda. Tudo em volta eram sepulcros abandonados que as pessoas haviam esquecido ou que não tinham mais descendentes que pudessem cuidar deles. A ideia de prestar meus respeitos como viúva a um estranho me fez estremecer. E o que, exatamente, casar com um fantasma exigia? Meu pai havia tratado o assunto como uma piada. Amah não queria contar. Era tão supersticiosa que, para ela, nomear alguma coisa era o mesmo que fazer com que acontecesse. Eu, particularmente, esperava nunca precisar saber.

---

3   Também conhecida como pluméria, essa planta tem semelhanças com o jasmim-manga da América do Sul.

A Noiva Fantasma
Yangsze Choo

2

Tentei ao máximo esquecer a inquietante proposta dos Lim. Afinal, não era exatamente isso que alguém gostaria de ouvir como primeiro pedido de casamento. Sabia que eu deveria me casar um dia – que se aproximava cada vez mais –, mas a vida ainda não estava tão dura. Em comparação com a China, as coisas em Malaia eram muito mais tranquilas. Aqui, as chinesas não precisavam amarrar os pés. Na verdade, as outras etnias viam os pés amarrados como algo estranho e feio, que aleijava as mulheres e as deixava inválidas para o trabalho no lar. Quando os portugueses chegaram a Malaca, há mais de trezentos anos, já havia chineses aqui, embora o primeiro chinês que veio buscar riquezas não tenha trazido nenhuma mulher. Alguns tomaram malaias como esposas, o que gerou uma mistura de culturas conhecida como *peranakan*. As mulheres chinesas dos colonos eram frequentemente velhas, divorciadas ou viúvas, porque nenhuma outra se arriscaria em uma viagem tão longa e perigosa. Por isso, somos menos rígidos aqui e mesmo uma garota solteira, de boa família, pode andar pela rua. Acompanhada, é claro, por uma dama de companhia. De qualquer modo, a despeito do eterno interesse de meu pai por todas as coisas culturais da China, a verdade é que os britânicos eram a classe dominante aqui. Eles estabeleceram as leis e costumes, fundaram escritórios do governo e abriram escolas inglesas para os nativos. Nossos jovens mais brilhantes aspiravam a ser funcionários desse governo.

Gostaria de saber o que teria acontecido ao infeliz Lim Tian Ching, se ele teria desejado ascender a esse tipo de funcionalismo ou se essas coisas não estavam à sua altura, sendo filho de um homem rico. Seu pai era bem conhecido por possuir as concessões das minas de estanho, além das plantações de café e seringueira. Também me perguntava por que a família procurara meu pai, já que eu não possuía qualquer relação prévia com o filho deles.

Durante os dias seguintes, tentei fazer com que meu pai contasse mais sobre a conversa que tivera, mas ele se recusou, escondendo-se em seu escritório e, tenho certeza, fumando mais ópio do que devia. Estava com um ar vagamente constrangido, mas não mencionou em momento algum se sentia pesar pela situação. Amah também o incomodou. Sem ousar repreendê-lo diretamente, ia de um lado para outro com um espanador nas mãos, mexendo em vários objetos com uma torrente de resmungos em voz baixa. Incapaz de evitar suas investidas, meu pai acabava colocando o jornal sobre o rosto e fingia dormir.

O assunto parecia encerrado, mas alguns dias depois recebemos uma mensagem da família Lim. Era um convite da própria senhora Lim para que fôssemos jogar *mahjong*.

"Oh! Eu não jogo", respondi, sem poder me conter.

O criado que trouxera a mensagem simplesmente sorriu e disse que não havia importância, eu poderia ir e assistir. De fato, eu estava bastante curiosa para ver o interior da mansão dos Lim, e mesmo que mantivesse uma expressão azeda, Amah não conseguia parar de remexer em minhas roupas e cabelo. Intrometer-se nos assuntos alheios era sua segunda natureza e, como eu fora criada por ela, temia que essa também fosse uma de minhas qualidades.

"Bom, se você precisa ir, ao menos eles verão que você não é nenhum motivo de vergonha!", ela disse enquanto pegava meu segundo melhor vestido. Eu tinha dois bons vestidos: um de fina seda lilás, com florzinhas glória-da-manhã bordadas na gola e nas mangas, e outro verde-claro, com borboletas. Ambos haviam sido de minha mãe, e eu demorei a ganhar roupas de seda. A maior parte do tempo eu vestia um largo *cheong sam* de algodão, uma espécie de vestido comprido, ou um *sam foo,* blusa e calças usadas por garotas operárias. Quando os vestidos estivessem gastos, provavelmente tiraríamos os bordados para usá-los em outras roupas.

"E o que faremos em seu cabelo?", perguntou Amah, esquecendo que poucos instantes atrás desaprovava essa visita. Meus cabelos normalmente ficavam divididos em duas tranças, mas em ocasiões especiais o penteado era espetado com longos grampos. Isso me dava dores de cabeça, especialmente quando Amah me penteava, porque ela sempre estava determinada a não deixar um único fio escapar. Afastando-se um passo, avaliou seu trabalho e o arrematou usando dois grampos de ouro com borboletas de jade. Os grampos também eram de minha mãe. Depois, colocou alguns colares em meu pescoço: dois de ouro, um de granadas, outro de pérolas delicadas e outro, por fim, com um pesado disco de jade. Sentia-me sobrecarregada com tudo aquilo, mas não era nada se comparado ao que usavam as pessoas mais ricas. Mulheres tinham poucas garantias para além de suas joias, então mesmo as mais pobres ostentavam correntes de ouro, brincos e anéis como um seguro. Quanto às ricas... bom, muito em breve eu veria os trajes da senhora Lim.

A mansão dos Lim era distante da cidade, longe das ruas Jonker e Heeren, onde ricos comerciantes chineses haviam substituído os holandeses em suas lojas. Ouvi dizer que os Lim também possuíam uma dessas propriedades, mas haviam mudado a residência principal para onde os ricos estavam construindo suas novas habitações, em Klebang. Não era muito distante de nossa casa, embora eu tivesse ouvido que não se equiparava às vilas e bangalôs das quadras britânicas. Aquelas eram de fato grandes, com muitos criados, estábulos e enormes gramados verdes. A mansão dos Lim era bastante imponente, em estilo chinês. Amah pedira um riquixá[1] para que fôssemos até lá, ainda que eu pensasse ser um desperdício, já que podíamos ter andado. Ela argumentou que, de todo modo, ainda era uma distância considerável e não seria bom chegarmos cobertas de suor e poeira.

---

[1] Meio de transporte para poucos passageiros, consistindo em um carro de duas rodas, puxado por um homem.

Quando saímos, o sol havia começado a se abater sobre a tarde. Ondas de calor subiam da estrada, junto a nuvens de uma fina poeira branca. O condutor de nosso riquixá seguia em um trote constante, rios de suor escorrendo das costas. Sentia pena daqueles *coolies*[2] que se submetiam a esse tipo de trabalho. Era um jeito duro de ganhar a vida, ainda que fosse melhor do que trabalhar nas minas de estanho, onde eu ouvira dizer que a taxa de mortalidade era quase de um a cada dois. O puxador do riquixá era muito magro, com as costelas à mostra através da pele e pés descalços tão calejados que lembravam cascos. A visão daqueles homens estranhos me deixava desconfortável. Claro que eu não podia sair desacompanhada e devia tapar o rosto com um guarda-sol de papel quando, por acaso, saísse sozinha. Antes que meus pensamentos fossem muito adiante, entretanto, chegamos à mansão. Enquanto Amah dava instruções rígidas ao condutor para que nos esperasse ali fora, eu fitava as pesadas portas de pau-ferro que se abriam sem ruído, revelando um criado também silencioso.

Passamos por um pátio ladeado por vasos de porcelana com buganvílias plantadas. Apenas os vasos deviam ter custado uma pequena fortuna, tendo sido enviados da China acondicionados em baús com folhas de chá, para evitar que se quebrassem. O esmalte azul e branco tinha a qualidade límpida que eu vira nas poucas peças que meu pai ainda possuía. Se essas cerâmicas caríssimas eram deixadas ao relento, recebendo chuva e sol, então eu estava realmente impressionada. Talvez esse fosse o objetivo. Aguardamos em um grande saguão enquanto o criado se adiantava para nos anunciar. O chão era de uma padrão xadrez preto e branco, e a escadaria de madeira tinha balaustradas entalhadas. Em volta daquilo, muitos relógios.

Ah, os relógios! As paredes estavam cobertas por dezenas deles, de todos os estilos imagináveis. Os grandes ficavam no chão e outros, menores, em mesas de canto. Havia relógios de cuco, de porcelana, delicados relógios com folhas de ouro e um pequenino, do tamanho de um ovo de codorna. Suas faces de vidro e ornamentos de latão piscavam. Estávamos envolvidos pelo zumbido de suas engrenagens. O tempo, ao que parecia, dificilmente passaria despercebido nesta casa.

---

2   Classe de trabalhadores braçais, advindos sobretudo do Sudeste Asiático e da Índia, intensificada após o término oficial da escravidão nas colônias britânicas.

Enquanto eu admirava essa cena, o criado reapareceu e fomos conduzidas através de uma sequência de quartos mais afastados. A casa, como a maior parte das mansões chinesas, fora construída com uma série de pátios e corredores conectados. Atravessamos jardins de pedra dispostos como paisagens em miniatura e gabinetes repletos de mobílias antigas, até que ouvi as vozes de mulheres conversando e o ruído agudo das peças de *mahjong*. Cinco mesas haviam sido armadas e notei senhoras tão bem vestidas que ofuscavam minhas próprias roupas. Mas meus olhos estavam fixos na mesa principal, onde o criado segredava algo para uma dama que só poderia ser a senhora Lim.

À primeira vista, fiquei desapontada. Eu havia penetrado tão fundo em seus domínios que esperava, talvez de forma ingênua, nada menos que a Rainha do Céu. Em seu lugar estava uma mulher de meia idade com a cintura larga. Estava linda e severamente vestida em um *baju panjang* cor de nanquim para expressar luto. Seu filho morrera havia nove meses, mas ela manteria o luto pelo menos por um ano. A mulher sentada a seu lado quase a eclipsava. Também vestia azul e branco, cores de luto, mas o corte de seu elegante *kebaya* lembrava uma vespa, e seus grampos de cabelo, também com joias, davam-lhe o brilho de um inseto. Eu teria pensado que ela era a dona da casa, não fosse o fato de, como as outras mulheres à mesa, ela constantemente olhava para a senhora Lim procurando sua deixa. Mais tarde eu saberia que ela era a Terceira Esposa.

"Estou feliz que você tenha vindo", disse a senhora Lim. Ela tinha uma voz suave, estranhamente jovem e muito parecida com o arrulhar de uma pomba. Precisei me esforçar para ouvi-la no meio de tanto tagarelar.

"Obrigada, titia", respondi, do modo como nos dirigíamos a mulheres mais velhas, em sinal de respeito. Não estava certa se devia acenar com a cabeça ou me curvar. Como queria ter prestado mais atenção a essas delicadezas!

"Conheci sua mãe antes que ela se casasse, quando éramos crianças", disse a senhora. "Ela nunca mencionou?" Notando minha surpresa, a senhora Lim mostrou os dentes brevemente, em um sorriso. "Sua mãe e eu éramos parentes distantes." Isso eu nunca ouvira de ninguém. "Eu deveria ter perguntado por você antes", disse a senhora Lim, "foi um descuido de minha parte." Atrás dela, o jogo de *mahjong* recomeçava com uma rápida algazarra. Acenou para um criado que colocou, ao lado dela, um banco com assento de mármore. "Venha, Li Lan. Disseram-me que você não joga, mas talvez goste de assistir."

Sentei a seu lado, olhando suas peças enquanto ela fazia os lances, mordiscando docinhos que nunca paravam de chegar das cozinhas. Havia todos os tipos de meus *kuih* favoritos – os bolinhos *nyonya* cozidos em vapor, feitos de farinha de arroz e recheados com açúcar de palma ou pedaços de coco. Também havia uns biscoitos enroladinhos chamados cartas de amor e tortas de abacaxi em massa folhada. Tigelas de sementes de melancia torradas circulavam pelas mesas, junto a tiras de manga e mamão. Fazia muito tempo desde que víramos aquilo em minha casa, e não pude deixar de me deliciar como uma criança. Com o canto do olho eu via Amah balançando a cabeça, mas aqui ela não tinha poder para me fazer parar. Em dado momento, Amah desapareceu pela cozinha, para ajudar, e sem seu olhar de reprovação eu continuei comendo.

De tempos em tempos, a senhora Lim sussurrava algo para mim. Sua voz era tão suave que eu praticamente não a entendia. Eu sorria e concordava, o tempo todo olhando em volta com uma curiosidade maldisfarçada. Quase nunca me era dada a chance de sair em ambientes sociais. Se minha mãe fosse viva, eu poderia sentar a seu lado, deste jeito mesmo, olhando sobre seus ombros para as peças de marfim e futricando fofocas. Essas mulheres temperavam as conversas com referências dissimuladas a pessoas e lugares importantes. Com indiferença, comentavam o que pareciam ser débitos de jogo absurdos.

A senhora Lim deve ter me achado muito simples ou, pelo menos, pouco sofisticada. Percebi seus olhos de pombo me analisando com frequência. De um jeito estranho, isso parecia tranquilizá-la. Apenas muito mais tarde compreendi porque ela estava tão satisfeita com minha falta de jeito. Ao nosso redor, as senhoras conversavam e faziam apostas, braceletes de jade tilintando enquanto as peças do jogo chocalhavam. A Terceira Esposa havia mudado para outra mesa, o que era uma pena porque eu gostaria de tê-la observado um pouco mais. Ela era certamente bonita, embora tivesse a reputação de ser difícil, como Amah ouviu em uma conversa dos criados. Não vi nem sinal de uma Segunda Esposa, apesar de que eu soubera que Lim, como prerrogativa de um homem rico, mantivera outras concubinas menores com quem não se preocupara em casar. Havia quatro filhas de diferentes esposas, mas nenhum filho. Dois morreram ainda crianças e o último,

Lim Tian Ching, fora enterrado havia pouco menos de um ano. Eu quisera perguntar a Amah como ele tinha morrido, mas ela não queria discutir esse assunto, dizendo que não havia qualquer utilidade em se interessar pelo rapaz já que eu nunca casaria com ele. Com as coisas postas daquele modo, o único herdeiro era o sobrinho de Lim.

"Na verdade, ele é o herdeiro de direito", disse Amah, durante o caminho até a mansão.

"Como assim?"

"Ele é filho do primogênito. O senhor Lim é apenas o segundo filho. Herdou as posses quando o irmão mais velho morreu, mas prometeu criar o sobrinho e fazê-lo seu herdeiro. Conforme o tempo passava, entretanto, as pessoas começaram a dizer que ele não pretendia ignorar os próprios filhos. Mas o que importa, esse assunto? Não há mais nenhum filho do próprio senhor Lim."

Não podia deixar de sentir certa excitação enquanto pensava sobre toda essa teia de parentescos. Era um mundo de riqueza e intriga bastante parecido com os livrinhos de romance que meu pai tanto desdenhava. Claro que Amah desaprovaria! Mas eu sabia que ela, no fundo, também estava fascinada. Aquilo era tão diferente da nossa miséria doméstica. Era deprimente pensar nas complicações em que vivíamos havia anos, sempre tentando aproveitar o máximo das coisas e nunca comprando nada novo ou bonito! O pior de tudo era que meu pai nunca fazia nada. Já não saía atrás de contratos ou administrava os próprios negócios. Havia desistido de tudo e se enclausurado no escritório, eternamente copiando seus poemas favoritos e escrevendo tratados obscuros. Mais tarde, passei a perceber que estávamos todos no mesmo barco.

"Você parece triste." A voz da senhora Lim me puxava de volta. Nada parecia escapar a seu olhar. Ela tinha olhos claros para uma chinesa, pupilas redondas e pequenas como as de um pássaro.

Corei. "Esta casa é tão viva, comparada à minha."

"Você gosta daqui?", ela perguntou.

Fiz que sim com a cabeça.

"Diga-me", continuou, "você tem algum amado?"

"Não." Olhei fixamente para minhas mãos.

"Bom", ela falou. "Uma moça jovem não deve ser tão mundana." Dirigiu-me um de seus rápidos sorrisos. "Minha querida, espero que você não se ofenda com tantas perguntas. Você me lembra demais sua mãe, e até eu própria, quando mais jovem."

Evitei perguntar sobre suas filhas. Havia umas poucas jovens nas outras mesas, mas todas me haviam sido apresentadas de forma muito rápida, então tive alguma dificuldade em perceber quem era prima, amiga ou filha de quem.

O jogo continuou, mas como eu não era jogadora, pouco tempo depois comecei a me sentir inquieta. Quando pedi licença para usar o banheiro, a senhora Lim ordenou que uma criada me acompanhasse. Ela estava no meio de uma mão muito boa no jogo, e eu esperava que continuasse assim por um tempo. A criada me conduziu por várias passagens até uma pesada porta de madeira *chengal*, que acabei lascando ao sair. Minha guia ainda esperava do lado de fora, pacientemente. Olhou para a porta sem muita atenção e saiu para atender a um chamado no corredor.

Saí de fininho, um pouco nervosa. A casa fora construída com uma série de pátios para onde os quartos estavam virados. Atravessei uma pequena sala de estar, depois uma com mesa de mármore meio servida para uma refeição. Ouvindo vozes, virei com pressa para outro corredor que me levou a um pátio onde havia um pequeno tanque, com flores de lótus inclinando as pontas em meio aos caules verdes. Uma atmosfera abafada, onírica, envolvia tudo. Eu sabia que deveria voltar antes que me perdesse, mas ainda assim fiquei lá.

Enquanto observava as vagens das flores, que pareciam os bocais de um encanamento, ouvi um som suave e débil. Talvez eu estivesse perto da sala dos relógios, afinal. Perambulando por ali, entrei no que parecia um escritório. A porta aberta dava para o pátio, mas o interior era escuro e frio. Um pouco cega pela mudança brusca na claridade, esbarrei em alguém que trabalhava debruçado sobre uma mesa baixa. Era um homem jovem, com trajes surrados de algodão anil. Molas e engrenagens se espalharam pela mesa e chão, rolando para os cantos.

"Mil perdões, senhorita...", ele me lançou um olhar de desculpas.

"Eu ouvi o som", falei, sem jeito, ajudando-o a recolher as pecinhas da melhor maneira que pude.

"Você gosta de relógios?"

"Não entendo muito disso."

"Bem, sem essa peça aqui e essa outra, o relógio para completamente de funcionar", disse, recolhendo as entranhas brilhantes de um relógio de bolso. Com uma pinça, juntou duas engrenagens bem pequeninas.

"Você pode consertar isso?" Eu realmente não deveria estar conversando com um homem jovem, ainda que fosse um criado, mas, tendo ele voltado a se debruçar sobre a mesa, eu estava mais à vontade.

"Não sou um perito, mas consigo recolocar essas coisas juntas. Meu avô me ensinou."

"É uma habilidade útil", eu disse. "Você poderia abrir sua própria loja."

Nisso, olhou curioso para mim e sorriu. Quando o fez, suas sobrancelhas grossas se juntaram e rugas apareceram no canto de seus olhos. Senti as bochechas queimando.

"Você limpa todos os relógios?"

"Às vezes. Também faço um pouco de contabilidade e entrego recados." Ele me olhava diretamente. "Vi você ao lado do tanque."

"Oh." Para esconder meu desconforto, perguntei "Por que há tantos relógios nesta casa?"

"Alguns dizem que era um hobby, talvez até mesmo uma obsessão do velho mestre. Era ele quem colecionava todos esses relógios. Não podia descansar enquanto não tivesse adquirido um novo exemplar."

"Por que todo esse interesse?"

"Bem, relógios mecânicos são muito mais precisos que relógios d'água, que contam o tempo gota a gota, ou velas que precisam queimar o sebo para marcar as horas. Esses relógios ocidentais são tão exatos que podemos usá-los para navegar através das longitudes, não apenas latitudes. Você sabe o que isso quer dizer?"

Eu sabia, sim. Meu pai me havia explicado, uma vez, como mapas náuticos eram marcados na horizontal e na vertical. "Não era possível navegar com longitude, antes?"

"Não. Antigamente, todas as rotas marítimas tinham apenas latitudes. É que essa é a forma mais fácil de estabelecer um curso. Mas imagine que você está em alto-mar, apenas com um sextante e uma bússola. Você precisa saber exatamente que horas são para conseguir encontrar a posição relativa ao sol. Por isso estes relógios são tão fantásticos. Com eles, os portugueses navegaram todo o caminho até aqui, desde o outro lado do mundo."

"Por que não fizemos isso, também?", perguntei. "Devíamos tê-los conquistado antes que chegassem a Malaia."

"Ah, Malaia é apenas um fim de mundo. Mas a China podia ter feito isso. Os capitães da dinastia Ming navegaram até a África usando apenas latitudes e pilotos que conheciam as águas locais."

"Sim", respondi, animada. "Eu li que trouxeram girafas para o Imperador, mas ele não estava interessado em terras bárbaras."

"E agora a China está em declínio, e Malaia é só mais uma colônia europeia."

Suas palavras tinham uma ponta de ressentimento. Fiquei curiosa, porque seus cabelos eram muito curtos e ele não tinha o topo da cabeça raspado ou a longa trança que alguns homens ainda mantinham, mesmo depois de deixarem a China. Isso era sinal de que pertencia a uma classe social extremamente inferior ou se rebelava contra as práticas tradicionais. Mas o jovem simplesmente sorriu. "Seja como for, há muitas coisas para aprender com os britânicos."

Havia muitas outras coisas que gostaria de perguntar, mas de repente me dei conta de que estava demorando demais. Além disso, não importava quão educado ele pudesse ser, ainda era impróprio conversar com um jovem estranho, mesmo que fosse um servo.

"Preciso ir."

"Espere, senhorita. Você sabe para onde está indo?"

"Eu vim do salão de *mahjong*."

"Deveria acompanhá-la de volta?" Ele começou a se levantar da mesa e não pude deixar de notar a facilidade com que se movimentava.

"Não, não." Quanto mais pensava sobre meu comportamento, mais desconcertada me sentia e mais tinha certeza de estar errada. Praticamente corri para fora da sala. Saí em disparada através de várias passagens e acabei indo para outra parte da casa. A sorte estava a meu lado, entretanto. Enquanto eu estava ali, parada sem saber o que fazer, a mesma criada que me acompanhara ao banheiro reapareceu.

"Oh, senhorita", ela disse. "Saí um minuto e, quando voltei, você havia sumido."

"Peço desculpas", disse, ajeitando o vestido. "Acabei me perdendo."

Quando voltei à sala de *mahjong*, o jogo ainda estava em andamento. Retomei para meu lugar, mas a senhora Lim pareceu nem notar. Pela quantidade de fichas empilhadas em sua frente, ela deveria estar ganhando bastante. Após um tempo, despedi-me polidamente e, para minha surpresa, a senhora Lim se ergueu para me acompanhar à saída.

No caminho de volta à porta de entrada, passamos por um criado que preparava objetos funerários para serem queimados em um dos pátios. Eram pequenas efígies em arame e papel colorido que seriam queimadas para que o finado as recebesse no mundo dos mortos. Cavalos de papel para que o morto montasse, grandes mansões de papel, servos, comida, montanhas de dinheiro falso, carruagens e até mobiliário em miniatura. Era um pouco incomum ver esses bens dispostos daquela forma, já que costumavam ser queimados apenas em funerais e durante o Qing Ming, o festival dos mortos. O devoto poderia, de todo modo, queimá-los a qualquer tempo em honra a seus antepassados, já que eles ficariam mais pobres no mundo dos mortos se essas oferendas não fossem feitas. Sem descendentes ou enterros apropriados, os mortos vagariam incessantemente como espíritos famintos, incapazes de renascer. Apenas no Qing Ming, quando as oferendas gerais eram queimadas para afastar o mal, esses desafortunados recebiam um pouco de alimento. Eu sempre vira aquilo como uma ideia bem assustadora, e olhava com desconfiança para esses objetos funerários, a despeito das cores alegres do papel e dos modelos muito bem detalhados.

Enquanto andávamos, estudei a senhora Lim discretamente. A claridade do pátio revelava marcas sob seus olhos e a pele flácida das bochechas. Ela parecia terrivelmente cansada, embora sua postura desmentisse tal fraqueza.

"E como está seu pai?", perguntou.

"Está bem, obrigada."

"Ele fez algum plano para você?"

Baixei a cabeça. "Não que eu saiba."

"Mas você está na idade de casar. Uma garota como você já deve ter recebido inúmeras propostas."

"Não, titia. Meu pai vive um tipo de vida bem reclusa." E já não somos ricos, completei para mim mesma.

Ela suspirou. "Gostaria de lhe pedir um favor." Prestei atenção, mas aquilo era estranhamente inofensivo. "Você se importaria de me emprestar a fita de seu cabelo? Pensei em usá-la para fazer um novo *baju*."

"Claro." Desatei a fita. Não era nada demais. Tinha um tom de rosa comum, mas quem era eu para negar-lhe o pedido? Ela agarrou a fita com a mão tremendo.

"A senhora está bem, titia?", ousei perguntar.

"Tenho tido dificuldades para dormir", respondeu com sua pequena voz emplumada. "Mas acredito que vá passar logo."

Assim que nos abrigamos no riquixá, Amah começou a ralhar comigo. "Como você pôde se comportar daquele jeito? Comendo tanto e fuçando em todos os lados – não sei dizer o que é maior, sua boca ou seus olhos! Devem ter pensado que você é uma gansa. Por que não foi encantadora, falando de coisas agradáveis e os elogiando? *Cheh*,[3] você se comportou como uma menina de *kampung*, uma camponesa, e não uma filha da família Pan!"

"Você nunca me disse que eu era encantadora!", respondi, espetando seus comentários, ainda que estivesse secretamente aliviada por Amah estar na cozinha durante meu longo passeio pela casa.

"Encantadora? Claro que você é encantadora. Você era capaz de cortar borboletas de papel e recitar poemas antes de qualquer outra criança em nossa rua. Eu nunca disse isso antes porque não queria que você ficasse convencida."

Era um raciocínio típico de Amah. Mas ela estava repleta de fofocas da cozinha e se distraiu bem rápido, especialmente quando contei que a senhora Lim pedira minha fita. "Bem, é um pedido engraçado. Ela não tem mandado fazer roupas novas nos últimos meses. Talvez, quando o período de luto chegar ao fim, vá arranjar um casamento para o sobrinho."

"Ele ainda não é casado?"

"Nem mesmo comprometido. Dizem que o mestre devia ter arranjado um casamento para ele antes, mas que postergou essa aliança porque queria conseguir um bom casamento para o próprio filho, primeiro."

"Que injustiça."

"*Aiya*, é assim que as coisas são neste mundo! Agora que o filho está morto, eles sentem remorso por não terem casado o sobrinho. Além disso, provavelmente querem encontrar um novo herdeiro o mais rápido possível. Se o sobrinho morrer, não haverá mais nenhum herdeiro."

Eu estava um pouco interessada nessa história, mas meus pensamentos voltaram para outro momento da tarde. "Amah, quem toma conta dos relógios daquela casa?"

"Dos relógios? Um dos criados, imagino. Por que quer saber?"

"Só curiosidade."

"Olha, os criados dizem que a senhora Lim está muito interessada em você. Ultimamente anda fazendo uma porção de perguntas sobre você e nossa casa."

---

3   Interjeição malaia de desaprovação, possivelmente de origem cantonesa.

"Será que tem a ver com o casamento fantasma?" Por alguma razão, as pilhas de objetos funerários vieram à minha mente e estremeci.

"Ninguém sabe sobre aquilo!" Amah estava indignada. "Foi uma conversa particular com seu pai. Talvez ele tenha entendido mal, inclusive. Com todo aquele ópio!"

Embora possa ter fumado muito, eu duvidava que meu pai estivesse fora de si naquele dia. Simplesmente retruquei: "A senhora Lim andou me fazendo algumas perguntas, também".

"Que tipo de perguntas?"

"Se eu amava alguém, ou se era comprometida."

Amah tinha o ar de satisfação de um gato quando apanha um lagarto. "Ótimo! Os Lim têm tanto dinheiro que talvez uma boa criação interesse mais que a fortuna da família."

Tentei argumentar que parecia improvável eles deixarem passar a chance de conseguir uma nora rica em meu favor. Também não consegui explicar a sensação de desconforto que senti na senhora Lim. Mas Amah estava alheia a tudo, se comprazendo em seus próprios devaneios.

"Devíamos levar você mais vezes a eventos sociais. Se as pessoas souberem que a família Lim está interessada, logo haverá mais propostas de casamento." Amah era muito esperta em vários aspectos. Teria sido uma comerciante excelente.

"Amanhã compraremos tecido para lhe fazer roupas novas."

3

Naquela noite, fui cedo para a cama, sentindo cansaço e empolgação. Estava quente, então abri as persianas. Amah não gostava que eu abrisse tanto as janelas à noite, alguma coisa a ver com o ar da noite ser prejudicial. Mas, fora do período das monções, podia ficar bastante sufocante.

Quando apaguei a lamparina, a luz da lua foi aumentando devagar, até que todo o quarto se encheu de um brilho frio e pálido. Os chineses consideram a lua como sendo *yin,* feminina e cheia de energias negativas, enquanto o sol é *yang,* representando a masculinidade.[1] Eu gostava da lua, com seus raios suaves e prateados. Era ao mesmo tempo difusa e cheia de truques, e qualquer objeto que rolasse pelas frestas de um quarto dificilmente seria encontrado. Livros lidos nessa luz continham toda sorte de histórias fantásticas, que simplesmente não estavam mais ali na manhã seguinte. Amah dizia que não era bom costurar à luz da lua, porque estragaria minha vista e colocaria em risco a chance de um bom casamento.

---

[1] *Yin e yang* correspondem às polaridades do fluxo de energia (*qi*) na tradição chinesa, especialmente em suas bases taoístas.

Se eu fosse casada, não me importaria que meu marido fosse como o jovem que eu conhecera aquele dia. Repassei nossa breve conversa inúmeras vezes, lembrando de seu tom de voz, da viva confiança em seus comentários. Eu tinha gostado da seriedade com que ele falara comigo, sem a condescendência avuncular que vinha dos poucos amigos de meu pai. O pensamento de que ele poderia compartilhar de meus interesses ou mesmo compreender minhas preocupações gerava uma palpitação esquisita em meu peito. Se eu fosse homem e encontrasse uma serviçal que me agradasse, ninguém poderia me impedir de comprá-la. Homens fazem isso todos os dias, mas é muito mais difícil para as mulheres. Ouvi histórias sobre concubinas infiéis que foram estranguladas ou tiveram as orelhas e narizes cortados e jogadas na rua, como mendigas. Eu não conhecia ninguém a quem tais atrocidades tivessem acontecido, mas de forma alguma podia me encontrar com aquele jovem. Ou, pior ainda, me apaixonar por ele. Mesmo meu pai, relaxado como era, não permitiria um relacionamento com um criado.

Suspirei. Eu mal o conhecia, era tudo esperança e especulação. Embora, se eu fosse casada, meu marido também seria um estranho para mim. Não era assim, necessariamente, para todas as garotas de boa família. Algumas famílias faziam uma aliança bem cedo, outras consideravam que os jovens poderiam se conhecer e mesmo se apaixonar. Em nossa família, de todo modo, não era assim. A reclusão de meu pai significava que ele não tinha mais amigos com filhos, e não me arranjara qualquer casamento. Pela primeira vez, pareci entender o motivo de Amah estar sempre brava com ele por causa desse assunto. O contraste entre a compreensão dessa negligência e a afeição que eu sentia por meu pai foi doloroso. Eu tinha poucas perspectivas de casamento e estava condenada à meia-vida de uma solteirona. Sem marido, eu afundaria na pobreza e falta de refinamento, desprovida até do conforto e respeitabilidade de ser mãe. Confrontada por esses pensamentos deprimentes, enterrei o rosto no fino travesseiro de algodão e chorei até adormecer.

Tive um sonho curioso. Perambulava pela mansão dos Lim, embora tudo estivesse parado e silencioso. Estava claro, mas não havia sol, apenas a branquidão de um nevoeiro ao meio-dia. E, como um nevoeiro, partes da casa desapareciam conforme eu passava e tudo atrás de mim ficava encoberto por uma fina película branca. Como acontecera durante aquele dia, no sonho eu passava por pátios com vasos finamente trabalhados, corredores escuros e ecos de salas de visitas, apesar de não haver os sons de vozes distantes, nem criados se movendo por ali. Rápido, eu percebia que não estava sozinha. Alguém me seguia, observando por detrás das portas ou espiando através das balaustradas do andar superior. Comecei a correr, tomando um caminho atrás do outro, até que eles passaram a ter uma semelhança apavorante.

Por fim, eu chegava em um pátio com um tanque de lótus, bem parecido com o que eu vira de verdade, embora as flores no sonho tivessem um ar artificial, como se estivessem enterradas no lodo feito uma porção de palitos de incenso. Enquanto eu estava ali parada, pensando no que fazer, alguém se aproximou pelo meu lado. Virei e vi um estranho jovem. Trajava uma magnífica e antiquada túnica formal, que descia até seus tornozelos. Nos pés, curiosamente curtos e largos, usava pretas sapatilhas de ponta. As roupas eram tingidas com tons extravagantes, mas o rosto era bastante desinteressante, com um queixo frágil e um punhado de marcas de espinha. Olhou-me com um sorriso solícito.

"Li Lan!", disse, "estava tão ansioso para vê-la de novo!"

"Quem é você?", perguntei.

"Você não lembra de mim? Já faz bastante tempo, mas eu lembro de você. Como pôde esquecer?", ele indagou, com um floreio. "Suas belas sobrancelhas, como mariposas. Seus lábios, pétalas de hibisco."

Conforme ele sorria, eu era tomada por náuseas. "Quero ir para casa."

"Oh, Li Lan, não", ele disse. "Por favor, sente-se. Você não faz ideia do tanto que estive esperando por este momento."

Com um gesto, uma mesa apareceu, repleta de todo tipo de comida. Frango cozido, melões, coco caramelado, bolos de todas as qualidades. Como suas roupas, os alimentos eram intensa e enjoativamente coloridos. As laranjas pareciam borrões de tinta, enquanto um prato de bolos de pandano[2] eram o mar turbulento antes de um tufão. Amontoada em pirâmides, essa fartura lembrava desconfortavelmente oferendas funerárias. Ele insistiu para que eu aceitasse uma xícara de chá.

"Não estou com sede."

---

2   Bolo de origem malaia no qual se utiliza o sumo do pandano, planta responsável pelo sabor e coloração esverdeada do doce.

"Sei que você é tímida", disse a criatura irritante, "mas servirei uma xícara para mim. Vê? Não é delicioso?" Bebeu, com todo o ar de agrado.

"Li Lan, minha querida, como você não sabe quem eu sou? Sou Lim Tian Ching! O herdeiro da família Lim. Vim cortejá-la."

O enjoo foi aumentando até me deixar tonta.

"Você não está morto?"

Assim que perguntei, o mundo se contraiu como se estivesse sendo amassado. As cores se apagaram e o contorno das cadeiras ficou embaçado. Então, rápido como um elástico que tivesse sido esticado, tudo voltou ao que era antes. A luz branca e a comida sobre a mesa novamente brilharam. Lim Tian Ching fechou os olhos, como se doessem.

"Querida", ele disse, "sei que é um choque para você, mas não vamos nos apegar a isso."

Balancei a cabeça, obstinada.

"Sei que você é uma criatura delicada", continuou. "Não desejo lhe causar nenhum sofrimento. Tentaremos de novo, em outra ocasião."

Ele tentou sorrir conforme desaparecia. Juntei toda a força de vontade que pude para tentar acordar. Era como me arrastar no lodo de um mangue, mas as cores pouco a pouco foram desbotando até sumir, até que eu percebesse o luar sobre meu travesseiro e a dormência em minhas mãos, onde apoiara a cabeça.

Mal consegui dormir o resto da noite. Meu corpo estava coberto de suor, meu coração acelerado. O que eu realmente queria era cruzar o corredor e me refugiar, como uma criança, na cama de Amah. Eu costumava dormir perto dela quando era pequena, e o cheiro forte de *White Flower Oil*[3] que ela passava contra as dores de cabeça me confortava. Se eu fosse agora, entretanto, Amah ficaria preocupada. Ela me daria uma bronca e me encheria de todo tipo de panaceias. Mesmo assim, a solidão e o pavor que senti quase me convenceram a perturbá-la, até lembrar que ela era uma mulher incorrigivelmente supersticiosa. Qualquer menção a Lim Tian Ching a preocuparia por dias. Perto do amanhecer, finalmente caí em um torpor desconfortável.

Pensei em contar a Amah sobre o sonho, mas meus medos pareciam menos preocupantes à luz do dia. Havia sido apenas o resultado de

---

3   Unguento de origem chinesa utilizado na península malaia para aliviar sinusite e dores musculares.

pensar demais na família Lim, disse a mim mesma. Ou comer muita comida de rico. Também não queria admitir para Amah que eu ficara pensando em maridos antes de dormir. Aquele encontro com o jovem que consertava relógios fizera com que eu me sentisse culpada.

Na noite seguinte, fui para a cama com receio, mas não tive sonhos. Depois de algumas noites sem que nada mais acontecesse, esqueci aquela história. Meus pensamentos estavam, de todo modo, dedicados a outra coisa. Ainda que tenha tentado evitar, eles voltavam o tempo inteiro à conversa com o limpador de relógios. Pensava no quanto ele parecera entender sobre aquilo e como era uma pena que um homem assim fosse um criado. Tentava imaginar a sensação de passar minhas mãos por seu cabelo cortado. Quando encontrei um tempo livre, fiquei observando os ângulos de meu rosto em um pequeno espelho laqueado que fora de minha mãe. Enquanto eu crescia, meu pai prestava pouca atenção em minha aparência. Ele estava mais interessado em minhas opiniões sobre pinturas e na vivacidade de minha caligrafia. Às vezes, mencionava que eu parecia com minha mãe, mas essa observação parecia lhe causar mais tristeza do que alegria, e ele se recolhia. Minha *amah* raramente fazia elogios e quase sempre encontrava defeitos para apontar, mas eu sabia que ela se jogaria sob um carro de bois para me salvar.

"Amah", perguntei, uns dias depois, "qual era o parentesco de minha mãe com a senhora Lim?"

Voltávamos para casa depois de comprar material para um novo vestido. De algum modo, Amah conseguira o dinheiro para aquilo. Envergonhada, não consegui perguntar de que poupança pessoal ela havia tirado o necessário para aquela extravagância. Todas as *amahs* economizavam seus salários para a aposentadoria. Elas eram uma classe especial de empregadas, às vezes chamadas de "branco e pretas" por causa das roupas que usavam: uma blusa branca, chinesa, sobre calças negras de algodão. Algumas eram solteiras que haviam se recusado a casar, outras eram viúvas sem filhos e que não tinham outros meios de se manter. Quando se tornavam *amahs*, cortavam os cabelos curtos e passavam a fazer parte de uma irmandade especial. Pagavam uma taxa e guardavam lá suas economias. Em troca, depois de uma vida de trabalho para os outros, passavam a velhice na Casa da Associação, onde eram servidas, alimentadas e vestidas até o fim de seus dias. Esta era uma das poucas opções de atenção na velhice que uma mulher sem família e filhos tinha.

Eu suspeitava que Amah estivesse gastando seu dinheiro comigo. Isso era vergonhoso. Se nossa família realmente ficasse sem dinheiro, ela deveria procurar outra ocupação para si. Ou poderia simplesmente se aposentar. Amah já era velha o suficiente para isso. Se eu fizesse um bom casamento, ela poderia me acompanhar como minha criada pessoal, como fora de minha mãe depois que ela se casou. Agora, olhando sua figura mirrada trotando a meu lado, sentia uma onda de afeição. Apesar de sua rigidez exasperante, que muitas vezes me fazia querer fugir de seu controle, ela era absolutamente leal.

"Sua mãe e a senhora Lim eram primas de segundo ou terceiro grau, creio."

"Mas a senhora Lim falou como se conhecesse minha mãe."

"Talvez. Mas eu não acho que elas tenham sido próximas. Eu lembraria. A senhora Lim era filha da família Ong, que fez fortuna construindo estadas para os ingleses."

"Ela disse que brincavam juntas quando crianças."

"Disse? Talvez uma ou duas vezes, mas ela não era uma das amigas próximas de sua mãe. Disso estou certa."

"Por que ela diria algo assim, então?"

"Quem sabe o que uma *tai tai*[4] rica pensa?", Amah sorriu de repente, o rosto enrugado como uma tartaruga. "Tenho certeza de que ela tem seus motivos. Os criados dizem que não é uma casa ruim. Claro, eles ainda estão de luto pelo filho. Foi uma grande decepção quando ele morreu, ano passado."

"Ela teve outros filhos?"

"Outros dois, mortos na infância. Há filhas das segunda e terceira esposas, no entanto."

"Eu vi a Terceira Esposa, mas não a segunda."

"Ela morreu quatro anos atrás, de malária." Esta doença era um flagelo para nós, em Malaia, uma febre constante nas veias do povo. Os malaios faziam fogueiras para que a fumaça mantivesse a doença longe, e os hindus ofereciam grinaldas de jasmim e cravo-de-defunto a seus deuses, pedindo por proteção. Os ingleses diziam, entretanto, que a doença era transmitida por mosquitos. Pensar sobre insetos me fazia lembrar da Terceira Esposa, com seus olhos brilhantes e grampos com joias.

---

4   Termo chinês que designa uma mulher casada, rica e que não tem necessidade de trabalhar.

"Conte-me sobre a Terceira Esposa", pedi a Amah. "Ela parece complicada."

"Aquela mulher! Ela não era ninguém quando o mestre a desposou. Ninguém nem sabe de onde ela veio. Alguma cidade distante ao sul, talvez Johore ou até Cingapura."

"As esposas ficam juntas?"

Só homens ricos podiam sustentar muitas esposas, e esse costume se tornava cada vez menos frequente. Os britânicos não gostavam disso. Pelo que ouvi, as *mems*[5] eram quem mais se colocavam contra a prática. Naturalmente desaprovavam que seus homens tivessem amantes e se tornassem nativos. Eu não podia dizer que as culpava por isso. Também não gostaria de ser uma segunda esposa. Ou uma terceira, ou quarta. Se esse fosse o caso, eu preferiria fugir e doar minha vida à Associação de Amah.

"Tanto quanto se pode esperar. E há toda aquela competição para ver quem consegue gerar um herdeiro. Felizmente para a senhora Lim, ela parece ter sido a única que conseguiu."

"E o filho, Lim Tian Ching, como ele era?" Senti um calafrio, apesar do calor do dia, enquanto lembrava do sonho. Amah normalmente evitava falar sobre ele, mas pensei que valia a pena tentar tirar algo dela hoje.

"Mimado, ouvi dizer."

"Também acho", deixei escapar sem querer, mas ela não reparou.

"Dizem que ele não era tão capaz quanto o sobrinho. *Aiya*, não faz sentido discutir esse assunto. É melhor não falar mal dos mortos."

---

5   Corruptela da palavra inglesa *madam* (dama, senhora). Oriunda da Índia britânica, essa expressão designava as mulheres inglesas que chegavam ao território indiano como esposas. Os nativos da Índia as chamavam de *ma'am* (por sua vez, já uma corruptela de *madam*), palavra depois transformada em *mem*.
Seu uso na península malaia correspondia ao mesmo significado, ou seja, mulheres britânicas ou outras mulheres brancas.

4

A premonição de Amah sobre fazer um vestido novo se mostrou muito acertada quando, alguns dias depois, recebi outro convite para ir à mansão Lim. Dessa vez, meu pai também foi convidado. Em comemoração ao iminente Festival do Duplo Sete, haveria uma apresentação particular, com música e performances, para amigos e familiares. Não havia muitos lugares públicos de entretenimento a que mulheres de boa família pudessem comparecer, de modo que festas em casa eram organizadas de tempos em tempos. Amah sempre contava sobre o pátio de nossa casa, que era completamente desobstruído para que os homens contratados por meu avô pudessem montar um palco temporário. É desnecessário dizer que esses eventos eram inexistentes nos últimos anos, então eu estava bastante empolgada com a perspectiva. Meu pai consentira em ir. O mestre Lim havia sido parte de seu antigo círculo de contatos de negócios, e o relacionamento entre eles, ainda que esporádico, era cordial. Para falar a verdade, eu não sabia com quem meu pai ainda mantinha contato. Às vezes ele me surpreendia.

O sétimo dia do sétimo mês do calendário lunar era um festival para celebrar o romance de dois amantes celestiais – o vaqueiro e a tecelã. Amah me contara essa história quando eu era pequena.

Muito tempo atrás, havia um vaqueiro sem nada além de um velho boi que lhe fazia companhia. Um dia, sem aviso, o boi começou a falar e disse ao vaqueiro que ele poderia conseguir uma esposa se ficasse escondido ao lado de uma lagoa e esperasse pelas tecelãs celestiais. Enquanto elas tomavam banho, o vaqueiro escondeu as roupas. Quando uma das donzelas se afastou do grupo, procurando as roupas, o homem se aproximou e a pediu em casamento. Apesar desse cortejo esquisito, foi um casamento feliz, que deu a eles dois filhos. Naturalmente, aconteceu de o boi mágico morrer algum tempo depois. Nesse ponto da história eu explodia em perguntas. Amah ignorava meus protestos e continuava a contar sua velha lenda. Ela era uma contadora afetada, que sempre repetia as histórias exatamente com as mesmas palavras, toda vez.

Quando o boi mágico morreu, disse ao vaqueiro que guardasse seu couro para um tempo de necessidade. E, logo, a Rainha do Céu se enraiveceu por uma de suas melhores tecelãs ter casado com um mortal e ordenou que a trouxessem de volta. Em desespero, o vaqueiro cobriu a esposa com o couro do boi, escondendo seus dois filhos em cestas na ponta de um poste. Para impedir que o vaqueiro os alcançasse, a Rainha do Céu desenhou um rio entre eles, com seu grampo de cabelo. Era a Via Láctea. Ainda assim, uma vez a cada ano, as aves pegas da terra ficam com pena dos amantes e fazem uma ponte que eles possam cruzar para se ver. Essa é a conjunção das estrelas Altair e Vega, no sétimo dia do sétimo mês.

Quando Amah me contou essa história, não consegui entender porque uma tragédia dessas era considerada uma festa para namorados. Não havia final feliz, só uma espera interminável às margens de um rio. Parecia uma maneira horrível de passar a eternidade. Mas eu estava mais interessada no boi. Como ele sabia que as donzelas celestiais estavam vindo? Como ele podia falar? E, mais importante, por que o boi tinha que morrer? Amah nunca me deu respostas realmente satisfatórias. "O importante na história são os amantes, sua criança boba", ela dizia, e a festa era mesmo organizada para meninas jovens, que participavam de competições em que precisavam colocar linha em uma agulha à luz do luar, lavar o rosto com água de flores e cantar canções celebrando o trabalho de costura. Nunca tive a chance de tomar parte nessas atividades femininas, no entanto, porque outra coisa que se fazia no Festival do Duplo Sete era expor livros ao sol.

O sétimo dia do sétimo mês também era considerado particularmente bom para arejar livros e pergaminhos velhos. Como meu pai possuía uma quantidade enorme de ambos, essa era nossa maior ocupação no festival. Mesas eram colocadas no pátio e sua coleção era deixada lá, ao sol, virando-se os papéis para garantir que ficassem bem secos. É importante prestar atenção para não deixar que a tinta desbote. Ainda lembro da sensação quente e suave do papel nas minhas mãos e do brilho de suas cores intensificadas pelo sol. Nosso clima era quente e úmido, um ambiente hostil às bibliotecas. Muitas vezes encontrei traças começando a consumir os papéis e tive de dar um jeito de me livrar dessas pragas. É por isso que minhas lembranças do Festival do Duplo Sete estão intrinsecamente ligadas ao cheiro de papel mofado. Mas este ano seria diferente. Eu imaginava que os Lim fossem comemorar em grande, grande estilo.

A apresentação era à tarde, para que fosse seguida pelo jantar. Passei a manhã separando as poucas boas joias que tinha, e Amah passava o vestido novo com um ferro a carvão pesado, até que o tecido estivesse lisinho. Eu raramente vestia *kebaya*, mas gostaria de fazê-lo com mais frequência porque era algo muito agradável. A camisa, ou *baju,* ajustada na cintura era feita de fino algodão branco, com rendas enfeitando a parte da frente e as bainhas. Na frente, o *baju* era preso com três broches de ouro no formato de flores, ligados uns aos outros por correntinhas também de ouro, enquanto o *sarong*, descendo até os tornozelos, era estampado com batique em padrões trançados de folhas verdes e flores rosas e amarelas. Depois de banhada, vestida e com o cabelo arrumado por Amah, eu mal podia me reconhecer. Quando olhei no espelho, parecia que alguém no canto da sala estava me observando. Virando a cabeça, não pude ver nada fora do comum. Mas, novamente no espelho, eu tinha a clara impressão de uma figura parada perto do grande guarda-roupas. Inquieta, continuei encarando-o o máximo que consegui. Amah se aproximou e percebeu minha expressão aflita.

"Que azedume é esse? Ninguém vai casar com você se fizer essa cara!"

Não tive coragem de contar que pensei ter visto alguém no espelho, então fingi um sorriso, mesmo que o prazer que eu tivera com minha aparência estivesse amortecido depois daquilo.

No salão de entrada da mansão Lim, tive o primeiro vislumbre do mestre daquela casa. Lim Teck Kiong era baixo e encurvado, um pouco obeso, mas tinha uma personalidade imponente. Saudou meu pai alegremente e me observou com interesse.

"Então, eis sua filha! Onde você a esteve escondendo?"

Meu pai sorriu e murmurou uma resposta evasiva, lançando o olhar pela sala com certo ar de familiaridade. Ele devia ter vindo aqui muitas vezes, quando minha mãe era viva.

Não tive muito tempo antes de ser conduzida para fora, para a companhia das outras mulheres. Seguindo o Islã, as classes superiores de Malaia mantinham suas senhoras em *purdah*[1] e a nenhum homem, exceto aos familiares diretos, era permitido vê-las sem véu. Os chineses locais não observavam essas normas tão rígidas de segregação sexual, embora a intimidade entre jovens fosse desencorajada.

A casa estava cheia de gente. Crianças corriam descalças, agitadas, lembrando-me de minha própria infância, quando meus primos e eu corríamos pelos pátios de nossa casa. Mas meus primos haviam ido há muito tempo para Penang, junto com minhas duas tias, assim que seus maridos se mudaram. Eu recebia apenas cartas esporádicas, especialmente depois que três deles se casaram. Criados passavam depressa, carregando bandejas. Olhei em volta para ver se reconhecia algum deles, mas o que eu conhecia parecia não estar ali. Um palco fora montado no pátio principal. "Ouvi que uma famosa cantora de ópera fará uma apresentação particular hoje", uma senhora jovem me disse. Seu rosto parecia um bolinho de massa, mas tinha uma expressão simpática. Havíamos sido apresentadas antes, mas eu não lembrava seu nome.

"Você é Pan Li Lan, não é? Eu sou Yan Hong, a filha mais velha da casa." Gaguejei algumas desculpas por ter esquecido seu nome. Ela sorriu. "Agora que sou casada, não moro mais aqui. Mas eu venho muitas vezes para cá, ajudar com as coisas e mostrar-lhes seus netos."

"Quantos filhos você tem?"

"Três", ela disse, esfregando a lombar. "Meu mais velho já tem sete anos, mas os mais novos mal conseguem andar."

Nisso, a senhora Lim passou por nós. "A apresentação ainda vai demorar um pouco para começar. Por que vocês não pegam alguns refrescos?" Ela ainda me parecia doente, embora tivesse passado um pouco de ruge em sua tez pálida.

---

[1] Outro nome para burca, a vestimenta que cobre todo o corpo das mulheres muçulmanas.

"Sua mãe está bem?", perguntei a Yan Hong.

Ela riu. "Ela não é minha mãe. Minha mãe é a Segunda Esposa."

"É difícil eu me acostumar com uma casa tão cheia de gente."

"Seu pai tem apenas uma esposa?", perguntou.

"Sim. Ele nunca casou de novo."

"Sorte sua."

Imaginei que fosse estranho ter uma madrasta, ou duas. Mas Yan Hong não conhecia meu pai, nem sabia que o deus da varíola havia tirado quase tudo o que ele tinha. "Meu pai perdeu o interesse pela vida depois que minha mãe morreu. Nunca tivemos tantas pessoas como vocês têm aqui."

Ela fez uma careta. "Parece bom, não parece? Mas eu jamais gostaria de ser uma segunda esposa. Se meu marido cogitar a ideia de casar outra vez, eu o abandono."

"Você seria capaz?" Quieta, pensei sobre sua convicção. Mas ela era de uma família rica e poderosa, o que provavelmente lhe dava certa dose de confiança com relação ao marido.

"Oh, eu estou te assustando. Casamento não é tão ruim, e meu marido é um homem bom. Acredite se quiser, eu sou perdidamente apaixonada por ele." Ela riu. "Não queriam que nos casássemos, porque ele era muito pobre, mas eu sabia que era inteligente. Conseguiu uma bolsa de sua Associação de Clã e foi estudar em Hong Kong com meu primo."

Olhei-a com um interesse renovado. Eu sabia que alguns filhos de homens ricos iam estudar em Hong Kong, ou até mesmo na Inglaterra, e voltavam médicos ou advogados. Se eu fosse menino, teria gostado de fazer isso, como contei a ela.

"Oh, não sei", ela disse. "A viagem pode ser perigosa por causa dos tufões. E, uma vez lá, a vida pode ser difícil." Ela parecia prestes a dizer algo mais, mas pressionou os lábios. Eu havia escutado sobre a agitação em Hong Kong, apesar do domínio britânico, e estava curiosa para saber o que ela queria dizer, mas ela disse somente que seu marido tinha estudado na nova faculdade de medicina de Hong Kong, fundada pela Sociedade Missionária de Londres.

"Venha", disse Yan Hong. "Vamos achar algo para comer."

Seguimos em direção a um grande salão interno, onde músicos tocavam. Eu estava maravilhada pela música. O *er hu* era um violino chinês de duas cordas, tocado com um arco de crina de cavalo. As cordas eram de aço e a caixa acústica era feita com pele de cobra. Isso dava ao instrumento uma qualidade particularmente perturbadora, como uma voz cantando. O pequeno grupo tocava música folclórica, e o tom era tradicional e alegre.

"Você gosta do *er hu*?", Yan Hong perguntou.

"Sim, gosto." Um músico cego costumava tocar na rua, perto de nossa casa, e o som melancólico do instrumento sempre representara, para mim, crepúsculo e acalanto. Hoje, havia dois músicos tocando *er hu* e um tocando *yang qin*, que os acompanhava no toque do saltério. Para minha surpresa, um dos músicos tocando *er hu* não era ninguém menos que o jovem que eu vira consertando os relógios. Sentado em um banco baixo, com o instrumento apoiado na vertical, à sua frente, seus dedos dançavam sobre as cordas, enquanto a outra mão conduzia o arco. Mesmo com uma túnica de algodão, eu podia ver a largura de seus ombros quando ele se debruçava sobre o instrumento e o desenho de seu tronco, afinando-se até o quadril. Já devia estar absorta havia algum tempo, quando percebi que Yan Hong me fizera uma pergunta.

"Desculpe, eu estava ouvindo a música."

Ela parecia se divertir. "Ouvindo ou vendo?"

Fiquei envergonhada. "Eles são mesmo bons, não são?"

"Sim, para amadores. Meu pai gosta de música e incentiva o pessoal de casa a tocar."

"Quem são eles?"

"O mais velho do *er hu* é meu terceiro tio, e no *yang qin* é seu filho. O outro é meu primo."

Primo! Desviei o olhar para esconder a confusão. Sentia meu coração batendo como um tambor. A música havia parado, mas eu ainda podia ouvir o sangue pulsando em minhas têmporas. Constrangida, peguei um grande *kuih ungku*, um bolo vermelho cozido recheado com pasta de soja. Quando olhei de novo, ele estava parado ao lado de Yan Hong.

"Li Lan, este é meu primo Tian Bai."

Nós não demos as mãos para cumprimentar, como ouvi dizer que os ingleses faziam, mas, quando ele me olhou, senti um raio percorrendo meu corpo.

"Além de limpar relógios", ele disse, "também toco um pouquinho de música."

Yan Hong olhou para o primo. "Do que você está falando?" Virando-se para mim, ela disse: "Li Lan é a filha da família Pan."

Tentei engolir meu *kuih*, mas ele ficou entalado na garganta.

"Você está bem?", perguntou Tian Bai.

"Estou", respondi, com o máximo de dignidade que pude reunir.

"Vou buscar um pouco de água para você", falou Yan Hong, correndo atrás de um criado que passava com uma bandeja.

Tian Bai tinha uma pequena ruga nos cantos dos olhos, como uma dobra em um lençol recém-lavado. "Tive um trabalhão para descobrir quem era você", ele disse. "Você simplesmente fugiu, no outro dia."

"Eu já estava demorando demais." Estava muito envergonhada para admitir que pensara ser ele um criado, mas tinha um péssimo pressentimento de que, ainda assim, ele sabia.

"Você não gosta de *mahjong*?"

"Nunca aprendi a jogar direito. Parece uma perda de tempo."

"E é. Você não faz ideia do quanto de dinheiro algumas dessas mulheres conseguem perder no jogo."

"Mas no que mais elas empregariam seu tempo?"

"Não sei. Livros, mapas, talvez relógios?"

Eu mal me atrevia a olhar em seus olhos, mas ainda assim seu olhar me puxava como uma mariposa atraída pelas chamas. Eu tentava não parecer boba ou desinteressante. Um homem que cruzou oceanos certamente ficaria entediado com conversa fiada. Mas ele não dava sinais de estar aborrecido, perguntando sobre os livros que eu já lera e sobre o que eu sabia de cartas náuticas.

"O mundo está quase todo mapeado", ele disse. "Ainda há umas poucas zonas desconhecidas: o interior do continente africano, os polos. Mas as grandes massas de terra já estão mapeadas."

"Você soa mais como um explorador do que como um médico."

Ele riu. "Foi Yan Hong quem lhe disse isso? Receio que nunca terminei o curso de medicina, embora o marido dela tenha. Meu tio me chamou de volta antes que eu tivesse concluído. Mas é verdade que eu teria preferido me tornar explorador."

"Esse não um sentimento muito chinês."

A China havia evitado viagens marítimas no passado, desprezando o contato com povos bárbaros e se ocupando apenas de seus próprios assuntos. Até nós, chineses no exterior, aprendíamos que a China era o centro do universo. Os ingleses se impressionavam com a velocidade com que as notícias da China chegavam até nós, nesta colônia distante. As associações de clã tinham mensageiros navegando em juncos velozes, e eles trocavam informações antes que os ingleses, com seus espiões e assentamentos em Cantão e Pequim, pudessem fazer o mesmo.

"Talvez eu não seja subordinado o suficiente", ele disse, com um sorriso. "As pessoas volta e meia reclamam disso."

"Reclamam do quê?" Yan Hong reapareceu com um copo d'água.

"De minha desobediência."

Ela franziu as sobrancelhas em uma falsa expressão de aborrecimento. "Você está conversando com a senhorita Pan há tempo demais. A apresentação já vai começar e o pai está procurando por você. Corra, ou ele não vai conseguir encontrar bons lugares."

Eu queria poder lembrar mais da apresentação de ópera. Disseram-me que foi muito boa. Uma companhia famosa estava na cidade e fora contratada para essa apresentação particular, em que encenaram algumas passagens da ópera sobre o Vaqueiro e a Tecelã, mas eu quase não prestei atenção. De onde estava, sentada entre as mulheres, tentava secretamente olhar para Tian Bai. Podia ver seu tio, Lim Teck Kiong, sentado na frente de um grupo de cavalheiros importantes, mas ele não estava no meio. Finalmente, pude vê-lo nos fundos, arrumando algumas cadeiras para convidados atrasados. Não era de se admirar que ele fosse considerado útil na família. Será que sua vida mudara desde que Lim Tian Ching, o primogênito da casa, havia morrido um ano antes?

Pensar no morto me trazia uma sensação opressiva, como se o ar fosse arrancado de meus pulmões. Meu pai nutria desdém por assuntos como fantasmas e sonhos. Costumava citar Confúcio, que dizia ser melhor não saber sobre fantasmas e deuses, mas focar a atenção no mundo em que vivemos. Ainda assim, os pensamentos sobre Lim Tian Ching se sobrepuseram à apresentação. Praticamente não vi os atores enquanto eles pulavam e atuavam em minha frente, os rostos elaboradamente pintados e os figurinos todos enfeitados com penas. Quando ergui novamente o rosto, cruzei meu olhar com o de Tian Bai, do outro lado do pátio. Ele me observava de um jeito indecifrável.

O jantar que se seguiu foi de primeira qualidade. Mesmo o arroz era da safra mais recente do ano, com grãos tenros e suculentos. Em casa, comprávamos apenas arroz velho, porque era mais seco e rendia mais porções por *kati*.² Eu estaria satisfeita de comer apenas o arroz branco, mas havia tantas outras iguarias para provar: chaputa cozida, com as escamas prateadas cobertas por molho de soja e óleo de cebolinhas; pombos fritos; tiras macias de água-viva salpicadas de sementes de gergelim. E eu estava maravilhada por ver meu preferido: *kerabu*, um prato de brotos refogados com cebolinha, pimentas e camarõezinhos secos banhados em leite de coco.

Depois do jantar houve jogos para as damas no pátio. A filha da casa e suas incontáveis primas mostraram suas habilidades com a costura, primorosas e foram elogiadas por suas belas aparências. Mantive-me no canto, tímida. Ninguém me dissera nada sobre isso, então não trouxera nada para apresentar. Em todo caso, minha habilidade de costura era bastante primária e se restringia a remendar coisas. Havia tanta gente se apresentando que certamente ninguém se incomodaria caso eu não participasse, mas em pouco tempo ouvi Yan Hong chamando.

"Li Lan, venha! Junte-se à competição de costura!"

As lâmpadas haviam sido apagadas e a radiância prateada do luar permeava o pátio, banhando todos com seu brilho pálido. Uma mesa fora preparada com uma série de conjuntos de agulhas e linhas. As jovens solteiras competiam para ver quem era capaz de passar linha em todas as agulhas primeiro. Quando assumi meu lugar, fui empurrada pela garota ao lado, uma moça corpulenta e de feições grosseiras. Ela me olhou com desdém, correndo o olhar frio sobre mim.

"Prontas?", gritou Yan Hong. "Senhoritas, comecem!"

Havia cinco agulhas à minha frente, de vários tamanhos, desde uma grande até uma bem pequena. Passei a linha rapidamente pelas três primeiras, mas as últimas duas eram difíceis. As garotas suspiravam e reclamavam de modo afetado. Sob o luar oscilante, quanto mais eu cerrava os olhos, menos enxergava, então passei a usar a ponta dos dedos para encontrar os buracos das agulhas, do mesmo jeito que costumava procurar pelos buracos de traça nos manuscritos de meu pai. A linha passou pela agulha e acenei a mão, animada. "Aqui!"

---

2 Medida de peso, de origem malaia, adotada por companhias britânicas. Corresponde a cerca de setecentos gramas.

Fui parabenizada pelas outras garotas. Minha vizinha com cara de cavalo suspirou e deu de ombros. Fiquei me perguntando o que eu fizera para ofendê-la, mas logo esqueci, excitada como estava. Houve outros jogos, como decoração de lanternas e canto, e no fim da noite eu não conseguia pensar em nenhuma ocasião em que tivesse me divertido tanto nos últimos tempos. Quando estávamos indo embora da mansão Lim, meu pai reparou em meu rosto radiante.

"Você se divertiu?"

"Sim, pai, me diverti de verdade."

Ele sorriu com tristeza. "Esqueci o quão rápido você cresceu. Em minha mente, você ainda é uma menininha. Devia ter dado um jeito de colocá-la em mais interações sociais, depois que seus primos foram para Penang."

Não gostei de ver aquela sombra passar novamente em seu rosto. Meu pai parecia ter se divertido naquela noite e aproveitado a apresentação. Uma vez, ouvi Amah dizendo ao cozinheiro que, quando minha mãe morreu, parte de meu pai morreu também. Ela falara aquilo de uma forma um tanto teatral, sem dúvida, mas quando eu era mais nova tomava suas palavras literalmente. Não era de se admirar que às vezes ele vagueasse, conforme a linha tênue que o ancorava no presente se desfazia. Quando eu era pequena, muitas vezes me sentia culpada ao vê-lo com problemas. Naturalmente, os filhos homens eram melhores. Todo mundo dizia isso. Mas suspeito que, mesmo que eu fosse um menino, não seria capaz de consolá-lo pela perda de minha mãe.

A Noiva Fantasma
Yangsze Choo

5

Pensar sobre meus pais me deixou em um estado de espírito melancólico antes de ir para a cama. Amah sempre dizia que pensar demais me deixava com aparência pálida e doente. Claro, ela era perfeitamente capaz de, no instante seguinte, ralhar comigo por eu sair ao sol e arruinar minha aparência. Ela nunca parecia incomodada por sua habilidade de ter duas opiniões contrárias ao mesmo tempo. Algumas vezes, eu gostaria de ter esse tipo de convicção displicente. Meu pai era seco ao observar que Amah não tinha dificuldades em reconciliar seus pontos de vista porque ela aprendera tudo como se fossem dogmas, e isso era ao mesmo tempo reconfortante e aprisionador. Eu achava isso duro demais. Amah pensava sobre as coisas – apenas não da mesma forma que o pai. Sua mente ricocheteava entre pragmatismo e superstição. De algum modo, eu dera um jeito de existir entre os mundos do pai e de Amah, mas o que eu realmente pensava? Esses pensamentos rodaram em minha mente até que eu afundei em um sono inquieto.

Estava em um pomar de pessegueiros. As folhas eram de um verde deslumbrante e as frutas penduradas nos ramos eram rosas e brancas, brilhantes como alabastro. As árvores, propriamente, eram monótonas em sua semelhança, como se tivessem sido copiadas de uma pintura. Não me surpreendia que houvesse pessegueiros em Malaia, embora só os tivesse visto representados em pergaminhos da China. Com um sentimento de pavor, eu via como eles se prolongavam em todas as direções, com todos os horizontes parecendo exatamente iguais. De trás das árvores soava uma ária de ópera, a mesma que fora cantada naquela noite pelos atores na mansão dos Lim. O som era abafado e estridente, como se viesse de uma distância enorme. Não havia profundidade ou vivacidade nele. Como se a música anunciasse sua presença, Lim Tian Ching surgiu por entre as árvores, um ramo de pessegueiro na mão.

"Li Lan, querida! Posso presenteá-la com este símbolo floral?"

Ele estirou o ramo para mim, mas eu me sentia sufocada, como se o ar houvesse desaparecido.

"O quê? Nenhuma palavra de agradecimento? Você não sabe quão impaciente eu venho esperando para vê-la outra vez. Afinal de contas, o Festival do Duplo Sete é para namorados."

Relutante, encontrei-me caminhando com ele por sob as árvores. Ele flutuava a meu lado com uma curiosa marcha inumana, e foi apenas com muito esforço que consegui parar.

"Como é que você me conhece?", perguntei.

"Eu a vi ano passado, no Festival do Barco Dragão. Você estava no cais, atirando bolinhos de arroz na água. Que elegante, que graciosa você estava!"

Surpresa, lembrei-me de que realmente havia ido com meu pai ao festival, que celebrava o suicídio de um poeta. Em seu pesar, as pessoas comuns jogavam bolinhos na água, para que os peixes não comessem o corpo do poeta.

Lim Tian Ching continuou: "Oh, minha querida, não faça essa cara. Essa carranca estraga seus traços. Sério, fiquei impressionadíssimo com você. Claro, eu já vi minha cota de belas garotas", ele riu, dissimulado, "mas havia algo em você que era diferente. Tão refinada. Deve ser influência de seu pai. Ouvi dizer que ele era um homem muito bonito, antes da varíola".

Tomando meu silêncio por consentimento, ele continuou com o flerte grotesco. "Perguntei para todo mundo sobre você. Disseram que era a filha da família Pan. Se as circunstâncias não me houvessem sobrepujado...", e, nesse ponto, ele pareceu realmente melancólico, "eu já a teria cortejado há muito tempo. Mas não se desespere, agora temos todo o tempo do mundo para isso."

Chacoalhei a cabeça.

"Li Lan, sou um homem de palavras simples", ele disse. "Você seria minha noiva?"

"Não!" Precisei de todas as forças para formar aquela palavra.

Ele pareceu magoado. "Certo, certo", disse. "Não seja tão apressada. Sei que eu devia ter me aproximado de você através de seu pai. Na verdade, pedi que minha mãe fizesse isso para mim e conseguisse algum objeto seu para que pudéssemos nos encontrar aqui."

Imediatamente lembrei da fita de cabelo que a senhora Lim me havia pedido. Gaguejei, sentindo a garganta seca como se estivesse cheia de *kapok*, a espécie de algodão que usamos para estofar colchões e almofadas.

"Eu não posso me casar com você."

Seu rosto se contraiu. "Eu sei, é um pouco difícil comigo estando...", e balançou as mãos, como se não quisesse completar a frase, e continuou: "mas isso não é problema. Muitos amantes têm conseguido superar esse obstáculo."

"Não!"

"Como assim, não?" Ele parecia irritado. "Teremos um grande casamento. E, depois, ficaremos juntos." Parou e sorriu. Era um sorriso horrível e presunçoso. O ar queimava em meu peito. Os pessegueiros se confundiam em uma névoa de verde e rosa. Ouvia vagamente os gritos de Lim Tian Ching, mas me forcei a acordar com cada gota de força de vontade que tinha, até estar sentada na cama, tremendo e suando.

Queria vomitar, cuspir a bílis de todo aquele encontro pernicioso. Eu, que fora tão bem-educada por meu pai para não acreditar em espíritos, confessava para mim mesma, no calar da madrugada, que Amah estava certa. O fantasma de Lim Tian Ching entrara em meus sonhos. Sua presença indesejada havia violado os recessos de minha alma. Eu estava tão apavorada que me encolhi sobre a cama e enrolei os cobertores em volta de mim, sem me importar com o calor sufocante, até que amanheceu.

Naquela manhã, fiquei na cama por um longo tempo, pensando se eu estava enlouquecendo. Havia um louco que, às vezes, vagueava por nossa rua, o corpo macilento mal coberto por trapos. Murmurava para si próprio, sem parar. Seus olhos tinham pupilas estreitadas que o faziam parecer um pássaro alucinado. Eu já dera a ele algumas poucas moedas. Às vezes ele as guardava, outras vezes as lambia ou jogava fora. Amah dissera que ele conversava com os mortos. Será que eu estava destinada a me tornar como ele? Eu nunca ouvira falar sobre loucura em nossa família, apenas cochichos sobre o triste colapso de nossa casa. Certo, Amah e o Velho Wong, nosso cozinheiro, tinham suas aversões esquisitas, como com a escadaria principal da casa. Mas eu crescera com suas superstições e estava acostumada a elas. Sobre loucura, entretanto, eu nunca ouvira. Ainda assim, me sentia oprimida pelas sombras. Parecia-me que os mortos estavam ao nosso redor. Isso era bobagem, claro. A vida era seguida pela morte em ciclos incessantes de renascimento, se você acreditasse nos budistas. Todos nós éramos declaradamente budistas, creio eu, embora meu pai, um confucionista convicto, conservasse certo desdém em relação a eles. Disse a mim mesma que era apenas um sonho, nada mais que isso.

Lá embaixo, Amah berrava comigo, mas parecia pensar que minha lassidão era devida à excitação da noite anterior. Senti-me forçada a demonstrar animação enquanto ela perguntava sobre a festa. Em dado momento, perguntei sobre Yan Hong.

"A filha da Segunda Esposa?", perguntou Amah. "É aquela cujo casamento foi resultado de uma relação amorosa, embora tenha causado um grande escândalo. Ouvi a história dos criados. E, por sorte, o jovem vinha de uma boa família, apesar de serem pobres."

"Como ela fez para conseguir se casar com ele?"

"*Aiya*! Do jeito antigo, claro. Engravidou. Como eles fizeram isso, não sei, mas culparam a mãe pelo ocorrido. Dizem que foi por isso que a Segunda Esposa morreu."

"Pensei que tivesse sido malária."

"Bem, isso é o que dizem. Mas, se você quiser minha opinião, acho que ela ficou tão envergonhada que perdeu a vontade de viver. E, depois que ela morreu, todos ficaram com remorso e o casamento foi adiante. O garoto foi estudar em Hong Kong depois de casar, e ela teve o primeiro filho em casa. Quando ele voltou, tiveram os outros dois."

A mãe de Yan Hong, então, comprara a felicidade da filha com a própria vida. Era uma história triste, mas também explicava a diferença de idade entre seus filhos. Pensei novamente na noite anterior. Yan Hong parecia alegre, ocupada e satisfeita. Como eu invejara seu casamento afortunado. Nada era o que parecia, no fim das contas.

Passei a tarde deitada em um sofá no andar inferior. O chão de azulejos do escritório mantinha a temperatura fresca, mesmo durante o calor abrasador do dia. Não podia imaginar como os *coolies* faziam para suportar o trabalho nas minas de estanho. A taxa de mortalidade era altíssima, mas eles continuavam vindo em cargueiros da China, junto com indianos que desembarcavam de Madras e Chennai para trabalhar nas plantações de café e seringueira. Eu sempre pensava como seria sair daqui para outras terras. Tian Bai fizera isso, com a diferença de que fora para o oeste, para Europa e Inglaterra. Eu teria gostado de ir para leste, para as Molucas, e depois para Hong Kong, até mesmo Japão. Mas essas viagens não eram para mim.

Ruminava esses pensamentos quando um pacote foi entregue, vindo da casa dos Lim. "Que é isso?", perguntei, quando Amah o trouxe para dentro. Estava embalado em papel pardo e amarrado com um barbante. Agarrei-o com as duas mãos e franzi o cenho. Depois da experiência aterradora da noite anterior, estava receosa de qualquer coisa vinda daquela família. Mas o pacote era uma peça de batique lindamente estampada com motivos florais em índigo e rosa claro. Havia um bilhete de Yan Hong.

Você esqueceu seu prêmio por ter ganhado a competição das agulhas. Espero vê-la novamente. Com os melhores cumprimentos etc.

"Muito bonito", disse Amah, aprovando.

Para ela, a melhor parte da noite havia sido o fato de eu ter ganhado a competição. Eu fora forçada a contar aquilo diversas vezes, para seu deleite, e até a ouvira se gabando para o cozinheiro. Nunca havia me saído bem nas artes femininas, e suspeitava que Amah se sentia mal por isso. "Lendo, lendo!", ela grunhia, e arrancava qualquer livro que eu tivesse em mãos. "Você vai estragar a vista, assim!" Uma vez argumentei que aquele trabalho de costura faria a mesma coisa, mas ela nunca me ouviu. Esta peça de tecido era a melhor coisa que eu podia trazer para casa, depois de uma proposta de casamento.

Ainda que não admitisse, eu também estava contente. Balancei o tecido e alguma coisa brilhante caiu de suas dobras.

"O que é isso?", perguntou Amah. Seus olhos aguçados nunca perdiam nada.

"É um relógio de bolso."

"Isso faz parte do prêmio?" Era um relógio masculino, de latão, com face redonda e ponteiros delicados. "Isso é muito estranho. Nem parece novo. E por que Yan Hong lhe daria um relógio? Isso dá azar."

Ela parecia aflita. Nós chineses não gostamos de dar ou receber alguns presentes, por superstição: facas, porque pode cortar um relacionamento; lenços, porque carregam pranto; e relógios, porque são feitos para medir a passagem dos dias da vida. Se algum deles é dado, o presenteado costuma pagar um valor simbólico para representar que aquilo foi uma compra, não um presente. Meu coração batia tão forte que eu temia que Amah pudesse ouvi-lo. Eu tinha quase certeza de já ter visto aquele relógio antes.

"Deve ter caído no embrulho por acidente", disse.

"Que negligência! Se não é seu, você não deve ficar com ele."

"Perguntarei a Yan Hong, se a vir outra vez."

Deixei Amah meneando a cabeça e escapei para meu quarto, onde examinei o achado. Ela estava certa, não era um relógio novo. Havia arranhões no tampo de latão e a corrente tinha sido perdida. Quanto mais eu o olhava, mais tinha certeza de que era o mesmo relógio que Tian Bai estava consertando na primeira vez que nos vimos.

Nos romances que eu lera, as heroínas sempre falavam sobre algum símbolo de amor que trocavam, fosse um grampo de cabelo, uma pedra de tinta ou, com mais ousadia, um sapatinho usado em pés atados. Eu sempre os considerara ridículos. Mas agora, com aquele relógio entre as mãos, ouvia o tiquetaquear como se fosse o pulsar do coração de um passarinho. Coloquei-o no bolso do vestido. Esse presente inesperado me encheu de um deleite secreto pelo resto do dia, e meu humor só começou a naufragar ao anoitecer, quando lembrei dos sonhos. Depois do jantar, fiquei na cozinha até tão tarde que o Velho Wong me enxotou de lá com a pá de lixo.

Já estava a ponto de ir ao quarto de Amah, buscar consolo e fofocar, quando lembrei que aquela era sua noite de folga. De vez em quando ela saía para visitar amigas e jogar *mahjong*. Quando eu era bem pequena, às vezes ia junto para esse fascinante mundo paralelo de *amahs*, onde muita fofoca e informação passavam de mão em mão. Entrávamos pela porta dos fundos nos aposentos dos criados até que a conversa me ninava e eu caía no sono. Amah me colocava nas costas, e voltávamos para casa. Tenho certeza de que meu pai nunca soube dessas excursões. Assim que subi as escadas, desejei poder dormir como uma criança outra vez, segura e acalentada em uma roda de amigas. O que fiz, entretanto, foi abrir a janela. A noite estava fresca e o ar cheirava a chuva. Mal-humorada, fui para a cama. Estava com medo.

A Noiva Fantasma
Yangsze Choo

6

Meus medos tinham fundamento, porque aquele foi o começo de uma série de noites em que eu sentia que tudo que fazia era tipo um sonho. Por mais resistente que fosse, não conseguia ficar acordada. Espetar os dedos com agulhas, morder a língua e até mesmo ficar de pé e caminhar não tiveram qualquer utilidade. Noite após noite, encontrava-me naquele mundo estranho que eu viera a associar com Lim Tian Ching. Uma vez, compareci a um grande banquete em que eu era a única convidada, sentada a uma longa mesa repleta de montes de laranjas, tigelas de arroz, frangos cozidos e desmembrados e pirâmides de mangas. Disposta como oferendas funerárias, a comida tinha um gosto horrível, a despeito de sua aparência esplendorosa.

Em outra ocasião, vi-me em um estábulo cheio de cavalos. Alguns eram malhados, outros brancos, marrons ou pretos. Apesar da variedade de cores, eram exatamente do mesmo tamanho e tinham as mesmas orelhas e caudas. Cada um ficava em sua baia, orelhas arrebitadas e os olhos obedientemente focados à frente. Quando se moviam, não havia nenhum som além do ruído farfalhante de papel. Conforme eu adentrava mais na construção escura, havia carruagens, faetontes e liteiras, todas brilhando com verniz e laca. Mas a visão mais assustadora era um riquixá com um homem parado, em silêncio, no meio dos estribos, com as mãos imóveis sobre as hastes da condução e o olhar fixo adiante. Passei a mão na frente de seu rosto, mas ele sequer piscou. Recuei com medo de que ele pudesse, de súbito, agarrar meu pulso. Por sua postura de prontidão, imaginei que ele pudesse responder a um comando. Talvez com os cavalos fosse do mesmo jeito, se alguém quisesse montá-los, mas não me atrevi. Esse mundo sombrio me encheu de desconforto. Minha pele formigava, devaneios mórbidos preenchiam minha mente e meu espírito naufragava até que eu mal conseguia me mexer.

O grande alento era que Lim Tian Ching não aparecia nesses sonhos. Eu estava sozinha e vagueava através de vastos salões, pátios cheios de eco e jardins com paisagens finamente trabalhadas. Havia uma cozinha enorme, cheia de potes e panelas e montes de comidas empilhadas sobre as mesas, e até mesmo o escritório de um erudito, repleto de resmas de papel e conjuntos de pincéis de caligrafia de pelo de lobo. Quando examinei os livros e pergaminhos, entretanto, estavam todos em branco. Tudo estava disposto como se fosse parte de um grande espetáculo e, mesmo que nada viesse a acontecer, eu sentia uma constante tensão embolada no estômago.

Às vezes, cruzava com criados do mesmo tipo daquele puxador de riquixá. Algumas vezes se moviam involuntariamente, com um ruído farfalhante que me assustava. As casas e paisagens eram desinteressantes, apesar de grandiosas, e eu achava os criados-bonecos grotescos e assustadores. Estava grata por não ter encontrado Lim Tian Ching, embora suspeitasse de que ele estivesse em algum lugar por ali. De vez em quando sentia sua presença na sala ao lado ou atrás de um bosque. Aí me apressava, o coração batendo mais rápido e uma voz interior gritando para que eu acordasse.

Não contei a ninguém sobre os sonhos, ainda que várias vezes tenha ficado prestes a ir ao escritório de meu pai, para me tranquilizar. Eu sabia, entretanto, que ele não acreditaria em mim. Diria que consideraria aqueles medos infantis, e que eu não me deixasse preocupar com essas coisas. Afinal, se ele que tanto ansiara por minha mãe era incapaz de vê-la ou de captar qualquer presença de seu espírito, a vida após a morte simplesmente não existia. Aquilo era um repositório de crenças populares. Ele era um devoto confuciano, e Confúcio falara especificamente contra esse tipo de coisas. Eu conhecia meu pai bem demais para esperar que ele mudasse de opinião apenas por causa de uns sonhos. Em vez disso, ele se culparia por ter mencionado aquela proposta infeliz de casamento.

Se eu contasse a Amah, teria o problema contrário. Ela estaria muito disposta a acreditar em mim. Chamaria um exorcista, queimaria penas de galinha, me instruiria a tomar sangue de um cachorro ou sugeriria a aspersão disso em volta do quarto, para desmascarar fantasmas. Ela me arrastaria para visitar um médium. E, sem dúvidas, entraria em um frenesi de medo supersticioso.

Às vezes eu me questionava se aquela imersão no mundo dos mortos não era um início de insanidade. Testei a memória e chequei as pupilas, buscando sinais de loucura, mas não gostava de me olhar no espelho por muito tempo. Havia sombras demais. A única coisa que me consolava era o relógio de Tian Bai. Eu o mantinha comigo o tempo todo, tateando o corpo de latão dentro do bolso. Toda vez que despertava de um dos sonhos, sentia o conforto do seu tique-taque suave. Na verdade, Tian Bai era a pessoa com quem eu realmente queria falar, mas não havia meios de contatá-lo. Enviei uma mensagem a Yan Hong, agradecendo pelo tecido e perguntando se ela havia mandado o relógio também. Eu duvidava disso, mas uma mensagem para ela poderia ser vista por Tian Bai.

No fim, escrevi uma nota simples.

Obrigada pelo belíssimo presente. Foi completamente inesperado, mas certamente o guardarei e pensarei em um bom modo de fazê-lo passar o tempo.

Um pouco estranho, mas foi o melhor que consegui. Ou, talvez, alguém tenha deixado o relógio cair dentro do pacote do tecido. Talvez uma criança tenha feito isso. Entre meus pesadelos e preocupações de vigília, passando os dias em uma absorção apática, perdi peso. Amah, naturalmente, percebeu.

"O que há de errado com você? Está doente?"

Quando confessei não estar me sentindo bem, ela me deu uma série de remédios caseiros. Sopa de rabanete fervido com ossos de porco para eliminar venenos. Feijão-da-china e açúcar amarelo para limpeza. Sopa de galinha e fungo cordyceps para dar energia. Suas sopas haviam ajudado a me curar de muitas doenças infantis, no passado. Desta vez, entretanto, tiveram um efeito limitado. Uma tarde, quando eu estava deitada no sofá do térreo, brinquei que me sentia como Lin Daiyu, a heroína trágica do clássico *O Sonho do Quarto Vermelho*.

Ela era tísica e passava boa parte do livro tossindo sangue e parecendo lívida e intrigante.

"Não fale dessas coisas!" A resposta cortante de Amah me surpreendeu.

"Era apenas uma brincadeira, Amah."

"Doença não é brincadeira."

Ela sempre se tornava muito agressiva quando preocupada. Era verdade que os sonhos estavam me derrubando, mas eu ainda tinha esperanças de poder superá-los com bastante força de vontade. Já não era assim, noite após noite, quando eu me acordava no meio deles? Ainda estava para descobrir o quão equivocado era esse pensamento.

Eu quase não vira meu pai desde o Festival do Duplo Sete na mansão dos Lim. Ele passava uma quantidade surpreendente de tempo fora de casa e, quando voltava, trancava-se entre os livros. Quando aparecia para as refeições, parecia extenuado, com as pupilas dilatadas. Normalmente eu estaria mais alerta a sua condição, mas andava muito preocupada com os pensamentos sobre Tian Bai e os sonhos que me incomodavam todas as noites. Por isso fiquei surpresa quando, certa tarde, ele me chamou a seu escritório.

"O que foi, pai?", perguntei. Estava muito calor. As *chiks*[1] de bambu estavam baixadas contra o sol, umedecidas para criar alguma refrescância, mas o lugar continuava sufocante.

Ele passou uma mão sobre o rosto. "Li Lan, percebi que não tenho cumprido minhas obrigações com você."

"Por que diz isso?"

"Você tem quase dezoito anos. A maioria das garotas de sua idade já estão casadas ou pelo menos comprometidas."

Permaneci em silêncio. Quando eu era mais nova, algumas vezes provocara meu pai, perguntando sobre meu casamento. Ele dizia para que eu não me preocupasse com isso, que eu certamente seria feliz. De algum modo, eu pensava que isso queria dizer que ele deixaria que eu escolhesse. Afinal, o casamento de meus pais fora muito feliz, sob todos os aspectos. Talvez feliz demais, em retrospecto.

"Como você sabe, nossas finanças não andam bem. Mas eu pensava que haveria o suficiente para você viver de forma modesta, ainda que

---

[1] Esteiras de bambu utilizadas como cortinas.

algo acontecesse comigo. Temo, contudo, que estejamos em uma situação pior que essa. Além disso, a aliança matrimonial que eu tinha em mente para você, desde sua infância, já não é viável."

"Que aliança? Por que você não me falou disso antes?"

"Eu não queria preocupar você com esses assuntos. Também pensei, e talvez essa tenha sido uma ideia romântica minha, que você poderia ter afinidade com o jovem e poderia naturalmente se aproximar dele, sem a sobrecarga das expectativas. Foi, afinal, o que aconteceu com sua mãe e comigo." Ele suspirou. "Se alguém deve ser culpado por isso, sou eu. Estive muito ausente desses assuntos. Eu esperava..."

"Que casamento?", perguntei novamente.

"Nunca foi formalizado, mas eu tinha um acordo com um velho amigo. Não tínhamos, claro, a mesma concordância de sua família, já que a diferença econômica era muito grande." Ele riu, amargo. "De todo modo, meu amigo tinha um sobrinho, um jovem brilhante e sem família própria. Anos atrás, quando vocês eram menores, ele propôs um casamento com nossa família, porque tínhamos um bom nome e uma renda razoável. Eu vira o jovem e sentira que poderia ser uma boa união. Uma união melhor, talvez, do que com a família principal, porque haveria menos pressão familiar sobre você."

Eu estava desesperada de curiosidade e agitação. Aquela história soava terrivelmente familiar para mim. "O que aconteceu?"

"O filho de meu amigo morreu, e seu sobrinho se tornou o herdeiro. Por um tempo, pensei que nosso acordo ainda estivesse de pé. Na verdade, até bem recentemente..." Sua voz desapareceu.

"Quem são eles?" Eu sentia como se o sacudisse.

"A família Lim."

O sangue corria por minhas têmporas. Sentia-me tonta e sem conseguir respirar. Meu pai continuou. "Até bem recentemente, pensei que ainda houvesse esse acordo. Afinal, eles haviam convidado você à casa deles, mostrado sinais de agrado. Mas, então, veio aquele estranho pedido da senhora Lim."

"O casamento fantasma." Meu coração parou.

"Ela me falou disso um dia. Eu não estava certo se ela falava sério ou se, de algum modo, confundira o compromisso para seu sobrinho com um para o filho."

Tudo começava a se encaixar, até mesmo a menção de Lim Tian Ching sobre pedir um favor à mãe, no sonho. "Então, o que acontece agora?"

"Lim Teck Kiong, meu suposto amigo, falou comigo há uma semana. Disse que, por causa do novo status de seu sobrinho, como herdeiro da família, é impossível deixá-lo se casar com uma garota sem dinheiro. Mas ele veio com essa história, outra vez, sobre você se tornar a esposa do espírito de seu filho."

"E o que você respondeu?"

"Respondi que pensaria nisso e falaria com você." Meu pai me impediu de falar. "Espera! Eu sei que é desagradável, mas você deveria saber que, pelo menos, nunca passaria fome. Você seria bem suprida de tudo na casa deles, que é mais do que posso garantir sobre a nossa. Tivemos um grande prejuízo, e infelizmente a pessoa a quem devo é justamente Lim. Ele se ofereceu para comprar minhas dívidas, e pensei que ele estivesse fazendo um favor."

"Eu não vou! Eu nunca vou me casar com o filho dele!"

"Calma. Não se desespere. Independente do que eu possa ter feito de errado até aqui, não vou forçar você a um casamento fantasma. Acho que a melhor coisa é prometê-la em matrimônio a algum outro rapaz. Assim, todo mundo fica bem. Andei sondando, discretamente, mas ainda não tive sorte. É minha culpa. Não tenho cultivado amizades novas ou úteis desde que sua mãe morreu. Os amigos antigos com quem falei têm a impressão, sem dúvida por causa de Lim, de que você está prometida a seu filho. Mas nós vamos pensar em algo."

Meus olhos se encheram de lágrimas. Se eu começasse a chorar, nunca mais pararia. Meu pai encarava a mesa, culpa e vergonha estampadas em seu semblante. Então olhou involuntariamente para o cachimbo de ópio. Senti uma censura amarga subir até meus lábios. Não me admirava que Amah o repreendesse com tanta frequência. Eu sempre o defendera, sentindo que ele dependia de mim em sua suave distração. Mas, agora, eu começava a compreender o custo real de sua falha. Mordi os lábios até que sangrassem. As horas, dias, anos que foram jogados fora nessa névoa de ópio exigiam um pagamento do meu futuro. Com sua conduta apática, meu pai desperdiçara minhas chances de ser feliz. A tempestade de lágrimas se abateu sobre mim e corri para fora dali.

A Noiva Fantasma
Yangsze Choo

7

Esposa de Tian Bai! Era tudo que eu poderia desejar. Todo esse tempo eu estava prometida a ele. Tranquei-me no quarto, chorando. Era trágico, sem dúvida, mas também havia um quê de algo terrivelmente cômico nessa história. Ouvi Amah batendo na porta, ansiosa, e depois a voz de meu pai. Queria nunca ter visto Tian Bai. Queria que meu pai tivesse me casado com ele mais cedo, antes que Lim Tian Ching tivesse tempo de morrer. Mesmo aborrecida, eu precisava admitir que meu pai tinha bom gosto. Ele estava certo, eu teria gostado – eu gostava – de Tian Bai. Muito.

Será que Tian Bai sabia desse acordo? Teria sido por isso que me enviara o relógio de bolso? Se sim, então provavelmente não soubera do fim do trato. Eu me perguntava se ele teria sido educado apenas porque os costumes assim exigiam. Mas seu olhar durara tanto. Lembrando disso, senti-me fraca. Seria amor? Era como uma chama intensa lambendo minha resistência, um fogo brando.

A ideia de meu pai em me prometer a outro noivo também era astuta. Meu pai era assim: esperto, mas sem determinação, sem motivação para seguir adiante, então seus planos tinham poucas chances de realização. Já não havia ninguém em seu estreito círculo de relacionamentos que pudesse ou fosse aceitar um acordo de casamento tão apressado, e eu sinceramente não podia culpá-los. Mas, provavelmente, ele só procurara entre boas famílias. Se eu realmente quisesse casar, encontraria algum homem pobre que aceitasse uma noiva. Eu não acreditava, de todo modo, que pudesse casar com outro homem. Contive um tremor ao pensar em Lim Tian Ching. Era tudo culpa dele, eu sabia. Bem, eu não me curvaria a sua vontade. Preferia fugir. Cortar meus cabelos, virar freira. Ou *amah*. Qualquer coisa seria melhor do que me tornar noiva desse espectro.

Meus olhos estavam vermelhos e inchados. Quando olhei fundo no espelho de minha mãe, vi de relance um vulto atrás de mim. Com um ímpeto de raiva, agarrei o primeiro objeto à mão e atirei contra a sombra. Só percebi tarde demais, quando o objeto já havia escapado de meus dedos, que era o relógio de Tian Bai. Mas, também, que diferença fazia? Debulhei-me em lágrimas outra vez e, esgotada, adormeci.

Mas dormir não me ajudava. Eu já devia saber, àquela altura. Parte de mim tentava nadar de volta ao mundo desperto, mas em vez disso eu me sentia afundar mais e mais em uma névoa, como se puxada por uma corda. A neblina se dispersou e deu lugar a um brilho ofuscante, uma sala grandiosa com centenas de velas vermelhas. Toalhas vermelhas de cetim cobriam as mesas e grandes rosetas de fitas escarlate pendiam do teto. Olhei em volta, apreensiva. A escuridão fora do salão iluminado era opressivamente densa. Outra coisa que me deixou desconfortável era a óbvia preparação para um banquete. Vermelho é a cor de celebração de eventos auspiciosos, como o Ano Novo. E casamentos.

Como sempre, naquele mundo, o salão estava vazio. Poderia haver convidados ali, mas havia apenas fileiras de assentos vazios. Nenhum sopro de ar se movia. O lugar estava quieto como um túmulo. Senti a pele formigar quando pensei que alguém, ou alguma coisa, podia estar observando de fora, por aquelas janelas vazias e escuras. Mal pensei nisso, as chamativas fitas vermelhas começaram a tremer. Alguém estava vindo. Desesperada, tentei acordar para fazer este mundo desaparecer, como fizera já muitas vezes. Mas enquanto eu concentrava toda minha força de vontade, Lim Tian Ching apareceu de trás de um biombo. Sua entrada silenciosa, como se ele estivesse esperando ali o tempo inteiro, me encheu de terror.

"Então você veio, Li Lan."

Dei um passo involuntário para trás.

"Minha querida", ele disse, "tenho de admitir que estou desapontado com você."

Ele suspirou e girou um leque de papel. "Tentei ser paciente, mostrar-lhe algumas das coisas que poderíamos partilhar. Você gostou delas, não gostou?" Percebendo minha mudez, permitiu que um sorriso cruzasse seu rosto. "Tenho tantas coisas maravilhosas. Casas, cavalos, criados. Sério, não consigo entender como qualquer garota pudesse ficar infeliz aqui. Mas o que eu encontro?" Seus olhos se tornaram opacos. "Você rondando outro homem! E quem é esse homem?"

Tentei ser forte, mas ele continuou avançando.

"Meu próprio primo, esse é o homem! Oh, já era ruim o suficiente que ele me ofuscasse em vida, mas até na morte..." Quando Lim Tian Ching pronunciou a palavra "morte", notei algo estranho. Sua imagem pareceu embaçada por um instante, mas foi apenas um átimo, e ele continuou: "Tian Bai tinha que competir comigo. Não pense que eu não sei que você estava prometida a ele! Foi uma das primeiras coisas que descobri, depois de vê-la no Festival do Barco Dragão. Imagine como me senti ao descobrir esse tipo de acordo, que dava preferência a ele." Assumiu uma expressão de desgosto.

"Por que ele, de todas as pessoas? Minha mãe disse que fizeram esse trato porque sua família era pobre e eles não queriam que o casamento dele ofuscasse o meu. Bom, eu disse a ela, e por que vocês tinham que escolher essa garota para ele? E ela disse que não fazia ideia. Ninguém sequer havia visto você antes." Seu rosto ficou vermelho como o de um menino gordo reclamando sobre o roubo de seus doces.

"Você devia esquecer de mim", eu disse. "Não sou digna de sua família."

"Isso sou eu quem decide. Ainda que aprecie a modéstia." Concedeu-me um sorriso, novamente. "Minha cara, estou disposto a ignorar sua fraqueza momentânea. Afinal, você se desfez dele."

"Eu me desfiz de quê?"

"Daquele relógio, do relógio. Odeio aquelas coisas", ele murmurou. "Quando vi isso, soube que você não poderia estar interessada nele. Agora, Li Lan, podemos brindar a nossa união?" Lim Tian Ching ergueu uma taça de vinho, em uma paródia grotesca de um brinde de casamento.

"Como isso sequer é possível? Você está morto."

Ele recuou. "Por favor, não mencione isso. Mas acredito que você tenha o direito de saber. Haverá uma cerimônia. Já instruí meu pai sobre os procedimentos corretos a observar. Você terá um casamento magnífico, tudo que uma garota deseja. Haverá presentes e joias, até mesmo uma tiara de plumas de martim-pescador, se quiser. Enviaremos uma liteira e um grupo de músicos a sua casa, embora você vá ser acompanhada por um galo e não por mim."

Estremeci diante dessa imagem, mas ele continuou, satisfeito consigo próprio. "Para a cerimônia de verdade, você fará os brindes nupciais com minha placa memorial[1] na frente do altar. Depois do casamento formal, você entrará na família Lim como minha esposa. Terá todas as necessidades materiais atendidas. Minha mãe tomará conta de você. E, toda noite, estaremos juntos." Ele parou e me dirigiu um sorriso descarado.

Apesar do terror, senti uma queimação crescendo em meu estômago. Por que eu me casaria com esse palhaço tirano, vivo ou morto?

"Acho que não."

"Como?"

"Eu disse: acho que não. Não quero casar com você!"

Os olhos de Lim Tian Ching se estreitaram até virarem duas linhas. Mesmo tendo falado claramente, meu coração se encolhia. "Você não tem escolha. Eu trarei ruína a seu pai."

"Então eu me torno freira."

"Você não sabe quão grande é minha influência! Eu vou assombrar você, assombrar seu pai, vou até assombrar aquela *amah* enxerida que vocês têm!" Ele estava furioso, agora. "Os oficiais de fronteira estão do meu lado, e disseram que eu tenho direito sobre você!"

"Bem, você está morto! Morto, morto, morto!", eu berrava.

A cada repetição daquela palavra, sua silhueta tremia e se agitava. O salão opulento, com suas centenas de velas vermelhas, vibrava e começava a desaparecer. O último vislumbre que tive foi o rosto de Lim Tian Ching se dissolvendo, sua figura se apagando como se uma mão gigante o esfregasse.

---

1   Tabuleta vertical de madeira onde é inscrito o nome do falecido, utilizada como representação funerária diante da qual se fazem oferendas e reverências. Também traduzida como "placa funerária".

Fiquei muito doente depois dessa experiência. Amah me encontrou caída no chão, encolhida como um lagostim sem casco. O médico examinou minha língua, sentiu meu pulso e balançou a cabeça com gravidade. Disse que poucas vezes vira alguém tão jovem com tão pouco *qi*, a força vital. Era como se alguém tivesse drenado metade de minha energia. Ele receitou um tratamento com alimentos quentes: ginseng, vinho, longan[2] e gengibre. Três dias depois, quando eu já me havia recobrado o suficiente para sentar na cama, Amah trouxe uma tigela de sopa de galinha com óleo de gergelim, para fortalecer o coração e os nervos. À luz da manhã ela parecia franzina, como se uma lufada de vento pudesse levá-la embora.

Esbocei um sorriso. "Eu estou bem, Amah."

"Não sei o que aconteceu com você. O doutor acha que foi febre do cérebro. Seu pai está se culpando por isso."

"Onde ele está?"

"Ficou aqui com você pelos últimos dias. Mandei que fosse descansar. Não faz sentido que todo mundo nessa casa comece a ficar doente."

Sorvi a sopa escaldante. Amah tinha um arsenal de remédios caseiros, mas disse que começaríamos com uma sopa de galinha porque eu estava muito fraca. Mais tarde eu teria ginseng.

"É caro", eu disse.

"E qual o sentido em economizar, com as coisas ruins desse jeito? Não se preocupe com dinheiro."

Fez uma cara invocada e se afastou. Eu estava muito cansada para discutir. O médico veio outra vez e prescreveu um tratamento com moxabustão e mais ervas para aquecer meu sangue. Parecia agradavelmente surpreso com meu progresso, mas eu sabia o motivo real. Na última semana, eu não tivera mais sonhos.

Eu não tinha ilusões quanto a essa tranquilidade, entretanto. Se eu estivesse louca, a situação parecia não ter solução. Mas se o espírito de Lim Tian Ching estivesse realmente me assombrando, talvez houvesse algo a fazer com relação àquilo. Aparentemente era preciso meu consentimento para que casássemos, considerando sua insistência na cerimônia. Mas sua conversa maluca sobre oficiais de fronteira, seja lá quem eles fossem, e sua afirmação de que tinha direitos sobre mim eram perturbadoras, até mesmo apavorante. Queria ainda ter o

---

2   Fruto tropical da família da lichia, polpudo e com casca dura, originário do sul da Ásia. Também chamado de "olhos-de-dragão", sua tradução literal.

relógio de Tian Bai. Quando o arremessei, ele caíra atrás de um pesado *almirah*, um armário, e como eu estava fraca demais, de cama, não havia maneira de arrastar o móvel para recuperá-lo. Pedi a Amah que o encontrasse, mas ela se recusou. Ela considerava o relógio como um presente azarado, não importava a situação, e rapidamente decidi não falar mais nada, para evitar que ela resolvesse se livrar dele.

Poucos dias depois, a casa ficou agitada. Barulhos subiam as escadas, pessoas falavam e portas batiam no pátio lá embaixo. Saí de meu quarto e chamei nossa criada, Ah Chun. Além de Amah, ela e o Velho Wong, o cozinheiro, eram os únicos empregados que tínhamos em nossa enorme casa vazia.

"Oh, senhorita!", ela disse. "Seu pai tem uma visita."

Meu pai recebia visitas vez ou outra, mas eram sempre antigos amigos. Gente tranquila e reservada, como ele próprio, que entrava e saía sem grandes cerimônias.

"Quem é?"

"Um jovem muito bonito!", respondeu Ah Chun.

Esse era claramente o acontecimento mais emocionante dos últimos tempos, e eu podia imaginar Ah Chun com o ouvido colado à parede do pátio, fofocando com a criada vizinha antes que a noite caísse. Mas meu coração estava apertado, uma esperança entalada na garganta.

Desci lentamente as escadas. A escadaria da frente de nossa casa era finamente entalhada em madeira *chengal*, do tempo de meu avô. As visitas sempre se impressionavam com a beleza daquele trabalho manual, mas, por alguma razão, nem Amah nem o Velho Wong gostavam da escadaria. Nunca diziam por que, mas preferiam subir e descer pela escada estreita dos fundos. Quando cheguei ao térreo, Amah me viu.

"O que você está fazendo?", gritou, sacudindo um pano na minha direção. "Volte para seu quarto agora!"

"Quem está aí, Amah?"

"Não sei, mas não venha até aqui. Você vai pegar uma friagem."

Não importava que fosse uma tarde quente. Amah estava sempre resmungando sobre correntes de ar e elementos frios. Começava a subir de volta, devagar, quando a porta do escritório de meu pai se abriu e Tian Bai saiu de lá. Ele parou no pátio, despedindo-se de meu pai, e eu grudei no corrimão da escada. Queria não estar tão desarrumada, mas ainda assim torcia para que ele me visse. Enquanto hesitava em chamar seu nome, ele trocou mais algumas palavras com meu pai e foi embora.

Assim que deu tempo de Amah pensar que eu voltara em segurança para o quarto, corri até a porta da frente. Eu queria pelo menos vê-lo indo embora. Costumava haver um criado para abrir as grandes portas de nossa casa e anunciar os visitantes, mas ninguém mais cumpria essa função. Não havia ninguém para me ver abrindo a pesada porta de madeira. Para minha surpresa, Tian Bai ainda estava parado ali, hesitante sob o pórtico do grande portão. Teve um sobressalto ao som das dobradiças.

"Li Lan!"

Uma onda de felicidade me inundou. Por um momento, não pude falar.

"Trouxe uns remédios, da parte de Yan Hong. Ela soube que você estava doente." O calor de seu olhar parecia penetrar meus poros.

"Obrigada." O impulso de tocá-lo, colocar minhas mãos sobre seu peito e me refugiar nele era irresistível, mas eu nunca poderia fazê-lo.

Depois de uma pausa, ele disse: "Você pegou o relógio que enviei?"

"Sim."

"Imagino que não tenha sido um presente muito apropriado."

"Minha *amah* desaprova. Ela diz que um relógio como presente traz má sorte."

"Você deveria dizer a ela que eu não acredito nessas tradições." Quando sorriu, uma covinha apareceu em sua bochecha esquerda.

"Por que não?"

"Yan Hong não lhe contou? Eu sou católico."

"Pensei que os ingleses fossem anglicanos", eu disse, lembrando de seus estudos na escola missionária de medicina de Hong Kong.

"Eles são. Mas, quando criança, tive um padre português como tutor."

Havia centenas de coisas que eu gostaria de dizer, e outra centena que gostaria de perguntar. Mas sentia que não tínhamos tempo. De fato, nosso tempo se esgotara. Tian Bai ergueu uma mão até meu rosto. Prendi a respiração enquanto seu dedo percorria suavemente minha bochecha. Seu olhar era sério, quase intenso. Meu rosto queimava. Fui tomada pela vontade de colar meus lábios nas costas de sua mão, morder a ponta de seus dedos, mas podia apenas fechar meus olhos, em confusão.

Tian Bai deu um sorriso tímido. "Esse não é o melhor momento para discutirmos convicções religiosas, provavelmente. Eu vim aqui para me desculpar."

"Pelo quê?"

Ele começou a falar, mas nesse momento ouvimos vozes atrás de nós. "Minha *amah* está vindo!" Comecei a fechar a porta quando um pensamento me veio à mente. Rápida, tirei uma presilha de meu cabelo. Era de chifre de boi, simples, mas eu a coloquei nas mãos de Tian Bai. "Fique com isso. Considere um pagamento pelo relógio."

Assim que pude, coloquei meu pai contra a parede para saber sobre a visita de Tian Bai. Desde o dia em que as esperanças de meu casamento se esgotaram, ele parecia ter envelhecido. Nossos problemas de dinheiro e minha doença o haviam abatido, então seu rosto mostrava novas linhas como sulcos recém-cavados. Ele parecia tão culpado que mal pude repreendê-lo.

"Para que foi essa visita?"

"Para trazer alguns remédios que a família Lim enviou para você." Meu pai estava desconfortável, sem saber se devia ou não mencionar o nome de Tian Bai.

"Eu sei quem esteve aqui, pai. Eu o conheci na mansão dos Lim. Ele deixou algum recado para mim?"

Meu pai baixou a cabeça. "Disse que ouvira, através do tio, que o acordo de casamento entre vocês fora desfeito. Disse que sentia muito, mas que ainda era possível que seu tio mudasse de ideia."

"Oh." Meu coração saiu do peito.

"Não nutra esperanças, Li Lan. Não é Tian Bai quem vai decidir essas coisas. A família tem grande responsabilidade por essa decisão, e até onde sei de Lim Teck Kiong, ele já está bastante resolvido."

Fiz que sim com a cabeça, mas mal podia ouvir suas palavras. A única coisa que eu conseguia era relembrar a leve pressão que o dedo de Tian Bai fazia enquanto passeava por meu rosto.

A Noiva Fantasma
Yangsze Choo

8

Desde que eu adoecera, Amah tinha passado a dormir em meu quarto, em um fino catre no chão. Eu me opus a isso, porque ela estava velha, e o piso de madeira era duro, mas ela insistiu. Na verdade, isso fez com que eu me sentisse muito melhor. Toda noite, Amah fechava as persianas com firmeza, não importando quanto calor fizesse.

"Você não pode apanhar friagem", ela dizia. "Poderia sofrer uma recaída."

Eu suspeitava que Amah mantinha as janelas fechadas por outras razões. Quando eu era pequena, ouvira muitas histórias de terror, não apenas de Amah, mas também de suas amigas. Malaia era cheia de fantasmas e superstições, das muitas raças que a povoavam. Havia histórias de espíritos, como a daquele *pelesit*, do tamanho de uma folhinha, mantido por um feiticeiro em uma garrafa e alimentado com sangue, através de um buraco. Tinham também as *pontianak*, fantasmas de mulheres que morriam durante o parto. Essas eram particularmente horríveis, voando pela noite e deixando rastros de placenta atrás de seus corpos mortos. Quando meu pai descobriu esses meus terrores infantis, proibiu Amah de me falar sobre espíritos ou mortos. Superstição era um assunto que o aborrecia, e Amah teve de concordar, de má vontade. Mas agora eu achava que devia tentar novamente.

"Amah, para onde as pessoas vão quando morrem?"

Como esperado, ela gaguejou, resmungando que não devíamos falar sobre aquelas coisas, depois se contradizendo ao perguntar se eu já não sabia tudo daquilo, afinal? Mas, por fim, cedeu. "Quando alguém morre, o espírito deixa o corpo e, depois que os cem dias de luto terminam, atravessa as cem Cortes do Inferno. A Primeira Corte é o portão de chegada. Lá, as almas são separadas: os bons seguem direto para o renascimento ou, se forem realmente puros, escapam da Roda da Vida e vão para o Paraíso."

"E o que acontece com os não tão bons?", perguntei.

"Bem, se você for mais ou menos bom, talvez consiga evitar algumas das Cortes do Inferno cruzando as pontes de ouro ou de prata. Mas, se cometeu algum pecado, então precisa passar pelas Cortes. Na Segunda estão os juízes, que proclamam suas boas e más ações. Dependendo disso, você pode ser enviado para diferentes tipos de punição."

Eu vira algumas das pinturas dos pergaminhos infernais, que mostravam destinos horrendos aguardando pelos pecadores. Havia gente em óleo fervendo ou serrada ao meio por demônios com cabeças de cavalo e boi. Algumas eram obrigadas a escalar montanhas de lâminas ou eram golpeadas por marretas gigantescas. Fofoqueiros tinham as línguas cortadas, hipócritas e ladrões de túmulos eram eviscerados. Filhos desnaturados eram congelados. O pior era o lago de sangue que confinava suicidas, mulheres mortas no parto ou que tivessem abortado.

"Mas, e os fantasmas?", quis saber.

"A maioria são de espíritos famintos. Se morrem sem filhos, ou se têm a ossada espalhada, ficam incapazes sequer de chegar à Primeira Corte. É por isso que fazemos aquelas oferendas durante o Qing Ming."

Mas Lim Tian Ching não era um espírito faminto. Pelo menos, não até onde eu era capaz de julgar, considerando as pilhas de oferendas funerárias que a mãe queimava para ele. Então por que estava me assombrando?

"Amah, preciso contar uma coisa", disse, finalmente.

Ela se virou, seu rosto tenso e quase amedrontado. "Você está grávida?"

"Quê!?" A surpresa em meu rosto pareceu tranquilizá-la.

"Você tem agido tão estranho! Eu a vi no portão com aquele jovem, no outro dia. Ele tocou seu rosto. E então lamentei ter contado aquela história sobre como Yan Hong fez para poder se casar."

"Oh, Amah!" Eu quase ria, histérica. "Se as coisas fossem assim, tão diretas. Pelo menos seríamos forçados a nos casar."

"Não conte com isso!", ela respondeu, bruscamente. "Yan Hong era filha de um homem rico. E a mãe morreu para assegurar que ela casasse. Você não tem essa vantagem."

"Pensei que a mãe dela tivesse morrido de vergonha."

"Não. Eu não contei a história verdadeira." Levou a mão ao rosto e apertou, com os dedos, o espaço entre os olhos. "Naturalmente, eles não queriam que ninguém soubesse que algo tão desafortunado havia acontecido. Os criados me disseram que a mãe de Yan Hong se enforcou, deixando uma carta que dizia que, se não deixassem a filha casar, voltaria para assombrar a família. Por isso o casamento foi permitido. Se não fosse assim, a senhora Lim teria dado um jeito de expulsar a menina ou a teria forçado a se livrar do bebê."

Quanto mais eu ouvia sobre os Lim, menos surpresa ficava quanto ao fantasma de seu filho ter se comportado daquele modo. "Bem, não estou grávida. Mas, de algum modo, é pior. Lim Tian Ching está me assombrando."

Amah ficava cada vez mais preocupada conforme eu contava sobre meus sonhos, interrompendo-me com gritos de consternação. "Isso é mau, é muito mau!", dizia. "Por que você não me disse antes? Eu poderia ter lhe arrumado um amuleto, poderíamos tê-la levado a um templo para se benzer ou chamado um exorcista."

Embora eu me encolhesse ante a tormenta de sua repreensão, senti um alívio indefinido ao compartilhar meu fardo. Eu não estava louca. Apenas amaldiçoada. Essa distinção me deu um leve prazer.

"Mas não entendo como ele pode me assombrar. Ele disse algo sobre os oficiais de fronteira do Inferno."

"Os oficiais de fronteira? *Dai gut lai see!*"[1] Amah fez um gesto para se livrar da má sorte.

"Precisamos de um exorcista?"

"Se um exorcista vier a nossa casa, as pessoas vão suspeitar que temos um problema com fantasmas." Amah franziu o rosto, inquieta.

---

[1] Expressão cantonesa para atrair sorte – ou, no caso, se livrar do azar. É a demonstração de desejos auspiciosos, muito utilizada no Festival da Primavera, o ano novo chinês.

Nós já tínhamos um problema com fantasmas, pensei, sentindo uma gargalhada histérica subir pela garganta. Mas se boatos de que nossa família estava amaldiçoada se espalhassem, então eu devia esquecer completamente a chance de receber uma oferta de casamento. O Velho Wong, nosso cozinheiro, era um sujeito taciturno. Nossa criada Ah Chun, por outro lado, era outra história. Ela mal conseguia segurar a língua sobre o que servíamos no jantar.

"Não tem jeito", falou Amah. "Precisamos ver um médium."

Havia um médium famoso que vivia perto do templo Sam Po Kong, no sopé de Bukit China. Em malaio, Bukit China significa "colina chinesa". Em 1460, quando o sultão Mansur Shah se casou com a princesa chinesa Hang Li Poh para firmar laços comerciais com a China, a colina foi ofertada como residência da princesa. Pela excelente qualidade de seu *feng shui,* a colina mais tarde se tornou um cemitério enorme. Há quem diga que é o maior cemitério chinês fora da China. Não sei quantas pessoas estão enterradas em seus declives, agora cobertos por *lalang,* o capim-elefante selvagem, e pelas trepadeiras de glória-da-manhã, mas existem rumores sobre haver mais de doze mil túmulos lá. É, literalmente, uma cidade dos mortos.

Seguimos para lá de riquixá. Sentada, esmagada contra Amah, estremeci ao lembrar dos estábulos de Lim Tian Ching, com seu boneco puxador de riquixá.

"Que foi?" Amah estava temerosa de que a febre voltasse, mas eu disse que não era nada.

"Diga-me, eu já estive nesse templo antes?", perguntei.

"Muito tempo atrás, sua mãe e eu a trouxemos para um dia de festa. Você era apenas uma menininha, não chegava a três anos."

"Meu pai veio?"

"Ele? Você conhece seu pai! Qualquer coisa que não seja confuciana ele procura evitar."

"Confúcio venerava os antepassados. Não vejo por que os taoístas implicariam com isso."

"Sim, mas os taoístas também acreditam em espíritos das árvores, das montanhas e em fantasmas. *Aiya!* Você não estudou essas coisas em todos aqueles livros de seu pai?"

"Ele me fez ler os clássicos."

Eu me lembrava de ter copiado uma passagem do sonho de uma borboleta, de Zhuang-Zi. Esse sábio taoísta, Zhuang-Zi, acordava e dizia não saber se era um homem que sonhara ser borboleta ou uma borboleta que sonhava ser homem. Meu pai tinha uma interpretação mais elevada de Zhuang-Zi, preferindo se concentrar em suas ideias filosóficas sobre o lugar do homem no universo, mais do que nas crenças literais taoístas sobre imortalidade, mudança de forma e poções mágicas. Ele reclamava que as pessoas comuns haviam corrompido essas contemplações existenciais com toda sorte de religiosidade popular e baboseira. Como resultado disso, nunca prestei muita atenção a suas crenças. Talvez devesse.

O templo Sam Poh Kong era famoso em Malaca. Ainda que não me lembrasse de tê-lo visitado, eu sabia algo de sua história. O templo era dedicado ao famoso almirante da dinastia Ming, Zheng He. Foi ele quem, de 1405 a 1433, navegou em torno do Chifre da África até quase a Espanha. Eu adorava ouvir as histórias de exploração de Zheng He, quando criança, e Malaca ter sido uma de suas paradas deixava tudo ainda mais excitante. Os relatos sobre os enormes navios do tesouro, marinheiros e juncos que o acompanhavam em sua missão eram inacreditáveis. Em vida, o almirante fora um eunuco que ascendeu a seu posto por absoluta habilidade. Na morte, tornou-se um deus.

Subimos os degraus do templo e passamos sob os telhados ladrilhados que foram trazidos das fornalhas da China. As calhas estavam adornadas por lanternas de seda e um tecido vermelho envolvia a porta aberta. Multidões se moviam por entre a névoa de incenso, queimado às centenas. Amah trouxera um punhado de incensos, que acendeu no altar principal, murmurando preces. Em silêncio, fiquei a seu lado enquanto ela se prostrava. Mesmo querendo fazer o mesmo, não conseguia. Anos sob a descrença de meu pai me impediam. Em vez disso, eu olhava fixamente para as estátuas de deuses e demônios aterradoras e intrincadamente talhadas em volta do enorme altar. O murmúrio dos devotos enchia o ar, quebrado ocasionalmente pelo som de varetas de bambu sendo chacoalhadas. Era assim que se consultava o oráculo. Um tubo de varetas, cada uma com palavras crípticas escritas, era chacoalhado com força até que uma ou duas varetas caíssem. Por uma taxa, um sentido poderia ser intepretado pelos sacerdotes.

Fiquei curiosa para saber se Amah leria minha sorte daquela maneira, mas, depois de cumprir suas obrigações, ela me pegou pela manga e saímos do templo, novamente para o sol ofuscante. Fora do portão que continha o poço de Huang Li Po, envenenado duas vezes mas que, diziam, nunca secava, viramos à esquerda e seguimos um muro até parar sob uma tenda provisória. Não era nada além de um telhado de palhas de *attap* montado contra o sol e a chuva. Havia uma esteira no chão com uma mulher enorme, gorda e de meia-idade sentada. A mulher se debruçou sobre uma caixa de madeira com várias gavetas, como a de um mascate, e se abanou com um leque de folhas.

"Essa é a médium?", perguntei.

Amah fez que sim. Isso não era exatamente o que eu esperava encontrar. Eu pensara que ela teria uma casa próxima ao templo ou algum outro tipo de arranjo mais profissional. Essa mulher parecia uma mendiga. Amah me havia alertado que a médium preferia ser paga não com os dólares dos Estreitos, cunhados pelos ingleses, mas com as antigas peças de estanho cunhadas na forma de peixes, grilos ou crocodilos. Essas peças estavam se tornando raras e, como não tínhamos nada parecido, eu só podia torcer para que as moedas de meio centavo que eu trazia na bolsa fossem suficientes.

Havia um homem jovem se consultando. Vestia um chapéu de bambu de abas largas que ocultava completamente seu rosto, embora não sua figura magra. A bainha da túnica antiquada, apesar de suja pela poeira da estrada, era curiosamente bordada com linha prateada. Amah e eu aguardamos nossa vez, afastadas. Ela portava um guarda-sol de papel azeitado, que nos protegia do sol inclemente. Gotas de suor escorriam por meu colarinho, e o pó-de-arroz em meu rosto ficou úmido e pegajoso. Eu encarava as roupas do homem, pensando por que ele demorava tanto na consulta e por que se incomodava em esconder o rosto, se vestia uma roupa tão distintiva. O bordado era muito bem trabalhado em padrões de nuvens e névoa, e pensei que, caso o visse de novo, certamente o reconheceria.

Por fim, o homem terminou. Notei que ele deu à médium um pequeno lingote de metal, bem torneado na forma de uma tartaruga. Algumas pessoas diziam que as moedas de animais eram fundidas durante cerimônias religiosas, que feitiços eram colocados sobre elas e que as formas animais serviam como substitutos para os sacrifícios. E, apesar da maior parte dessas moedas animais terem pelo menos alguns séculos de idade, eu as via brilhar como se tivessem sido cunhadas há pouco tempo.

Depois de entregar o dinheiro, o homem ainda fez outra pergunta. Segurei um suspiro de impaciência. Talvez ele tivesse seus próprios problemas com fantasmas. Comparei, criticamente, sua figura com a de Tian Bai. Esse estranho era magro, mas tinha uma bela silhueta. Embora não pudesse ver seu rosto, imaginei como seria. Caso ele fosse feio, seria uma pena, mas eu não conseguia pensar em qualquer razão para cobrir o rosto que não fosse uma cicatriz horrível, como a de meu pai. Desviei os olhos, constrangida pela rapidez com que eu aprendera a olhar para os homens. Eu só podia culpar minha breve relação com Tian Bai, que me havia tornado sensível para a voz masculina, para o toque de sua mão. Quando o estranho finalmente foi embora, tentou deliberadamente olhar sob o guarda-sol que me encobria. Amah se antecipara a ele, baixando o guarda-sol ainda mais, de modo que ele não foi capaz de ver meu rosto. Ainda assim, ele se afastou de modo insolente, dando de ombros e fazendo as moedas de cobre retinirem em seu cinto.

A médium se virou para nós. Um de seus olhos era turvo, enquanto o outro nos encarava com um brilho malicioso.

"Com pressa, vocês?", perguntou. Tinha uma voz baixa, para uma mulher, ofegante ao fim de cada frase. Amah se apressou em pedir desculpas, mas a médium a atalhou. "Não me importo. Minha sina é predizer o futuro e ver fantasmas."

"Fantasmas!", eu disse. Apesar do sol escaldante, senti um calafrio, como se alguém mergulhasse meu coração em água gelada.

"Sim, eu posso ver fantasmas", ela disse. "Não é agradável, mas já estou acostumada. Diferente de você, hein, senhorita?"

Amah perguntou: "O que você vê?"

"Sentem-se", disse a médium, puxando duas banquetas de bambu. Quando me sentei, tive a sensação de, literal e socialmente, ter baixado ao mundo. Apenas *coolies* e gente grosseira se sentava na rua daquele jeito.

"Quanto vai custar?", quis saber Amah, sempre pragmática, mas a médium não deu atenção. Ela me encarou, o embaçado olho direito mirando coisas invisíveis para além de meu rosto. Depois de um tempo, cerrou os olhos e deu um silvo prolongado. Amah e eu nos olhamos. Cética, fiquei me perguntando se aquilo não seria apenas encenação para intimidar os clientes, quando seus olhos se abriram de súbito e ela começou a murmurar feitiços quase inaudíveis. Então apanhou uma pitada de pó cinza e a colocou na palma da mão, soprando-a sobre mim.

Tossi violentamente. O pó era seco e parecia cinzas. Grudou em meu rosto e por toda a frente do vestido. Tateei atrás de meu lenço, mas Amah já estava limpando meu rosto com o dela. Quando pisquei para abrir os olhos, a médium ria. Levantei de um salto.

"Você desiste fácil demais", ela disse. "Se forem embora agora, aquele jovem vai persegui-la para sempre."

"Que jovem?"

"Ah, senhorita. Você acha que não posso vê-lo? Eu dei a ele um gostinho de remédio. Ele não voltará a aparecer por um tempo."

Sentei novamente. "Ele está me seguindo?"

"Tenho certeza de que voltará. Mas, pelo menos, podemos conversar sem que ele fique espionando, ahn?"

"Como ele é?"

Ela inclinou a cabeça para um lado, favorecendo o olho embaçado. "Um fino e bem nutrido camarada. Recém-finado, não é?"

"Menos de um ano", sussurrei. "Pensei que ele só pudesse aparecer em meus sonhos."

"Em seus sonhos, sim. Ele fala com você?"

"Diz que quer se casar comigo."

"E vocês foram prometidos?"

"Não!"

"Ele parece ter algum controle sobre você. Os mortos não costumam fazer essas coisas com estranhos."

Corei. "Bom, ele disse... disse que me viu em um festival, antes de morrer."

"É uma possibilidade. Alguém que morra de amor pode retornar como assombração."

Não pude conter um riso de escárnio. "Ele? Morrer de amor? Não acho possível."

"Então você atravessou algum cemitério à noite? Fez algum voto, mesmo que seja para um deus ou uma árvore ou um rio? Jogou feitiço sobre alguém? Ou tem um inimigo secreto?"

Neguei com a cabeça. "Ele não está morto? Por que não seguiu para outro lugar? Para as Cortes do Inferno ou seja lá qual for o próximo passo."

Ela sorriu. "E isso não é o que todos gostaríamos de saber? Alguns ficam por causa de seus apegos a este mundo. Outros não têm quem os enterre, então se tornam espíritos famintos. Mas este parece bem fornido."

Tremi ao me lembrar dos vastos salões vazios e dos corredores sem fim das mansões de Lim Tian Ching.

"Ele quer algo de você."

"Não posso me casar. Você pode me ajudar a me livrar dele?"

A médium se balançou para frente e para trás. "Depende, depende."

"Tenho um pouco de dinheiro", eu disse, tensa.

"Dinheiro? Ah, seu dinheiro não vale muita coisa aqui." Seu sorriso aberto revelou um único canino. "Não que eu não vá aceitar."

"Mas você acaba de se livrar do fantasma!"

"Sim, sim, eu fiz isso. Mas foi só por um tempo. Posso dar algo para que você o mantenha afastado. Mas não vai durar para sempre. Se quiser se livrar completamente dele, precisa fazer mais que isso."

"O quê, por exemplo?"

"Agora, agora mesmo eu não posso contar."

Olhando em retrospecto, era ridículo que eu tivesse vindo todo o caminho como uma cética incrédula e, ao menor sinal de ajuda, me agarrasse com todas as forças a essa mulher.

"Leve esse pó." Ela pegou outra bolsa e salpicou uma poeira negra dentro de um cone de papel. "Dissolva isso em três partes de água e beba toda noite, antes de ir para a cama. Se não funcionar, diminua a água para duas partes. Mas é muito forte, tome cuidado. E use este amuleto." Era um tecido imundo, costurado em volta de ervas acres. Por fim, pegou uma porção de papéis amarelos com caracteres escritos em vermelho. "Cole isso nas portas e janelas. Custa cinco centavos."

Era tudo? Ela havia falado muito mais tempo com o homem antes de nós.

"Com certeza há mais coisas que eu posso fazer!" Explodi. "Devo ir a um templo? Dar esmolas, rezar a algum deus? Devo cortar meus cabelos e fazer um voto?"

Ela me olhou quase com piedade. "Claro, se quiser. Mal não vai fazer. Quanto a cortar seus belos cabelos e fazer um voto... bom, por que você não espera, primeiro? Não faça nada precipitado."

Em silêncio, apanhei dez moedas de meio centavo, pensando se teria recebido melhores conselhos caso pagasse, de fato, com uma das moedas de animal. Quando me inclinei em sua direção, a médium subitamente agarrou minha mão.

"Escute", sussurrou, áspera. "Vou dizer mais uma coisa, mesmo que isso possa me pôr em apuros. Queime dinheiro para si mesma."

Afastando-me, perguntei: "Dinheiro?"

"Se não pode fazer isso, peça para alguém fazê-lo em seu lugar." Virando-se, disse em uma voz mais baixa: "Você quer promessas de sucesso? Garantias de que tudo ficará bem? Eu não dou. Pergunte a sua *amah* aqui. Comigo, a coisa é de verdade." Gargalhou outra vez. "Isso não é um dom, minha cara jovenzinha. Não, não é não. Aqueles mestres de *feng shui*, aqueles caçadores de fantasmas e leitores de rostos, eles gostam de dizer às pessoas que fazem o que fazem porque são tão talentosos, tão abençoados pelos céus."

"E eles são?"

Ela se inclinou na minha direção. Seu hálito azedo tinha um cheiro fermentado. "Diga, você acha uma bênção ver os mortos?"

Quando saímos, ela ainda estava gargalhando.

A viagem de volta foi tranquila. Percebi que Amah queria perguntar o que a médium havia sussurrado, mas ela era orgulhosa demais para falar de nossos assuntos particulares na frente do condutor de riquixá. Eu pensava nas palavras da médium. Queime dinheiro para si mesma, ela dissera. Será que ela queria dizer oferendas funerárias? Eu estava fadada à morte? Pressionei as mãos contra as pálpebras. No brilho do sol, eu podia ver o sangue pulsando por meus olhos. Morrer parecia impossível, inacreditável.

Com o canto do olho pude ver Amah me observando, ansiosa, e resolvi não contar sobre as últimas instruções da médium. Amah já estava muito perturbada. Olhei para o condutor, tomada por um sentimento de depressão. Descíamos a encosta de Bukit China, além do enorme cemitério com suas fileiras de túmulos chineses. Alguns ainda mostravam sinais de plantas murchas e varetas de incenso, mas no geral pareciam abandonados.

A maioria das pessoas nutria pavor de fantasmas e não se aproximava de uma tumba a menos que estivessem no Qing Ming, o festival anual de limpeza de túmulos. Realmente, algumas das sepulturas estavam tão encobertas que mal conseguiria ler os caracteres entalhados com o nome de seus ocupantes. As lápides mais antigas já haviam desmoronado, então a encosta era salpicada aqui e ali de buracos abertos, como os dentes cariados de alguma criatura gigante. Quão diferente dos calmos cemitérios malaios, cujas lápides islâmicas, em forma de peões, eram encobertas pelas árvores *frangipani*, que os malaios chamavam de flores de cemitério. Amah nunca me deixava colher as flores suaves e fragrantes quando eu era criança. Parecia-me que, com nossa confluência de culturas, tínhamos adquirido as superstições uns dos outros, sem receber necessariamente suas consolações.

A Noiva Fantasma
Yangsze Choo

9

O remédio tinha gosto de cinzas. Como ervas picantes e sonhos queimados. Naquela noite observei Amah enquanto o preparava, vertendo água quente de uma chaleira que ela usava para preparar infusões. Para Amah, todos os remédios deviam ser quentes. Tínhamos colado os papéis amarelos, cuidadosamente, em todas as janelas da frente. Quando terminamos, uma porção de bandeirinhas tremulava em cada abertura. Percebi, um pouco inquieta, que elas pareciam balançar mesmo quando não havia qualquer brisa. Quanto a seguir as instruções da médium sobre queimar dinheiro funerário para mim mesma, hesitei, não querendo mencionar isso para Amah. Em vez disso, entreguei a ela um pequeno pacote de tecido azeitado. "Você pode vender isso para mim, por favor?"

Ela pegou alguns grampos de ouro do pacote. Eram antiquados, ornamentados e eu não lembrava quem me dera. "Por quê?"

"Porque precisamos de mais dinheiro e você não pode ficar tirando de suas economias."

Ela protestou, mas acabou concordando em perguntar na sua irmandade de *amahs* se alguma senhora gostaria de comprar joias. Era assim que essas coisas funcionavam. Perguntas discretas, trocas de peças de ouro ou pingentes de jade e dinheiro rápido. Não era de se espantar que toda concubina ou amante preferisse ter seus favores retribuídos com metal frio e gemas brilhantes. Se eu fosse cortesã, com certeza não exigiria menos. Mas, nas atuais condições, a ideia de precisar vender joias arranhou minha consciência como uma pequena garra.

Fui direto para a cama depois de tomar a poção da médium. Enquanto misturava o pó farinhento na tigela, tive receio de que fosse me envenenar. No fim das contas, engoli aquilo e, surpresa, acordei quase dez horas depois, sob o reluzente sol da manhã. Amah rondava minha cama, ansiosa, e me deu um sorriso comovido quando me levantei.

"Que horas são?"

"Quase hora da serpente. Dormiu bem?"

Havia sido um sono profundo, quase suave, felizmente não interrompido por qualquer sonho. Pensei se o ingrediente secreto da médium não seria um simples sonífero. Vendo a expressão ansiosa de Amah, entretanto, não pude fazer nada além de sorrir de volta.

Desci as escadas em direção ao escritório de meu pai, sentindo uma necessidade urgente de falar com ele sobre nossas finanças, minhas negociações de casamento e todo tipo de coisas que não pudéramos discutir nos últimos tempos. Eu até queria copiar poemas outra vez, sob seu olhar crítico. Mas a porta do escritório estava fechada e, quando a abri, encontrei a sala vazia. A única coisa lá dentro era o cheiro embolorado de papel e o odor forte e doce de ópio.

"Para onde foi meu pai?", perguntei a Ah Chun.

"Ele saiu cedo."

"E disse aonde ia?"

"Não, senhorita."

Insatisfeita, fechei a porta do escritório e me apoiei contra ela. O que estava acontecendo no mundo dos homens? Teria Tian Bai falado com seu tio outra vez? O que faríamos com nossas dívidas? Queria poder sair por aí e fazer perguntas por mim mesma. Se ao menos tivesse um irmão ou primo com quem contar. Apesar de meus pés não terem sido atados, eu estava confinada ao ambiente doméstico como se uma corda prendesse meus pés à porta da frente. Até Amah, com sua irmandade empregada em várias famílias, tinha mais recursos do que eu. Não tivera mais notícias de Yan Hong. Talvez ela também tivesse me esquecido. Desejava saber o que Tian Bai estaria fazendo, e se ele ainda pensava em mim. Desconsolada, peguei minha cesta de costura e tentei terminar um par de bordados que seriam, supostamente, as bordas de um vestido novo. O trabalho deixou minhas mãos ocupadas enquanto meus pensamentos giravam sem parar.

Também não vi meu pai no dia seguinte, o que era preocupante. Ele não era o tipo de pessoa que gostava de sair, em parte por causa de suas cicatrizes. Eu estava acostumada com elas, e seus poucos amigos que ainda visitavam nossa casa também não ligavam, mas estranhos muitas vezes paravam para encará-las. Quando mais nova, pensava se meu pai casaria novamente. Ele havia amado muito a minha mãe, e talvez nenhuma segunda esposa, eleita do estrato empobrecido que o dever exigia, poderia se comparar a ela. Ela que, meu pai contara em um deslize, parecia uma *houri*[1] do Paraíso. Nossa casa era um santuário a minha mãe morta. Meu pai ainda a venerava em seu escritório e Amah não conseguia parar de pensar em sua infância, mesmo quando me auxiliava durante a minha. Suspirei, pensando se Tian Bai demonstraria tanta afeição por mim se fôssemos casados. Mesmo sem sonhos, eu me sentia esgotada. Havia uma opressão constante, como o céu que se turva antes da tempestade.

Dois dias depois, a porta da frente se escancarou com um ruído. Era manhãzinha, e o barulho reverberou pela casa como um trovão. Corri para o térreo o mais rápido que pude. Na entrada, Ah Chun estava pálida e com as mãos sobre a boca. Uma grande mancha molhava a porta, gotejando em uma poça escura. Era como se alguma criatura tivesse sido abatida em nossa porta. Procurei algo, mas a rua estava deserta. Senti-me cheia de terror, como se houvesse engolido um sapo pesado e frio. Aquilo era má sorte, muita má sorte, mesmo.

"O que aconteceu?", perguntei a Ah Chun. "Você viu alguém?"

"Não... não havia ninguém."

"Então por que abriu a porta?"

Ela eclodiu em lágrimas. "Ela abriu sozinha!"

"Mas você deve ter visto alguém fugindo, não viu?" Não havia dado tempo, eu pensei, para que o bandido sumisse.

"Não havia ninguém", ela repetiu. "A porta estava trancada."

---

[1] Entidade celestial do Islã, criatura destinada a satisfazer, no Paraíso, os desejos do crente bem-aventurado.

"Talvez você tenha esquecido de trancá-la ontem à noite", Amah insistiu.

Ah Chun balançou a cabeça, convicta. "As trancas não tinham sido abertas ainda."

Começou a chorar outra vez e falou sobre ir embora.

"Como assim, menina boba?", disse Amah.

"Foram fantasmas. Fantasmas fizeram isso."

O resto do dia passou muito triste. Ah Chun chorava e dizia querer ir para casa. Disse que ouvira essas histórias antes, em sua vila natal, e que sempre terminavam em desgraça para os envolvidos. Olhei para a soleira novamente, depois de o Velho Wong ter lavado a porta. Ele era um velho magro, com o pouco cabelo se tornando grisalho, mas eu nunca fora tão grata por sua presença grave.

"O que você acha que era?", perguntei.

"Sangue", respondeu, breve.

"Mas que tipo de sangue?"

"De porco, talvez. Há muito sangue quando se mata um porco."

"Você não acha que pudesse ser humano?"

Ele fechou a cara. "Minha senhorita, eu a conheço desde que você batia em minha canela. Quantas vezes fiz você preparar chouriço de sangue? Tem cheiro de porco, eu acho que é porco."

Olhei para baixo, para meus pés. "Ah Chun diz que fantasmas fizeram isso. Acredita nela?"

Riu, desdenhoso. "Ah Chun também diz que espíritos comeram os bolinhos de arroz que sobraram na despensa." Com um aceno seco, foi embora.

"Será possível que algum bandido tenha confundido nossa casa?", disse Amah, sem esperanças. Suas palavras incutiram novo medo em meu coração. Credores. O que meu pai andava fazendo? Por milagre, estava em casa. Estivera em casa por toda a manhã, na verdade, e dormira durante todo o incidente. Quando abriu a porta do escritório, a sala fedia a ópio.

"Pai!" Eu estava dividida entre o alívio e o medo de sua presença. Seus olhos estavam esbugalhados, a barba por fazer e as roupas, amarrotadas, pendiam de seu corpo. Quando contei sobre o incidente da manhã, ele mal prestou atenção.

"E já está tudo bem?", perguntou.

"O Velho Wong lavou a porta."

"Bom, bom..."

"Pai, você tomou dinheiro emprestado de alguém?"
Ele esfregou os olhos vermelhos. "O único que detém minhas dívidas é o mestre da família Lim, Lim Teck Kiong", disse, devagar. "E não creio que ele se valeria dessas táticas. De que serviria? Se tudo que ele quer..." Sua voz falhou conforme ele se envergonhava.
"Ele quer que eu me case com seu filho. Você disse sim?" Por um momento, meu coração se encheu de uma suspeita aterradora.
"Não, não. Eu disse que pensaria nisso."
"Quando vocês se falaram?"
"Ontem. Talvez anteontem." Ele se virou e voltou para o escritório.

Mais tarde, contei a Amah o que meu pai dissera e perguntei se ela achava que a família Lim era capaz de fazer aquilo. Fez que não com a cabeça. "Eu não pensaria isso deles. Mas quem sabe?" Entre nós pairava uma aflição não dita. Amah não falaria disso, com medo de fortalecer algum espírito mau, mas eu pensava se o fantasma de Lim Tian Ching teria se tornado mais poderoso. Ou, talvez, se a família Lim – viva e morta – queria me levar à loucura.

Tomei a mão frágil de Amah entre as minhas. Essa mão havia secado minhas lágrimas e me dado umas palmadas quando criança. Havia penteado meus cabelos e me alimentado. Agora, tinha a pele manchada da idade e o pulso e juntas inchados. Não sabia ao certo quão velha ela era, mas senti uma onda de afeição melancólica. Logo, logo Amah precisaria de alguém que cuidasse dela. Pensava se moças jovens e ricas tinham esse tipo de preocupação na vida. Em uma casa como a dos Lim, eu vira tanta abundância que até mesmo os criados idosos tinham subalternos que faziam as coisas para eles. Se eu casasse com Lim Tian Ching em uma cerimônia espiritual, isso satisfaria quase todo mundo. Amah teria uma velhice confortável. As dívidas de meu pai seriam perdoadas. Mas viver naquela casa como uma viúva, separada de Tian Bai para sempre! Vê-lo casar com alguma outra, sendo visitada toda noite por um fantasma. Eu não poderia aguentar.

"Prefiro morrer", eu disse.
"Quê?"
Sem pensar, eu falara em voz alta. Amah olhou para mim com preocupação. "Não se incomode tanto com o que aconteceu hoje", ela disse, julgando que eu estava assustada.

"Eu não estou incomodada", menti. "Eu sei o que fazer." Peguei uma bolsa e contei o dinheiro que havia nela. Amah conseguira vender os grampos de ouro, e a bolsa finalmente estava cheia de dinheiro.

"Amah, você faria uma coisa para mim? Pode comprar algumas oferendas funerárias?"

Ela me olhou, surpresa. "Que tipo de oferendas?"

"Dinheiro. Notas do Inferno."

"Quanto?"

"Tanto quanto você julgue necessário."

"Mas, com certeza, a família já queimou montanhas de dinheiro para ele, não?" Percebi que ela estava pensando que eu queria subornar Lim Tian Ching para nos deixar em paz.

"A médium disse para queimar algum dinheiro." Respondi, evasiva. Amah pareceu não se convencer, mas acabou por concordar em ir. No meio tempo, eu tinha preparativos para fazer.

Quando Amah voltou, mostrou-me um pacote com bolos de nota de dinheiro do Inferno, com cores chamativas e o selo de Yama, o Deus do Inferno. Além disso, também comprara papel dourado para ser dobrado na forma de barras de ouro, outra das moedas favoritas no submundo. Os valores das notas eram de dez e cem dólares malaios. O Inferno com certeza conheceria a inflação, com o tanto de dinheiro que era regular e incansavelmente queimado. O que seria dos fantasmas pobres, que morreram muito antes dessas notas grandes serem impressas?

Ainda naquela tarde, quando Amah se recolheu para descansar, levei os bens funerários para o pátio onde as oferendas da família eram queimadas para os antepassados. Dobrei os maços de papel na forma correta e elas ficaram ali, dispostas em pilhas como se fossem barquinhos, em uma longa trilha. Eu queria fazer a queima sozinha, sem Amah, porque seria melhor se ela continuasse pensando que as oferendas eram para Lim Tian Ching, e não para mim.

No passado, eu simplesmente acompanhara Amah nos festivais apropriados. Ela era quem arrumava tudo para o Ano Novo ou para o Qing Ming, colocando as oferendas de papel em um canto e fazendo um rastro de comida para os antepassados. Era um trabalho elaborado, com uma galinha cozida inteira, com cabeça e penas, taças de vinho de arroz, uma cabeça de alface verde envolta em papel vermelho e pirâmides de frutas. Depois das oferendas serem feitas, a família comia os alimentos. Aparentemente, os antepassados só precisavam pegar a parte espiritual daquilo. Eu sempre pensei que esse era um modo muito prático de pensar as coisas, já que não exigia muito sacrifício por parte dos vivos. Os objetos de papel e o dinheiro eram queimados mais tarde. Era essa a parte, resolvi, que eu devia fazer.

Amah acendia incensos na frente das placas dos antepassados, defronte aos nomes escritos. Eu não sabia exatamente o que fazer sem uma dessas tábuas com meu próprio nome, mas incrementei uma com papel e madeira quando fiquei sozinha. Minha mão tremera quando eu escrevi meu nome na placa, a tinta encharcando o papel como uma mancha triste, mas eu já havia ido longe demais para não continuar.

Muito tempo atrás, eu vira meu pai queimar a cópia de poemas escritos a mão. Era tarde da noite e uma névoa azul enchia o ar. Quando perguntei por que estava destruindo sua caligrafia, meu pai simplesmente balançou a cabeça.

"Eu os enviei", explicou.

"Para onde?" Eu devia ser bem pequena, naquela época, porque olhava para cima, em seu rosto.

"Para sua mãe."

"Como ela vai conseguir pegar?"

"Se eu queimá-los, talvez ela possa ler no mundo espiritual." Seu hálito estava marcado pelo fedor adocicado do vinho de arroz. "Agora vá. Você já devia estar na cama."

Enquanto subia as escadas, devagar, continuava olhando meu pai parado no pátio escuro. Ele parecia ter esquecido minha presença quando pôs fogo em outro poema e observou o papel em chamas se consumir até virar nada. Seus ombros tremiam, então pensei se era possível que ele estivesse chorando. Depois dessa noite, perguntei a Amah se eu também podia queimar coisas para minha mãe, como um desenho que eu fizesse ou minha primeira tentativa de fazer bordados. Ela pareceu desnecessariamente aborrecida, rosnando que não fazíamos esse tipo de coisas fora do tempo certo e de onde eu tinha tirado uma ideia dessas? Amah sempre foi diligente com relação à forma correta dos ritos e dos dias de celebração.

Eu me perguntava se meu pai ainda se permitia escrever cartas para minha mãe e queimá-las. De algum modo, eu duvidava. Era difícil imaginar que ele ainda tivesse energia para se dedicar a isso. E minha mãe? Será que ela ainda estaria no mundo dos espíritos? Amah sempre dissera que minha mãe certamente já havia renascido em algum outro lugar. Eu esperava que sim. Senão, precisaria rezar e pedir por sua piedade para a filha que deixou para trás. Nunca me ensinaram a rezar diretamente a minha mãe, mesmo que sua morte sempre tivesse sido uma parte central e implícita de nossas vidas. Amah se apegava à crença de que minha mãe havia se livrado dos tormentos do Inferno e, havia muito tempo, alcançara o renascimento. A não ser por aquele estranho episódio de minha infância, meu pai não parecia dar atenção a isso. Eu pensava em Tian Bai: se eu morresse, será que ele escreveria cartas para mim?

Com um suspiro profundo, ajeitei um maço de notas em forma de leque. Murmurando uma prece curta para Zheng He, o almirante que navegara tão longe na volta ao mundo, torci para que funcionasse, embora meu coração pesasse com dúvidas. Então encarei meu próprio nome e fiz uma reverência, dizendo "Que esse dinheiro tenha alguma serventia para mim". Aquilo me soou fraco e até patético, mas derrubei as notas no braseiro e elas se incendiaram instantaneamente. Eu estava prestes a fazer outro leque de notas quando Amah apareceu no pátio.

"Já começou?", ela perguntou, os olhos fixos no dinheiro do Inferno que eu tinha nas mãos. Atirei-o rapidamente no braseiro e tentei esconder a placa improvisada que eu fizera com meu nome, mas era tarde demais.

"O que você está fazendo? Você não morreu ainda!" Com uma velocidade surpreendente, arrebatou a placa de papel e a despedaçou.

"Amah", eu disse, mas ela chorava, gritando comigo.

"Má sorte! Muita má sorte! Como você pode fazer uma coisa dessas?"

"A médium mandou que eu fizesse."

"Mandou?" Amah cravou os olhos em mim. "Então ela é uma mentirosa. Você não vai morrer. Você é jovem demais para morrer!" Vendo-a chorar, consternada, me agarrei a ela como uma criança, sentindo a magreza de seu corpo e a fragilidade de seus ossos.

"Não era minha intenção. Desculpe."

Quantas vezes ela havia me segurado assim, quando eu era pequena? Depois de um tempo, enxugou o pranto com as costas das mãos.

"Nunca mais faça isso", disse.

"Por quê?"

"Porque ninguém, ninguém queima oferendas aos vivos!"

"Mas talvez esse seja um caso especial."

Mesmo que eu não quisesse aborrecê-la, precisava defender minha atitude. Toda aquela preparação teria sido em vão caso eu não pudesse queimar o dinheiro!

"Tem certeza de que ela não mandou você queimá-lo para ele?"

"Tenho. Ela disse que era para mim."

Amah sentou-se, pesada. "Isso é como dizer que você já morreu. Ela não sabe o que está falando."

"Mas, Amah, você que me mandou vê-la!"

"Ela tem algum talento, é verdade, mas não é nenhuma deusa. Como ela pode saber o que a sorte lhe reserva?"

Dois pontinhos corados apareceram em seu rosto. Eu conhecia aquela cara. Queria dizer que não haveria mais uma palavra sobre aquele assunto, por mais racional que pudesse ser a argumentação. Pensei em insistir. Afinal, eu era a dona da casa agora. Na verdade, provavelmente já era há anos, embora nunca tivesse pensado nisso dessa maneira. Como se lesse minha mente, Amah baixou os olhos.

"Li Lan, sou apenas uma velha. Você pode fazer o que quiser. Mas, por favor, não faça isso. Dá muito azar."

Para minha consternação, ela começou a chorar novamente. Agachei-me para olhá-la sobre mim. "Não farei."

Lágrimas rolavam por entre os vincos de seu rosto. "Você não entende. Eu criei sua mãe. Carreguei-a quando era um bebê e segurei sua mão quando ela aprendeu a andar. E ela morreu tão de repente, pobrezinha. No funeral, você se agarrou a mim, seus doces bracinhos de bebê enrolados em meu pescoço. Eu jurei a ela que nunca lhe abandonaria. Se você morrer jovem também, não vou suportar!"

Eu estava impressionada com a efusão. Amah costumava não ser sentimental, sempre reticente sobre falar do passado. "Ela era jovem, na época?" Eu sempre imaginara minha mãe muito mais velha que eu, como as mães de outras pessoas ou minhas tias.

"Não muito mais velha do que você é agora. Era como uma filha para mim."

Sem perceber, Amah passara a afagar meus cabelos, regressando aos velhos ritmos de minha infância, quando eu era literalmente da altura de seus joelhos e vinha para seu colo buscar conforto. "E agora você. Você é minha garotinha também." Como dois náufragos, nos agarramos uma à outra.

A Noiva Fantasma
Yangsze Choo

10

Apesar do remédio da médium, tive sonhos terríveis naquela noite. Meus olhos estavam inchados de tanto chorar, e meu ânimo estava péssimo. O medo de Amah me infectara. A morte já havia roubado algo dela, uma vez, e ela acreditava que seria muito fácil acontecer de novo, fosse pelo deus da varíola ou pela aflição fantasma. Sem querer pensar nisso, fui cedo para a cama. Os sonhos começaram quase imediatamente, confinados que estavam por dias. Do meu sono drogado, formas escuras ondulavam, lançando mãos e rostos de sombras contra uma barreira invisível. Tudo estava embaçado e lento. Tive vislumbres do rosto de Lim Tian Ching indo e voltando. A boca se movia e os olhos giravam de forma alarmante. Eu não queria ouvi-lo mas, por fim, ele entrou em foco.

"Li Lan, minha querida", ele disse. As distorções deixavam sua boca estranhamente rígida. "Você tem sido tão pouco amigável ultimamente. Não acha que isso não são modos de tratar seu prometido?"

"Vá embora!", gritei, mas as palavras só saíam com muito esforço. "Não sou sua prometida! Eu não tenho nenhuma relação com você."

"Vim aqui para dar um aviso. Um pouco de teimosia em uma noiva não é ruim, mas essa desobediência absoluta... Bom, Li Lan, como seu noivo eu sinto que é meu dever repreendê-la, não acha?"

"Foi você quem jogou sangue em nossa porta?"

Ele riu. "Impressionante, não foi? Eu mesmo me surpreendi."

"Você fez aquilo sozinho?"

"Ora, ora, eu não posso revelar todos os meus segredos. Mas é suficiente dizer que tenho outros sob minhas ordens. Sou uma pessoa com algum prestígio, como você descobrirá em breve."

"Como você pode comandar espíritos?"

Ele ainda ria. "Não foi nada demais, na verdade. Apenas pedi que lhe dessem um susto. Eu próprio nunca pensaria em sangue, mas devo admitir que ficou muito bom. Aquela empregada de vocês não parava de gritar. Sério, eu não me divertia tanto desde... desde..." Assumiu uma expressão aborrecida e se calou.

Eu aprendera os efeitos que o assunto de sua morte tinha sobre ele. "E fizeram isso para você? Quem são eles?"

"Os oficiais de fronteira. Ah, sim, eles me obedecem. Foram transferidos para meu comando."

"Por quem?"

"Por um dos Nove Juízes do Inferno, claro." Ao falar isso, sorriu com afetação, seus ombros chacoalhando e fazendo balançar a gordura de sua nuca. Era uma vergonha que a morte tivesse feito tão pouco por sua aparência.

"Todo mundo ganha demônios para comandar?", perguntei.

"Claro que não! Sou um caso especial, recebi recursos para completar minha tarefa. Não pense que eles deixam qualquer um fazer o que quiser. Há procedimentos corretos, pessoas certas a quem conhecer. Levou a mão ao queixo, cofiando o fantasma de um cavanhaque. "Mas chega dessa conversa. Eu vim para ver se você mudou de ideia. Você não fez minhas visitas muito agradáveis ultimamente, consultando aquela velha bruxa."

"Então o pó funcionou."

Tarde demais percebi que dissera a coisa errada. Fúria agitava sua face, seus olhos comprimidos em ameaça. Isso era o mais assustador em Lim Tian Ching. Vivendo em nossa casa tranquila e um pouco melancólica, eu não estava acostumada com pirraças.

"Nenhum pó pode me conter! Aquilo foi um contratempo irrelevante. Mas, essa noite, vim para conseguir minha resposta."

"Mas por que você quer casar comigo?"

"Li Lan, Li Lan, você faz perguntas demais. Com certeza não pretende cansar seu noivo." Mas ele ainda sorria, como se esse jogo o agradasse de algum modo. "Haverá muito tempo para nosso amor nos aproximar."

"Amor? Você nem mesmo me conhece."

"Oh, eu a conheço muito bem, Li Lan." Afastei-me, conforme ele se aproximava. "E foi acordado. Você será parte de minha recompensa."

"Pelo quê?"

"Acho que posso contar, já que estamos prestes a casar, de qualquer maneira. Alguém importante me garantiu uma restituição especial pelo crime cometido contra mim. Eu só preciso cumprir algumas tarefinhas. E, em troca, o criminoso será meu."

"Que crime?", perguntei, sentindo minha pele formigar.

"Você não acha, realmente, que um homem jovem e forte como eu poderia morrer de repente por uma febre, acha? Eu fui assassinado."

Pisquei, nervosa. "E você está tentando descobrir quem fez isso?"

"Mas eu já sei. Foi meu caro primo, Tian Bai."

Amah foi quem me acordou, chorando e berrando como eu estava. Por muito tempo ela me abraçou enquanto eu balbuciava coisas desconexas sobre Lim Tian Ching, afastando de meu rosto os cabelos encharcados de suor. Por fim, caí em um sono intranquilo. Quando finalmente levantei, era quase meio-dia, e Amah batia na porta.

"O que foi?" Eu ainda estava preocupada com as revelações de Lim Tian Ching. Meu cabelo estava desgrenhado, meus olhos inchados. Eu parecia uma louca.

"Seu pai quer vê-la." Amah parecia menor do que nunca, um boneco de corda que começava a falhar. "Lá embaixo, em seu escritório."

Olhei para ela, que simplesmente deu de ombros. "Quem sabe o que ele quer? Mas você! Está muito doente para sair da cama. Vou dizer que ele espere até mais tarde."

"Eu vou lá."

Por alguma razão eu ficava completamente ansiosa com esses chamados e suspeitava que Amah também, mesmo que ela tentasse me deter com broncas e advertências. Depois de lavar o rosto e trançar os cabelos, desci as escadas. Pela primeira vez em dias, a porta do escritório estava entreaberta. Arrisquei bater para me anunciar, mesmo que, nunca fizesse isso.

"Entre", falou meu pai.

Estava sentado à mesa com um pergaminho pintado. Os ossos marcados em suas bochechas magras me fizeram pensar que o fantasma de Lim Tian Ching estava devorando nossa família ainda viva. Eu não sabia com que tipo de pressões ele tivera de lidar na mansão Lim, e pela primeira vez senti uma pontada de dó por seus pais.

"Uma bela pintura, não acha? Sempre foi uma de minhas favoritas." Era um estudo em branco e preto de montanhas, as pinceladas ferozes como se o artista estivesse impaciente para trazer a cena à vida. "Tentei mantê-la longe da luz e da umidade", meu pai falou. "É de um pintor muito famoso. Consegue adivinhar qual?"

Certamente meu pai não me chamara para dar continuidade à minha educação clássica negligenciada. Ou ele estava enlouquecendo, no fim das contas? Torceu os lábios em uma careta. "Vai dar um bom preço. E há outros. Essas coisas velhas que tenho colecionado talvez possam ter alguma utilidade, afinal."

"Quanto?", perguntei.

"Não o suficiente. Mas planejo declarar falência. Esses são para você. Vamos convertê-los em dinheiro e ouro, assim você terá algo com que viver."

"E você? O que vai acontecer com você?", eu quis saber, com um temor repentino. Imagens cruzavam minha mente. Meu pai na cadeia, pelas dívidas, ou jogado na sarjeta.

"Não se preocupe comigo." E, vendo-me agitada, continuou: "Li Lan, na verdade eu quero lhe contar algumas coisas. Acho que seria melhor sabê-las por mim, em vez de ouvir de algum criado enxerido".

Meu coração parou. "O que foi?"

"Tian Bai vai casar. O compromisso é oficial, os contratos já estão assinados e ele desposará a filha da família Quah."

Fiquei parada ali, pasma, as palavras de meu pai ecoando em meus ouvidos como o som de ondas distantes. "A família Quah?", perguntei, entredentes.

"Você deve lembrar da moça, naquela noite do Festival do Vaqueiro e da Tecelã. Ela sentou a seu lado na competição de costura."

Claro que eu lembrava. Aquela garota enorme, com cara de cavalo, que havia sido tão pouco amigável comigo. Eu me sentia naufragar, afundando em águas sombrias. Mal conseguia ouvir meu pai. Entorpecida, vi-o segurar minhas mãos frias.

"Li Lan! Eu lamento tanto. Aquele dia em que ele veio falar comigo, temi que pudesse ter criado esperanças."

Virei-me e saí de lá. Conseguia perceber, vagamente, meu pai me chamando, Amah correndo para me segurar, mas tudo estava submerso.

Um berro encheu meus ouvidos e minha visão se turvou. Tian Bai! Envolvida como eu estava na luta contra Lim Tian Ching, tinha tomado por garantido que ele também estaria, a seu modo, enfrentando seu tio para que pudéssemos ficar juntos. E ele falhara comigo. Falhara há muito tempo, a julgar pelos contratos já assinados. Que idiota eu fui! Cativada por um sorriso charmoso e um relógio de bolso velho. Havia me deixado sonhar acordada enquanto a garota Quah provavelmente costurava seu enxoval. Talvez ela também tivesse recebido um pedaço de tecido de Yan Hong como prêmio. Tive vontade de vomitar.

Deitei na cama com o olhar perdido. Estava exausta, mas não consegui descansar. As acusações de Lim Tian Ching. O casamento de Tian Bai. Tudo se agitava em uma confusão nauseante. Se Tian Bai fosse um assassino, então eu tinha sorte de estar livre dele. Ainda assim, eu não conseguia confiar em Lim Tian Ching nem em sonhos. Era enlouquecedor. Não sei quanto tempo fiquei deitada ali, mas o sol passara de uma janela para a outra, conforme o dia se esvaía. Amah veio acender as lamparinas. Trouxe sopa, ainda que eu virasse a cara. Chorou copiosamente e amaldiçoou Tian Bai, dizendo todas as coisas que eu gostaria de poder dizer. Com a luz diminuindo, os papéis amarelos sobre as janelas tremiam com ventos invisíveis. Eu sabia o que aquilo queria dizer. Meu indesejado pretendente viria novamente aquela noite.

Quando Amah saiu, sentei e procurei pela bolsinha com o pó que a médium me dera. Com dedos trêmulos, coloquei uma boa quantidade dele em um copo e aspergi um pouco de água. Ela dissera que eu podia aumentar a dose, se não funcionasse. Bom, na noite passada realmente não havia funcionado. Disse a mim mesma que tudo de que eu precisava era esquecimento, sono e esquecimento. Disse isso a mim mesma, engolindo em seco e engasgando com aquele gosto amargo. Pensando agora, por que eu fiz aquilo? Por que não esperei que Amah voltasse para preparar o remédio para mim, com cuidado, do jeito que certamente faria? Eu estava brava, desesperada e negligente. Mas sinceramente não acho que queria morrer.

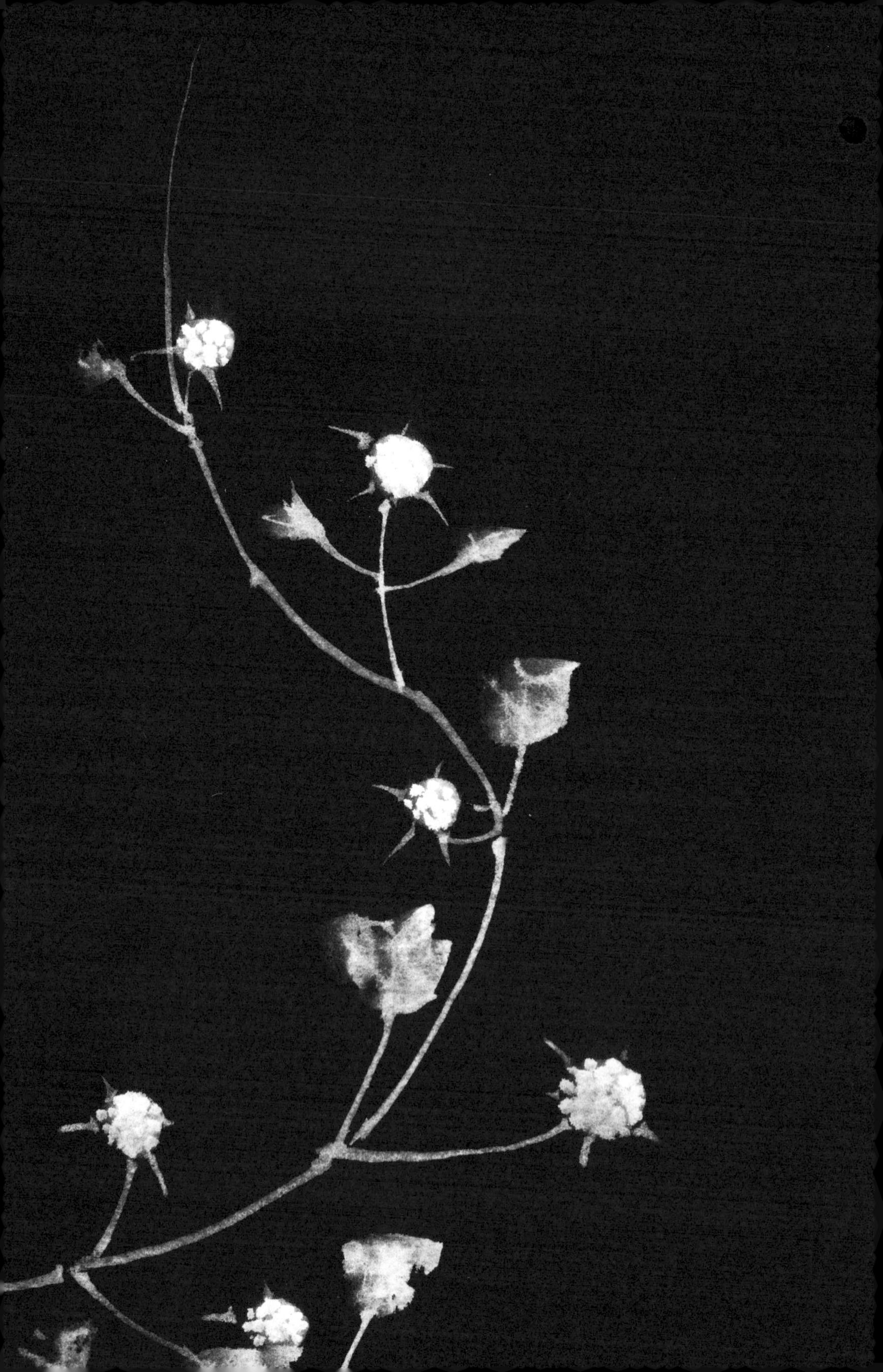

O Além

Parte Dois

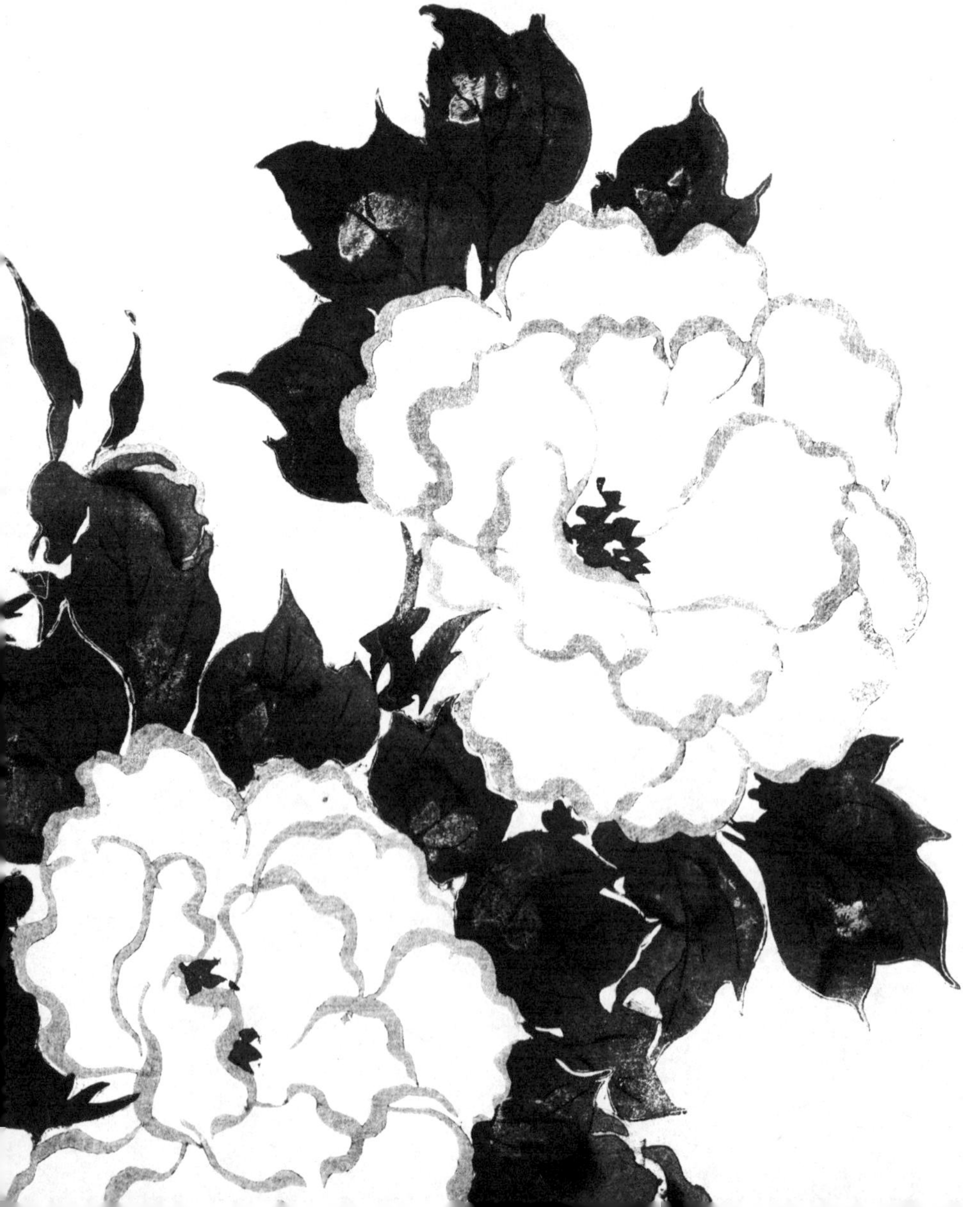

A Noiva Fantasma
Yangsze Choo

11

Alguém chorava, os soluços ásperos como um animal ofegando de dor. Abri os olhos para encontrar um quarto com as janelas semicerradas contra o sol forte. Embora pudesse ter sido de ótima qualidade, havia certo desgaste na mobília, mesmo com o assoalho bem polido e as roupas de cama alinhadas. Vi tudo isso com olhos de rapina, algo que nunca experimentara antes. Cada espiral nas camadas da madeira se mostravam para mim em relevo. Cada partícula de poeira pairando no ar brilhava como uma estrela.

Uma velha mulher estava prostrada ao lado de uma cama, mas era difícil prestar atenção nela, tomada que eu estava por todos aqueles pequenos detalhes. A cama tinha a cabeceira e as laterais cercadas, e o colchão de solteiro de algodão tinha uma concavidade esgarçada. Passei muito tempo observando as costuras que o mantinham inteiro. O soluçar continuava ininterrupto, até a irritação. Voltei minha atenção para a mulher. Estava agachada no chão, o rosto afundado na lateral do colchão. Conforme se balançava para a frente e para trás, deixava ver as solas finas de seus sapatos de pano.

Enquanto a analisava, percebi que uma garota estava deitada na cama, anormalmente quieta, com pálpebras cerradas como flores em botão. A palidez de seu rosto fazia as marcas de expressão e as grossas sobrancelhas se destacarem, em contraste, como se pintadas por uma mão pesada. Eu tentava imaginar sua aparência quando ela abriu os olhos. Se é que chegou a abrir os olhos, na verdade, porque mesmo de longe era evidente que havia algo errado com ela.

A porta se abriu e uma criada entrou no quarto. Quando viu a garota na cama, começou a gritar. Seus berros atraíram um homem velho com a pele toda esburacada. Por sua túnica longa, imaginei que fosse o mestre daquela casa, embora parecesse lamentavelmente frágil. Ele apanhou as mãos da garota e chamou seu nome. Eu já estava prestes a me virar para a janela, mas o som de seu nome me fincou onde eu estava, observando quase com desinteresse enquanto tentavam reanimá-la. O tempo inteiro as pessoas no quarto continuavam exclamando "Li Lan! Li Lan!", como se aquilo fosse trazê-la de volta.

Depois de um tempo, um médico apareceu. Tirando dali a criada histérica, tomou o pulso da menina e examinou sua língua. Sentiu as palmas das mãos e as plantas dos pés, parando para abrir suas pálpebras.

Então disse: "Ela não está morta". A velha, que não saíra de seu posto ao lado da cama, explodiu em um choro renovado. "O que ela tomou?", quis saber o doutor.

Com dificuldades, a mulher se levantou e buscou um embrulho contendo pó, que entregou ao médico, junto com cacos de um copo de louça. Ele cheirou aquilo, passou seus dedos na substância e a provou rapidamente com a língua. "Ópio", afirmou. "Misturado a muitas outras coisas, algumas das quais eu não conheço. Quem deu isso a ela?"

A velha começou a balbuciar uma explicação sobre uma médium e algum outros acontecimentos nos quais eu não prestei atenção. Em vez disso, fascinada pelo fato de a garota ainda estar viva, eu me aproximei. Se eu tivesse parado para pensar, deveria estranhar o fato de mais ninguém parecer me ver ali, mas esse pensamento não me ocorreu.

O médico estava tratando do diagnóstico. "Mantenham-na aquecida e deem canja de galinha, se puderem. Ela pode se recuperar, mas vocês devem estar preparados para o pior."

"Ela vai morrer?", perguntou o mestre da casa.

Em resposta, o médico limpou os dedos na manga da roupa e, com os dedos indicador e médio da mão direita, pressionou com força o lábio superior da menina, abaixo do nariz. Surpreendentemente, as pálpebras dela tremeram um pouco. No mesmo momento, senti um puxão nas fibras mais íntimas do meu ser. Se eu fosse uma pipa soprada por um vento errante, aquela seria a sensação súbita da linha me puxando de volta dos céus.

"Vê?", disse o médico, "esse é o ponto de acupuntura para reanimar desmaios e estancar sangramento nasal. A menina tomou uma overdose que diminuiu drasticamente suas forças, mas ainda há um pouco de *qi* circulando em seu corpo."

"Ela vai se recuperar?"

"Ela é jovem e seu corpo pode ser capaz de se livrar do veneno, então mantenham-na aquecida e façam massagens. Tentem fazer com que tome algum líquido."

"Por favor, doutor. Diga-me a verdade. Quais são as chances dela?" O homem velho estava extenuado, seus olhos arregalados e vidrados. Eu podia ver suas pupilas dilatadas, como se ele próprio estivesse tomando estimulantes. O médico também deve ter reparado, porque parou para observá-lo com uma leve expressão de desgosto.

"Deixe que ela descanse e amanhã estarei de volta, com agulhas de acupuntura. Não quero estimular seu *qi* até que sua condição tenha se estabilizado. Mas ela pode permanecer nesse estado por algum tempo." Enquanto o médico se preparava para ir embora, puxou a velha de lado e sussurrou: "Ele está fumando ópio demais".

Ela concordou, embora eu pudesse ver que seu coração não estava naquele assunto. Seu olhar continuava voltando à menina na cama, e assim que o médico foi embora, ela começou a massagear os membros da garota. A princípio, a menina estava imóvel como uma bela boneca, mas, depois de vinte minutos daquilo, pude perceber uma leve cor em seu rosto. Era tão fraca que eu cheguei a duvidar que a velha conseguisse notá-la, mas uma expressão de alívio cruzou seu rosto. Carinhosa, afagou os cabelos da garota.

"Vou fazer um pouco de sopa para você, minha pequena", ela disse. "Não se preocupe, Amah vai voltar logo, logo."

Quando a porta se fechou, me aproximei da menina. Estava muito curiosa sobre ela. Quando encarei seu rosto, tive a sensação perturbadora de não estar lembrando de algo importante. Mais de perto, pude perceber a fraquíssima pulsação em seu pescoço, o lento correr do sangue por seu corpo e o débil movimento de seu tórax. Movida por um fascínio misterioso, coloquei minha mão sobre seu peito. Um clarão de luz percorreu meu corpo, rasgando seu caminho com uma imensidão de memórias, imagens e impressões. Em um átimo, relembrei quem eu era, quem eram todas aquelas pessoas e que o corpo estendido na cama era meu.

Por uns instantes fiquei parada, congelada e aturdida. Eu era um espírito? Frenética, circundei o corpo. Meu corpo, eu lembrava a mim mesma. Dizia-se que, quando o espírito era separado do corpo, podia ser atraído de volta. Eu andava em torno dele, espiando tudo e pensando se poderia reentrar por uma narina ou orelha, mas eu não parecia ter aquela habilidade. Frustrada, por fim, deitei-me sobre ele, lentamente afundando minha forma fantasma até que estava completamente envolta pelo corpo inconsciente. Encaixavam-se perfeitamente, ainda que algo inconciliável permanecesse separado. A despeito de minha ansiedade, entretanto, eu não me sentia mais aturdida. Meu espírito deve ter se recordado do ritmo de ninar de minha carne, o murmúrio suave do sangue em minhas veias, e se acalmado como um cavalo arisco em um estábulo familiar.

Quando abri meus olhos novamente, o rosto familiar de Amah pairava sobre mim. Por um momento, pensei ser uma criança outra vez, doente na cama, mas então me lembrei. Ela passou a mão em minha testa, mas não senti nada. Foi um decepção dolorosa. Eu a chamei, mas ela continuava a me observar com tristeza.

"Li Lan, você pode me ouvir? Eu trouxe um pouco de canja para você."

"Estou aqui!", gritei, mas a seus olhos não havia qualquer mudança.

Quando ela ajeitou meu corpo, também acabei sentada. Amah levou uma colherada a minha boca. "Só um pouquinho", disse. O aroma era apetitoso e atrativo, mas meu corpo tombou para a frente, derrubando a sopa. Os olhos de Amah lacrimejavam, mas ela continuou insistindo. Desesperada, assumi meu lugar dentro de meu corpo e fingi tomar a canja, sempre que ela a oferecia. No começo, não pareceu fazer qualquer diferença, mas aos poucos meu corpo passou a comer, desajeitado. Amah ficou felicíssima, e eu também. Limpou meu rosto com uma toalhinha úmida e quente, vestiu-me com roupas limpas e me deitou na cama. Observei tudo isso em pé a seu lado, embora ela não tenha dado atenção às minhas lástimas.

Quando ela saiu novamente, fui atrás. Ao contrário do que eu esperaria do mundo espiritual, a movimentação não era difícil. A única diferença é que eu parecia ter menos substância. Coisas finas, como cortinas, não eram obstáculos, mas objetos mais densos exigiam algum esforço. Nem cheguei a tentar as paredes, com medo de ficar presa. Pessoas eram impermeáveis. Quando Ah Chun passou, esbarrando em mim, o movimento de seu ombro me jogou contra a parede. Apenas meu próprio corpo parecia permitir que eu passasse com facilidade.

Havia a crença disseminada de que fantasmas tinham dificuldades para dobrar esquinas e eram facilmente perturbados por ângulos oblíquos e espelhos. Mas eles também eram capazes de passar por fendas e definhar como a chama de uma vela. Nenhuma dessas regras parecia se aplicar a mim, e eu pensava se o fato de não estar realmente morta tinha algo a ver com isso. Ou pior, talvez eu perdesse, em pouco tempo, essa habilidade de me mover intencionalmente e desaparecesse, tornando-me não mais que uma aparição soprada pelo vento.

Do alto da escadaria, impulsivamente dei um salto e planei, como uma pluma, até o andar debaixo. Fiquei tão maravilhada com essa descoberta que quase corri para o alto das escadas para saltar outra vez, mas ouvi vozes vindas do pátio. O ar estava se tornando frio e o cheiro de carvão ficava mais forte conforme os fogões eram acesos para preparar a refeição da noite. Eu quase podia saborear a comida sendo preparada, da mesma forma que saboreara a canja que Amah dera a meu corpo. Em vez de me fortalecer, no entanto, esses aromas simplesmente me atormentavam, deixando-me insatisfeita.

Segui meu caminho devagar até o pátio, onde o Velho Wong falava com Ah Chun. A julgar por seu nariz vermelho e olhos inchados, ela acabara de parar de chorar ou estava prestes a chorar de novo.

"A pequena senhorita morta", ela disse. "E tão jovem – tenho certeza de que esta casa está amaldiçoada!"

Velho Wong fez um som cortante de aborrecimento. "Ela não está morta. Você não escutou o médico?"

"Vou me demitir amanhã. Não trabalho mais neste lugar", ela disse.

"Faça como quiser. Você vai ver se consegue um outro trabalho com tanta facilidade. Aqui, pelo menos, você tem comida e um teto."

"E você?", ela perguntou. "Vai embora no fim do mês?"

"Não sei", ele respondeu. "Eles precisam de uma ajuda."

"Ouvi dizer que o mestre está falido." Ah Chun assoou o nariz.

"Ainda nos pagam, não pagam?"

Eu os ouvia com ansiedade, sem saber como nossa casa conseguiria se manter caso os dois fossem embora. Naquele instante, o Velho Wong se virou e olhou diretamente para mim. Um espasmo de emoção cruzou seu rosto, como um lagarto que corresse sobre a pedra quente. Eu estava estupefata. Mais ninguém havia reparado em mim. Chamei seu nome, mas ele se virou para o outro lado.

"Agora chega!", ele disse. "Volte para o seu lugar."

Obediente, Ah Chun apanhou sua panela de legumes descascados e seguiu porta adentro. Eu fiquei pensando nas palavras que o Velho Wong havia usado. Ele parecia quase ciente de mim, mas não me percebia de forma alguma, mesmo quando me coloquei à sua frente, chamando-o lamentosamente. Sem me perceber, marchou de volta à cozinha, deixando-me em dúvida sobre aquele momento de reconhecimento.

Por alguns poucos dias, eu me mantive próxima a meu corpo, muitas vezes deitando nele na esperança de que aquilo pudesse restabelecer alguma conexão. Comparado a como estava na primeira vez que o vi, meu corpo agora parecia simplesmente estar dormindo. A aparência pálida e sem vida tinha sumido, e agora ele conseguia comer um pouco e engolir, involuntariamente. Levado ao penico, era capaz de se aliviar sozinho. Para isso eu havia me dedicado bastante, pois não queria que Amah fosse sobrecarregada como seu eu fosse novamente uma criança. A princípio, esse sucesso me deixou animada, mas sem avanços além desse nível tão básico, passei a me desesperar.

O médico vinha todos os dias. Eu sentia aflição ao pensar no quanto estávamos gastando com ele, mas felizmente havia ainda algum dinheiro das joias que eu vendera. Esperava que Amah tivesse o bom senso de vender mais, caso necessário. O médico administrava acupuntura e se dizia surpreso com meus bons sinais de progresso, que atribuía inteiramente a seus próprios procedimentos.

"Raramente vi uma melhora tão acentuada em um paciente", disse a meu pai.

"Mas, e com relação a sua mente? Ela ainda não responde a nada."

"É certamente um caso pouco comum. Normalmente o espírito retorna primeiro, abrindo caminho para a recuperação física."

"O que você pensa disso?", meu pai explodiu. Havia manchas em sua túnica azul, que ele não trocava havia dias.

"Vocês precisam chamar seu espírito de volta. Quem sabe por onde andará rondando?"

Como eu estava exatamente a seu lado, senti a terrível ironia daquelas observações. Rondando, de fato!

"E se o espírito conseguir encontrar o caminho de volta?"

"Então, naturalmente, ele vai se juntar ao corpo. Existe uma forte atração entre os dois."

Essa conversa me deixou ainda mais convencida de que eu precisava fazer algo. Qualquer coisa. A catástrofe do meu desencarne havia ofuscado todas as demais preocupações, mas agora eu temia que essa minha forma me transformasse em presa fácil para Lim Tian Ching e seus esquemas. E o que pensar de suas outras acusações? Era difícil acreditar que Tian Bai seria um assassino, mas afastei meus pensamentos dele. Mesmo que fosse inocente, ainda estava para casar com outra. Eu já tinha problemas suficientes por conta própria.

Ainda não ousara passar pela barreira de papéis amarelos que Amah e eu havíamos colado nas portas e janelas. Sempre que eu me aproximava, eles se agitavam, mesmo que não houvesse vento. Eu tinha medo de que pudessem me aprisionar, já que serviam para bloquear espíritos. Já pudera perceber que minha forma espiritual vestia as mesmas roupas que meu corpo, e o alimento que Amah dava a ele me fortalecia. Parecia um bom sinal: de alguma forma indefinida, meu espírito ainda estava ligado ao meu corpo. Mas eu não estava certa do que aconteceria a esse vínculo, se saísse da casa.

Enquanto olhava meu corpo, desejando tê-lo aproveitado mais, notei um fio bem fino suspenso no ar. De imediato, pensei que fosse um fio de teia de aranha, mas ele brilhava à luz do sol e, em contraste com a aparência que os objetos sólidos tinham assumido para meu estado atual, era estranhamente translúcido. Passei o dedo por aquilo e senti um zumbido reverberar, como a vibração de um instrumento de corda.

Surpresa, recolhi a mão. O fio surgia de um canto da sala. Ajoelhando, vi o cintilar do metal que fazia parte do relógio de Tian Bai, atrás do pesado *almirah*. Eu não fora capaz de recuperá-lo desde que o arremessara contra a sombra de Lim Tian Ching, naquela noite que parecia tão distante. O filamento partia do relógio e se espalhava pelo quarto, até desaparecer na luz do sol do lado de fora. Eu não entendia como pudera ignorar a visão daquilo e, com medo, pensei se não estaria me aproximando mais do mundo espiritual.

De todo modo, o fio me atraía. Exercia um poder tão grande sobre mim que era impossível não colocar minha mão sobre ele, seguindo-o até a janela. Impulsivamente, subi no parapeito. O fio zumbia como uma abelha presa em minha mão. Olhei para trás, para a garota na cama, seus olhos fechados e sua respiração tranquila. Eu sabia que Amah tomaria conta de meu corpo. Então, saltei.

A Noiva Fantasma
Yangsze Choo

12

Apesar de meus temores, os papéis na janela não impediram minha saída. Assim, planei devagar até o chão da rua lateral, olhando nossa casa às minhas costas e o fio brilhante em minha mão. Quando afrouxei os dedos, ele flutuou um pouco, balançando ao vento como uma teia de aranha e se alongando a perder de vista. Sem aquilo, eu teria me desesperado e voltado para casa, porque nunca em minha vida estivera tão sozinha no mundo exterior quanto naquele momento.

Comecei a andar, passando pelas casas conhecidas da vizinhança. Não havia praticamente ninguém nas ruas. Estava quente demais para visitas e muito tarde para que os vendedores fossem de porta em porta oferecendo tofu em baldes d'água ou galinhas vivas. Agora que podia vaguear livremente, eu sentia uma grande curiosidade por explorar as casas das outras pessoas e ver como elas viviam, mas o fio em minha mão servia para me lembrar de que havia outras coisas a fazer. Não sabia para onde estava me guiando, mas era tudo que eu tinha para seguir.

Caminhei por muito tempo, acompanhando o fio enquanto ele me levava a um distrito mais comercial. Havia filas de lojas iluminadas com cartazes e placas, construídas tão próximas umas das outras que compartilhavam as paredes com os vizinhos. Uma *kaki lima*, ou "passagem de cinco pés" – caminho fresco e assombreado, criado pelo segundo andar avançado de cada loja – se abria à frente. Nela, homens pechinchavam, velhos cochilavam em cadeiras de vime e cachorros de rua se espalhavam, seus lombos ondulando no calor. Havia diversas lojas de produtos variados; um ferreiro; um *kopi tiam*;[1] um agiota indiano adornado com um *puggree*[2] de algodão branco, tendo na testa três linhas onduladas como marca de casta. Quando eu era criança, Amah me trazia aqui durante o Festival da Lua para escolher entre as fileiras de lanternas de arame e papel celofane, muito bem modeladas nas formas de borboletas e peixinhos dourados. Depois, eu ficava esperando enquanto ela analisava pacotes de agulhas e tamancos de madeira. Enquanto ficava ali, de pé e rodeada por gente correndo atrás de seus negócios, eu quase podia fingir que era apenas outra passante. Que ainda estava a salvo em meu corpo. Lágrimas me encheram os olhos. Senti-me completamente desolada, longe de casa e de todos que me conheciam e se preocupavam comigo.

Soluçava havia um tempo quando notei, pouco a pouco, um pedinte se aproximando. Mendigos eram uma visão comum, mas este tinha um ar não natural. Ele se arrastava, tão maltratado que as costelas eram visíveis através da pele endurecida. Enquanto eu o observava, um homem passou através do mendigo, sem parecer vê-lo, como se ele não fosse mais que uma sombra. Recuei, horrorizada, mas o mendigo estava tão perto que já era impossível evitá-lo. Quando ergueu o rosto, por sob um chapéu esfarrapado, vi pouco além de uma pele ressecada e ossos expostos, os olhos como frutas secas afundadas em suas órbitas.

"Quem é você?" Sua voz era fina e fraca, como se não houvesse ar suficiente para conduzi-la para fora das costelas arruinadas.

Ele parecia tão frágil que reuni minha coragem e perguntei "Você pode me ver?"

Sua cabeça girou sobre o pescoço murcho. "Só por alguns ângulos." Seu olhar vagueou. "Você não tem cheiro de morte. Vem do Paraíso?"

"Você está errado", eu disse. "Não sou uma divindade."

"Então, dê-me comida." Sua boca se escancarou como uma cova. "Estou faminto!"

---

[1] Nome dado aos cafés no Sudeste Asiático, estabelecimentos onde se vendem alimentos e bebidas. É formado pelas palavras de origem malaia hakka e hokkien.

[2] Turbante.

"O que é você?", sussurrei, mas achava que já sabia a resposta.

Ele estava implorando, agarrando-se fracamente à bainha de minhas roupas. "Eu não lembro. Ninguém me enterrou, ninguém sabe meu nome. Agora, dê!", gemeu a criatura miserável. "Dê-me ao menos umas moedas para que eu compre comida."

Tomada por piedade e horror, apalpei meus bolsos e acabei agarrando um punhado de velhas moedas de cobre, atadas umas às outras pelos furos que têm no centro. Aquilo era, provavelmente, parte do dinheiro funerário que queimara para mim mesma, mas não tinha tempo para pensar no assunto, porque ele se atirou sobre as moedas com uma rapidez surpreendente. Agarrando as moedas com mãos esqueléticas, começou a se afastar, desanimado. Consternada, vi outras formas de sombras se reunindo em torno dele. Enquanto olhava, dois outros espíritos famintos surgiram atrás de mim. Um deles parecia ainda mais maltrapilho e demente que o mendigo com quem eu falara. Movia-se de um jeito lento e estúpido, e eu pensava se aquelas criaturas, depois de um tempo, simplesmente desapareceriam no nada. O outro, entretanto, devia ter morrido há menos tempo porque continuou avançando.

"Uma garota está dando dinheiro!"

Encolhi-me ante seu olhar furioso e cego. Em vida, devia ter sido um homem corpulento, pois ainda dava poucos sinais de fome. Quando me movi, ele gritou. "Aqui está a garota!"

Fugi por vielas sem fim, atravessando uma confusão de lojas. Espíritos famintos pareciam surgir de todos os lados, brotando das paredes e tremulando nos corredores. Tarde demais, percebi que não devia ter corrido. Se os mortos podiam me ver apenas por determinados ângulos, teria sido melhor ficar parada. Como as coisas aconteceram, entretanto, encontrei-me muito distante de onde estava no começo. O sol ia alto no céu quando parei, com uma constatação terrível. Em minha fuga, deixara para trás o cordão transparente que me guiara para fora de casa.

Pela segunda vez naquele dia, fiquei na rua com lágrimas nos olhos. Desta vez, entretanto, não ousei fazer um ruído sequer, para não atrair atenção sobre mim. O sal curtia minhas bochechas e minhas pálpebras inchadas latejavam. Meus pés estavam doloridos, e procurei por bolhas neles. Parecia absurdo e injusto que os espíritos sofressem daqueles tormentos da carne, não tendo nenhuma. Mas talvez nisso estivesse todo o sentido da vida após a morte.

Bem, chorar é que não fazia sentido. Depois de um tempo, passei a olhar em volta, percebendo que aquela rua me parecia familiar. Eu já passara por aquele caminho antes, em um riquixá, vestindo minhas melhores roupas para visitar a mansão dos Lim. E, daqui, eu também podia encontrar o caminho para casa. Por um longo momento, lutei contra a tentação. Seria tão fácil voltar, entrar de novo em nossa casa. Mas havia outra opção, mesmo sem o estranho fio que me guiara. Já que Lim Tian Ching visitara minha casa sem ser convidado, eu bem podia retribuir-lhe o favor. Talvez descobrisse algo em meu favor. Qualquer coisa era melhor do que esperar, submissa, que ele viesse até mim.

Ainda que eu estivesse cansada, meus passos eram leves e descobri que podia caminhar mais depressa do que em meu corpo físico. Havia umas poucas vantagens nessa forma espiritual, embora eu temesse o preço que talvez precisasse pagar. Será que eu teria fome muito rápido, como os espíritos famintos? Não ousava pensar muito sobre isso.

Os grandes portões da mansão Lim estavam fechados, embora eu pudesse ver o caminho sinuoso através dos adornos do portão. Tentei atravessá-lo e fiquei aliviada ao perceber que conseguia passar, com algum esforço. Um vigia cochilava no calor do meio dia e os botões de hibisco mal se moveram quando passei, como se eu não fosse mais que uma brisa vaga. Quando me aproximei da casa, novamente fiquei encantada por seu aspecto antiquado. Muitos dos ricos estavam, agora, construindo prédios no estilo colonial britânico, com varandas largas e salões abertos como nas grandes casas da Índia e do Ceilão. A casa dos Lim, por outro lado, era descompromissadamente chinesa, suas paredes ocultando labirintos de salas e pátios. Pensei se a nova noiva de Tian Bai exigiria reformas, mas logo espantei tais ideias. A pesada porta de entrada estava, felizmente, entreaberta, com certeza para que alguma brisa entrasse. Adentrei com certo receio, porque já não era uma convidada, mas uma invasora e, pior ainda, uma fantasma. A maioria dos chineses tinha pavor de fantasmas, porque se dizia que eles eram feitos basicamente de essência *yin* negativa, o que significaria má sorte, não importando suas possíveis boas intenções. Eu não estava morta – ainda –, mas não podia imaginar que a família Lim fosse me receber bem. Desviando meu olhar do altar da família, com suas oferendas e envolto em incenso na sala de entrada, corri para os pátios internos. Lá, em meio aos frios ladrilhos de mármores e as folhas polidas nos vasos, encontrei duas criadas. Uma era a mulher que me escoltara ao lavatório, na festa. Ela e uma jovem estavam ocupadas regando as plantas e espanando o pó das folhas. Tentei passar por elas mas, quando me aproximei, a menina se assustou e deixou cair o jarro.

"Veja o que você fez!", disse a mulher. A menina tinha dez ou onze anos e mordeu os lábios com preocupação. Por instinto, tentei ajudar com os cacos no chão, esquecendo que não tinha corpo físico.

"Senti alguma coisa", disse. "Como se alguém passasse por mim!"

A mulher olhou brava para ela. "Você sabe que a senhora Lim não gosta de conversas sobre fantasmas."

A pequena criada se curvou sobre a jarra quebrada. "Mas ela está sempre queimando oferendas funerárias, não está? Talvez seja o espírito de seu filho que esteja voltando."

"*Tch*!³ Quem gostaria que ele voltasse?" Intrigada, me aproximei. "Você está aqui há três meses apenas. Não conheceu o jovem mestre."

"Ele era agradável, como o mestre Tian Bai?"

A mulher não pôde deixar de fofocar. "Oh, não! Às vezes ele não conseguia fazer nada direito. Mas a senhora o idolatrava. Não conseguiu aceitar quando ele morreu."

"Foi muito de repente?" A jovem parou, aproveitando essa pausa no trabalho.

"Ele teve uma febre, é certo, mas continuou exigente como de costume. Na manhã seguinte, estava morto. O médico não podia acreditar. Até quis saber o que ele havia comido na noite anterior, mas não tinha nada de errado. Ele comera dos mesmos pratos que todo mundo à mesa, o que foi bom."

"Para quem?"

"Para todos nós, sua marreca. Podíamos ter sido culpados por isso. A senhora estava muito transtornada. Quis saber se alguém servira chá ao jovem mestre, antes que ele dormisse, mas ninguém havia servido. E tudo porque sua xícara estava sumida. Ele tinha uma de cerâmica, herança de família, mas não conseguimos encontrá-la em lugar nenhum. A senhora passou a ter todo tipo de ideias esquisitas depois que ele morreu."

"Que estranho." Eu podia ver que a imaginação da menina havia sido capturada por aquela história mórbida.

"O que é estranho?"

---

3   Interjeição que denota repreensão ou desaprovação.

As duas criadas foram pegas em flagrante. Era Yan Hong quem se aproximava. Franziu o cenho para a mulher mais velha. "Meu meio-irmão morreu de febre. Não me agrada que você fique repetindo essas fofocas." Eu nunca vira Yan Hong tão brava, muito diferente da sorridente e graciosa anfitriã de quem eu lembrava. Quando se virou para sair, corri atrás dela.

Pelo resto do dia, fui a sombra de Yan Hong enquanto ela se movia através da casa, tanto pelas grandes salas de estar como pela cozinha cavernosa. Ainda que fosse apenas a filha da Segunda Esposa, ela parecia ser muito respeitada naquela casa, muitas vezes tomando decisões que caberiam à senhora Lim. Yan Hong dissera que estava apenas de visita por uns tempos, mas estava tão à vontade que eu não podia imaginar como a casa funcionaria sem ela. Quanto à senhora Lim, eu a vi pouco. Parecia mais doente que antes, a voz de passarinho dificilmente audível e os modos apáticos demonstravam uma grande mudança em relação a poucas semanas antes.

Não arrisquei me aproximar demais, com medo de que Lim Tian Ching pudesse, de algum modo, sentir minha presença. Na verdade, eu estava apavorada por pensar que ele podia voltar a qualquer momento. A despeito de minha resolução inicial, já não estava muito segura de poder enfrentá-lo. As salas com chãos ladrilhados e pesados móveis de pau-rosa, os longos e escuros corredores com criados apressados, tudo me fazia lembrar que eu era uma intrusa. Ainda assim, eu não conseguia me afastar, porque aqui minha presença, diferente de minha casa, parecia exercer alguma influência. Recordando a atmosfera opressiva de minhas visitas anteriores, pensei se a casa Lim não teria sido, de fato, sensibilizada pelo fantasma de Lim Tian Ching, já que mais de uma pessoa vacilava à minha aproximação e as conversas invariavelmente passavam a tratar de fantasmas. Isso não era uma constatação particularmente agradável, mas não havia dúvidas de que me oferecia algumas informações úteis.

Eu seguira Yan Hong por nenhuma razão que não o fato de ela ser a pessoa mais familiar para mim. E ela fora simpática. Parecia cumprir seus deveres com seriedade, como a filha mais velha da casa, independente do casamento. Era firme com os criados, amigável com as outras mulheres e solícita com a madrasta. Lembrei da história de Amah, sobre como a mãe de Yan Hong morrera para assegurar que a filha se casasse, e estava surpresa que ela pudesse ser tão cordial para com a senhora Lim. Não havia qualquer sinal de Tian Bai. Precisava admitir que eu nutria alguma esperança de vê-lo outra vez. Não importava quantas vezes dissesse que ele não ligava para mim, que era possivelmente um assassino, meu pensamento sempre o buscava. A visão do tanque de lótus, onde primeiro nos vimos, me deu uma sensação dolorosa, e o tiquetaquear súbito de um relógio fez com que meu coração desse um salto.

Quanto mais eu observava Yan Hong, mais sentia que ela estava sob tensão. Era cuidadosa para manter as maneiras tranquilas na frente dos outros, mas, quando sozinha, mordia os lábios e tinha uma expressão de ansiedade rondando o rosto. Ela mal conseguia ficar sentada, saltando de uma tarefa para outra. Eu não sabia se ela sempre fora daquele jeito ou se isso era novo.

A tarde passou até que as sombras se estenderam pelos longos corredores, entrando pelas salas e escurecendo os alegres padrões dos azulejos holandeses pelo chão. Meu espírito parecia se enfraquecer com a luz que se extinguia. Eu ponderava sobre o que fazer naquela noite, quando o vigia apareceu e sussurrou algo para Yan Hong.

"Um homem lá fora?", ela disse. "O que ele quer?"

O vigia baixou a cabeça. "Ele não se aproximou demais, mas está parado há algum tempo."

"Por que não falou com ele?"

"Pensei que ele pudesse fugir se eu me aproximasse. Mas a senhora me pediu para avisar sobre qualquer coisa incomum."

Yan Hong fechou a cara. "Deixe-me ver." Conforme ela seguia pelo caminho serpenteante da entrada, seu claro *kebaya* tremulava à minha frente como uma mariposa à meia-luz.

"Ele foi embora", disse o vigia quando chegaram ao portão. Yan Hong espiou lá fora e deu de ombros, frustrada. Com minha nova visão aguçada, no entanto, percebi uma figura parada em meio às sombras de uma árvore. Conseguia perceber um chapéu de bambu e o cintilar prateado do bordado em sua túnica. Sobressaltada, lembrei do estranho que consultara a médium enquanto Amah e eu esperávamos. Enquanto eu pensava nisso, o homem se virou bruscamente e desapareceu no crepúsculo.

Quando voltamos à casa, senti meu coração definhar. Eu não queria encontrar Lim Tian Ching aqui, enquanto me sentia tão fraca e indefesa. Ao passo que eu pensava sobre isso, Yan Hong entrou na casa, que agora brilhava com lâmpadas acesas. A senhora Lim estava na porta de entrada.

"Aonde você foi?", perguntou, irritada.

Yan Hong afagou seu braço. "Não foi nada", disse. "Estarei com vocês para o jantar, em um minuto."

A senhora Lim concordou, distraída. Mas, conforme se distanciava, Yan Hong dirigiu-lhe um olhar de puro e evidente ódio. Surpresa, segui-a pelas escadas até o quarto, mesmo ansiosa para ir embora. Trancando a porta, abriu a pesada tampa de um baú de madeira. Estava cheio de roupas que ela prontamente colocou no chão. No fundo do baú havia um pacote embrulhado em pano. Yan Hong vacilou por um momento, então desfez os nós como se compelida a averiguar alguma coisa. Desembrulhou um pedaço do objeto e suspirou, aliviada. Envolveu-o rapidamente com o tecido outra vez, mas não sem que antes eu pudesse vislumbrar a borda de uma desgastada xícara de cerâmica.

13

Eu estava tão surpresa que mal podia organizar meus pensamentos. Por que Yan Hong tinha o que suspeitosamente parecia ser a xícara perdida de Lim Tian Ching? Devia haver alguma explicação inocente, pensei. Só um idiota manteria posse de algo assim, e Yan Hong não parecia ser estúpida. Mas a criada dissera que era uma herança de família, então talvez ela não tivesse sido capaz de jogá-la fora. Eu também estava espantada pelo desbotamento da borda. Esse tipo de cerâmica, celadon, era famoso por ser translúcido, e pelo que pude perceber, havia ali um esmalte fino e claro.

Conforme eu especulava sobre esse assunto, entretanto, passei a sentir uma opressão crescente, como se uma neblina onipresente enchesse o quarto. Algo estava vindo. Eu tinha certeza disso. Com medo, pensei em Lim Tian Ching ou nos oficiais de fronteira de quem ele havia falado. O ar se tornou pesado e meu peito, apertado. Era a mesma sensação de choque que eu experimentava quando Lim Tian Ching passava muito tempo nos meus sonhos. Minha boca estava seca. Eu mal podia respirar, sentindo que a própria casa estava ressentida com minha invasão. Com crescente desconforto, fui para a janela. Na densa luz do crepúsculo, vi uma estranha procissão de débeis luzes verdes. Elas passavam direto pelo vigia do portão, sinistras, embora ele não parecesse percebê-las. Foi quando eu soube que eram luzes espirituais.

Corri escada abaixo, cortando caminho pelo bloco dos criados e saindo através de uma porta lateral. Meu corpo doía, meus pulmões queimavam, mas, ainda assim, eu corria, tentando desesperadamente aumentar a distância entre mim e aquelas luzes espectrais. Apavorada, eu quase não conseguia respirar, virando incessantemente através de um labirinto de ruas secundárias até que finalmente a sensação de sufocamento diminuiu e eu pude pensar com clareza outra vez. Meu coração estava disparado, meus pensamentos todos confusos. Yan Hong tinha motivos suficientes para matar Lim Tian Ching caso quisesse se vingar pela perda da própria mãe privando a senhora Lim da convivência com o próprio filho. E seu marido era médico. Teria sido suficientemente fácil para ela pesquisar drogas e venenos. Ainda enquanto eu considerava isso, no entanto, lembrei que Tian Bai também havia estudado medicina. Ele tinha mencionado que seus estudos foram interrompidos, mas nunca descobri por quê.

Uma brisa soprou com um gosto do mar, nunca distante em Malaca. Em frente, lâmpadas eram acesas na pequena fileira de lojas. Atraída pelo reconfortante barulho de panelas, espiei desconsolada pelos jardins dessas casas, finalmente escolhendo uma porta de madeira que me pareceu menos densa. Forcei-me contra os estreitos veios da madeira, emergindo por fim em um pátio de pedra. Havia água potável em grandes jarros esmaltados, e uma menina da minha idade despejava um pouco dela em outra jarra. Equilibrando-a contra o quadril, levou a água para dentro.

Segui-a através de uma cozinha encardida até uma pequena área de refeições. Era a área de estar de uma loja típica, construída de forma extremamente comprida e estreita, de modo que cada uma ficava junta às vizinhas como enguias amontoadas. Uma família estava sentada em volta de uma mesa de mármore. Havia um pai, mãe, velho avô, dois menininhos e a garota que eu seguira. Mas eu era atraída pelo aroma de comida que subia, como uma névoa, da mesa. Era uma refeição simples: sopa e picles; *tofu* e um prato de peixe frito, o *ikan kembong*, que não era mais largo que a mão de uma criança. Eu estava tão faminta, entretanto, que aquilo me parecia um banquete. Apesar de minhas melhores tentativas, porém, o aroma da comida me deixava em atormentada insatisfação. Aparentemente, eu passaria fome a menos que alguém fizesse uma oferenda espiritual para mim. Miserável, agachei-me a um canto da sala enquanto eles comiam, invejando sua tagarelice e cada mordida que davam naquela refeição. Eu já passara fome antes, mas nunca desse jeito. O Velho Wong sempre separava um pouco de amendoins ou uma porção de sementes de melão. Eu sentia saudades dele e de nossa cozinha com um desespero que me assustou.

Depois de um tempo, o velho fez um sinal à menina. "Você fez as oferendas aos ancestrais hoje?"

Ela se mostrou amuada. "Claro que fiz, avô."

O velho se virou e espreitou o altar. "E para os espíritos famintos?"

"Aquelas criaturas! Nem estamos no Qing Ming."

O avô sacudiu a cabeça de um lado a outro, como se tivesse algo nas orelhas. "Coloque um pouco de arroz para eles."

Suspirando, a menina se levantou e colocou um pouco de arroz em uma tigela, dispondo-a no altar com um rápido murmúrio. Assim que ela fez isso, corri ao altar, inspirando profundamente para que aquela fragrância enchesse minhas narinas e, felizmente, meu estômago. Juntei as palmas das mãos para agradecer ao velho, ainda que ele estivesse absorto em sua própria refeição. A certa altura, envolvida pela conversa deles e pelos eventos daquele dia, fechei os olhos. Como era estranho isso, um espírito poder dormir, comer e descansar. Mas, pensando bem, de que outro modo poderiam ser úteis as enormes quantidades de papel funerário, queimados na forma de comida e mobília e que acompanhavam as casas e carruagens dos mortos?

Acordei subitamente em uma escuridão silenciosa. A família já fora para a cama, mas algum ruído havia me despertado. Aguçando os ouvidos, ouvi novamente um ligeiro barulho. A escuridão era quebrada aos poucos por uma fraca luminosidade verde que vinha do corredor, muito parecida com aquela que eu vira se aproximando da mansão dos Lim. A luz se aproximou mais e mais, até que eu sentisse os pelos de minha nuca se arrepiando. Petrificada, entrei quase inteira em um grande baú, rezando para ter aquela semi-invisibilidade que me ajudara a escapar dos espíritos famintos.

A luz fraca entrou na sala e parou. A princípio, tudo que eu via eram as costas de uma figura vestida com trajes antigos, o cabelo elaboradamente penteado com ornamentos pendurados. Era uma mulher jovem, não tão fragilizada quanto o espírito faminto que falara comigo. Quando ela se virou, entretanto, vi seus traços levemente definhados, como se ela estivesse nos primeiros estágios de um processo de mumificação. Ela começou a circular a sala de jantar vazia, parando por um instante na cadeira do velho. Quando chegou à tigela de arroz da oferenda, parou.

"Quem comeu a oferenda?" O corpo de luz que a envolvia ondulou em agitação. "Como se atreve a invadir este lugar?"

Seus olhos argutos correram pela sala como agulhas. Ergui a mão à frente do rosto e fiquei horrorizada ao constatar que ela emitia um leve brilho. Não o brilho tétrico que banhava a mulher, mas uma luz pálida como o luar. Enraivecida, rondou a sala até finalmente me encontrar.

Seus olhos se arregalaram enquanto me observava. "Pensei que você fosse um espírito faminto, mas agora vejo que não é dos mortos. Você está aqui para me levar de volta?"

Talvez fosse natural, pensei, que o pensamento de todo fantasma se voltasse imediatamente para sua própria situação. Afinal, eu própria mal podia esquecer meu desencarne.

"O que é você, um demônio ou uma fada?", ela quis saber.

Sem saber como responder, apenas disse: "Mil perdões por pegar o arroz. O velho disse que era uma oferenda".

"Estava no altar. Mas, por anos, esse altar foi meu."

Apesar de sua hostilidade inicial, ela parecia ansiosa por uma conversa. Talvez fizesse muito tempo desde a última vez que tivera alguém com quem falar. Eu não podia saber quando ela morrera, já que os trajes funerários permaneciam antiquados e imutáveis. Ainda assim, era possível aprender alguma coisa com ela.

"Você está esperando por um mensageiro?", arrisquei.

Com uma expressão de dúvidas no olhar, ela disse: "Então, você está aqui por mim! Mas eu ainda não estou pronta para ir".

"Não estou certa de que...", comecei, mas ela me interrompeu.

"Meu nome é Fan, da família Liew. Eu posso explicar por que ainda estou aqui."

"Você não é um espírito faminto."

"Claro que não! Por direito, eu já devia ter ido às Cortes. Os oficiais de fronteira a enviaram?"

"Meu assunto não é com você." Achei que devia ser clara e direta, antes que me atolasse em mais problemas.

Ela suspirou. "Imagino que seja uma ingenuidade esperar que eles enviem alguém. O que você é, então? Uma fada madrinha? Eu sempre quis conhecer uma. Sei que, às vezes, elas vêm do paraíso. Se bem que...", ela estancou, analisando meus pijamas.

"Eu me perdi."

"Você também perdeu seu cavalo?"

"Meu cavalo?"

"Não tem nenhum cavalo ou carruagem? Talvez seu nível seja muito baixo. É que, essas suas roupas... Quero dizer, você é lindíssima, claro, foi por isso que eu soube que você era uma fada."

Abismada, respondi: "Não sou nada além de uma simples criada com problemas a resolver".

"Oh!", exclamou. "É alguma coisa de amor? Porque é por isso que eu estou aqui também!" Tendo começado a falar, era como se não pudesse mais se conter. "Eu morri por amor, sabia?"

"Sim", disse a fantasma, enquanto se sentava em uma das cadeiras de jantar. Diferente de mim, ela tinha muito menos substância, com suas mangas deixando rastros através da madeira das cadeiras, e era tão tênue que um sopro de ar poderia arrancá-la do lugar. "Foi muito, muito romântico. Ainda me lembro da primeira vez que o vi. Ele já era casado, claro, mas a esposa era muito mais velha. De todo modo, aquilo não me incomodava."

"Você não se importava em ser uma segunda esposa?"

Fez um sinal negligente com a mão. "Eu era a que ele amava. Meu pai se recusou, naturalmente. Ele era apenas um lojista, não era bom o suficiente para mim, considerando que minha família possuía uma casa na rua Jonker. Daí, quando me tranquei no quarto e me recusei a comer, meu pai disse que me colocaria em um navio e me mandaria viver com uns parentes na China. Ele comprou uma passagem em um junco que atravessava os Estreitos de Malaca. Realmente acho que ele pretendia me casar com um parceiro de negócios de Cingapura, mas houve um tufão terrível e nosso barco emborcou. Eu nunca aprendera a nadar, então me afoguei muito rápido." Fan balançou as longas mangas do vestido, com um suspiro. "Se eu soubesse quão fácil é perder a vida, teria tomado mais cuidado com a minha."

Se ela soubesse o tanto que eu concordava com aquilo. Mas eu estava desesperada para descobrir o máximo possível sobre o além, sobre como as coisas funcionavam. "Se você morreu afogada, por que está aqui nesta casa?"

Ela me olhou com espanto. "Eu não disse? Aqui é a casa de meu amado."

"O velho?"

"Ele continuou com a esposa e teve outros filhos. Ainda assim, sonha comigo todas as noites. Meu pai, claro, me deu um funeral apropriado e queimou oferendas para mim, mas meu amado nunca soube disso. Ele pensa que eu fui deserdada e me tornei um espírito faminto. É por isso que ele oferece uma tigela de arroz toda noite. Para mim."

Com uma apreensão repentina, quis saber se eu me daria conta quando meu corpo físico parasse de respirar. "Como foi, quando você morreu?"

"Vi outras almas seguindo para os portões das Cortes do Julgamento. Eu devia ter ido junto, mas queria ver meu amado outra vez. Ah, a esposa ficou muito aliviada quando eu morri, vou lhe dizer! Mas eu me assegurei de que ele ainda me amasse em seus sonhos." Sua risada era um trinado fino. "Apesar de eu ter sempre tido medo de que enviassem alguém para me pegar. Mas a hora já está chegando."

"Que hora?"

"A hora da morte de meu amado, ora! Ele já quase morreu diversas vezes. Caiu de uma escada uma vez, e em outra teve febre tifoide. Mas, agora, acho que o fim está próximo."

"Você quer que ele morra?" Repugnada por sua alegria, eu começava a lembrar do que diziam sobre a influência negativa que os fantasmas têm sobre os vivos.

"Nã... não!" Respondeu, alarmada. "Oh, você não pode me delatar às autoridades! Imagino que, quando ele morrer, eu possa esperá-lo para seguirmos juntos. Afinal, nós temos um vínculo por causa disto aqui." Ela segurou um objeto invisível, com dois dedos. Por mais que tentasse, no entanto, eu não podia enxergar nada.

"Que estranho", ela disse. "Eu consigo enxergá-lo claramente! É um fio brilhante."

Meu coração deu um salto. "Eu estou procurando por algo assim. O que é?"

"Mostra a intensidade de seus sentimentos. Quando eu era viva, trocamos objetos simbólicos. Eu dei a ele um grampo de cabelo e ele me deu um anel de jade, que fora de seu pai. Quando morri, descobri que era só seguir esse cordão e eu voltava para ele. Meu grampo de cabelo ainda está guardado em um baú de madeira, no andar de cima."

Pensei no relógio de Tian Bai e no enfeite de cabelo que eu dera a ele no outro dia, quando ele fora a nossa casa. Mas como, então, meu fio não havia me levado até a mansão dos Lim?

"Talvez sua tarefa seja difícil porque apenas apaixonados podem encontrar o próprio cordão", disse Fan.

"Seu fio flutua no ar?"

Ela franziu a testa. "A outra ponta provavelmente está no fundo do mar, com o anel que ele me deu. Mas eu consegui dar um jeito, com esta ponta. Se deixo a casa, vou agarrada nele. É tão difícil andar por aí feito um fantasma, sabe? Cantos, espelhos. Essas coisas me fazem perder o caminho. E eu sou tão leve, agora. Um vento me arrastaria rua abaixo, se eu não tivesse o fio em que me apoiar.

Suas palavras confirmaram minhas suspeitas de que eu era, de fato, diferente dos mortos, já que podia me mover com facilidade de um lugar para outro. Mesmo os espíritos famintos que haviam me perseguido acabaram se dispersando pelo caminho.

"Não saio muito, de todo modo", Fan continuou. "É muito aborrecido. Sinceramente, não sei o que fantasmas comuns, sem um fio como o meu, fazem." Ela me observou diretamente outra vez. "Você não parece saber muita coisa sobre nada."

"Nós vivemos uma vida bem protegida", inventei, percebendo que devia dizer algo para satisfazer sua curiosidade. "Meu trabalho é colher frutos no Pomar do Pessegueiro Abençoado." Mesmo que eu me sentisse mal por mentir, ela estava cativada.

"Que coisa chata! O Paraíso deve ser supervalorizado demais."

"Tem frutos soberbos", respondi, cautelosa.

"Então, por certo, esse deve ser o fruto da longevidade. Se eu tivesse apenas um, com certeza poderia subornar os oficiais de fronteira para que eles fossem pouco duros comigo."

Lim Tian Ching também mencionara oficiais de fronteira. "Onde posso encontrá-los?", perguntei.

"Nos Portões, é claro. Eu posso vê-los assim que coloco os pés para fora."

"Por que os espíritos famintos não vão para lá?"

"Eles não conseguem encontrar", ela respondeu, desdenhosa. "O que você esperava? Eles não tiveram enterros apropriados, nem preces ou oferendas. Eles não têm jeito." Ouvi-a com peso no coração.

No fim, convenci Fan a me mostrar os Portões. A princípio, ela inventou uma infinidade de desculpas para não fazê-lo. Por fim, consegui persuadi-la ao lembrar que fazia três anos que ela não saía da casa. "Eu estava apenas fazendo companhia a ele", disse, com olhar de malícia.

De repente, lembrei de algo que ela mencionara antes. "Sonhos", eu disse, pensando no acesso de Lim Tian Ching aos meus próprios. Fan tomou um susto. "Você disse que ele não poderia esquecê-la em seus sonhos. Como você fez para garantir isso?"

Ela começou a dobrar suas mangas de novo. "Se eu disser, você tem que me elogiar para eles."

"Não posso prometer, mas vou tentar." Inquieta, pensei que, se ela soubesse do meu desespero por conseguir informações, ou se soubesse que eu mal sabia o que ou quem eram os oficiais de fronteira, dificilmente perderia seu tempo comigo. Mas Fan pareceu satisfeita.

"Bem, eu descobri que se pressiono esse fio em seu corpo quando ele está dormindo, às vezes consigo entrar em seus sonhos. Lá ele é jovem outra vez, e nós estamos juntos. Ultimamente, entretanto, seus sonhos estão se tornando mais fortes que a realidade, e essa é a razão de eu achar que ele está próximo da morte."

Estremeci. Aquilo era quase exatamente o que acontecia com os eruditos itinerantes dos romances que eu lera. Uma bela fantasma os envolvia em um mundo de sonhos até que eles ignoravam todo o resto, buscando esses prazeres fantasmas. Eu realmente não entendia as regras desse mundo do além, mas estava certa de que ele existia, considerando minhas conversas com Lim Tian Ching. Não era de se admirar que Fan tivesse medo das autoridades. Mas ela já estava seguindo o caminho através da longa loja, atravessando a porta da frente sem qualquer dificuldade. Com minha massa mais densa, levei mais tempo para segui-la. Quando surgi na rua, parei, maravilhada. A escuridão da noite estava iluminada por luzes espirituais.

Alguns eram verdes, como o corpo luminoso de Fan. Outros tinha cores diferentes, como flores estranhas que desabrochassem na noite. Entre as multidões de espíritos famintos e fantasmas humanos, havia carruagens e liteiras com lanternas acesas, puxadas por cavalos e outras criaturas que eu nunca vira antes. Havia tigres com cabeças de homens e passarinhos com rostos femininos. Mulheres com pés de lagarto vestidas em trajes de corte. As árvores andarilhas e as enormes flores luminosas deviam ser os espíritos das plantas e divindades menores que Fan mencionara. Maravilhada, fiquei observando essa parada de criaturas sobrenaturais. Eu podia ouvir, muito fracos, os sons de uma rua movimentada, mas estavam encobertos, como se precisassem percorrer uma distância imensa. E, ao mesmo tempo, eu era assaltada pela mesma sensação de sufocamento que experimentara na mansão Lim. Enjoada, tentei desesperadamente respirar.

"O que é isso?", perguntei.

"Você não sabe? São os espíritos. Não é nada demais. Você tem que ver quantos aparecem nos dias de festa."

"Mas eu mal consigo respirar."

Ela deu uma espiada em mim. "Isso é pressão espiritual, causada pela concentração de energia *yin* dos fantasmas. Não sei como é o paraíso, mas quanto mais tempo você passar com os mortos, menos essas coisas vão incomodar."

Com horror, percebi que ela estava certa. Afinal, quando Lim Tian Ching começara a me assombrar, eu havia sofrido com essa sensação de choque em meus sonhos. Depois, quando vi pela primeira vez aquelas luzes na mansão dos Lim, fiquei tão consternada que precisei fugir. Mas, desde então, havia passado um tempo conversando com Fan sem nenhum efeito em particular, talvez porque seu espírito morto há muito tempo já fosse menos substancial. Escorei-me contra uma parede até que aquela intensidade começou a diminuir. Por si só, esse provavelmente era um mau sinal, mas não havia nada que eu pudesse fazer.

"E lá está o Portão", ela disse, apontando para um brilho no céu. Fracamente, consegui ver um grande arco através do qual uma multidão de espíritos passava, como um infinito rio de luz. Mas era muito distante.

"Como se chega lá?", perguntei.

"Você plana", ela respondeu. "Não consegue sentir a atração que ele exerce? Tenho certeza de que, se eu subisse em um telhado e me deixasse levar, seria arrastada."

"Não acho que eu consiga flutuar como você."

"Voe, então. Não foi assim que você veio do Reino Celestial?"

Fui salva pelo gongo.

"Abram caminho! Abram caminho!" Instada por esses gritos, a multidão se movia como uma onda. Açoitando os presentes pelas costas, vinham quatro monstruosas criaturas com cabeças de boi unidas aos corpos de quatro homens guerreiros. Cada uma carregava uma alabarda e vestia um uniforme preto com insígnia escarlate. Bufando amedrontadoras, abriam facilmente o caminho por entre o tumulto. A meu lado, Fan estremecia convulsivamente.

"Quem são eles?", perguntei.

Irritada, fez sinal para que eu me calasse. Atrás da escolta vinha um palanquim vermelho-sangue. Havia algo de familiar naquele visual espalhafatoso, e dei um passo à frente para ver melhor. As cortinas estavam cerradas, mas uma lufada de ar soprou-as para dentro. Impaciente, uma mão pesada colocou as cortinas novamente no lugar, mas não sem que eu visse seu dono. Ali, sentado tranquilamente, estava Lim Tian Ching.

Gritei, perplexa, e comecei a andar mais para a frente. Naquele momento, embora minha voz estivesse perdida em meio aos rugidos daquela escolta, os olhos de Lim Tian Ching se deitaram sobre mim como se ele, especificamente, tivesse me escutado. Abaixei instintivamente, escondendo-me por detrás de uma besta com grandes chifres. Uma expressão de consternação cruzou o rosto de Lim Tian Ching. Um instante depois, a procissão havia passado.

"Quem eram?", perguntei a Fan. Ela voltava para a loja, apavorada, mas eu a detive.

"Aqueles eram oficiais de fronteira!" Empalideci. Eu estava esperando encontrar algum tipo de burocrata com quem pudesse negociar, mas aquelas criaturas monstruosas estavam além de minha compreensão. Fan parecia nauseada. "Bom, aqueles eram apenas quatro soldados a pé, mas os oficiais de fronteira são do mesmo tipo de demônio cabeça de boi. Nós, fantasmas, tentamos evitá-los o máximo possível."

"Mas havia um fantasma humano no palanquim", eu disse.

"Então deve ser alguém importante. Ou tem rios de dinheiro. As autoridades podem ser subornadas para conceder todo tipo de privilégios. Você não sabe que esta parte do além é regida pelos juízes do Inferno? Antes de entrar nas Cortes para julgamento e reencarnação, há um lugar chamado Planície dos Mortos, onde você pode desfrutar das oferendas queimadas pela sua família. É apenas para fantasmas humanos, embora você não possa ficar para sempre. Eu tinha uma casinha e um par de criados. Mas faz algum tempo que não volto lá." A despeito de sua convicção, um tremor passou pelo rosto de Fan.

"Por que não?"

"Eu disse! Meu tempo está acabando. Era para eu ter me apresentado nos Portões, para ter meu caso julgado, há muito tempo." Uma expressão preocupada cruzou seu rosto. "Se ao menos meu pai tivesse queimado mais dinheiro funerário eu poderia subornar os oficiais de fronteira. Espero que a família de meu amado queime uma boa quantia de dinheiro quando ele morrer. Eu os estou observando há anos, eles têm muito orgulho dele."

"Você não vai precisar se apresentar às Cortes, cedo ou tarde?"

"Bem, é claro. Mas pode demorar muito, muito. Séculos, se tivermos dinheiro suficiente." Olhei para Fan, com dúvidas.

"Não me olhe desse jeito!", ela disse. "Não viu aquele fantasma no palanquim? Ele é a prova de que você pode fazer o que quiser, se tiver recursos. Agora podemos parar com esse assunto?"

Observei-a voltar para dentro da loja. Eu não havia gostado dela particularmente, mas a mulher tinha uma paixão tão grande que me fazia ter pena de seus joguinhos. De todo modo, ela dissera algo que havia mexido comigo. Olhando para a sombra da porta, tinha a sensação de que Fan ainda estava ali, do lado de dentro, esperando. Andei até lá e me dirigi às paredes silenciosas.

"Só mais uma coisa", eu disse. "Como encontro a Planície dos Mortos?"

Ouvi-a engolir em seco antes que seu rosto pálido reaparecesse, flutuando sobre a superfície de madeira da porta. Isso teria me apavorado de morte, antes, mas eu tinha me acostumado a visões assim. "Como você sabia que eu estava aqui? Você é mesmo uma fada, no fim das contas!"

"Onde fica a Planície dos Mortos?", repeti. De alguma maneira, o lugar parecia me atrair. Sem motivos, meu pensamento devaneou até minha mãe. Amah sempre estivera muito segura de que minha mãe escapara dos tormentos dos juízes, tendo renascido muito tempo atrás, mas eu não podia deixar de pensar se ela ainda estaria por ali.

"Há entradas por toda parte, como os Portões. Os espíritos famintos não conseguem chegar lá. Eles não têm dinheiro nem roupas para a viagem."

"Como você vai?"

"Eu já disse, tenho um par de criados. Quando chego a uma entrada, eu os chamo e eles aparecem para me carregar."

"Eu poderia ir até lá?"

Ela me olhou demoradamente, com a expressão de quem lutava com a própria curiosidade. "Por que você precisa ir? E como vai atravessar a Planície?"

"Talvez você pudesse me dar carona?"

"Claro que não! Meus criados são frágeis e mais que raquíticos. Eles estão começando a cair aos pedaços, depois de tantos anos. Mas, tendo dinheiro, você pode comprar sua passagem." Ela me encarou, enquanto eu revirava os bolsos. Havia alguns punhados de moedas e dois pequenos lingotes de metal.

"Você vai precisar de mais que isso", ela disse, com mal disfarçado enfado. Em meu íntimo, lamentava o fato de não ter podido queimar todo o dinheiro funerário antes que Amah me impedisse aquele dia.

"Vamos fazer o seguinte", disse Fan. "Se você quer ir à Planície dos Mortos, eu vou mostrar o caminho. Por um preço."

"Pensei que você já tivesse o suficiente."

"Nem tanto. Não quero encontrar meu amado, quando chegar a hora, parecendo uma mendiga."

"Você já não o vê nos sonhos?"

"Sonhos! Eu posso manipular um pouquinho do cenário, mas quando ele morrer, vai me ver como eu sou. Vamos lá, não parece uma boa troca?"

Pensei um pouco e concordei.

"Mas você precisa de mais dinheiro. Peça a suas Autoridades Celestiais. Lembre-se, teremos que comprar cavalos, carruagens e roupas."

"E como vou encontrá-la, quando precisar?"

Ela deu de ombros. "Estou sempre aqui. Mas se apresse! Não acho que ele vá viver por muito mais tempo."

14

Perguntei a Fan sobre a Planície dos Mortos por impulso, pensando em minha mãe e também na possibilidade de, se eu estivesse realmente desesperada, encontrar com Lim Tian Ching sem uma escolta de demônios. Afinal, Fan dissera que a Planície dos Mortos era para fantasmas humanos, e eu própria não vira suas mansões e parques, cavalos e estábulos em meus sonhos? Agora que eu tinha uma teoria alternativa sobre seu assassinato, talvez pudesse convencer Lim Tian Ching a abandonar sua vendeta. Honestamente, porém, minhas perspectivas não eram animadoras. Eu nem mesmo sabia como persuadir alguém a queimar dinheiro funerário em meu benefício.

Quanto mais eu seguia, menor era a quantidade de luzes espirituais. Pensei se havia algum significado nas rotas fantasmas: algum sentido oculto ou alguma propensão antiga para algumas áreas. No caminho, tomei cuidado para não ser vista pelos outros espíritos presentes. As histórias que eu ouvira quando criança diziam que existiam coisas muito mais aterradoras nos territórios exteriores do que as que eu já presenciara.

Sem que eu percebesse, acabei chegando até o velho Stadhuys. Baixo e quadrado, com a pintura de um vermelho escuro, paredes de alvenaria pesada e um telhado europeu inclinado, uma lembrança da época que os holandeses dominaram Malaca. Eu nunca havia entrado, embora soubesse que os britânicos usavam o prédio como sede do governo. Os nativos diziam que era assombrado e, apesar da minha condição, senti uma pontada de medo. Procurei por luzes fantasmas, mas não havia nenhuma naquela área. Talvez estivessem todos lá dentro, aqueles burgueses da Holanda com suas mulheres esplendorosas em antigas crinolinas ainda caminhando sobre o piso lustroso e se agitando por causa dos preços da pimenta e da noz-moscada, do cravo e da canela. A praça da cidade ficava em frente, bem plantada com canteiros de flores ao estilo holandês, com fontes marcando o espaço. A água parada das fontes, brilhando, lembrou-me da dor em meus pés. Cautelosa, me aproximei para olhá-la de perto.

Quando me aproximei da fonte, percebi outra imagem refletida na água, próxima à minha. Era uma forma vaga que logo se definiu na visão de um homem velho vestindo uma blusa amarrotada. Ele era tão delgado e gasto que, à luz da lua, parecia uma criatura feita de renda finíssima.

"Quem é você?", sussurrei, por fim.

O homem se moveu. "Ah, agora eu a vejo." A luz pálida iluminava um nariz como o bico de um papagaio e olhos de órbitas fundas. Um estrangeiro, pensei. Eu nunca me aproximara tanto de um.

"Você não está morta, mas também não está exatamente viva. Pobre criatura." Ele era o primeiro espírito a perceber claramente o que eu era, e recuei, aterrorizada. "Eu não mordo, eu não mordo. O que você está fazendo aqui? Precisa voltar para casa." Apesar de seu sotaque e aparência estranhos para mim, sua fala era tão gentil que, aliada a minha exaustão, fez com que meus olhos se enchessem d'água.

"Calma, calma, não precisa chorar. Você consegue me ouvir, não consegue?"

Muda, fiz que sim com a cabeça.

"Uma menininha chinesa, estou vendo", ele disse. "Mil perdões: uma jovem moça."

"Quem é você?"

"Eu? Velho Willem Gonesvoort, eis quem sou. Passar o tempo na fonte é o que faço."

"Você é um holandês!", falei, empolgada.

"Eu era um holandês", ele me corrigiu. "Agora, o que sou? Um espírito, uma alma."

"Por que você está aqui?"

"Eu deveria perguntar-lhe a mesma coisa", disse, em uma suave repreensão, "mas, de todo modo, as damas tomam seus próprios caminhos." Ele fez uma reverência cadavérica, mas cortês. Quando ele fez esse movimento, percebi que tinha um dos braços paralisado, colado ao peito como a asa de um passarinho. "Naveguei para o Oriente quando jovem. Treinado para ser arquiteto, essa era minha profissão. Ah, sim, meu braço", disse, notando meu olhar. "Nascido assim, morto assim. Ninguém acreditava que eu seria capaz de navegar a partir de Roterdã com esse braço, mas ele era bom o suficiente para que eu visse o mundo. De todo modo, sempre fui apaixonado por Malaca. Então, quando o tempo terminou, fiquei um pouco mais. Gosto de admirar minha obra, imagino."

"Que obra é essa? O Stadhuys?"

"Não, não! Deus me livre, quão velho você acha que eu sou? Stadhuys foi construído em 1650. Não sou tão antigo assim. Se bem que ajudei com as pequenas expansões."

Forcei a vista sobre a construção escura, mas não consegui perceber para que ele apontava. "Muito bom", eu disse, finalmente.

"Você acha? De todos os prédios que projetei, esse é o de que mais gosto. Aquela extensãozinha não é nada demais, mas fiquei satisfeito com a forma como foi feita. Mas para onde você poderia estar indo?"

Abri a boca e, antes de falar, fechei-a. Estava cansada de conversas, cansada de andar e não ter descanso. Eu nem mesmo tinha certeza sobre esse holandês, apesar de ele parecer bem inofensivo e tão insubstancial que eu estava quase certa de sua grande idade.

Um sorriso tímido cruzou seu rosto. "Você não confia em mim. Não que eu possa culpá-la por isso. Eu mesmo não falei com outro fantasma por quase cinquenta anos. Mas era preconceito meu. Não nos misturávamos muito com os nativos, na minha época, sabe, e o único holandês por perto era aquele lunático que se atirou para a morte do alto da torre do relógio. O tempo me amansou, de todo modo. Além do que, é muito solitário não ter com quem conversar."

A ideia de me arrastar por séculos criou uma sensação de quase pânico. "Estou à procura da Planície dos Mortos", falei.

"Planície dos Mortos?", foi sua resposta. "Não posso ajudar. Não tenho como encontrar esse lugar, apesar de já ter ouvido falar sobre, algumas vezes. Não faz parte das minhas crenças, minha criança. Esse não é meu além."

Fiquei em silêncio, por um momento. "Mas você pode me ver! Pode falar comigo!"

"Sim, sim. Claro, ainda estamos um tanto ligados ao plano dos vivos. E você também é capaz de ver esse pavimento sob nossos pés e o luar refletindo na fonte. Este não é propriamente o além, minha cara. É apenas o finzinho da vida. A partir de onde nós seguimos."

"Então o que acontece com vocês, quando morrem?"

"Sabe que eu não tenho certeza? Mas minha amada mãe me ensinou que existe um Deus misericordioso, e foi no que escolhi acreditar. Ou isso, ou vou simplesmente desaparecer."

"Você é católico?", perguntei.

"Oh, não. Sou um típico burguês protestante", ele respondeu. "Embora eu tenha visto alguns dos irmãos católicos caminhando colina acima. Havia um com quem eu gostava de conversar, mas ele já se foi há muito tempo."

"Como você soube o que eu era?"

"Porque vi alguém como você, muito tempo atrás. Um menino indiano que caiu de uma árvore. A queda não o matou, então ele ficou preso aqui por um tempo."

"Quanto tempo?"

"Poucos dias apenas. Ele não podia comer, sabe? E quando seu coração parou de bater, ele finalmente virou um fantasma. Pobre criatura, estava tão assustado."

"Quer dizer que eu também tenho apenas uns poucos dias?" Minha voz falhava.

"Não sei. Mas você parece mais forte do que ele era. Seu corpo deve estar estável. Tome cuidado, de todo modo. A menos, é claro, que esteja pronta para seguir a jornada."

Mesmo com suas maneiras corteses, aquelas palavras me aterrorizaram mais do que qualquer outra coisa naquela noite. "Não há jeito de eu voltar ao mundo dos vivos?", quis saber.

"Deve haver. Há! Não se apavore. Reze, que tudo ficará bem, e eu vou rezar também." Ele deu um suspiro e, por um tempo, ficamos em silêncio. Uma débil linha de luz surgiu no horizonte. "Talvez você devesse voltar para tomar conta de seu corpo", disse o holandês, finalmente.

"Não sei bem como voltar daqui."

"Talvez eu possa ajudar com isso", ele sugeriu. Hesitante, descrevi nossa vizinhança.

"Ah, o bairro dos mercadores", disse. "Faz um longo tempo desde que me aventurei por lá. Mas não é tão difícil de encontrar. Aqui, vou mostrar o caminho." Ele se ajoelhou, usando o braço bom para desenhar um mapa em um pedaço de terra. Nenhum de seus gestos fez uma marca sequer na terra, mas o traçado deixado por sua mão fantasma me permitiu entender o caminho.

"E se eu for por esse outro caminho?"

A luz fresca da manhã começou a inundar a praça. Virei-me para olhar ao lado, mas o holandês havia sumido. Eu não sabia o que havia acontecido com ele: se por fim se desvanecera, sua forma frágil sendo evaporada sob os raios brilhantes do sol, ou se ele era tão velho que podia ser visto apenas ao luar. Por algum tempo, fiquei sentada, inconsolável. Pássaros trinavam e uma neblina cobria a água fria da noite, sobre a fonte. Dei-me conta de estar tão cansada, mas tão desgastada e triste, que me deitei ao pé do Stadhuys, como um morador de rua.

Quando me levantei novamente, o sol ia alto no céu. Sentei-me depressa, com uma inquietação súbita pelo corpo. O mapa do holandês era bom. Claro e conciso, de alguma maneira deixou o desenho da cidade marcado em minha mente, então não tardei a encontrar ruas familiares. Apressei o passo, chegando perto de casa, até que parei bruscamente. Na porta da frente, guardando-a, havia um demônio com cabeça de boi.

De cabeça baixa, o demônio esperava de braços cruzados. A pesada cabeça bovina tombava para trás, em uma demonstração de tédio que seria risível em uma criatura menos ameaçadora. Em pânico, colei meu corpo à parede, sentindo os tijolos ásperos conforme eu me apoiava. Meus pensamentos giravam como papeizinhos em um furacão. Por que ele estava ali? E por que eu não tinha a mesma sensação de opressão que experimentara antes? Não adiantava me enganar pensando que eu não sentia opressão porque havia apenas um demônio, enquanto na noite passada a rua estava repleta de espíritos. Eu estava me acostumando. A cada encontro com os mortos eu me tornava mais e mais próxima deles. Eu me sentia mal.

O demônio estava imóvel, como uma imagem talhada em um enorme tronco de árvore. Há um tipo de boi selvagem nas selvas malaias chamado *seladang*. Ele é mais alto que um homem e pesa mais de uma tonelada. Um *seladang* é das poucas criaturas que consegue matar um tigre. Eu nunca vira um desses animais vivos, mas uma vez, na farmácia chinesa, vi um conjunto de chifres que um caçador havia trazido. Agora, olhando para o demônio, eu percebia que seus chifres eram bem maiores dos que eu já havia visto. O rosto sob eles, entretanto, não demonstrava qualquer suavidade animal em sua expressão. Havia uma mistura de malícia e ferocidade em seus olhos vermelhos, um lampejo de humanidade que me fez estremecer.

Enquanto eu olhava para esse porteiro indesejado, outro demônio se aproximou.

"Novidades?", perguntou o primeiro.

"Tudo limpo. Você entrou?"

"Há muitos pergaminhos nas janelas. Além do mais, só o corpo dela está lá."

Meu coração disparou como uma mariposa desvairada. A ideia de que tais criaturas pudessem estar atrás de mim me fez fraquejar de horror.

"Fique aqui, de guarda. Eu vou patrulhar."

Trocaram de postos, com grunhidos e o clangor das armaduras.

"Não a deixe passar por você."

"Olha quem fala! De todo modo, não consigo entender como *ele* sabia que ela tinha fugido. Nunca foi preciso montar guarda antes."

"Não faço ideia. Ontem à noite, de repente, ele começou com essa ladainha. 'Ela está lá, ainda?', disse, todo agitado e cheio de dedos." Levei as mãos à boca. Então Lim Tian Ching realmente ouvira meu grito de espanto na noite passada. "Eu quase arranquei sua cabeça com os dentes, para que ele parasse de espernear."

Trocaram olhares vermelhos. "Nem se preocupe. Se ele não cumprir sua tarefa, será nosso de qualquer maneira. Não que ele suspeite disso."

O outro demônio gargalhou, escancarando uma bocarra cheia de dentes afiados. "O que devo fazer se ela voltar?"

"Ora, se assegure de que ela não vá fugir outra vez! Ela vai voltar. Eles sempre voltam."

"E seu corpo?"

"A velha está fazendo um bom trabalho. Deve aguentar. Não há nada de errado com o corpo."

"E se ela não voltar?"

"Se ela se perder, você quer dizer? Então seu espírito vai definhar. Mesmo que ela volte, não vai mais conseguir se adequar. Vai ser como um feijãozinho perdido dentro de um tanque."

"É melhor que a encontremos então."

O primeiro demônio se afastou, enquanto o outro assumia seu posto na entrada. Meu estômago estava embrulhado. Não fazia sentido voltar para dentro da casa agora. Seria melhor me manter afastada, pensei, enquanto esperava o demônio relaxar a guarda. Ele parecia mais alerta que o anterior, entretanto, postado com firmeza e correndo os olhos pela rua e pelas casas vizinhas. Eu começava a pensar no que fazer quando a porta da frente se abriu.

A Noiva Fantasma
Yangsze Choo

15

Aflita, olhei enquanto a pesada porta de entrada se abria, temendo que quem quer que saísse dela fosse presa fácil para o demônio de guarda. Morria de medo de que pudesse ser Amah, mas quem apareceu foi o Velho Wong, nosso cozinheiro. Apesar de minha preocupação, seu cruzamento com o demônio de cabeça de boi foi estranhamente anticlimático. Eles se evitaram, um ao outro, com uma dancinha esquisita: o Velho Wong agarrando displicentemente sua cesta, sob um braço, e o demônio dando um passo ao lado com um desdém entediado.

Conforme o Velho Wong descia a rua, eu me espremia contra a parede, acabando por sair no pátio vizinho. Na pressa para me manter escondida, atravessei desastradamente as casas de outras pessoas, forçando-me contra paredes e outros obstáculos. O Velho Wong seguia em um passo constante. De tempos em tempos, parecia que eu o perderia de vista, mas consegui, quando já havíamos nos distanciado bastante da casa, emergir bem a tempo de vê-lo dobrar uma esquina.

Correndo atrás dele, pensei no que pretendia fazer. Não havia nenhum plano real, nenhum curso de ação em mente. Ainda assim, eu me lembrava daquele breve momento no pátio, quando ele parecera ter me reconhecido, e torcia para que isso me ajudasse a reforçar a visibilidade de minha forma. Se ao menos estivesse chovendo, as gotas poderiam delinear um contorno em mim. Mas, apesar das frequentes tempestades tropicais que encharcavam Malaca, o céu estivera limpo pelos últimos dois dias. As enormes nuvens cúmulos-nimbo viajavam pelo céu como espumas velozes, serenas como ilhas flutuantes.

Alcancei o Velho Wong e o chamei, ainda que com poucas esperanças de que ele pudesse me ouvir. Para minha surpresa, ele virou a cabeça. Uma expressão de espanto tomou seu rosto, mas ele manteve o olhar fixo adiante, como se não tivesse me escutado.

"Velho Wong!", gritei outra vez. "Sou eu! Li Lan!" Corri a sua volta, mas ele diligentemente me ignorava. "Por favor! Se você pode me ver, ajude!"

Seguimos assim por um tempo, eu implorando enquanto ele não me dava atenção. Afora um espasmo no canto de seu olho, o Velho Wong agia como se eu não existisse. Finalmente, parei na rua e berrei como uma criança, as lágrimas vazando entre meus dedos e meu nariz escorrendo, sem cerimônias, em minha blusa.

"Minha senhorita", o Velho Wong olhava para mim, resignado. "Eu não deveria estar falando com você. Volte para seu corpo."

"Você consegue me ver!"

"Claro que eu consigo vê-la! Vi-a perambulando em torno da casa, semana passada. O que você faz aqui, tão longe de casa?"

"Não consigo voltar. Há demônios com cabeças de boi procurando por mim." Cuspi toda a história de minhas desventuras, soluçando de puro alívio.

O Velho Wong interrompeu meu falatório. "Não fique aí no meio da rua. As pessoas vão achar que sou louco."

Havia uma enorme árvore-da-chuva à margem da estrada, as rendas de seus ramos criando uma fina rede de sombras. O Velho Wong se agachou ao pé da árvore e falou. "Agora, o que se passa com você?" Enquanto eu me recompunha, ele tirou um embrulho de jornal do bolso e, dele, pegou algumas sementes torradas de melão. "Eu realmente não devia estar falando com você", disse pelo canto da boca.

"Por que não?"

Fez um ruído impaciente. "Porque é ruim! Vai prender você ao mundo espiritual. Você precisa voltar a seu corpo. Por que motivo você acha que eu fingi não enxergá-la esse tempo todo?"

"Eu tentei. Tentei mesmo, mas não consigo voltar ao corpo. E, agora, nem mesmo para casa eu consigo voltar!"

"Você disse que há um demônio guardando a casa?"

"Você não o viu?"

"Não, mas senti algo. Eu não consigo ver demônios. Eis algo pelo que sou grato."

"Por que você pode me ver, então?"

"É uma longa história. Você quer mesmo saber? *Aiya*, você sempre gostou de histórias, desde quando era pequenininha."

Ele suspirou enquanto quebrava a semente de melão entre os dentes, sugando o miolo adocicado. Até onde eu podia lembrar, ele sempre carregava algum tipo de lanche consigo, fossem amendoins com casca ou grãos-de-bico assados. Mesmo assim ele sempre fora magro e raquítico como um cachorro vira-latas, seus braços marcados pelo esforço de bater massa, depenar galinhas e esfregar panelas.

O Velho Wong ergueu as sobrancelhas. "Eu posso ver fantasmas. Sempre pude, desde garoto. Algumas pessoas nascem assim, outras adquirem essa capacidade através de prática espiritual. No meu caso, demorei muito até perceber que grande parte das pessoas que eu via não estavam vivas. Nasci em uma vila pequena no norte, Perak. Teluk Anson, onde os ingleses têm autorização de mineração. Meu pai era sapateiro, minha mãe costurava. Nunca contei isso a você, contei? Não gosto que as pessoas saibam muito a meu respeito.

"Quando eu era bem jovem, havia uma criança que costumava brincar comigo perto do rio. Todo dia ele me esperava, e brincávamos com gravetos e folhas. Ele nunca tocou em nada, só me dava as instruções do que construir. Um dia, perguntei a minha mãe se eu podia convidá-lo para o jantar, porque ele era magrelo e parecia faminto. Minha mãe não acreditou quando o descrevi, dizendo que não tinha nenhuma criança daquele jeito em nossa vila. Precisei levá-la até o rio e apontar meu amigo. Foi então que percebi que ele era um fantasma, porque minha mãe não conseguia vê-lo. Na verdade, ela ficou apavorada e eu levei uma boa surra, vou lhe contar. Mandaram que eu nunca mais brincasse com ele. Depois, juntando informações que eu ouvia dos adultos aqui e ali, descobri que anos antes uma criança havia se perdido. Ela saíra andando um dia, e seus pais não sabiam onde procurá-la, porque eram trabalhadores itinerantes. Ninguém nunca mais ouviu falar da família e a criança foi esquecida.

"Como eu insistia que ele ainda estava no rio, meus pais concluíram que a criança havia se afogado. Um dia, sem mim, meu pai foi até a margem e fez uma placa funerária para a criança, já que sabia seu nome, e queimou algumas oferendas a ela. Nunca mais vi o menino. Depois daquilo, meus pais me aconselharam a nunca mais falar com fantasmas."

"Mas você fez algo bom", eu disse.

O Velho Wong cuspiu a casca de uma semente. "Sim, mas foi um caso isolado. Eles sabiam seu nome e conheciam a família. A maioria dos mortos é desconhecida. E nenhum, desde então, falou comigo."

"Eu estou falando."

Ele fechou a cara. "Você ainda não está morta. E não devia falar com qualquer um que pareça conseguir vê-la. Há muitas coisas malignas por aí, muitos fantasmas que querem prejudicar os vivos e vão ludibriar você."

Estremeci, pensando em Fan e em suas juras de amor ao velho homem. "Quem lhe disse isso?"

"*Aiya*, depois do incidente minha mãe não conseguia dormir, preocupada comigo. E ela estava certa em ter medo. Meus olhos haviam sido abertos e eu entendi que a maior parte das pessoas que eu julgava serem normais eram, na verdade, fantasmas."

"Como você soube?"

"Porque eles estavam sempre nos mesmos lugares, como o menino no rio. Todos os dias eu os via: a mulher na barraca de frutas vazia, sem nada pra vender, ou o homem de uma só perna que ficava atrás do *kopi tiam*. Ele sempre ria feito um doido, e eu nunca entendera o motivo de ninguém prestar atenção. Então eu entendi que era porque ninguém conseguia vê-lo. Havia ainda um velho mendigo no mercado que eu jurava ser um fantasma, até ver meus pais conversando com ele uma noite. Daí eu soube que ele estava vivo, mas me exigiu um grande esforço, tentar descobrir quem era vivo e quem era morto.

"Um dia, um vidente andarilho foi à nossa vila. Ele fez alguns truques com a ajuda de espíritos, mas era muito fácil para mim ver através de suas ilusões. Quando ele soube que eu podia enxergar fantasmas, tentou me comprar dos meus pais. Disse que eu seria de grande ajuda em sua profissão. Minha mãe se recusou, mas depois que ele foi embora, ficou com medo que o homem pudesse voltar para me raptar. Foi aí que ela me enviou a um templo, para que eu me tornasse noviço."

"E você ficou lá?"

O Velho Wong deu uma risadinha. "O que parece? Estou aqui sentado com você, não estou? Fugi tantas vezes que, no fim, o abade disse que eu não podia mais ficar lá. Mas, enquanto estive, ele me deu lições particulares. Talvez tenha pensado que podia me treinar para que eu virasse exorcista. Foi ele quem me ensinou a lidar com fantasmas. O que foi muito bom, é verdade. Depois de minha experiência com o menino no rio, eu nunca mais queria ter que lidar com fantasmas outra vez."

"Porque era apavorante?"

"Não. Porque era muito triste. A maioria eu não conseguia ajudar, e não tinha qualquer interesse em fazer dinheiro com essa habilidade. *Cheh*, você pode dizer que eu fugi do meu dever. Mas sempre fiquei na cozinha do templo, de todo modo, então saí de lá e virei cozinheiro."

"E sua família?"

"Foi melhor para mim que eu saísse de lá. Já tinha fama na aldeia. Havia sempre alguém querendo que eu visse fantasmas, para que eles fizessem favores ou assombrassem alguém. Eu só queria ser deixado em paz."

Pensei no quanto o Velho Wong sempre fora desdenhoso com a histeria de nossa criada, Ah Chun, e não pude conter o riso.

"O que é tão engraçado?", ele perguntou.

"Não é de se admirar que você nunca tenha acreditado nas histórias de Ah Chun."

Ele deixou escapar um sorriso torto. "Aquela garota! Eu poderia contar coisas infinitamente mais horríveis do que ela é capaz de imaginar."

"Você já viu algum fantasma em nossa casa?"

"Uma vez, na escadaria principal..." Fez uma careta. "Mas não se incomode com isso. O velho mestre chamou um exorcista."

Só muito mais tarde eu entenderia o sentido dessas palavras. No momento, estava muito mais ansiosa por outro motivo, e perguntei: "Alguma vez você viu o fantasma de Lim Tian Ching?"

Fechou a cara. "Não. Mas você disse que ele primeiro apareceu em seus sonhos. Ele deve ter alguma outra conexão. Tudo que posso dizer é que ele nunca se deu ao trabalho de aparecer na cozinha. Além do mais, eu não fico procurando por fantasmas. Tento não vê-los ou não prestar atenção neles. É o único jeito de seguir com minha vida. Enxergar espíritos é uma maldição, não um talento."

Ele se calou, enquanto eu pensava na posição que ele ocupava em nossa casa. Era estranho pensar que ele mantivera essa habilidade espetacular escondida sob o dia a dia mais comum.

"Velho Wong, você poderia fazer algo por mim?", finalmente perguntei.

"O quê? Espero que você esteja pensando em voltar para casa comigo, agora."

"Eu não posso. Mas você poderia me fazer uma oferenda de dinheiro ou comida espiritual?"

Ele suspirou. "Não gosto disso. Faz com que seu espírito fortaleça o vínculo de permanência no outro mundo. Acho que você devia voltar para seu corpo."

"Que bem isso faria, se eu continuaria sendo prisioneira de Lim Tian Ching? Por favor. Dê um pouquinho de tempo para que eu encontre uma saída dessa situação."

"Mas não tenho nenhuma placa memorial para fazer oferendas a você."

"Apenas escreva em algum papel."

"Senhorita, eu não sei ler nem escrever."

Eu estava desolada, e ele viu meu desapontamento. "Vou comprar alguma comida que você possa pegar direto, já que está aqui comigo. E, depois, talvez eu peça a seu pai para escrever uma placa memorial com seu nome, ainda que ele não vá gostar nada disso. Quer dizer, se ele ainda estiver lúcido."

Senti uma pontada de culpa. "Como meu pai está?"

"Não muito bem. Lamento não poder dar notícias melhores."

"E Amah?"

"Ocupada, tomando conta de seu corpo. É tudo que ela anda fazendo esses dias. Ela queria chamar algum médium do templo Sam Poh Kong, mas seu pai foi terminantemente contra. Os dois tiveram uma discussão enorme por conta disso. Estou dizendo, é melhor que você volte logo."

Apesar das notícias preocupantes, aquela era uma ocasião estranhamente agradável. Andar ao lado do Velho Wong, do jeito que eu fazia quando era criança e podia ir e vir com maior liberdade. Passamos por um vendedor ambulante de macarrão, com um pote de sopa fumegante em uma das pontas de um bastão e, na outra, um pequeno braseiro e uma cesta cheia de ingredientes. Agachado na rua, ele montava seu fogão improvisado e preparava o macarrão de acordo com o freguês. Eu sempre quisera experimentar, mas Amah nunca deixara.

"Posso comer macarrão?"

O Velho Wong olhou para mim, indignado. "Você não sabe que eles nunca lavam a tigela nem os pauzinhos, e simplesmente passam de um cliente para outro? Eu posso fazer um macarrão muito melhor do que esse."

"Mas eu não posso ir para casa agora."

"Você quer ficar doente?" Não pude deixar de sorrir, pelo absurdo da frase. "Você não entende", ele disse, sombrio. "Nada de macarrão para a senhorita." Então, abrandou. "Mais adiante há uma banca de *laksa*.[1] Comeremos lá, não nesta espelunca."

Entramos por uma viela coberta protegida do sol por toldos de lona esticados, debaixo dos quais vendedores se debruçavam sobre braseiros de carvão. Uma canaleta cheia de água fedida corria pela viela. Amah teria dito que ali não era lugar para uma moça de boa família, já que quase todos os clientes eram homens, fossem *coolies* ou gente da cidade. O Velho Wong abriu caminho através dos comensais barulhentos que se amontoavam nas mesas coletivas. Balcões estreitos estavam atulhados de camarões lustrosos, emaranhados de macarrão e montes de pimenta vermelha e coentro fresco. Peixe frito, amarelo de cúrcuma, e empanados crocantes de *begedil*[2] estavam dispostos em folhas de bananeira, enquanto *satay*[3] e arraias untadas com pasta de pimenta-malagueta eram assados sobre grelhas. Estava tão faminta que me senti fraquejar.

O Velho Wong foi direto a uma barraca em que uma fila de clientes aguardava. Quando pegou seu *laksa*, ofereceu-o a mim com uma prece baixa. Então, pegou seus pauzinhos e começou a comer. Para meu alívio, assim que a comida me foi dedicada, eu consegui saborear o macarrão apimentado nadando em molho curry. Pedaços de tofu frito, brotos de feijão e mariscos rechonchudos estavam sob o macarrão, enterrados como um tesouro. Satisfeita, tagarelei alegremente em volta dele, esquecendo meus pesares por um instante. O Velho

---

1   Tipo de macarrão apimentado, prato com influências chinesas e malaias.
2   Bolinhos fritos de batata aos quais são acrescidos legumes e temperos diversos.
3   Espetinhos grelhados, normalmente de carne, na maior parte das vezes servido com molho de amendoim.

Wong comprou bananas e bolinhos de feijão doce, lembrando-se de que eram meus favoritos. Eu disse que não estava com fome, mas ele me respondeu que não importava.

"Pode comê-los mais tarde."

Concordei, lembrando do dinheiro funerário que aparecera em meus bolsos.

"Não tenho mais dinheiro comigo", ele disse. "Você pode voltar para casa?"

"Não enquanto os demônios estiverem de guarda."

"Mas o que você vai comer, enquanto isso?"

Tocada por sua preocupação, desviei o olhar, incapaz de pronunciar alguma palavra. Estávamos quase em casa quando ele me perguntou se os demônios ainda estavam lá. Olhei em volta, aborrecida comigo por estar tão absorvida por meus próprios pensamentos, mas não encontrei sinal deles.

"É melhor eu ir", falei.

O Velho Wong abriu a boca, como se para falar algo, mas fui embora rapidamente, temendo atrair atenção para ele.

A Noiva Fantasma
Yangsze Choo

16

De volta a território conhecido, meu pensamento seguiu direto ao fio brilhante que eu seguira para fora da janela de meu quarto, e que eu tinha perdido quando fugia dos espíritos famintos. Corri a rua de cima abaixo, refazendo o caminho. Quando já estava prestes a desistir de encontrá-lo, em desespero, vi um lampejo de seu brilho, completamente aliviada. Tomando-o outra vez nas mãos, no entanto, fiquei em dúvida sobre o que fazer. Se o fio realmente me levasse a Tian Bai, deveria procurá-lo? Apesar de minhas novas suspeitas sobre Yan Hong, tinha sido a ele que Lim Tian Ching acusara de assassinato. E, acima de tudo, Tian Bai estava se preparando para casar com outra.

Mas eu ansiava por vê-lo. Ingenuamente, talvez, sentia que se pudesse olhá-lo nos olhos novamente eu saberia se as acusações de Lim Tian Ching eram falsas. Afinal, havia um histórico de rivalidade entre eles. Se eu pudesse ao menos descobrir a tarefa secreta de Lim Tian Ching e quem a estava ordenando, eu poderia ter uma noção mais clara sobre a validade de sua vingança. Eu não queria me transformar em Fan, décadas aprisionada em torno da vida de seu amado, ainda que fosse difícil resistir à vontade de ver Tian Bai uma vez mais, saber se esse casamento era seu próprio desejo. No fim, rendi-me a isso.

Enquanto caminhava, acalentada pela boa refeição, meu espírito começou a se elevar. O fio em minha mão levou-me para longe das mansões muradas dos ricos, através do distrito comercial e para o cais. As velas enrugadas dos juncos chineses apareceram à vista, ao lado das velas brancas das escunas europeias, além de uma pequena frota de *prahus*[1] malaios com olhos pintados nas proas. Para além disso tudo, o Estreito de Malaca, com suas águas azuis-turquesa límpidas como vidro e quentes como uma banheira. Aqui chegavam barcos de Cingapura e Penang para descarregar algodão, estanho e especiarias sobre as costas calejadas dos *coolies*, em uma procissão infinita de formiguinhas.

Sem ninguém para me censurar, senti vontade de mergulhar meus pés na água, mas o fio me puxou para a direita. Mesmo fino, tinha uma consistência dura e seu fraco zumbido aumentou um pouco, como o grito de caça de um mosquito fêmea. O caminho se dirigia a uma sequência de armazéns onde cargas eram estocadas enquanto esperavam para embarcar. Nossa família tivera um desses armazéns, quando meu pai ainda estava envolvido com os negócios. Ainda lembro da agitação em nossa casa quando um navio regressava com uma ótima carga e grandes lucros, mas esses dias eram, hoje, uma memória distante.

A estrada se estreitava em um caminho sujo, tumultuados pelos pés dos *coolies* e cavados pelos carros de boi, terminando em um grande armazém. A entrada estava barrada, mas o fio me conduziu até um escritório ao lado. Tudo estava quieto e o ar, inundado pelo cheiro do mar, tremeluzia no calor da tarde. Lá dentro, o ambiente era fresco e escuro, as madeiras da construção já cinzentas, devido à maresia, e não havia nada além de uma mesa com um ábaco solitário. Imaginei que fosse ali que as cargas eram contabilizadas e os *coolies* eram pagos pelo supervisor. O fio em minha mão começou a tremer insistentemente, levando-me na direção de outro escritório, com estantes repletas de livros-caixa e registros de remessas. Uma janela larga dava visão para o mar, e sobre seu peitoril havia uma coleção curiosa. Pedaços de coral estavam colocados próximos a um relógio de latão desmontado, um dente de baleia e um pequeno cavalo esculpido em madeira de sândalo. No fim dessa fila, uma presilha de cabelo feminina. Eu a conhecia, porque havia sido minha. Aquela que eu colocara nas mãos de Tian Bai.

---

1   Espécie de veleiro malaio cuja navegação era possível tendo qualquer das duas extremidades, proa ou popa, à frente.

Uma sensação de depressão me assolou enquanto eu contemplava os objetos no peitoril. O que eu esperava? Que Tian Bai estaria agarrado à minha presilha do mesmo jeito obsessivo com que eu portara seu relógio? Fan dissera que o fio brilhante transmitia a força dos sentimentos, mas e se aquilo fosse apenas vinculado de uma ponta? Talvez significasse que minha presilha era apenas um de uma série de troféus. Sem dúvidas a garota Quah dera algo a ele para que se lembrasse dela, algo melhor do que eu dei. Lágrimas de decepção encheram meus olhos, mas as sequei. Virando-me para a janela, suspirei, mas tomei um susto ao ouvir outro suspiro ao meu lado.

Em minha pressa, mal olhara para o outro lado da sala, que estava separado por algumas telas. Andando até lá, agora eu descobria que ali havia um lavatório e uma cama dobrável. Deitado nela, Tian Bai dormia. Tinha um braço largado displicentemente sobre o rosto. Enquanto eu o olhava, ele se mexia e franzia o rosto, ainda dormindo. O pescoço forte e os músculos definidos do peitoral davam-lhe um vigor que me levavam a pensar no que ele fazia quando não estava debruçado sobre uma mesa. Era difícil ignorar o sangue correndo acelerado em minhas veias. Era fácil compreender como Fan fora tomada pela espera de seu amado.

Passei minha mão por sua testa, mas ele não se moveu. Fan dissera que podia entrar nos sonhos de seu amado através do fio. Eu também tinha um, e pensei se teria coragem de usá-lo, mas meus pés já cruzavam a sala para pegar novamente nele. Segurando o fio entre meus dedos, pressionei-o contra o peito de Tian Bai. Houve uma resistência fraca, nada mais. O mundo a minha volta, então, conturbou-se e se tornou cinza e enevoado.

Eu estava de pé à beira de um precipício. O mar era de um verde denso, com os picos em volta azulados e nebulosos ao escurecer da tarde. O vento arrastava as nuvens e o ar era frio e estranho. A baía, profunda, curvada e com numerosas enseadas, abrigava várias embarcações, muito mais do que cabia em Malaca. Havia grandes veleiros, barcos à vapor e tantos juncos que o ancoradouro ficava pontilhado com suas ferozes velas, parecidas com barbatanas. Olhando em volta, maravilhada por essa paisagem desconhecida, percebi que estava parada ao lado de Tian Bai. Eu devia ter entrado em seu sonho, mas com o que ele sonhava? O vento soprava incessante e o formato das montanhas era novo para mim. Comparado à opacidade das invasões de Lim Tian Ching a meus sonhos, aquilo tudo possuía uma clareza vívida. Mas talvez isso decorresse do fato de ele ter modelado todo um cenário para mim. No caso de Tian Bai, eu estava certa de que o sonho se tratava de uma memória, e esse não poderia ser outro lugar que não o porto de Victoria, na baía de Hong Kong.

Eu havia visto litografias em preto e branco de seu longo canal os expressivos picos que protegiam a baía, mas nunca imaginei que veria tal paisagem com meus próprios olhos. Durante algum tempo, pude apenas observar arrebatada, até que a visão do perfil de Tian Bai me trouxe de volta. Ele estava em pé um pouco afastado de um grupo de turistas, alguns vestidos em estilo manchu e outros com roupas ocidentais. Tian Bai, por sua vez, vestia uma jaqueta cinza de lã com botões forrados, colete combinando e calças escuras. O cabelo dele já estava cortado ao estilo ocidental. As pessoas falavam alternadamente em cantonês e inglês, mas eu conseguia compreender cada palavra, talvez porque tudo que ele via e ouvia era também assimilado por mim.

Um rapaz parecia estar particularmente próximo a Tian Bai e eu adivinhei que devia ser o marido de Yan Hong. Ele era baixo e tinha olhos estreitos e maliciosos. Os outros jovens, claramente colegas de estudos, de vez em quando sorriam em resposta a seus comentários. As mulheres se mantinham um pouco afastadas. Eu estava muito interessada em suas roupas, especialmente nos trajes de passeio armados e cinturados que modelavam as silhuetas e arqueavam as costas. Eu já havia visto chinesas usando roupas europeias. Supus que tais vestimentas estavam na moda em Hong Kong, com o clima frio o bastante para se vestir assim sem maiores inconvenientes. Avidamente, estudei seus penteados e joias, imaginando como faziam para grampear seus cabelos no lugar. Enquanto fazia isso, observei uma garota que não parecia ser muito bem chinesa. Ela tinha em torno da minha idade, com uma aparência distinta, quase estrangeira. Seus olhos escuros com cílios longos e sua tez leitosa com toques oliváceos me remetiam a orquídeas crescidas na sombra. Quando ela se virou para a mulher a seu lado, notei três pequenas pintas na pele pálida do pescoço.

Logo ficou claro que Tian Bai observava essa garota. Seu olhar repousava sobre ela e depois, rápido, era direcionado para outra coisa. Apesar de meu próprio fascínio por ela, não pude evitar uma pontada de ciúmes. O marido de Yan Hong se aproximou ao lado dele e colocou a mão em seu ombro.

"É essa a primeira vez que você vê a bela Isabel?", ele murmurou. "Melhor não deixar que o irmão dela te flagre. Ele está logo ali."

"Qual é mesmo o nome da família deles?", perguntou Tian Bai.

"Souza. Uma antiga família luso-asiática. Mas nem pense nisso." Sua mão apertando o ombro de Tian Bai com mais força, antes de soltá-lo bruscamente. "Venha, estamos partindo!", disse.

Fascinada pelos acontecimentos se desdobrando à minha frente, subitamente lembrei que minha intenção era falar com Tian Bai. Concentrei-me, dizendo com urgência *você pode me ver. Você pode*. Obediente, ele se virou com uma expressão confusa no rosto.

"Li Lan? O que você está fazendo aqui?"

Ele olhou para o grupo de pessoas, que agora estavam congeladas, como se paradas no tempo. "Eu devo estar sonhando", ele disse, e quase ao mesmo tempo o mundo a nossa volta começou a ondular e se dissolver. Percebendo que Tian Bai estava começando a despertar, pensei desesperadamente no escritório em que o encontrara dormindo. Quanto mais eu focava a imagem, mais clara ela se tornava. Quando Tian Bai olhou em volta, adicionando sua própria crença a ela, a sala se consolidou até se tornar indistinguível do escritório real, com sua janela aberta e o som suave do mar lá fora. Tian Bai estava deitado na catre de lona e eu, de pé, ao lado dele.

"Li Lan?", ele disse novamente. "Ouvi dizer que você estava doente. Alguns disseram que você estava à beira da morte." Sentou, esfregando o rosto. "Devo ter caído no sono. Como você entrou aqui?"

Eu estava contente demais para conseguir falar. Aquilo era muito melhor do que eu esperava. Eu só conseguia gaguejar. "Sim, estive doente."

"Disseram que você havia sido envenenada. Está realmente bem agora?"

Como eu podia respondê-lo? Perguntas giravam em minha mente como uma revoada de borboletas, mas tudo que saiu de meus lábios foi "Você vai se casar?"

"Quê?"

"Meu pai me disse que seu contrato de casamento já havia sido assinado."

"Foi por isso que você adoeceu?"

Cruzei os braços. "Tomei um remédio que uma médium me deu."

"Por que você foi consultar uma médium?"

Em meus devaneios diários, eu imaginava que Tian Bai fosse compreender minha situação de imediato. Que ele tomaria minhas dificuldades nas mãos e, de algum modo, me livraria do perigo em que eu estava. Mas sua dúvida só servia para aumentar ainda mais o abismo entre nós. Vendo suas sobrancelhas franzidas, eu nem sabia por onde começar. Minhas bochechas ficaram coradas; eu queria não ter mencionado esse assunto.

"Eu estava doente, então minha *amah* sugeriu. Mas não parece ter ajudado muito." Isso, pelo menos, não era mentira.

"Eu não depositaria muita confiança em médiuns", disse Tian Bai. "Minha tia é muito apegada a essas consultas."

"Por causa do filho?"

Uma sombra cruzou seu rosto. "Essa morte foi um choque tremendo para ela."

"E você – você também sente falta de seu primo?"

Tian Bai me dirigiu um olhar sem expressão. "Nem um pouco."

A Noiva Fantasma
Yangsze Choo

17

Eu o encarei, tentando decifrar sua expressão. Eu não podia imaginar um motivo para que ele me dissesse aquilo, a menos que estivesse prestes a confessar seus crimes. Ou, talvez, ele apenas fosse franco e aberto como sua expressão sempre indicara. Encarei-o, tentando entendê-lo. Quão bem eu o conhecia, afinal?

"Isso é algo horrível de se dizer", ele falou, "mas nunca nos demos bem. Ele era invejoso. E eu não era muito gentil com ele, quando crianças. Sabia que meu pai era o irmão mais velho?"

"Ouvi dizer. Você deveria ter sido... quer dizer, você é o herdeiro de direito da família Lim, não é?" Parecia de muito mau gosto falar sobre assuntos familiares das outras pessoas, mas eu precisava insistir.

"Sim, mas eu era criança quando meus pais morreram e meu tio tomou conta dos negócios."

"Com certeza foi uma crueldade seu tio privar você da herança, não?"

"Você não entende. Meu tio me ama."

Minha surpresa deve ter ficado estampada em meu rosto. Pelas fofocas dos criados, para além de seu tratamento com meu pai, eu não tinha muita simpatia por seu tio.

Tian Bai deu uma breve olhada para mim. "Meu tio pode ser difícil, mas ele também tem suas virtudes. Acho que Tian Ching sempre pensou que seu pai preferisse a mim e guardou um ressentimento amargo disso. Meu tio ficava dividido entre nós e as vontades de sua esposa."

"A senhora Lim parece uma pessoa complicada." Escolhi minhas palavras com cuidado, rezando para que ele se mantivesse no assunto.

"Você não pode culpá-la por tudo. Ela amava perdidamente o filho. Sempre lamento não ter estado por perto quando ele morreu, porque ela acabou sendo a pessoa que encontrou seu corpo."

"Você não estava em casa?" Uma esperança brotava em meu peito.

"Eu estava em Port Dickinson, inspecionando uma embarcação."

Virei-me para esconder meu enorme alívio. Lim Tian Ching devia ter mentido para mim! Lembrei do Velho Wong me orientando a não confiar em fantasmas. Devia, então, acreditar em Tian Bai? Eu queria tanto acreditar nele.

"A supervisão de um cargueiro lhe agrada tanto assim?" Eu podia ouvir o riso em sua voz, sem precisar me virar. "Se quiser, pode acompanhar uma hoje."

"Claro", respondi, sem nem pensar que eu precisaria conjurar uma embarcação convincente. À porta, ele parou.

"Mas eu preciso perguntar: como você veio parar aqui?" Seu olhar varreu o pijama que eu usava, com que Amah vestira meu corpo.

Hesitei. Se eu contasse a verdade, ele me tomaria por um espírito errante? "Minha *amah* está esperando do lado de fora", respondi. Cada vez pior. Eu não podia criar uma Amah imaginária, também. "Talvez outra hora."

"Talvez você tenha razão. Afinal de contas...", ele parou, parecendo constrangido.

"O casamento." Eu disse, compreendendo. "Você vai casar com a filha da família Quah."

"Li Lan!" Tian Bai esticou o braço e agarrou minha mão. Para minha surpresa, ele realmente pode segurá-la, em vez de passar através de minha forma imaterial. Eu continuava me esquecendo de que estávamos em seu sonho e que aqui ele me acreditava tão viva quanto ele próprio. Senti uma tristeza enorme, mesmo quando o toque quente de sua mão, o primeiro toque humano que eu sentia em um bom tempo, infiltrava-se em minha pele.

"Não fique triste", ele disse, sem me compreender. "Eu não arranjei esse casamento, e nem sequer concordei com ele, ainda."

"Mas meu pai disse que os contratos já foram assinados."
"Não pela minha mão. Mas meu tio gostaria que sim."
"O que acontece se você não concordar?"
"Ele me deserda."
"O casamento é tão importante, então?" falei, aflita.
"Se Tian Ching estivesse vivo, ela seria sua esposa, não minha. A família Quah tem alguns interesses de negócios que se encaixam bem aos nossos."
"E se ele estivesse vivo, você casaria comigo?" Não pude evitar uma nota de melancolia em minha voz. Lim Tian Ching parecia estar sempre entre nós.
"Você precisa perguntar?"
"Mas você mal me conhece."
"Eu sabia de nosso arranjo antes de embarcar para Hong Kong."
"Ele foi feito há tanto tempo assim?" Eu estava surpresa, porque a história de meu pai era muito vaga com relação a esse aspecto.
Tian Bai chegou mais perto. "Eles falaram sobre isso quando éramos crianças. Ou talvez eu devesse dizer: quando você era uma criança. Devo confessar que, a princípio, fiquei um pouco preocupado. Você tinha apenas sete anos quando essa ideia surgiu." Tentei me afastar, mas ele puxou minha mão de volta. "E lá estava eu, com quase quinze anos, descobrindo que tinha sido prometido a uma menininha de maria-chiquinha. Mas depois fiz minha própria sondagem."
"E o que você descobriu?"
"Isso revelaria meus segredos." Ele me envolveu em seu sorriso. Seus olhos densos, o olhar intensificado. Sem respirar, eu tinha a perfeita noção do quão próximo ele estava.
Tian Bai aproximou meu rosto do seu, colocando a mão em minha nuca. Seu toque era quente e firme ao toque de minha pele. Eu podia sentir o calor emanando de seu corpo através da fina camisa de algodão, seus braços me envolvendo. Seu cheiro era fresco como o mar. A pele de seu pescoço estava tão próxima a mim que eu podia tocá-la com meus lábios. Suas mãos, firmes e suaves, deslizavam por minhas costas. Fechei os olhos, sentindo seu hálito sobre minhas pálpebras, seus lábios roçando minha pele o suficiente para que eu sentisse seu calor. Quando tocaram o canto de minha boca, Tian Bai manteve-se parado por um longo tempo.
Eu estivera prendendo a respiração e agora soltava o ar, meus lábios se abrindo involuntariamente. Tian Bai pressionou a boca contra

a minha. Surpresa, eu sentia a temperatura de seus lábios e o calor úmido de sua língua. Ele me beijou, primeiro devagar e depois com mais intensidade. Meu coração disparara, minhas mãos agarravam o tecido fino de sua camisa. Então, ele me soltou.

"Você deve ir para casa. Sua reputação ficará arruinada se alguém a vir aqui, sozinha comigo."

Envergonhada, não sabia para onde olhar. Tian Bai parecia abatido. "Isso não fará bem algum. Nem para você, nem para mim."

"Imagino que seja melhor você se render ao desejo de seu tio." As palavras saíram mais amargas do que eu pretendia.

"Meu tio tem suas ideias, mas eu não pretendo ceder a todas elas." Pela primeira vez, ouvi dureza em sua voz. A expressão aberta, que dava charme a seu rosto, desapareceu por completo, e me espantei com o quanto ele pareceu distante.

"E o que você propõe?" Eu sabia do peso que a opinião da família tinha nessas questões. Era uma situação sem esperanças.

"Minha tia, na verdade, não apoia esse casamento. Ela acha doloroso demais ver a prometida de seu filho se casando com outro."

"Ele está morto", eu disse, seca.

"Claro." O clima entre nós ficou tenso de repente. Os dedos de Tian Bai brincavam com um pequeno cavalo de madeira, magistralmente talhado em cada detalhe. Eu queria fazer mais perguntas sobre o casamento, mas apoiada em que eu podia me opor a isso? Como eu podia contar a ele que, se não estava morta, estava bem próxima da morte? Eu tinha medo que ele recuasse, com medo de mim, e desfizesse aquele momento de contato físico, mesmo que fosse um sonho.

"Tenho que ir", falei, por fim, ainda que não tivesse qualquer vontade de fazê-lo. Eu apenas não sabia o que fazer. Como eu poderia pedir que ele queimasse dinheiro do Inferno em meu nome, ou me oferecesse bens funerários de papel? Essa ideia me deixou ainda mais desconsolada.

"Mas ainda há uma coisa", eu disse. "Por favor. Prometa que vai fazê-la, mesmo que você não entenda."

"O que é?"

"Dedique uma pintura a mim. O médico disse que eu devia pedir que alguém me desenhasse um cavalo ou uma carruagem, e o queimasse em meu nome."

Ele fez uma expressão de desgosto, mas me apressei a corrigir esse engano infeliz. "Eu sei que você não acredita nessas superstições, mas talvez ajudasse em meu caso. Qualquer coisa que você queira, qualquer imagem de um transporte, até mesmo de um burro."

"E tenho que escrever seu nome nisso? E isso deveria servir para quê?"

Ouvi, novamente, o tom cético em sua voz, e pensei rápido: "Deveria servir para carregar minha doença embora. Mas meu pai não vai permitir que se faça isso em casa".

Minha explicação vacilante o convenceu, porque sua expressão se suavizou. "Claro. Por que não me disse?" Imediatamente, senti-me terrível. Por que eu não lhe contava a verdade, afinal? Eu temia que ele desistisse de mim e concordasse em casar com a garota da família Quah, não havendo mais nenhuma pretendente: apenas uma casca vazia deitada em uma cama, em um quarto escuro. Eu não sabia, naquele momento, mas eu me arrependeria amargamente de minha decisão.

Foi difícil abandonar Tian Bai, mas eu disse a mim mesma que voltaria assim que possível. Era melhor que seu sonho terminasse, para que ele pensasse que tudo aquilo fora real e queimasse algum meio de transporte para mim. Mas, talvez, em nosso próximo encontro. Minha mente estava pulando etapas, imaginando cenários futuros, menos modestos. Eu relembrava a sensação de suas mãos em mim, o calor de sua boca. Mais uma vez eu pensava em Fan, em como ela podia ter desperdiçado anos nessa espécie de vida onírica com seu amado. No meu caso, precisei de muita força de vontade para cortar nosso vínculo. Concentrei-me muito, imaginando que Tian Bai me via partir em um riquixá junto de uma silenciosa Amah. Então, deixei-o com a sensação de que deitara novamente na cama dobrável e voltara a dormir.

Deixando os armazéns para trás, andei aleatoriamente pela costa, com o pensamento sempre voltando a Tian Bai. Não conseguia deixar de estar aborrecida comigo mesma. Eu falhara em contar a ele como as coisas realmente estavam. Fui covarde. Ou, talvez, meus devaneios de que éramos almas gêmeas, de que ele me compreenderia imediatamente, eram simplesmente ingênuos. Mas eu não podia evitar. Ainda estava irremediavelmente atraída por ele. Eu não sabia se aquilo era amor, mas me deixava trêmula e ao mesmo tempo temerosa e exultante. Pensava se ele sentiria o mesmo e quantas mulheres já teria beijado. Minha pele recordava a sensação da mão dele deslizando sobre minha escápula e subindo pelo meu pescoço, e de súbito me veio à mente a imagem das três pintas no pescoço pálido de Isabel Souza.

O som das ondas e dos gritos das gaivotas ficava mais alto conforme eu seguia meu caminho pela grama áspera. O Estreito de Malaca ficava voltado para oeste, e o sol começava a se pôr, pairando sobre as águas e transformando tudo em dourado puro e brilhante. Algumas poucas nuvens, enormes, dispunham-se no céu como ilhas de uma terra encantada. Abaixo, na areia, pescadores traziam seus barcos para a terra e colocavam as redes para secar. Algo vinha me incomodando, e pensei finalmente ter achado a resposta. Se eu podia entrar nos sonhos de Tian Bai com um filamento composto pela força de meus sentimentos, isso queria dizer que Lim Tian Ching também possuía um fio? Lembrei que a senhora Lim pedira uma fita de meu cabelo, na primeira vez que fui a sua casa. Devia ser assim que ele entrava em meus sonhos, embora isso devesse ser uma via de mão única. Pensei em como o vínculo tinha sempre parecido muito fraco e instável, e agradeci por ele não ter mais podido me encontrar.

Espantada, percebi que os pescadores já haviam ficado muito para trás. A meu lado estava a borda do coqueiral e, mais adiante, onde terminava a areia, a massa escura do mangue que fincava suas raízes na água salgada. Eu nunca estivera tão distante de humanos em minha vida. Mesmo vagando pelas ruas de Malaca à noite, eu estivera ciente de outras pessoas ocupadas com seus próprios problemas. Agora, começava a imaginar que outros espíritos emergiriam com a noite. Talvez houvesse homens-tigre na floresta, e outros espíritos sombrios, como o sanguessuga *polong* ou o gafanhoto *pelesit*, que poderiam me ver. O medo se infiltrou em meu coração e comecei a voltar pelo caminho, sob o céu que anoitecia.

Enquanto descia um banco de areia, vi a figura de um homem parado na beira d'água, de costas para mim. Usava um chapéu de bambu de abas largas e uma túnica com a bainha enfeitada por linha prateada. Surpresa, constatei que era o jovem que consultara a médium antes de mim, aquele que havia levado um longo tempo fazendo perguntas. Eu passara tanto tempo olhando para o bordado de sua bainha que não tinha como estar enganada. E, se eu estivesse certa, ele também era o homem que havia ficado parado próximo da mansão Lim, na noite anterior. Eram coincidências demais para o meu gosto. Encorajada por minha invisibilidade, comecei a seguir o caminho até o aqueduto, escorregando pela duna de areia. Ainda que eu tivesse certeza de não ter feito um ruído sequer, ele subitamente foi embora a um passo muito rápido.

Olhando para trás, eu não tinha boas explicações para minha atitude. Eu realmente devia ter refeito meu caminho, voltando ao escritório de Tian Bai para pegar novamente o fio que eu esquecera. Idiota! Devia ter pedido que ele mantivesse minha presilha consigo, para que eu o encontrasse com facilidade. Esses pensamentos atravessavam minha cabeça como um lagarto correndo sobre a grama alta, ainda que minhas pernas, como que dotadas de vida própria, estivessem tropeçando aos saltos atrás do homem com o chapéu de bambu. Ele seguiu pela costa até as árvores da zona de mangue. Eu esperava que não entrasse no mangue propriamente dito, porque ali as árvores se desenvolviam em um terreno sulfuroso, as raízes crescendo para fora da água e criando um vão entre a terra e o mar. Uma vez, em uma de nossas viagens ao interior, quando eu era criança, havíamos passado por um mangue. Eu não podia esquecer de seu cheiro podre nem das estranhas frutas de suas árvores, ainda presas ao galho, com uma raiz pontuda crescendo. Assim, quando a fruta caía, se enraizava imediatamente na lama.

Conforme o homem se distanciava, eu corria abertamente em seu encalço, confiante de que ele não podia me ver. Na borda do mangue, ele parou. Sua cabeça, com aquele chapéu peculiar, virou-se de um lado a outro, como se procurasse algo. Eu ainda não era capaz de ver seu rosto. Sentindo-me desconfortável a descoberto, refugiei-me no emaranhado sombrio das árvores. A lama sustentava minha forma leve, então eu podia caminhar por ela como se fosse uma fina crosta. Em um impulso, subi em uma árvore. Graças a minha falta de peso, foi extremamente fácil, e logo eu estava observando o estranho de um ramo alto, que não poderia suportar sequer um macaco dependurado.

Agora que tinha tranquilidade para examiná-lo, eu estava impressionada pela excentricidade de seus trajes. Excetuando-se a adoção de algumas roupas malaias, os chineses nascidos no Estreito de Malaca vestiam as tradicionais roupas de colarinho alto da China, ainda que elas não fossem, tecnicamente falando, chinesas. Meu pai me contara um pouco dessa história. Disse que os manchu, um povo do norte, não chinês, havia conquistado a China e forçado seus novos dominados a usar roupas da Manchúria, incluindo a prática masculina de raspar metade do cabelo e trançar o resto. Houve muita resistência a isso, porque os homens chineses julgavam vergonhoso raspar a cabeça.

A adesão, entretanto, foi assegurada por meio de execuções públicas, e os antigos trajes dos chineses han[1] foram praticamente extintos.

O homem vestia roupas han. Ou seja, ele vestia uma túnica, a abertura frontal entrecruzada – parte esquerda sobre parte direita – e uma faixa grossa prendendo a cintura. Sob isso, vestia calças largas. Eu reconhecia essas roupas porque eram mostradas em livros e pinturas, e os atores a usavam para encenar dramas históricos. Passou por minha cabeça que ele fosse um ator de alguma trupe, andando solto por aí. Teria sido uma incrível perda de tempo se eu tivesse perseguido alguém que não tinha nada a ver comigo.

O sol mergulhava no mar escuro como um molusco saindo da casca, e comecei a me preocupar em encontrar o caminho de volta. Mas, se eu seguisse o homem, poderia ao menos ser levada de volta, porque ele certamente não pretendia passar a noite naquele mangue. Foi uma boa coisa não ter saído de meu esconderijo, porque eu mal pensara sobre isso quando ouvi um farfalhar alto. Galhos se quebravam sob passos e eu fui atingida pelo cheiro de queimado, de carniça, como se alguém pusesse um pedaço de carne podre sobre a brasa. Ergui a cabeça, que estava apoiada em meus braços, e espiei em volta. Lá embaixo, distante não mais que dez passos, estava um demônio com cabeça de boi. Fiquei tão apavorada que quase caí da árvore. Será que ele teria me seguido até aqui? Mas o demônio não prestou atenção em meu esconderijo e eu prontamente entendi que seu assunto era com o homem que eu seguira.

"Então, finalmente você veio", ele disse. Tinha uma voz surpreendentemente agradável. Baixa, mas ainda assim melíflua para um homem. Certamente não a que eu esperava vir de um estranho que se comportara de forma tão grosseira no dia da médium.

O demônio inclinou a cabeça. Eu ainda não tinha ficado tão perto de um deles, e estava apavorada de medo de que ele me visse através da fina camada de folhas, mas ele sequer olhou para cima.

"Eu me atrasei", respondeu, áspero. "Tive problemas tentando chegar aqui."

"Não importa. Encontrou alguma coisa?"

"Muitas suposições mas nenhuma evidência sólida."

"Não é bom o suficiente."

---

[1] Han é a tradição étnica majoritária na China, originária do norte do país, às margens do Rio Amarelo.

"Com o seu perdão, senhor, mas acho que podemos montar um caso."
"Montar um caso não é o mesmo que ganhar um. Deve haver registros, transações."

O demônio bufou e girou os olhos, mas permaneceu calado. Minha mente trabalhava alucinada. Quem era esse homem que se dava com demônios? Minha atenção foi capturada por suas palavras seguintes.

"Então, Lim Tian Ching está procedendo bem em sua tarefa?"
"Se você quer dizer 'procedendo como ele quer', então imagino que a resposta seja sim."
"E com relação aos da Corte?"
"As instruções não foram muito claras."
O homem parou por um momento. "Para sorte de Lim, sem dúvidas."
"Sim, mas se você checar os registros oficiais..."
"Eu sei o que dizem os registros oficiais. Não há nada desfavorável neles. Algo mais?"
"A garota se foi."
O homem fez que sim com a cabeça. "Eu sei. Conte-me algo novo."
"Ele deu ordens para que a capturassem, se possível."
"A garota é uma distração. Mas pode acabar sendo uma vantagem para nós, caso ele se mantenha ocupado com isso."
"Devo continuar com a vigilância, então?"
"Sim. Nós nos encontraremos de novo no lugar e hora habituais."

O demônio baixou sua grande cabeça com chifres, as pontas cintilando sob a luz desvanecente. Depois, foi embora correndo a grande velocidade. Novamente ouvi barulho de vegetação sendo quebrada e pisoteada mas não conseguia ver mais nada. Apenas o fedor de queimado permanecia.

Permaneci imóvel em meu galho, tentando tirar algum sentido daquela conversa estranha. Não havia dúvida de que meu destino estava envolvido, mas quem eram essas pessoas e o que queriam? Espiei o homem abaixo de mim, mas ele permanecia um enigma, a cabeça toda coberta pelo chapéu de bambu. Com o começo da escuridão, entretanto, eu passei a ver uma luminosidade fraca em torno dele, o leve tremeluzir de um espírito de luz. Agarrei-me mais forte ao galho, tentando decidir se teria coragem de segui-lo até seu próximo destino. Afinal, ele não me notara antes. Eu acabara de juntar coragem suficiente para descer da árvore quando o homem falou outra vez.

"Pode sair agora."

A Noiva Fantasma
Yangsze Choo

18

Não havia escapatória. Envergonhada, saltei os últimos três metros, pousando suavemente na areia. A isso, pelo menos, eu era grata. Se tivesse caído no mangue, seria uma humilhação absoluta. O estranho estava parado, braços cruzados, o rosto ainda encoberto pelas abas estranhas do chapéu.

"Você sabia que eu estava aqui, todo esse tempo", eu disse finalmente.

Inclinou a cabeça para o lado. "Minha querida, se você pretende seguir alguém, é bom que não o faça a uma distância tão curta."

Incomodada, eu disse: "Não sabia que você conseguia me ver".

"É claro que consigo vê-la."

"Mas você não falou nada."

"Eu estava tentando adivinhar o que você queria. Implorar por clemência, talvez?"

"Por que eu deveria implorar por alguma coisa?"

"Não deveria? Parece uma coisa sensata a se fazer."

"Eu nem sei quem é você!", gritei, frustrada. "Ou o que é você, na verdade."

"Ah, os riscos de andar camuflado." A bela voz se tornou irônica. Havia nela um caráter límpido e cadenciado que me hipnotizava.

"Não interessa", ele falou. "Acho que esperei discernimento demais de você. Afinal, você me seguiu. Deve ter motivos para isso."

"Eu já o vi antes."

"Na médium, imagino. E na mansão Lim. Não sei se você se lembra."

O aborrecimento me encheu de confiança. "Se você realmente quer andar camuflado, então deveria trocar essas roupas."

"Minhas roupas?"

"É. E esse chapéu ridículo."

De relance, vi o brilho de seus dentes sob a sombra do chapéu. "A culpa pelos trajes é minha, sem dúvida. Mas eu devo dizer que seu gosto para roupas também é bastante questionável."

Olhando para os pijamas com que Amah havia me vestido, ruborizei.

"Bom, vamos começar outra vez", ele disse. "Agora que já nos apresentamos com os devidos elogios."

"Peço desculpas", falei. "Você deve saber quem sou, mas ainda me falta saber qual sua graça."

"Meu nome não é importante. Mas, tudo bem, sou Er Lang."

Embora houvesse dito que aquilo não importava, ele decerto esperava algum tipo de reação. Infelizmente, eu não era capaz de ter qualquer uma. Er Lang era o tipo de nome mais comum possível, se é que podia ser chamado de nome. Significava, apenas, "Segundo Filho".

"E como você me conhece?"

"Você é sempre tão impaciente?"

"Estou apenas um pouco ansiosa. Você também estaria, se visse alguém falando de você com um demônio." Um pedaço de mim dizia para não enfrentá-lo, mas eu não podia conter a língua. Apesar de suas feições escondidas, eu não estava tão intimidada quanto talvez devesse, acostumada como estava com a aparência arruinada de meu pai.

"Então você sabe sobre os demônios. Deve ter pesquisado um pouco."

"Estavam guardando minha casa. Nem pude entrar e me esconder em meu quarto!" Devagar, pensei. Mas ele apenas deu de ombros.

"Bom. Você é mais esperta do que eu imaginava."

"E o que isso quer dizer?"

"Quer dizer que você pode ser útil para mim."

Senti meus pelos se eriçarem, como as penas dos galos de briga que são vendidos no mercado. Mesmo com as patas e asas amarradas, para facilitar o transporte, os vendedores costumam atiçá-los uns contra os outros pra que demonstrem sua ferocidade. Era exatamente como eu me sentia naquele momento. Afinal de contas, eu tinha muito pouco a perder. Nem mesmo um corpo eu tinha. Mas disse a mim mesma que não fosse tola. Deviam haver outras coisas, até piores, que eram capazes de serem infligidas a um espírito. Enquanto eu pensava nisso, o estranho pareceu ter chegado a algum tipo de decisão.

"Venha", falou. "Vamos andar um pouco."

O mar estava escuro e tranquilo, e a luz débil da lua apenas começava a banhar a areia. O homem manteve um passo tranquilo e nós andávamos lado a lado, como velhos amigos saindo para um passeio. Depois de um tempo, percebi que eu não deixava qualquer marca na areia, mas seus pés deixavam para trás um traçado claro e elegante. Fora por isso que eu o confundira com uma pessoa normal. Quando já havíamos andando um tempo em silêncio, ele falou, de maneira quase amigável. "Nenhuma pergunta, então?"

"Eu não sabia que podia fazer perguntas."

"Autocontrole é algo que sempre admirei. Especialmente em uma mulher."

"Certo, então. Quem é você, de verdade, e por que está interessado em Lim Tian Ching? Você não é um fantasma, é?"

"Com relação a isso, você pode pensar em mim como outra espécie de entidade." Um tom divertido tingiu sua voz. "Talvez fosse mais acertado me descrever como um oficial menor."

"Um oficial do além?"

"De certo modo. O que você sabe sobre o além?"

Rapidamente, contei o que havia descoberto a partir de Fan e dos outros fantasmas que encontrara. Quando terminei, ele concordou com a cabeça, seu enorme chapéu de bambu parecendo um morcego gigante. "Nada mal", ele disse. "Bom trabalho para apenas dois dias."

Eu teria me sentido mais lisonjeada se ele não soasse tão condescendente, mas sua voz continuou no mesmo tom. "O além, como você certamente pode ver, tem suas normas de organização. Há regras para a passagem de fantasmas por esse mundo e para suas reencarnações."

"Isso inclui espíritos das árvores e outras coisas?"

"Eles têm seus próprios tribunais. As Cortes são para humanos."

O modo como ele disse aquilo me fez estremecer. Subitamente, tive a certeza de estar na presença de algo completamente desconhecido para mim, completamente não humano, de fato. Mesmo os espíritos famintos e Fan tinham mantido um pedaço de humanidade a partir do qual eu os podia compreender. Nervosa, imaginava o que estaria escondido por sob o chapéu.

"Um dos ministros supervisiona as Cortes do Inferno. Uma medida de segurança, podemos dizer, para garantir que o sistema não seja mal utilizado. Quando você tem fantasmas infelizes e um monte de dinheiro do Inferno girando por aí, é difícil acreditar que não haverá corrupção. Claro que é impossível policiar cada transação, mas fazemos o melhor que podemos para eliminar as transgressões mais sérias."

"Você vem do Paraíso, então?", perguntei, decepcionada com o fato de eu própria ter fingido ser do pomar dos pessegueiros do Paraíso.

"De jeito nenhum. Pense em mim como um instrumento. Um investigador especial, se você preferir."

"E está investigando Lim Tian Ching?"

"Estou vendo que você andou bisbilhotando bem. Lim Tian Ching é apenas um pedacinho do problema."

"O que ele fez?"

"Seu caso tem alguns indicativos de suborno e coação, parte de um padrão que emergiu recentemente. Em outras palavras, provavelmente um dos Nove Juízes do Inferno é corrupto. Oh, todo eles são, em alguma medida. Mas seria bom descobrir quão sério é esse caso. Quem está arrecadando dinheiro e recrutando soldados."

"Parece muito preocupante."

"Acontece, de tempos em tempos. O ciclo de violência escapa dos limites do Inferno, com repercussões como terremotos, enchentes e outras calamidades. Não se lembra da erupção do Krakatoa?"

Krakatoa era um vulcão que entrara em atividade na Indonésia, em 1883. Eu lembrava de meu pai contando sobre o tremendo barulho da explosão e sobre como o céu se tornara escuro por dias, com chuva de cinzas, mesmo que Malaia ficasse bastante longe do Estreito de Sunda. A lava era tanta que todas as criaturas vivas da ilha foram dizimadas. Passageiros de barcos e navios a vapor disseram ter visto esqueletos humanos boiando no mar sobre pedaços de pedra-pomes mesmo um ano após a erupção.

"Foi a manifestação física de uma rebelião no Inferno. Ainda que tenha sido suprimida, nem todos os conspiradores foram identificados. Mas se outro levante vier a afetar o equilíbrio espiritual deste mundo, as consequências não serão apenas desastres naturais. O equilíbrio moral vai se perder e mudar, e as nações voltarão seus pensamentos para a guerra."

Suas palavras me atingiram como um profecia, e meus músculos se contraíram. "As grandes guerras certamente já acabaram, não?", falei, pensando na invasão mongol de muito tempo atrás.

"Há fraqueza em nações importantes, e muito espaço para o surgimento de demagogos. O mundo ainda pode se incendiar desde a China até a Europa, e mesmo nas selvas de Malaia."

Sua voz ficara baixa, como se ele falasse consigo próprio. Senti uma pontada fria em meu coração, percebendo a pequenez de meus próprios problemas frente a esse perigo. Eu era simplesmente uma alma à deriva fora do corpo. Como seria se houvesse milhares, ou centenas de milhares como eu? A imagem dos mortos, flutuando como folhas secas sobre as águas, tomou minha mente e instintivamente agarrei a manga de Er Lang. Sua presença, mesmo estranha, era um conforto na escuridão.

"Por que você está me contando isso?", perguntei.

Quando falou novamente, seu tom de voz era leviano, como se estivesse envergonhado por ter falado demais. "Tem pouco a ver com você. É uma simples coincidência. Acontece que eu estava interessado nos movimentos de Lim Tian Ching, e seus interesses, aparentemente, incluem você."

"Se você tiver alguma capacidade especial", falei, esperançosa, "poderia me devolver a meu corpo?"

"Infelizmente, não tenho poder para isso." Sua bela voz soava com genuíno pesar. "Seu deslocamento se deu por algo que você fez a si própria."

"Mas foi um acidente!"

"Foi?", perguntou, e a forma como falou fez com que eu me contraísse.

"Bem, eu não queria isso. E você não poderia dizer que Lim Tian Ching me levou a fazer isso?"

"É possível que você consiga montar um caso com isso. Mas precisa ser apresentado às Cortes do Inferno. Eles podem decidir dar a você uma outra chance, se a lei estiver contra Lim Tian Ching."

"Mas como faço isso?"

"Reúna evidências de sua má conduta. E então, claro, se assegure de não ser designada ao juiz errado."

"Isso me parece casar mais do que perfeitamente com a sua investigação", comentei.

"Certo, se você puder descobrir o que Lim Tian Ching está tramando e tiver alguma prova disso, talvez eu possa ajudar a organizar seu caso."

"Ele me contou que foi assassinado e que tinha uma tarefa a cumprir em troca de sua vingança", falei, incerta sobre mencionar a acusação. Mas se Tian Bai fosse realmente inocente, talvez pudéssemos limpar seu nome.

"Ah, tem? Ele não deveria estar aplicando justiça com as próprias mãos, mesmo que tenha sido assassinado. Há um motivo para a existência da Corte. É permitido supor que seu casamento fantasma com ele seja outra consequência de sua obediência. Gostaria de saber quais são suas ordens diretas e de quem estão vindo."

"Não é mais fácil você descobrir isso, em vez de mim?"

"Lim é apenas um entre muitos casos sob investigação. Tenho meus espiões, como você certamente percebeu, mas eles têm suas limitações. E não posso dar atenção demais a um caso em particular até que tenha mais provas."

Havíamos nos dirigido para a terra, subindo um caminho a partir da praia e na direção das árvores. A noite amena estava perfumada por flores *champaka*,[1] que podiam perfumar uma sala inteira apenas com um ou dois botões. Umas poucas estrelas se mantinham baixas no céu. Suspirei, desejando que Tian Bai estivesse a meu lado, em vez desse estranho de passos rápidos. Eu o estava observando, discretamente, e ainda não tinha ideia de sua aparência. Seus movimentos eram rápidos e ágeis, e sua roupa antiquada vestia muito bem a forma elegante que ele tinha. Mas seu rosto ainda era um mistério. Talvez não houvesse um rosto sob o chapéu, afinal, apenas uma caveira com grandes dentes ou um monstruoso lagarto de olhos tristes.

Quando chegamos ao topo da subida, meu guia disse: "Para uma mulher jovem, você parece ter um dom raro para o silêncio". Isso não era algo que eu nunca tivesse notado, mas me mantive quieta para não estragar suas ilusões. Ele continuou: "Gosto disso. Sim, é uma qualidade aliviante".

"E você está sempre envolvido por mulheres faladeiras?", arrisquei.

Ele sacudiu os ombros. "Acho a atenção delas muito cansativa."

Choquei-me com essa demonstração de vaidade. Espontaneamente, a imagem de mulheres fugindo desesperadas de um monstro veio à minha mente. Mas ele prosseguiu: "Esta parte do país é bastante agradável. Fazia tempo que eu não vinha aqui".

---

1   Espécie de magnólia.

"Você chegou a ver o forte, antes que ele se tornasse ruínas?", perguntei, pensando se poderia estimar sua idade tendo como referência a destruição do forte português pelos britânicos em 1818. Aquela foi uma grande perda para nós, porque o forte mantivera-se de pé desde sua construção pelos portugueses, no século xv, com paredes esculpidas em pedras vindas de Batu Pahat que, em alguns pontos, tinham quase um metro e meio de espessura. Os ingleses haviam usado explosivos para destruir o forte, quando não tiveram mais condições de mantê-lo.

Ele pareceu se divertir com minha pergunta. "Não, já estava aos pedaços. Grandes pedaços que foram arremessados ao mar, com a explosão. Estão lá, ainda, sob as ondas."

"Você fala como se os tivesse visto."

"De fato, vi. Estão cobertos de corais. São a casa de anêmonas e ouriços."

"Eu devia ver isso", falei, minha mente animada com a possibilidade. "Seria maravilhoso viajar sob o mar."

Er Lang deu uma risada aguda. "Você me surpreende, realmente me surpreende. Não está cansada de vaguear, ainda? Então sinta-se grata, porque tenho uma tarefa para você. Quero que descubra com o que Lim Tian Ching está envolvido."

"E como eu deveria fazer isso? Indo até sua casa e dizendo a ele que estou pronta para o casamento?"

"Pois essa não é uma má ideia, não mesmo. Vá a sua casa. Veja o que consegue descobrir."

Encarei fixamente a escuridão sob seu chapéu, tentando descobrir se aquilo era uma piada. "Mas a mansão dos Lim está, provavelmente, com demônios de guarda."

"É verdade, mas não era a isso que eu me referia. Estava falando de sua outra casa."

Fiquei em silêncio por um momento. "Você quer dizer a Planície dos Mortos."

"Claro. Ele não vai estar esperando por essa."

"Por que você não vai?"

"Porque não posso. A Planície é para almas humanas, um lugar de transição que é uma sombra do mundo real, porque o choque da morte é grande demais para algumas pessoas."

A Planície dos Mortos. Desde o momento em que ouvi sobre isso, de Fan, sentia-me atraída pelo lugar. Seria porque meu espírito estava agora se aproximando da morte? Eu tinha pouquíssimas opções, de todo modo. "Eu vou. Se isso puder ajudar em minha situação. Mas você poderia me dar algum apoio? Algum dinheiro espiritual ou um cavalo?"

"Esses são bens humanos aos quais não tenho acesso. Mas posso dar a você algo ainda melhor."

Pegou algo de dentro da túnica e me mostrou um disco fino e brilhante, que se afinava em uma das pontas como a pétala de uma flor. Segurando o objeto em minhas mãos, fiquei espantada ao perceber que aquilo era uma escama, ainda que fosse tão larga que eu não conseguia pensar a que tipo de criatura pertenceria. Era do tamanho da palma da minha mão, suavemente marcada por sulcos em uma direção e terminando em uma borda afiada na outra ponta. Ao luar, ela brilhava como uma madrepérola, tão lustrosa que parecia molhada. Passando meu dedo por ela, no entanto, era evidente que estava perfeitamente seca.

"É um meio de me chamar. Muito melhor que dinheiro fantasma, não acha?" Ele estava tão satisfeito consigo mesmo que eu precisei me segurar para não fazer uma careta de desgosto.

"Mas você não pode ir à Planície dos Mortos."

"Bem, é verdade, mas há outros lugares onde eu posso ser de alguma utilidade. Estou certo de que uma garota esperta como você vai encontrar um jeito de chegar à Planície." Seu tom irônico me fez pensar se por acaso ele não sabia de Fan e de sua proposta. "Você tem que segurar isso alto e soprar a beirada ondulada. Então, chame meu nome. Se eu puder, virei até você."

Para minha surpresa, estávamos nos aproximando rapidamente da periferia da cidade. Er Lang me levara por um caminho reto, andando como se voássemos. Quando olhei para trás, entretanto, não pude enxergar o caminho que fizéramos. Tudo que restava eram a escura massa farfalhante das árvores e os altos galhos das *lalang*. Tive dúvidas se não estava em um sonho, já que podia lembrar claramente do solo de areia cintilando em nosso caminho, mas a estrada às nossas costas parecia intransponível.

"Agora", ele disse, parando próximo ao mar de telhados à nossa frente. Lamparinas iluminavam algumas janelas, e com minha visão aguçada eu podia ver o brilho pálido, azul e verde, de espíritos de luz nas ruas escuras. "Consegue ir sozinha, a partir daqui?"

Hesitei. "Sim. Quanto àquele dinheiro e transporte...", balbuciei, sem esperanças.

"Você já fez muito mais do que imagina", ele me disse, em um tom de voz surpreendentemente amável. "Há outra coisa a lembrar. O tempo na Planície não passa da mesma forma que aqui. O ritmo não é constante. Ele sobe e desce, mas no geral é mais rápido do que o tempo que você conhece. É assim que alguém pode morrer em um dia e renascer no outro, mesmo que tenha passado meses ou até anos na Planície dos Mortos. Não vou mentir para você. Há uma certa dose de perigo. Na verdade, eu nem sei se você poderá entrar na Planície, já que não está propriamente morta."

"E se eu não puder?"

Ele pareceu não se importar. "Então, tentamos de outro jeito. Mas vou me lembrar de seus préstimos, de todo modo." Abri a boca para fazer outra pergunta, mas ele foi mais rápido. "Se conseguir chegar à Planície, não confie em ninguém. E não coma nada. Você ainda tem um corpo vivo, e isso é uma grande vantagem, porque lhe fortalece para além da capacidade dos mortos."

"Não vou definhar, se não comer comida espiritual?"

"Como eu disse, esses são problemas humanos. Mas eu acho que quanto menos comer, melhor. Você não vai querer diluir a essência de sua alma com a comida dos mortos."

"Foi o que o Velho Wong disse."

"Quem é esse?"

"Nosso cozinheiro."

Ele meneou o tecido de sua manga, com desdém. "Certo, certo. Apenas lembre do que eu disse. Devo ir agora. Já me demorei demais por aqui, e há outros assuntos urgentes a tratar."

Mais uma dúzia de questões saltaram de meus lábios, mas naquele momento ouvi um som muito alto e acelerado. Um vento forte me golpeou, erguendo folhas e galhos em um turbilhão. Fechei meus olhos, protegendo-me dessa fúria, mas quando os abri de novo, Er Lang tinha partido. Distante, no céu noturno, pude ver um traço de luz, ondulante como uma enguia no oceano, mas foi tão rápido que eu não sabia se tinha imaginado.

A Noiva Fantasma
Yangsze Choo

19

Passei a noite na encosta da colina, sem me sentir disposta a ir até a cidade e gastar meu pouco dinheiro do Inferno em algum tipo de transporte. Encontrei uma árvore enorme com raízes altas como muros e me recostei nela como um tímido *pelandok,* um cervo-rato. Tínhamos muitas histórias locais sobre o cervo-rato, um animal tão pequeno que era possível colocá-lo dentro de uma sacola com facilidade. Não era maior que um gato com patas fininhas, delicadas. Tinham a fama de serem a caça mais fácil, porque os *orang asli,* os aborígenes que caçavam em nossa selva profunda, haviam aperfeiçoado um método para pegá-los. Tudo que é preciso fazer é batucar sobre algumas folhas secas com dois pedaços de pau. Em algum momento, um *pelandok* macho aparece, pensando que o barulho vem de um rival, e responde com a batida de suas próprias patas. O caçador atira um dardo de zarabatana, então leva o bicho para o jantar. Sempre achei que essa era a maneira mais injusta de capturar um animal, e não ajudava em nada a manter a reputação de esperteza que o cervo-rato tem.[1]

---

[1] Nas histórias malaias, o cervo-rato Sang Kanchil é um *trickster,* um trapaceiro atrevido e muito esperto. [Nota da Autora.]

Abraçando os joelhos, pensei que no grande esquema das coisas eu não era mais importante que um cervo-rato, escondendo minha fragilidade aqui e ali, sendo atraída pelo batuque de pedacinhos de informação. Er Lang merecia confiança? Enquanto ele estava comigo, não pensei sobre isso, mas agora a dúvida nublava minha mente. Por fim, resolvi confiar nele, por enquanto. Não era como se eu tivesse muito mais no que me apoiar, afinal.

O barulho dos pássaros me despertou. Fazia frio e uma neblina pálida pairava pesada sobre a grama. Pelos galhos quebrados e pendendo sobre minha cabeça, um bando de macacos havia passado por ali. Em algum momento, Amah trocara novamente meus pijamas. Corri para conferir minhas roupas, temendo que a escama que Er Lang me dera tivesse desaparecido, mas ela ainda estava segura em meu bolso. Na noite anterior, ela brilhara como madrepérola, mas, à luz da manhã seu fulgor era ainda maior. A criatura da qual a escama viera devia ser uma visão fabulosa, e eu me perguntei novamente se não seria uma cara de peixe que se escondia sob o chapéu de Er Lang. Ou, mais assustador, a cabeça de uma serpente gigante. Deixando esses pensamentos de lado, segui na direção da cidade lá embaixo. As grandes árvores propiciavam o crescimento de uma densa vegetação rasteira, densa o suficiente para dificultar meu caminho.

O sol ia alto, mas eu ainda estava longe de meu destino. Em meu íntimo, gemia só de pensar no caminho que teria que percorrer. Malaia é uma terra de verde eterno. Sob o sol escaldante e as chuvas torrenciais, qualquer construção abandonada é rapidamente coberta por trepadeiras. Qualquer caminho não utilizado se transforma em uma floresta. Tudo ao meu redor ecoava o canto monótono das cigarras. O som era tão alto que eu não percebi o tinir de arreios até o momento em que ele estava quase sobre mim. Perplexa, olhei em volta mas não pude ver nada. Por fim, falei timidamente: "Há alguém aí?"

Não houve resposta, apenas um relincho fraco.

Tentei novamente, sentindo-me ainda mais tola. "Há algum cavalo aqui?"

Quando pronunciei a palavra *cavalo*, subitamente o vi. Era um cavalo pequeno e corpulento, da cor da madeira de sândalo. Olhos escuros reluzentes como sementes de maçã espiavam por sob uma grossa crina trançada. Ele estava vistosamente selado e foi então que o reconheci, pois era exatamente igual ao cavalo esculpido em madeira no escritório de Tian Bai. Com isso, soube que Tian Bai o queimara para mim. Os cavalos nos enormes estábulos de Lim Tian Ching eram estáticos e sem vida, já que não passavam de cavalos de papel. Este, entretanto, esculpido em um bloco de madeira, era muito mais substancial e se movia como um animal de verdade. Era meu cavalo, cedido a mim por Tian Bai, e nem uma montanha de ouro poderia ter me agradado mais que aquilo.

Depois que nos acostumamos uma à outra, e quando me assegurei de que era uma fêmea, passei a pensar em um nome para ela. Uma égua tão bonita, tão dócil e calma, merecia um bom nome. "Vou lhe chamar de Chendana", decidi. Era a palavra malaia para sândalo, já que sua escultura fora feita originalmente nessa madeira tão fina e fragrante. Montá-la foi fácil. Muito mais fácil que a um cavalo de verdade, já que ela se manteve quieta enquanto eu subia na cela e seu corpo largo era estável como um cavalo de brinquedo. Chendana não se cansava nem precisava comer ou beber água. Passamos rapidamente pela vegetação rasteira, sem sequer agitar a grama. Com isso, descobri que ela pertencia ao mundo espiritual mais do que eu.

Já passava do meio-dia quando cheguei a Malaca. Agora que eu tinha meu transporte, não havia razão para não procurar Fan e pedir que ela me mostrasse o caminho da Planície dos Mortos. Sentindo-me animada pela primeira vez em muito tempo, fiz meu caminho até a loja de Fan, como pássaros retornando ao ninho. À porta, parei, em dúvida se devia esperar até anoitecer. A família estava sentada à mesa para jantar cedo, e senti o aroma tentador de peixe salgado.

"Fan!", chamei.

Não houve resposta. Atravessei a porta de madeira com alguma dificuldade. O corredor estava iluminado pelos derradeiros raios de sol da tarde, e não parecia tão assustador quanto na outra noite, quando o percorri cegamente, conduzida por Fan. Andei por toda a casa, chamando seu nome sem me importar com a família que jantava. Eles naturalmente não sabiam que eu estava ali, ainda que eu tenha visto o velho piscar, em uma das vezes que passei perto da mesa. No fim, sem encontrá-la, fiz novamente o caminho até a porta da frente. Enquanto meditava sobre a desconfortável tarefa de atravessar aquela madeira, ouvi uma voz fraca.

"O que você está fazendo aqui?"

Procurando em volta, finalmente encontrei Fan. Ela estava se escondendo em um canto escuro, misturada com a porta de um armário. Era muito difícil vê-la à luz dos últimos raios do pôr do sol.

"Eu voltei. Você disse que me levaria à Planície dos Mortos."

"Oh, eu não posso ir agora", respondeu, fraca.

"Por que não?"

"Não é conveniente."

"Você poderia, pelo menos, mostrar o caminho?"

Ela disse algo ininteligível. Finalmente, percebendo que eu não ouvira nada, gritou o mais baixo possível: "... depois que escurecer...".

Sem saber exatamente o que ela havia proposto, concordei com a cabeça e respondi: "Vou esperar por você lá fora, até que a noite caia".

Para meu alívio, Chendana ainda estava onde eu a deixara. Eu tinha medo que alguém a roubasse, tão preciosa que ela havia se tornado em tão pouco tempo, mas lembrei das palavras de Fan sobre os objetos espirituais terem que ser dados espontaneamente. Se não fosse assim, eu imaginava, nada impediria que hordas de espíritos famintos saqueassem outros espíritos. Encostei-me a Chendana, inspirando o doce perfume de sândalo, a madeira preciosa com que se fazem incensos. Esperamos por um longo tempo. Uma fina lua crescente surgiu no céu, mas Fan não apareceu. Eu já começava a pensar se tinha compreendido mal o que ela dissera, quando ela finalmente se materializou através da porta. Por sua expressão carrancuda, supus que estivera esperando do lado de dentro. Assim que viu Chendana, entretanto, seus olhos brilharam. "Você conseguiu um cavalo!"

Não pude evitar uma expressão de soberba. "Sim. Estou pronta para ir à Planície dos Mortos."

"Mas como...?" Fan andou em volta da égua, observando-a de perto. Então, dirigiu um olhar penetrante para mim. "É de muito boa qualidade. Muito, muito boa, de fato. Conseguiu um para mim?"

"Sinto muito, mas as autoridades celestiais só puderam providenciar transporte para mim."

"Mas eu sou sua acompanhante! Você devia ter pedido a eles que me concedessem um também."

Hesitei. "Não achei que você quisesse alertar as autoridades sobre você."

"Oh." Sua expressão era de desalento. "Acho que você está certa."

"E você não disse que já tinha transporte?"

"E tenho. Mas é realmente ruim, comparado a isso." Ela deu um suspiro de inveja. "Bem, quando meu amado se unir a mim, estou certa de que terei uma grande liteira a meu dispor."

Contive uma expressão de desgosto, desejando que eu pudesse gostar mais dela. Era difícil saber que teria uma longa jornada em sua companhia. "Está pronta para ir?", perguntei.

"Oh. Bem, eu não tinha realmente pensado nisso."

"Se você não quer, posso encontrar outro guia." No momento em que falei, pensei como poderia fazer isso.

"Quem disse que não? É claro que eu vou. Tenho alguns assuntos pessoais a tratar lá, de todo modo. Ainda assim, preciso fazer uns preparativos." Tossiu, falou qualquer coisa e passou a andar pela casa, indo e voltando, até que finalmente apareceu de novo, sem parecer ter aprontado nada. No fim, quando eu já estava considerando seriamente seguir viagem por conta própria, ela voltou e disse: "Vamos lá".

Notei que seus dedos estavam apertados, como se segurassem algo invisível, e adivinhei que ela tinha voltado para pegar o fio que a ligava ao velho. Olhando para mim, disse, quase como se pedisse desculpas: "Não tenho coragem de sair sem isso. Eu poderia me perder".

Imediatamente, senti remorsos por nutrir tantos pensamentos negativos sobre ela. Fan era, afinal, um fantasma, e era verdade que tinha conseguido se manter mesmo com as dificuldades. Ela avançava em zigue-zagues, sujeita a rajadas de vento e às sombras no caminho. Ainda não estava completamente escuro. O céu ainda estava azul-escuro, mas eu já podia ver o brilho tênue dos espíritos de luz. Eu precisava apressar Fan pelo caminho, mas ela ficava mais hesitante quanto mais nos afastávamos da loja. Em dado momento, deu voltas e voltas, como se não fosse capaz de seguir adiante.

"Eu disse que não gosto muito de sair", falou, petulante. "Dá problemas demais. E piora, com o passar dos anos. Estou perdendo substância, sei que estou."

Não lembrei a ela que era sua própria escolha passar tempo demais nesse plano de existência. Arrastávamos adiante em um passo de caracol, mantendo-nos sempre nas sombras e evitando as luzes espirituais. Fan estava apavorada pela possibilidade de encontrar com guardas da fronteira, e seu nervosismo era contagiante.

"Quão longe é a entrada da Planície?", perguntei.

"Eu podia jurar que havia uma aqui por perto. Pelo menos era a que eu usava. Não vá me dizer que eles a mudaram de lugar!"

"As entradas mudam?"

"Há muitas maneiras de chegar até lá", ela disse, irritada. "Às vezes, mudam sem razão aparente."

Em silêncio, erramos pela região, procurando em uma viela escura atrás da outra. Eu não fazia ideia do que Fan estava procurando, mas quando repousava a mão no pescoço de Chendana, eu me sentia mais calma. Se um dia voltasse a meu corpo, pensava, pediria a meu pai que me comprasse um cavalo. Pensar sobre meu pai e seus problemas, entretanto, me deixou novamente melancólica. E, considerando que eu pudesse chegar até a outra casa de Lim Tian Ching, o que eu esperava conseguir? Qualquer evidência que encontrasse poderia ajudar a convencer as Cortes a me devolverem a meu corpo. Ou, pelo menos, a impedir aquele casamento fantasma com Lim Tian Ching. Minha mão deslizou para dentro do bolso em que eu guardara a escama que Er Lang me dera. A borda dura me deu um pouco mais de determinação. Nesse momento, Fan parou.

"É aqui."

Eu não via nada, a não ser um velho batente na parede, oco como uma boca esfomeada. Não havia nada de diferente nele, afora a aparência de sua escuridão. Ela parecia, se é que isso era possível, ainda mais negra que a escuridão a sua volta. Fan passou a mão pelo batente e uma fraca luz vermelha surgiu na entrada, como se aquela fosse a porta de uma passagem subterrânea muito profunda. Não gostei nada daquilo, nem Chendana. A eguinha foi para trás, empinando-se hesitante.

"Como você sabe?", perguntei a Fan, em um sussurro.

"Isso me chama", respondeu, virando-se para me olhar por sobre o ombro. A luz escarlate lançava sobre seu rosto um brilho débil, acentuando ainda mais sua expressão cadavérica e mumificada. "Você não sente?"

"Não", falei, sem contar que aquilo me causava uma repulsa muito clara. Er Lang havia mencionado algo sobre isso. Talvez eu não fosse capaz de passar por ali e, por um instante, desejei que não precisasse ir adiante. Mas Fan já estava atravessando a porta.

"Venha!", disse, sibilante. "Este é o caminho para a Planície dos Mortos."

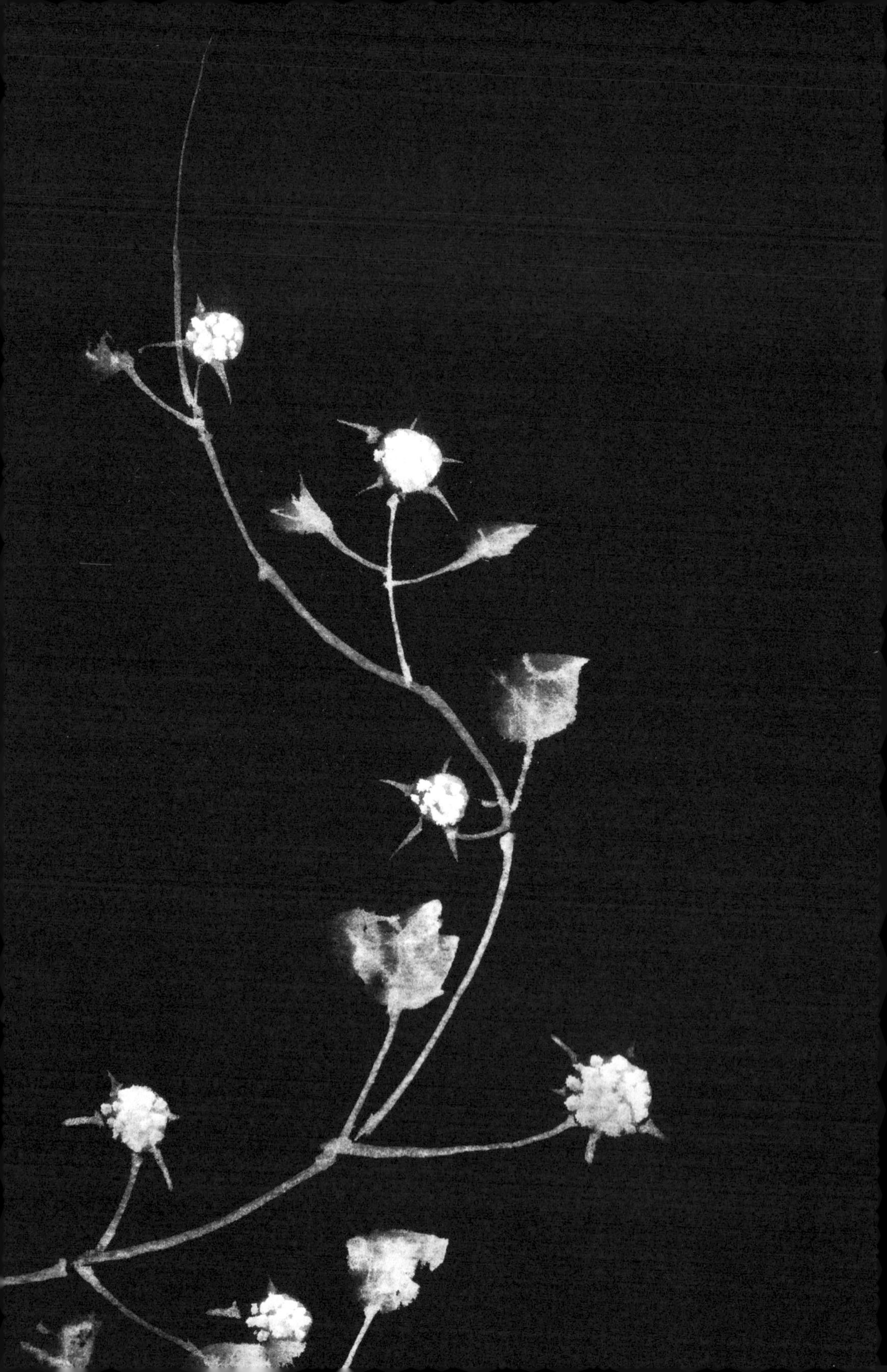

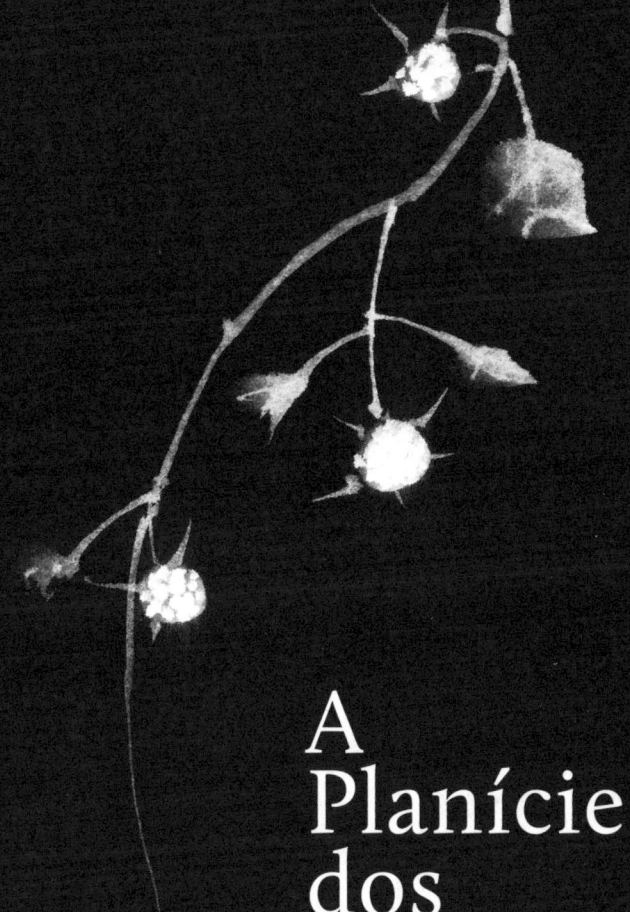

A Planície dos Mortos

Parte Três

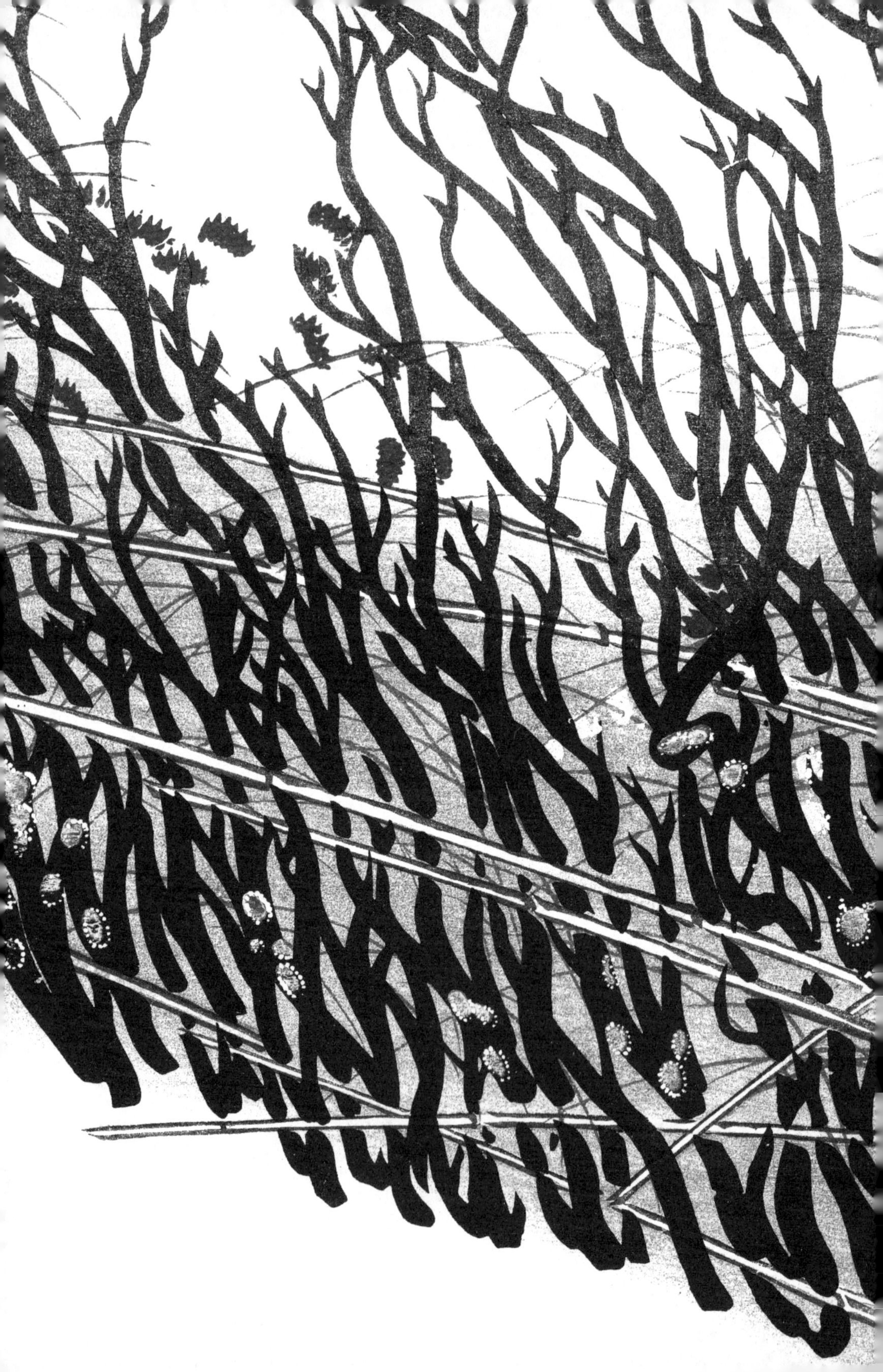

20

Fan baixou a cabeça e atravessou o batente da porta, mesmo que eu hesitasse. Não houve tempo para dizer mais nada. Muito distante, nas profundezas da entrada, eu podia ver uma luz rubra, mas nenhum sinal de Fan. Respirei fundo e apertei a mão em torno das rédeas de Chendana. Quando atravessamos a porta, o fraco ruído noturno das ruas desapareceu e tudo que restou foi um silêncio tão profundo que fazia meus ouvidos zumbirem. Era como entrar em um túmulo.

Agarrada à crina de Chendana, toquei adiante. O chão era plano e liso, a escuridão tão densa que não se via um palmo à frente do nariz. Mais adiante, a luz vermelha brilhava, mesmo que não lançasse claridade sobre nada em volta. Virando-me para descobrir se podia enxergar o caminho por onde viera, fui tomada pela sensação de cegueira. Estava quase entrando em pânico quando ouvi a voz de Fan, muito próxima.

"E então?", ela disse, impaciente. "Podemos ir?"

"Onde você está?" Seu corpo de luz espiritual, que me anunciara sua presença na loja, era indiscernível.

"Você não me vê? Eu posso vê-la perfeitamente."

"Como é este lugar?", perguntei.

"É um túnel. Uma passagem para a Planície."

"Está iluminado?"

"Claro! Há lanternas presas às paredes. Você está dizendo que não enxerga nada disso?"

"Nada, só uma fraca luz vermelha lá longe."

"Que estranho. Talvez seja porque você não é um fantasma. Imagino que pouca gente do Reino Celestial venha aqui."

"Não estamos habituados a estas condições", falei, um pouco envergonhada de continuar mentindo.

"Bem, pelo menos você consegue ver o fim do caminho. Essa luz é a entrada para a Planície."

Para mim, a escuridão parecia fria e morta, a luz sendo menos uma acolhida e mais uma advertência, um vago olhar vermelho me encarando sem piscar, de alguma caverna distante. Esperava que o resto da viagem não fosse afetada por essa dicotomia estranha, ou eu seria uma péssima espiã para Er Lang.

"Venha comigo, então", Fan chamou, parecendo satisfeita com sua vantagem na situação. "Pode me seguir?"

Seguindo o som da tagarelice de Fan e me balizando pela luz pálida, foi mais fácil prosseguir. Eu pedi que ela me descrevesse o que via. "É muito grande. Há azulejos no piso, e as lanternas são de seda colorida."

Apesar da descrição romântica de Fan, o chão parecia uma crosta de sujeira e o ar era denso e abafado. Não conseguia me livrar da sensação de que estávamos descendo para uma catacumba. Apenas enrolando minhas mãos na crina de Chendana eu conseguia me convencer a seguir em frente. Ela não recuara mais depois da hesitação na entrada do túnel e desde então seguia quieta a meu lado. Desse modo, também, ela não parecia um cavalo verdadeiro, mas eu era grata pela sua companhia.

"Como você vai encontrar o caminho de volta?", perguntei a Fan, depois de um tempo.

"Ah, lá da Planície dos Mortos a passagem é bastante clara. Não há como errar. Precisa apenas lembrar por qual porta você entrou."

"Quer dizer que há mais de uma porta para o lado de fora?", eu disse, com crescente inquietação.

"Bem, havia um monte de entradas, quando viemos. Cada uma corresponde a um ponto diferente no mundo exterior."

"Você já tentou sair por alguma outra porta?"

"Uma ou duas vezes. Sei que duas estão em Malaca. Uma vai para o distrito comercial, mas não sei para onde vão as outras", ela respondeu, sem se importar muito.

O distrito comercial era onde minha própria casa estava. Guardei essa informação com um sentimento de frustração, porque não havia pensado que sair dali fosse ser difícil. Agora, pelo visto, eu precisaria da ajuda de Fan mais do que nunca, já que Er Lang dissera que não podia vir até este lugar.

"Estamos quase lá."

Olhei para a frente, quando Fan falou. A luz invadiu meus olhos como um clarão, acostumada como estava à escuridão, e comecei a ver que as paredes da passagem e o chão de pedra eram ásperos e inconstantes, como se uma criatura gigante tivesse aberto um caminho serpenteante através da rocha. Não parecia em nada com o corredor agradável que Fan descrevera. Conforme caminhávamos na direção da última curva, a luz se tornou tão forte que me ofuscou por um momento. Finalmente, vi para onde o túnel se abria.

Uma planície árida se estendia até onde a vista alcançava. Era tão seca que a grama havia murchado e se transformado em talos esbranquiçados de vegetação morta, mal cobrindo a terra desgastada, como uma fina camada de pele seca. Acima dela, um céu incandescente. Acostumada como estava às matas exuberantes de Malaia, encarei aquela terra devastada com admiração e horror.

"Entende agora por que eu disse que precisaríamos de transporte?", disse Fan.

Virando-me, notei que ela parecia mais substancial. Sua pele já não estava enrugada e mesmo os detalhes de suas roupas haviam passado a ter a aparência e consistência do tecido. Ela olhou para aquela savana com uma incongruente expressão de satisfação.

"Na primeira vez que vi toda essa relva verdejante e essas flores, pensei que era o paraíso", ela disse. Mantive minhas observações para mim. Bem perto, Chendana relinchou e bateu com uma pata no solo. Ela não parecia nem um pouco amedrontada pela distância a nossa frente.

"Devemos esperar aqui até que meus criados apareçam. Sempre que chego a este ponto, eles acabam aparecendo para me conduzir."

"Imagino que você possa andar", falei, meio para mim mesma.

"Andar? Há assentamentos dispersos na Planície dos Mortos, mas eles são muito distantes uns dos outros."

"E como eles são?"

"Cidades, vilas. Se parecem, aproximadamente, com os lugares lá de cima. Há uma espécie de Malaca, onde você vai encontrar os fantasmas que moraram por lá, e há também as vilas mais remotas. Mas os moradores vêm e vão, já que os fantasmas vão se movendo ao longo das Cortes do Julgamento. Tudo está sempre mudando."

"E há outras cidades?"

Ela deu de ombros, com descaso. "Ouvi dizer que há uma Penang fantasma e também uma Cingapura. Mas não sei onde ficam."

Olhávamos em silêncio para a pradaria sem fim. Fan procurava pelo horizonte de tempos em tempos e fazia uma expressão de desgosto. Eu tinha esperado encontrar cavernas, estalactites e masmorras, do jeito que vira pintadas em pergaminhos. Nada havia me preparado para isso. Mesmo com a claridade impiedosa, eu não podia ver o sol. O céu tinha uma luminosidade homogênea, o que dava a ele um aspecto artificial. Ainda assim, o efeito daquilo era opressor. Sem referências visuais, eu não tinha como saber por quantos quilômetros a planície se estendia, mas parecia ser uma distância enorme. Passado um tempo, notei duas formas escuras se aproximando rapidamente. Logo, dois *coolies* surgiram do matagal, carregando uma trave apoiada aos ombros, da qual pendia uma cesta.

"Aqui estão eles", disse Fan. "Meu deus, parecem ainda pior do que antes."

Conforme eles se aproximavam, eu entendi o que ela queria dizer. Eles me lembravam os criados nas mansões funerárias de Lim Tian Ching. Mas, ao contrário deles, seus olhos e narizes eram mal talhados, as bocas pareciam talhos em seus rostos desajeitados. Sua aparência geral era bastante gasta e desbotada, e o transporte que carregavam parecia, decididamente, instável. Quando nos alcançaram, se curvaram de forma rígida e colocaram a cesta no chão. Fan entrou nela com alguma relutância.

"É um meio de transporte muito desconfortável", ela disse. "Se ao menos meu pai não tivesse sido avarento comigo." Eu me abstive de comentar que ela tinha muito mais sorte que os espíritos famintos, que não tinham absolutamente nada. "Certo, vamos indo?", perguntou. Os criados pegaram a trave e a ergueram sobre os ombros, de forma brusca. Sem olhar para trás, lançaram-se pela planície ardente.

Balançando-me sobre Chendana, segui atrás. Minha égua era mais rápida, então mantive o passo mais atrasado, o que também me livrava da constante falação de Fan. Vendo-a se balançar desengonçadamente naquela cesta, entretanto, eu não podia deixar de sentir pena. Parecia um péssimo jeito de viajar, ser sacudida para frente e para trás como uma cesta de verduras. Volta e meia eu tinha uma rápida visão de sua mão branca, ajeitando o próprio cabelo como se ele fosse um animal vivo.

Olhando para trás, percebi que a passagem por onde chegáramos emergia de uma cadeia de montanhas. Eram pedregosas e com pouca vegetação, e tinham uma cor vermelho-sangue. Era uma vista assombrosa, ainda que desanimadora. Não havia um só inseto ou animal ao longo do caminho, e nenhuma flor brotava naquela relva ressecada. Parecia impossível que qualquer chuva caísse naquela terra desolada. Se eu fosse feita de carne e sangue, certamente teria me queimado sob aquela luz feroz. Desejei ter um chapéu, e acabei improvisando uma cobertura, puxando um pedaço da parte de cima do pijama sobre a cabeça. Quando fiz isso, senti a escama que Er Lang me dera em meu bolso. Eu queria examiná-la outra vez, mas não desejava atrair a atenção de Fan. De vez em quando ela olhava para trás, e seus olhos eram duros e brilhantes.

Viajamos pelo que pareceram horas. A claridade começou a sumir do céu, até este se tornar de uma curiosa e bela cor violeta. Apressando Chendana para que alcançasse Fan, perguntei: "O que acontece à noite?"

"Oh, nós apenas continuamos", ela disse. "Eu costumo tentar cobrir esta parte da jornada o mais rápido possível."

Era fácil para ela, pensei, porque a despeito dos solavancos de sua cesta, tudo que ela precisava fazer era permitir que seus criados a conduzissem, incansáveis. Sem dúvida, minha pequena égua poderia cavalgar toda a noite, mas eu temia cair no sono e despencar da sela, e disse isso a Fan. Ela franziu a testa. "Eu não havia pensado nisso. Podemos parar e descansar, se você quiser."

Improvisamos um acampamento na relva. Eu não tivera nem sede nem fome desde que entráramos na Planície dos Mortos, mas apesar disso me sentia desgastada, como se me consumisse cada vez mais. Apeando, rígida, andei um pouco, esticando os braços até notar que meus pés estalavam a terra seca e que a grama desbotada se dobrava sob meus passos. Pela primeira vez em um bom tempo, eu exercia um impacto físico sobre o mundo à minha volta. Em vez de alívio, no entanto, essa descoberta me encheu de pavor. Eu não queria pertencer a este mundo. Queria voltar para Malaca, para minha vida, queria respirar Malaca com seu ar úmido e dias entorpecidos. Fan observava enquanto eu andava de um lado para o outro. Ela saltara para fora da cesta que a transportava e estava ajeitando os cabelos, que pareciam, como todo o resto, muito mais substanciais do que antes.

"O que você está olhando?", perguntou.

Fiz um som evasivo e ela ficou em silêncio. Depois de um tempo, entretanto, falou em uma voz baixa. "Sei que você vê este lugar diferente de mim. Como ele é, realmente?"

Na escuridão crescente, seu rosto era um pálido borrão. "Por que você quer saber?", perguntei.

Ela titubeou. "Às vezes tenho a sensação de que as coisas não são exatamente como parecem. E tenho medo do que virá depois. Se meu amado não tiver dinheiro quando morrer, ou se não dividir comigo, então vou ter que passar pelas Cortes do Inferno."

Parecia tão abatida que eu não pude deixar de simpatizar com ela. "Mas depois das Cortes há o renascimento", lembrei. "Você vai poder encontrar a felicidade novamente."

"Oh, renascer não é o problema", ela disse, irritada. "O problema é o que vem antes. Tenho medo de ser punida pelos pecados que cometi em vida."

"Você era jovem quando morreu. Com certeza não vão te julgar com tanta severidade."

Ela desviou o olhar. "Eu excedi meu tempo de permanência no além. Por isso disse que venho pouco à Planície, mesmo que precise. Não sou como você." Lançou um olhar de inveja sobre mim. "Na loja, recebo apenas aquelas oferendas que meu amado faz aos espíritos famintos. Mas ele não queima roupas nem sapatos. Tenho de vir aqui para conseguir o que preciso. Afinal de contas, os bens funerários são feitos para a Planície dos Mortos. Você não sabia?"

Balancei a cabeça. "Por que você não pediu a ele que queimasse alguns bens, em seus sonhos?"

"Quando estamos juntos, não gosto de lembrá-lo que estou morta. Isso estragaria as coisas."

Senti um espasmo, ao lembrar que tomara a mesma decisão com relação a Tian Bai. A ideia de abraçar um cadáver dificilmente contribui para o romance.

"Além disso, ele poderia me exorcizar." Fez um ruído impaciente. "Todos esses anos eu tomei o cuidado de fazer com que ele pensasse que estava apenas sonhando comigo. Não queria que ele soubesse que eu o estava assombrando de verdade. Como você acha que ele reagiria?"

"Bom, certamente não iria querer lhe machucar."

"Ah, você não o conhece! Ele é tão cuidadoso com relação à saúde. Um monge teria dito que eu estava roubando sua energia."

"E estava?"

"Claro que não! Bom, talvez um pouco aqui, um pouco ali, para complementar a minha própria. Ele parece muito bem para quem tem cinquenta e cinco anos, não acha?" Cinquenta e cinco! Eu havia pensado que o homem tinha, pelo menos, uns oitenta. "Nunca quis pegar mais do que precisava. As oferendas de arroz ajudaram. E, de todo modo, eu não queria ser pega."

Não era de admirar que Fan tivesse tanto pavor das autoridades. Eu pensara que seu caso era de uma simples estada prolongada, mas claramente envolvia outras transgressões. Ela olhou para mim com uma expressão sincera. "Por isso decidi lhe acompanhar até aqui. Você não é do Reino Celestial? Poderia me ajudar com as autoridades." Incomodada, pensei no que mais Fan estaria escondendo de mim.

Nesse momento ela deu um grito e se atirou contra o chão. Olhando para cima, vi formas negras passando rapidamente pelo céu. "O que é isso?"

"Abaixa! Abaixa!", sussurrou. Atirei-me a seu lado no chão rachado. Fosse o que fosse, aquilo estava mergulhando em rasantes sobre nós, guinchando um lamento agudo. Era um som diferente de tudo que eu já ouvira, intenso e desesperado, aterrador em sua intensidade. Lutando contra o impulso de esconder meu rosto nas mãos, olhei para cima furtivamente, mas as criaturas eram rápidas demais. Tudo que pude ver é que voavam de um jeito estranho, como se cortassem o ar com asas triangulares, afiadas. Voaram desesperadoramente baixo. Apertando os olhos, encolhi-me enquanto o vento de sua passagem achatava a grama ao nosso redor. Um segundo depois, tinham alçado voo e sumido, voando rápidos pelo véu escuro da noite. Depois de um tempo, sentei-me, mas Fan continuava com o rosto afundado na terra, ainda tremendo.

"O que eram aquelas criaturas?", perguntei a Fan.

Ela ficou em silêncio por um tempo, mas por fim disse: "A maioria dos fantasmas os ignora. Mas eu ouvi dizer que podem ser espiões das Cortes do Inferno".

"Pensei que este fosse um lugar de fantasmas humanos."

"E é, ainda que os oficiais de fronteira às vezes apareçam por aqui. Mas ninguém realmente sabe se essas criaturas voadoras pertencem ou não a eles."

"Os oficiais de fronteira podem vir aqui?" Aterrorizada, eu tivera a impressão de que não-humanos eram incapazes disso.

"Sim, mas eles raramente vêm." Ela disse em uma voz baixa. "Há muitas coisas por aqui que eu não compreendo. Por isso perguntei o que você via, mais cedo. Com certeza você vê as coisas neste lugar diferentes do que eu vejo." Mesmo que Fan me pressionasse para dizer como as coisas apareciam para mim, algum instinto me impedia de fazê-lo. Mas ela não era de desistir fácil. "Por que você não me conta?", disse, voltando à sua antiga petulância. Era como se aquele momento de vulnerabilidade entre nós nunca houvesse existido.

Por fim, ela desistiu e se deitou próxima aos criados. Eles não haviam se abaixado quando as criaturas sobrevoaram nossas cabeças, permanecendo inanimados como a cesta que jazia entre eles. Chendana, pelo menos, relinchara uma vez, mas fora isso não parecera nada incomodada. Lembrei-me de que minha pequena égua não era, afinal de contas, uma criatura de carne e osso. Era algo sério a se pensar, mas isso não impediu que eu me juntasse a ela e pegasse no sono.

A Noiva Fantasma
Yangsze Choo

21

Despertei com o céu clareando aos poucos. Como no dia anterior, não havia sol, apenas uma variação nas cores como se um cenário fosse erguido sobre um palco. Uma brisa balançou a grama seca, e novamente fui tomada pela falta de vida daquela planície. Não muito longe, eu podia ver Fan deitada de lado, de olhos abertos. Não sabia se ela dormira durante a noite. Eu estava grata, de todo modo, pelo descanso, ainda que me preocupasse com os cuidados de meu corpo físico, distante no mundo dos vivos. Se algo acontecesse com ele, haveria algum sinal para me avisar? Talvez eu fosse apenas desconectada, vagueando eternamente neste mar de relva infinita.

Assim que nos aprontamos, Fan deu a ordem para que seus criados prosseguissem. "Estamos quase lá", disse para mim.

Fiz Chendana apertar um pouco o passo. "Como você sabe?"

"Ah, é uma sensação que sempre tenho perto de cidades e vilas. Como uma atração."

"Mas eu não vejo nada adiante."

Fan riu. Ela parecia estar com um humor muito melhor que no dia anterior. "Não é assim que funciona! As cidades aparecem em seu próprio ritmo. É por isso que preciso de meus criados para encontrá-las.

E é por isso também que espíritos famintos nunca podem vir aqui, porque não têm oferendas funerárias para os guiar."

Olhando para trás, pude ver que deixáramos a cadeia de montanhas rochosas, de onde saíra a porta de entrada, muito para trás. Em vez de se erguerem como torres atrás de nós, agora elas eram simples calombos no horizonte. Eu estava surpresa pelo tanto de caminho que havíamos percorrido. No mundo real, uma jornada de seis ou sete horas dificilmente teria nos levado tão longe. Isso me deixou ansiosa para saber como o tempo estaria passando na planície.

"Lá está!"

À nossa frente havia um leve bruxulear que se tornava mais definido conforme nos aproximávamos. A névoa ao nosso redor começou a se dissipar até que passei a ver contornos de ruas e construções surgindo enquanto avançávamos. A estrada pela qual viéramos se transformou em uma larga avenida. Havia lojas e conjuntos de prédios que pareciam estranhamente familiares. Em uma rua transversal, vi algo que parecia o Stadhuys, e por outra rua pude ver um cais repleto de juncos e fragatas. Aquilo começava a se parecer com Malaca, mas muito maior e sem os entulhos que costumavam se acumular pelas ruas. Algumas construções estavam faltando, enquanto outras haviam sido substituídas por aberrações espalhafatosas. As ruas eram largas e tranquilas, e as únicas pessoas que eu via eram figuras passando ao longe.

"Onde estão todos?", perguntei.

"Não há uma população muito grande. Os fantasmas estão sempre indo embora, quando são chamados às Cortes do Inferno." Fan se virou para mim. "O que você pretende fazer agora?"

Respondi que tinha algumas coisas a fazer, mantendo os detalhes o mais vago possível. Eu receava que Fan fosse querer me acompanhar, mas ela parecia desinteressada, dizendo apenas que desejava ir para casa. "Um barraco, na verdade", disse. "Você pode me dar algum dinheiro?"

Apesar de ter me preparado para esse pedido, ele foi mais abrupto do que eu esperava. Dei a ela dois cordões de moedas e um lingote, esperando que ainda tivesse o suficiente para qualquer emergência. "Só isso?", perguntou, torcendo o nariz.

"Receio que sim."

"Oh, ok, obrigada, acho. Vai precisar que eu mostre o caminho de volta depois?"

"Sim. Quanto tempo você vai ficar aqui?"

"Acredito que dez dias. Tenho alguns assuntos domésticos para cuidar."

"Se me mostrar onde é sua casa, estarei nela ao meio-dia do décimo dia, ou enviarei uma mensagem."

"Se você não aparecer, vou embora sozinha. Não me arrisco a ficar muito tempo neste lugar."

Concordei, e chegamos a sua casa assombrosamente rápido. As ruas sinuosas seguiam pela névoa, contorcendo-se aleatoriamente, e tive medo de não encontrar o caminho de volta. Quando falei sobre isso a Fan, ela simplesmente riu. "É por isso que temos criados. Os prédios mudam quando os moradores vão embora e novos habitantes chegam com suas próprias oferendas funerárias. Seu cavalo vai lembrar do caminho." Ela se deteve por um instante.

"Bem, esta é minha casa", disse. Não era tão ruim quanto ela fizera parecer, embora a fachada fosse estreita e escura. Tinha a forma de uma caixa e imaginei que, originalmente, fora um simples modelo de papel. Ela me convidou a entrar, mas recusei. Por algum motivo não queria atravessar aquela porta estreita.

"Por que você não fica comigo enquanto está aqui?", ela me pressionou.

No final, dispensei-a com algumas palavras vagas. A insistência de Fan me deixava desconfortável, e eu já lamentava o pouco de informação que deixara escapar.

Depois de deixá-la, permiti que Chendana andasse aleatoriamente pelas ruas por um tempo. Conforme andávamos, eu ia procurando por sinais familiares. Lembrando da visão rápida que tive do Stadhuys, pensei que teria mais noção de onde estava se pudesse encontrá-lo outra vez. O mapa da cidade que o holandês desenhara para mim ainda estava impresso em minha mente, embora eu não soubesse se isso era devido à sua clareza ou a alguma outra razão.

Quando vi o Stadhuys, por fim, não fui capaz de me aproximar dele, por mais que tentasse. Mesmo vendo-o no fim de várias ruas pelas quais passei, sempre que as seguia, ele sumia de vista. Apenas olhando para trás eu podia vê-lo reaparecer, como uma miragem, para além de uma esquina ou no fim de uma viela. Frustrada, resolvi perguntar a algum dos pedestres que eu via ao longe e me aproximei de um palanquim decorado. As cortinas estavam fechadas e hesitei, lembrando-me da visão que tivera de Lim Tian Ching na rua, antes, e que ele possuía um desses transportes. Enquanto ficava ali, indecisa, as cortinas se abriram e um rosto enrugado apareceu.

"O que você quer?", perguntou. "Uma moça andando por aí sozinha? O que sua família está pensando?"

Pude apenas gaguejar, em resposta a essa investida, mas o velho destrancou a porta e saiu do palanquim. "Morta recente, não é?", perguntou. Era um ser encarquilhado, curvado pela idade. No topo de um pescoço esquelético, sua cabeça balançava como um pêndulo. Ainda assim, era surpreendentemente ágil, rondando-me com curiosidade. "Belo cavalo. Pensei que não fizessem mais desses. Agora só usam papel barato. Nem papelão usam mais!"

"Perdão, senhor", falei. "Eu só queria pedir informações sobre um lugar."

"Para onde você quer ir?"

"Estava tentando alcançar o Stadhuys."

Deu uma risada de desdém. "O Stadhuys! Ele não existe aqui." Notando a surpresa em meu rosto, desatou a rir. "Você pode vê-lo porque ele existe como uma espécie de memória coletiva. Todos nós que vivemos e morremos em Malaca esperamos ver o Stadhuys e a torre do relógio, mas você não pode realmente chegar lá, porque ninguém nunca queimou uma cópia funerária deles. *Cheh!* Eu devia ter mandado que meu neto queimasse um para mim, assim seria seu único dono. Mas você, senhorita. O que está fazendo sozinha, sem seus criados? Quem é sua família? Onde vive?"

Apesar de seu comportamento peculiar, talvez ele realmente pudesse ter alguma informação útil, então eu disse: "Oh, avô, eu só estava me perguntando onde estão todas as coisas. Sou tão nova aqui, o senhor sabe".

"Pergunte! Mas, em troca, precisa me dizer algo sobre você. É justo que eu também tenha alguma diversão com isso."

"Certo. Os lugares aqui correspondem aos da Malaca verdadeira?"

"Claro que correspondem! Ou muito aproximadamente. As distâncias são muito enganosas, no entanto." Sorriu maliciosamente. "Você pode passar dias para chegar em um lugar e minutos para alcançar outros. Tem a ver com o modo como as coisas estão ligadas umas às outras. Tudo aqui é relacional. Sua casa, seus criados, suas roupas. Tudo depende da devoção filial que outras pessoas tenham em relação a você. Olhe para mim! Quando morri, não me faltava nada. Mansões, carruagens, criados. Alguns de meus descendentes chegavam a ir ao templo, rezar para que eu tivesse muito tempo para aproveitar todas essas riquezas. Mas você viu o que aconteceu?"

Dei um salto. À distância, via pessoas apressando o passo para nos evitar. Pensando se eu teria dado o azar de encontrar um homem louco, afastei-me um pouco.

"Fiquei preso aqui por anos!" Ele deixou escapar um uivo de indignação. "Consegue imaginar que até meus bisnetos já morreram e passaram pelas Cortes do Inferno?" Seus olhos voltaram para mim. "Agora diga, por que você quer ir até Stadhuys?"

"Apenas curiosidade", eu disse. "Quando viva, nunca me deixaram sair de casa." Ele pareceu convencido por essa resposta, então prossegui. "Você disse que as mansões das famílias correspondem às mesmas áreas em que estavam no mundo real?"

"Ahn? Sim, basicamente. Embora haja algumas que eram pobres em vida e que foram queimadas como oferendas luxuosas, então são ricos agora no além. Mas tão logo a pessoa saia daqui rumo às Cortes, suas posses também desaparecem. Está pensando em visitar alguém?"

Não pude resistir à tentação. "Eu tive uma amiga casada com a família Pan e que teve uma filha, mas ela morreu pouco depois."

"*Hum*, uma velha família de comerciantes. Não me recordo de nenhum deles por aqui." Minha expressão era de derrota, e ele deu um cacarejo seco. "Não se desespere, as mulheres costumam ficar separadas. Ela ainda pode estar por aqui. Acho que eles ainda têm uma ou duas casas no distrito comercial."

Baixei os olhos para esconder minha súbita comoção. Seria possível que minha mãe ainda estivesse nesse lugar? Um arrepio percorreu meu corpo, deixando-me surda para a voz esganiçada do velho.

"Eu perguntei como foi que você morreu", ele disse outra vez. "Quero saber tudo sobre você, tão jovem e adorável." A pele flácida de seu pescoço balançava como o papo de um peru.

"Eu caí", disse, seca. "Estava escuro e eu escorreguei na escada."

Ele pareceu desapontado. "Ninguém a empurrou?"

"Talvez. Minha prima tinha muitos ciúmes de mim. Nós duas estávamos interessadas no mesmo menino." Apressei-me a descrever a garota com cara de cavalo e os acessos de cólera e inveja que ambas tivemos por causa de um admirador secreto. Isso, pelo menos, era verdade o bastante. No meio da história, perguntei: "Todas as antigas famílias de Malaca estão representadas aqui?"

"Sim, mesmo aquelas cuja linhagem já acabou." Ele disse o nome de algumas e escutei atentamente, satisfeita quando o ouvi mencionar os Lim. Provavelmente seria fácil encontrar a casa de Lim Tian Ching.

"Continue, continue", disse o velho, com um olhar lascivo. "Fale-me sobre sua prima. Vocês chegaram às vias de fato?"

Pensei rápido. "Ah, sim, nós realmente brigamos um dia. Rolamos pela cama e rasgamos as roupas uma da outra, com os dentes."

Ele estremeceu de prazer. "Era muito bonita, sua prima?"

"Oh, muito mais bonita do que eu! Precisei amarrá-la, uma vez, porque ela não queria me deixar em paz. Mas diga uma coisa, já que estamos na Planície dos Mortos. Alguém por aqui anda com alguma escolta especial? Ouvi que era possível subornar os oficiais de fronteira." Minha voz falhou, com medo de estar fazendo perguntas demais, mas o velho simplesmente riu com escárnio.

"Besteira! Ninguém pode subornar os oficiais." Ele me olhou com suspeita, tanto que eu rapidamente fui embora dali. Ainda assim, ele me seguiu pela rua até que eu finalmente consegui me livrar daquela criatura lasciva. O velho parecera inofensivo, quase louco, mesmo, mas eu me perguntava com inquietação se ele não teria apenas brincado comigo. Bom, não havia vantagem em me afligir por isso. Pelo menos eu tinha uma boa ideia de onde encontrar Lim Tian Ching.

Depois de voltar um pouco pelo caminho, segui para o distrito comercial. Era onde ficava a mansão dos Lim e também onde deveria estar algo da casa de meus próprios antepassados. Quase irritada, eu discutia comigo mesma. O tempo era curto e eu realmente precisava ir à mansão Lim. Mas hesitava, pensando no rosto de minha mãe, um rosto com o qual sonhara muitas vezes mas nunca pudera recordar. Ela nunca teve seu retrato pintado, quando viva. Fazia tanto tempo que ela nos abandonara que eu não sabia se minhas memórias eram minhas, mesmo, ou apenas imagens conjuradas a partir das histórias de Amah. Virei a cabeça de Chendana na direção de minha vizinhança. Eu podia passar por ali e ver que tipo de casa existia. Não demoraria muito, pensei. Só alguns minutos. Será rápido.

As ruas começaram a ficar cada vez mais familiares, de um jeito estranho. Algumas partes não se pareciam nada com o que eu lembrava, mas ainda assim havia um reconhecimento do espaço, algum disposição das proporções que clamava por mim. Em alguns pontos, onde devia haver construções, tudo que havia eram velhas árvores e pedras, enquanto em outros lugares três ou quatro boas casas ocupavam o mesmo espaço. E, claro, tudo era muito mais distante, como se as ruas originais tivessem sido dobradas ou triplicadas em largura e comprimento. Em uma esquina que na Malaca real correspondia simplesmente às ruínas de uma casa decadente, havia uma mansão enorme. De trás dos portões imponentes chegava o som fraco de risadas e vozes femininas. Tremi ao passar por ali. A despeito da alegria, eu não podia deixar de lembrar como era aquela casa no mundo dos vivos, com o telhado caído e a grama selvagem crescendo nos interstícios do piso de pedra quebrado. Havia histórias sobre aquela casa desde que eu era uma criança. Alguns diziam que uma praga matara todos os habitantes. Outros diziam que o último mestre da casa ficara louco e esquartejara as esposas e concubinas, colocando os corpos no pátio até que as pedras ficassem púrpuras de sangue velho. Quando criança, eu evitara aquela casa, minha cabeça cheia das histórias horripilantes que Amah contava. Agora, vendo-a como devia ter sido em seus dias gloriosos, eu me sentia aterrorizada mas também atraída. O que aconteceria se eu batesse à porta? Com algum esforço, segui para longe dali. A curiosidade sempre fora meu maior pecado, disse para mim mesma. Se eu não tivesse seguido Er Lang até o mangue, não estaria naquela situação. Mas, ainda assim, algum bem poderia sair disso. Afinal, era melhor do que ficar em casa, esperando que os demônios de Lim Tian Ching me levassem.

Quando alcançamos a esquina antes de minha casa, senti um nó na garganta. Alguma coisa me dizia que se eu quisesse permanecer no mundo dos vivos, era melhor deixar algumas coisas desconhecidas. Mas continuei, teimosa. Eu queria ver minha mãe. O quanto isso podia ser errado? À primeira vista, o muro curvado que circundava nossa casa parecia exatamente o mesmo, mas quando me aproximei da entrada tive uma surpresa. Havia três casas no lugar. Cada uma ocupava o mesmo espaço, sem se sobrepor. Encarei aquilo até minha cabeça começar girar. Era um truque que eu não conseguia compreender. Não importava o quanto espiasse de rabo de olho, eu ainda via três casas.

A primeira era uma grande mansão, mais ou menos no estilo de nossa casa em Malaca, mas muito mais imponente. As pesadas portas dianteiras eram duas vezes mais altas do que deveriam, e detrás dos pátios murados em sequência eu era capaz de ver as sacadas superiores, como monólitos. Era como se minha casa, em uma espécie de pesadelo, tivesse crescido como um fungo, da noite para o dia. A segunda casa era de tamanho médio, em condições muito melhores. Era como uma casa desenhada por uma criança, útil e robusta mas sem pretensões de grandeza. A terceira mal era uma casa. Era muito mais como o barraco de Fan: uma caixa crua e rudemente construída e arrematada com uma porta estreita e janelas escuras e mal feitas. Hesitei quanto ao que fazer, mas desmontei de Chendana. A segunda parecia a mais receptiva, então caminhei até sua porta. Quando o fiz, as outras casas se misturaram em minha visão periférica. Bati na porta, mas ninguém respondeu. Tão logo bati outra vez, uma voz áspera gritou lá de dentro.

"O que você quer? Ela foi embora, antes tarde do que nunca!"

22

Olhei porta e janelas, mas a voz gritou de novo. "Aqui! Do outro lado!" Obedientemente, dei uns passos para trás, até enxergar novamente o trio de casas, e então a vi. Uma mulher velha e desgrenhada se apoiava na porta estreita da menor casa de todas. Como Fan, ela também trajava vestes funerárias, embora as dela estivessem gastas e desbotadas. Suas bochechas, que deviam ter sido rechonchudas, agora caíam como duas bolsas pendentes, e dois traços corriam dos cantos de seu nariz até a boca, em uma aparência desagradável. Seus olhos, entretanto, eram vivos e me encaravam como agulhas de bordar.

"Está falando comigo, titia?", perguntei, polidamente.

"Com quem mais eu estaria falando? Se você a estiver procurando, saiba que ela já se foi há muito tempo."

"Quem vive aqui?"

"Você não sabe e, mesmo assim, sai batendo na porta?"

"Eu procurava uma amiga. Disseram que ela poderia estar morando nesta quadra."

A mulher me olhava com desprezo. "Não acredito em você."

Sentia meu rosto arder. "Se a senhora não vai me ajudar, então passar bem!" Voltei para onde estava, furiosa por aquele comportamento rude. Por que os fantasmas agiam daquela maneira na Planície dos Mortos? Parecia terem esquecido toda a civilidade, toda norma de cortesia que mantinha nossa sociedade unida.

"Sensível, você, hein? Eu não disse que não ajudaria. Só disse que não acredito em você."

"Não acredita no quê?"

"Que você procura uma amiga. Uma amiga! Quando é a imagem cuspida e escarrada dela!"

Surpresa, perguntei: "De quem você está falando?"

"Daquela assanhada. Daquela putinha!"

A mulher desencostou do batente e deu alguns passos em minha direção. Sua compleição, já não mais robusta, curvava-se como se estofada com chumaços de algodão. "Surpresa?", perguntou. "Você nunca adivinharia, olhando para ela. Nora da família Pan, sim!"

Abri a boca, sem emitir qualquer som. A mulher me ignorava, cuspindo palavras que devia estar reprimindo por décadas. "Vindo aqui procurar sua preciosa mãezinha, não é? Tenho certeza de que seu pai não contou nada que não fossem coisas boas sobre ela. Ele foi sempre um fraco, um garoto tolo." Vacilei, como se ela me esbofeteasse. Quão rápido ela penetrara meu anonimato!

"Sei tudo sobre você", ela disse, com um sorriso apertado surgindo em seus lábios. "Desde que você estava no útero. Sou a terceira concubina de seu avô. Você devia se dirigir a mim como 'avó', onde estão seus modos?" Ela se aproximou e eu dei um passo para trás. "Não foi nada fácil ser a terceira concubina, é claro! As outras mulheres da casa ficaram com tanta inveja quando ele me trouxe. Não sua esposa. Ela já havia desistido, na época, mas a primeira e segunda concubinas fizeram da minha vida um inferno. Tudo que eu tinha de fazer era dar um filho a ele.Os outros filhos tinham morrido, exceto seu pai. E eu sabia o que seu pai era: um fraco!" Parou por um momento, observando-me com ar de triunfo.

"Não me lembro de ter ouvido falar de você", deixei escapar.

Essa foi, provavelmente, a pior coisa que podia ser dita. Se ela estava irritada antes, depois disso se enfureceu completamente. O que eu queria dizer com aquilo, nunca ter ouvido falar nela? Como eu me atrevia a desrespeitar meus antepassados? Recuei pelo caminho de vinda, golpeada por seu azedume, mas ao ver que eu ia embora, ela se recompôs, assumindo uma expressão que parecia mais razoável.

"Oh, mas eu tenho tanta coisa para lhe contar", ela disse. "Você não quer saber mais sobre sua mãe?" Ao ouvir isso, parei, odiando a mim mesma por cair em sua armadilha. "Pelo menos você tem a decência de parar um segundo, em vez de fugir correndo, sem modos."

O problema com os mortos é que todos queriam alguém que os escutasse. Todo fantasma que encontrei tinha uma história prontinha para ser compartilhada. Talvez fosse solitário, no além. Ou talvez os que se arrastavam por tempo demais eram aqueles que não conseguiam se desprender. Algo dizia que eu me arrependeria de ouvir aquela mulher, mas não pude evitar. "O que você quer me contar?"

"Mudou de ideia, então?" Sorriu, a contragosto. "Bom, qualquer companhia é melhor que nenhuma, imagino. Sua família me abandonou, vergonhosamente. Ainda consigo um quinhão de vez em quando, nas vezes em que queimam incenso para os antepassados. Mas isso não é muita coisa, é?" Fez um gesto vago para a pequena casa atrás de si. "E seu avô prometeu me enterrar junto da família. Mas eu mostrei a ele. Tive minha vingança, ainda que depois de morta."

"Do que você está falando?"

"Estive esperando durante anos que mais alguém de sua família aparecesse aqui. A última foi sua mãe. Mas ela não falava comigo, depois de tudo." Dirigiu-me um olhar certeiro.

"Eu vim procurar minha mãe. Se ela foi embora, não tenho motivos para ficar."

"Oh, mas ela não foi muito longe. Você quer encontrá-la?" Eu tinha imaginado que minha mãe passara pelas Cortes do Inferno, mas a mulher sorria outra vez. "Sente-se", falou. "Eu quero contar uma história.

"Você precisa entender que eu não fui sempre desagradável de olhar, como sou agora. Eu já fui uma bonita jovenzinha, como você. Bonita o suficiente para seu avô me escolher como concubina, ainda que naquele tempo eu fosse apenas uma criada na casa de um amigo dele. Seu avô não sabia que eu já tinha um amor secreto, o segundo filho daquela casa. Quando engravidei, pensei que meu amado certamente casaria comigo ou me tomaria como concubina. Mas ele me abandonou. Apaixonou-se por outra. Oh, fiquei cheia de mágoa e inveja! Quem era essa? Essa mulher que o roubou de mim? Uma jovem, ele disse. Filha da família Li, não uma criada como eu."

Contive a respiração, reconhecendo o nome de solteira de minha mãe. A velha riu. "Vejo que você já percebeu para onde essa história vai. Meu amado fez com que eu me livrasse do bebê. Disse que ela nunca se casaria com ele, se ele tivesse um bastardo. Você sabe o que é ter um filho arrancado de seu corpo? Gritei tanto que não pude falar por vários dias. Depois disso, meu amado arranjou para que eu me tornasse concubina de seu avô. O velho estava deslumbrado demais para perceber que eu não era mais virgem. Eu não o queria, mas não tive alternativa. Meu amado também não conseguiu o que queria. Sua mãe o dispensou. Ela não se casaria com ele – oh, não! Ele era apenas o segundo filho, afinal. Então ele se casou com a prima dela.

"Eu tive outros problemas naquela época. Tudo que eu precisava para assegurar minha posição era um filho, mas não pude engravidar outra vez. Talvez seu avô fosse velho demais, então resolvi conseguir um filho por outros meios. Seu pai era um homem lindo, naquele tempo, mas não importava o que eu fizesse, ele não me dava atenção. Finalmente o coloquei contra a parede, mas o besta só conseguiu gaguejar e chorar. Estava apaixonado por outra. Claro que era sua mãe.

"Como você acha que eu me senti? Aquela mulher tirou tudo que eu tinha." O rosto da velha concubina estava carregado de emoção. A vergonha me subia ao rosto. Não queria ouvir mais nada, mas congelei. "Ela se casou com ele. Por que não casaria? Era o único filho de uma família rica. A víbora fingiu não saber de nada que meu amado havia feito, mas ela não me enganava. E, ainda, eu não conseguia ter um filho. Eu queria um bebê, meu bebê que fora tomado naquele aborto! Eu não podia suportar."

Sua voz se ergueu em um uivo, tão dolorida que me fazia recuar, mas ela prosseguiu. "Um dia, trombei ao passar por ela na escadaria, e quando ela colocou a mão instintivamente sobre o ventre, eu soube. Seu pai estava bem ao lado dela e falou 'vamos ter um bebê'. Eu não podia me controlar. Voei no pescoço dela e nos agarramos pelas escadas. Seu pai correu para segurá-la. Sua mãe estava salva. Já eu, caí todo o lance de escadas até quebrar o pescoço no chão, lá embaixo.

"Ora, não precisa fazer essa cara horrorizada! Tenho certeza de que ninguém da casa nunca comentou sobre isso. Disseram que foi um acidente. Mas se seu pai não houvesse esbarrado em mim para salvar sua mãe, talvez eu não tivesse caído. Eles fizeram um funeral rápido para mim. Seu avô queimava alguns bens funerários, mas depois de mais ou menos um ano ele simplesmente parou. Então, como você vê, eu tenho todos os motivos para estar brava com sua família.

"Nos primeiros poucos anos depois de minha morte, eu passava o tempo inteiro espiando o mundo dos vivos. Andava tanto pela casa que, no fim, me exorcizaram. Havia um cozinheiro que conseguia ver fantasmas. Foi ele quem contou ao mestre que meu espírito inquieto estava na casa. Então tive que voltar para cá, para este barraco nas planícies. E esperei. Eu era jovem quando minha vida terminou, tinha apenas vinte e dois anos, como sua mãe. Eu sei, não pareço mais ter essa idade, mas é porque fiz uma troca. Há maneiras de conseguir qualquer coisa. Encontrei um demônio que devorou a essência de meu corpo espiritual e, em troca, mandou varíola para sua casa.

"Sua mãe e seu avô sucumbiram muito rápido, ainda que seu pai tenha sobrevivido. Você consegue imaginar a cara deles quando chegaram aqui e me encontraram esperando? Mas eles não ficaram muito, não, não ficaram. Seu avô ficou apenas alguns anos por aqui, então foi chamado às Cortes para o julgamento. E sua mãe? Bom, ela ainda está por aqui, mas não consegue aguentar essa casa que seu pai queimou para ela. Nunca aceitou as oferendas espirituais, nada disso. Foi virar uma puta na casa de outro alguém. Qualquer coisa para ficar longe de mim."

Sentia uma dor fraca no peito, uma falta de ar opressiva. Minha cabeça girava com o impacto daquela história. Desejava nunca ter saído à procura de minha mãe. Tudo que havia encontrado eram pecados antigos e uma amargura profunda. Com dificuldade, consegui controlar minha voz.

"Por que você não mandou a varíola para seu amado, o que fez você perder a criança, em primeiro lugar?"

Ela ergueu as sobrancelhas. "Não é da sua conta o que eu decido fazer. Seja como for, todos que cruzaram meu caminho vão pagar pelo que fizeram. Você está preocupada com sua preciosa mãezinha. Certo, deixe-me contar exatamente para onde ela foi e que tipo maravilhoso de pessoa ela é."

Instintivamente, recuei.

"Quando contei o que eu havia feito, ela correu para a casa do meu amado. Ah, ele não morreu. Na verdade, ainda está no mundo dos vivos. Ela provavelmente pensou que eu merecia tudo que ele me fez sofrer e foi viver naquela casa. Sem dúvidas para tramar alguma vingança contra mim. É lá que ela está. Uma aproveitadora na mansão da família Lim!"

Eu pensava que nada do que ela pudesse dizer ia me chocar mais do que aquelas primeiras revelações, mas estava errada. "A família Lim?"

"Essa é a vingança da sua mãe. Mulher estúpida! Como se eu me importasse com o que ela faz." Ela abriu a boca para continuar com as reclamações, mas pela segunda vez naquele dia eu fugi.

A família Lim. Todos os caminhos levavam de volta à porta deles. Nossos destinos pareciam sombriamente cruzados, e pela primeira vez considerei o peso da roda budista da reencarnação. Submetidas a sua influência, as vidas individuais eram forçadas a representar uma farsa, vezes sem conta. Era um momento estranho para pensar naquilo, mas a imagem da igreja anglicana em Malaca surgiu diante de meus olhos, junto a seu verde e pacífico cemitério. Quando eu morresse, pensei, preferiria descansar ali, imperturbável, a continuar como aquela concubina velha, consumida por suas maquinações de vingança além-túmulo. Mas o que eu realmente sabia sobre qualquer coisa? Meu mundo havia sido virado de ponta-cabeça.

A Noiva Fantasma
Yangsze Choo

23

Deixei Chendana vaguear por algum tempo, sem me importar com o caminho que ela seguia. Agarrava-me a seu pescoço, amassando o tecido fino de meu pijama, e tentava entender como aquela versão morta de Malaca havia se tornado tão fria. Uma brisa soprava sem parar. De início, não era muito perceptível, mas aos poucos quebrou minha resistência até que eu tremesse, incontrolável. Algumas peças começaram a se encaixar: eu me lembrava da senhora Lim dizendo, com sua voz baixa, na primeira vez que fora à sua casa, que ela e minha mãe eram primas, de algum modo. A atmosfera geral de melancolia em nossa família, que eu atribuía à morte de minha mãe, devia vir desde antes, carregando ecos da morte da terceira concubina. A repulsa do Velho Wong e Amah pela escadaria de nossa casa, por exemplo, e sua relutância em falar do passado. Eu lembrava do olhar de piedade que outras *amahs* lançavam para mim, quando Amah me levava para a rua, ainda criança. Agora eu começava a entender que elas me viam, possivelmente, como uma criatura desafortunada, nascida em uma casa assombrada por má sorte. Quanto ao amor da terceira concubina, eu tinha poucas dúvidas sobre quem ele devia ser. Lim Teck Kiong, pai do meu tormento Lim Tian Ching e falso amigo de meu pai. Parecia que ele nunca deixara de se intrometer em nossa vida.

Lágrimas escorriam de meus olhos e secavam contra o vento. Eu não sabia o que me entristecia mais: os anos de pesar de meu pai; a revelação da minha infância iludida; ou mesmo a vida desperdiçada da terceira concubina, com todos os seus estratagemas perversos. Tudo que eu podia pensar naquele momento era seguir até a casa dos Lim neste mundo fantasma. Lá, certamente encontraria algumas respostas para minhas perguntas. E talvez encontrasse minha mãe, ainda que eu começasse a ficar temerosa por aquele encontro. A mãe doce e gentil que Amah incutira em minhas vagas memórias podia se revelar outra decepção.

Minha visita à terceira concubina havia me custado quase todo o período de claridade daquele dia, e a queda na temperatura parecia corresponder ao aumento das figuras dos mortos que eu vislumbrava, correndo aqui e ali por entre as ruas pesarosas. Essas emanações sombrias deviam vir dos próprios mortos, porque não notei qualquer evidência daquela agitação na noite anterior, na pradaria. Era como se, com a luz que morria, o hálito gélido das tumbas se fortalecesse.

Eu já tinha uma boa noção de onde a mansão dos Lim deveria estar, e Chendana seguiu para lá com um trote rápido. Passamos por ruas intermináveis e largas avenidas, muito mais do que as que a verdadeira Malaca possuía. A distância não tinha fim e as fileiras de casas escuras eram sinistras. Por fim, chegamos a um portão imponente. Se eu pensara que alguma das casas na vizinhança do meu bairro fantasma era grande, este portão a superava em muito. Um grande muro, com três metros de altura circundava a casa. As portas eram pesadas, erguendo-se em uma escuridão densa e mal atravessada pela luz de duas lanternas no pórtico. Aquilo não era uma mansão. Era um latifúndio. Por muito tempo hesitei, paralisada pelo medo de que as portas estivessem guardadas por mais demônios com cabeça de boi, mas então lembrei-me de Fan dizendo que eles dificilmente iam até ali e reuni minha coragem. Na pior das hipóteses, não haveria nada além de um daqueles autômatos silenciosos. Desmontei de Chendana e deixei que o pesado aro de metal da porta ressoasse com estrondo.

Houve um silêncio comprido conforme os ecos iam se dissipando ao longe. Então, devagar, as grandes portas se abriram. Um rosto pálido espiou para fora. Era um criado, vestindo uma farda antiquada. Surpreendi-me ao perceber que ele era um fantasma humano, e não outro daqueles criados de papel. Seus olhos correram o ambiente e, por fim, pararam em mim.

"O que deseja?", perguntou.

"Eu... eu estou procurando...", gaguejei. Estúpida. Eu estivera tão envolvida pelas revelações do dia e pela urgência de encontrar a mansão dos Lim que não pensara em absolutamente nenhuma boa desculpa para entrar ali.

"Procurando trabalho?", ganiu. "Está atrasada. Não disseram que você devia entrar pela porta lateral?" Então, parou. "Ou, talvez, você queira dizer o outro tipo de trabalho." Inclinando-se um pouco, aproximou uma lanterna de meu rosto e o examinou bem de perto.

"Ouvi dizer que precisavam de uma ajudante de cozinha", falei rápido.

Ele me olhou longamente, com malícia. "Se quiser minha opinião, você seria um desperdício lá. O mestre está procurando por novas concubinas. Não precisam de você na cozinha, com tantos bonecos criados."

"Está falando daqueles manequins queimados como oferendas funerárias?"

"Segure a língua! Não falamos de funerais aqui. Ninguém quer ser lembrado da própria morte. Nós os chamamos de bonecos. E não fale deles com o mestre. Ele não gosta nada desses criados. Qualquer pobretão pode ter um criado ou dois. Eu mesmo tenho um! É por isso que contratam fantasmas humanos nos casarões."

"Se você tem seus próprios servos, por que está trabalhando aqui?"

"Pelo mesmo motivo que você, querida. O dinheiro funerário queimado para mim não é o bastante. Mas por que se desperdiçar na cozinha?" Ele me devorava com os olhos e eu passei a sentir medo. "Eu mesmo poderia ter uma esposa."

Recuei, olhando rapidamente para as sombras onde deixara Chendana fora de vista. Se fosse preciso, era melhor fingir ser candidata ao harém de Lim Tian Ching do que ser abordada por aquele porteiro. No mínimo, teria mais chances de me infiltrar na casa. Mas outra voz soou lá de dentro.

"Quem está aí? Por que deixou a porta aberta?"

O porteiro se virou rapidamente, ficando cara a cara com outro servo que aparecera no portão. "Eu só estava explicando o caminho. Ela procurava a cozinha."

"Porta errada, hein?" O segundo homem, mais velho e corpulento, virou-se para mim. "E, vem cá, quem é você?"

Baixei os olhos, murmurando ter ouvido sobre a vaga para auxiliar de cozinha.

"Você consegue coisa melhor que isso", falou. "Na verdade, o mestre vai ficar satisfeito em ver alguém como você."

Comecei uma história sobre ter jurado amor eterno a meu noivo, mas ele suspirou e me interrompeu. "Esqueça. Já ouvi essa história antes, e tenho certeza de que você vai mudar de ideia depois de uns vinte anos na cozinha. Deixe-me saber, se desistir desse amor eterno. Sou o mordomo da casa. Lembre-se de me tratar com educação ao me ver." Segui-o, evitando o olhar afetado do porteiro. "Senhor, ainda tenho algumas posses lá fora."

Ele mal virou a cabeça. "Tenho certeza que sim. Alguns bens funerários, essas coisas. Pode pegá-los mais tarde." E assim, tendo felizmente ordenado a Chendana que esperasse nas sombras até que eu voltasse, cruzei o umbral da mansão dos Lim.

Andamos por um longo caminho, através de corredores sem fim e inúmeros pátios. Os ecos que eu percebia nos enormes salões vazios me davam frio na espinha. Eu já estivera naquele lugar antes, em meus sonhos, naqueles pesadelos sufocantes em que eu era forçada a perambular pelos mesmos salões, noite após noite, admirando a riqueza de Lim Tian Ching. Embora ainda houvesse criados bonecos parados por ali, impassíveis, também havia um bom número de fantasmas humanos. Alguns estavam vestidos como criados, mas outros pareciam ser convidados ou moradores da mansão. Vestiam o mesmo tipo de roupa rígida e espalhafatosa que eu vira em Lim Tian Ching, o que dava a todo o ambiente um ar de antiguidade. Sentindo-me insignificante, corri atrás do mordomo, de cabeça baixa.

Depois de um tempo, o ambiente começou a ficar mais utilitário. "Não pense que vai entrar pela porta principal outra vez", o homem falou, ríspido, sem diminuir o passo. "Você tem sorte de eu ter passado por lá."

Estávamos nos aproximando cada vez mais de uma construção externa de onde os sons de panelas e vozes gritando ordens começavam a se fazer ouvir. Era uma cacofonia doméstica tão inesperadamente similar ao mundo dos vivos que eu senti, surpresa, um nó na garganta. Fazia apenas dois dias que eu entrara no reino dos mortos, mas já sentia falta do barulho, da algazarra e da atmosfera de vida de minha Malaca. A cozinha era um salão enorme, cheio de criados e vapores. Fileiras de pratos estavam dispostas, algumas arranjadas de modo elaborado como oferendas espirituais. Havia vários criados bonecos, todos ocupados cortando, fritando e cozinhando esses alimentos. Se fosse uma cozinha de verdade, o cheiro de óleo fervendo, alho e gengibre macerados e peixe frito teria invadido minhas narinas, mas os aromas eram nulos. Precisei inspirar profundamente para percebê-los. O mordomo falava com um homem fantasma grande e barrigudo, que estava encarregado da cozinha. Depois de uma rápida conversa, acenou para que eu me aproximasse.

"Esta é a garota nova."

"Delicada demais. Não tenho o que fazer com ela. Mande-a lá para cima."

"Ela não quer esse tipo de trabalho", o mordomo falou, com gravidade.

"Não preciso de outra ajudante de cozinha."

"Se for de seu agrado, senhor", arrisquei, "eu também poderia servir as mesas."

"Aí está", disse o mordomo. "Use-a como servente. São sempre necessários, com todos esses humanos."

O cozinheiro me olhou com ceticismo. "Já tenho bonecos serventes demais. E eles não derramam sopa nas pessoas. Não posso me dar ao luxo de ter outro erro como aquele."

O mordomo girou os olhos. "Faça como quiser. Se não puder usá-la, mande-a para a limpeza."

Quando o mordomo foi embora, o cozinheiro me olhou com uma sobrancelha arqueada. Ele tinha pequenos olhos bem vivos, por sobre o largo nariz achatado e com narinas dilatadas. Era uma infelicidade que ele fosse tão gordo. A corpulência só servia para ressaltar sua semelhança com um porco, especialmente quando contraía o queixo para me observar.

"Tudo bem", falou, depois de um silêncio desconfortável. "Você fará um teste. Mas não venha choramingando caso não dê certo. Você não devia estar aqui, em absoluto, e sabe disso."

Empalideci ao ouvir isso. Minha missão secreta teria sido tão facilmente desvelada? Mas ele continuou falando. "O mordomo parece durão, mas tem um coração mole com garotas jovens como você. Deixou uma filha para trás, acho que mais ou menos da sua idade. Se não fosse por isso, você certamente estaria na seleção para a cama do mestre." Ele riu, grosseiro, e eu me senti ainda mais diminuída. "Bah, não se preocupe! Eu disse que você pode fazer um teste aqui. Mas se não der certo, aí é com você. Há filas de fantasmas querendo trabalho hoje em dia, especialmente com esta casa indo tão bem."

Acenei com a cabeça. "Obrigada. Meu nome é..."

Ele me cortou com um aceno brusco. "Não se incomode. Aqui não usamos nomes." Percebendo meu olhar de espanto, balançou a cabeça. "Deve ter morrido há pouco tempo, você. Olha, todos aqui têm descendentes ou algum membro da família que se importam o suficiente para nos fazer oferendas. Tecnicamente, somos os privilegiados, os que podem passar algum tempo aproveitando os frutos da piedade dos parentes antes de seguir para os julgamentos nas Cortes. Mas alguns de nós terminam trabalhando como criados, por tédio ou por necessidade. Seja como for, não usamos nossos nomes verdadeiros, entende? Meu neto prefere pensar que estou aproveitando minha pós-vida de lazer, e prefiro preservar sua ilusão. Então, sem nomes."

"Mas como eles podem saber o que você faz por aqui, de todo modo?"

"*Cheh!* Claro que eles não sabem, mas não gostamos da ideia de que eles venham a pensar isso, através de um espiritualista ou um médium. Você nunca sabe que tipo de informação vaza daqui. Seja como for, por orgulho próprio, não mencionamos isso."

Concordei, obedientemente, pensando de novo sobre este mundo fantasma que parecia ter tantos dos vícios e falhas da vida.

"Você pode ser a garota número seis."

"Seis?"

"Sim, houve cinco antes de você. Nem me pergunte o que aconteceu a elas. Agora vá para lá e comece a preparar aquele peixe. Quero que você o prepare e cozinhe no vapor, estilo *teochew*.[1] Entendido?"

Ele apontou para um monte de chaputas brilhantes, com seus buchos prateados e escorregadios. Quando criança, eu costumava ajudar o Velho Wong na cozinha. Quase sempre era relegada a tarefas menores, como limpar lulas ou as raízes de brotos de feijão, mas às vezes ele me deixava preparar os pratos. Abri o peixe com cuidado, para limpar as tripas. Para minha surpresa, porém, não havia nada dentro do peixe, apenas um espaço vazio. Deixando a faca de lado, examinei-o atentamente. Parecia um peixe, tinha a textura de um, com suas escamas escorregadias, mas quando o aproximei de meu nariz não senti qualquer cheiro, nem mesmo o aroma salgado do mar. Atrás de mim, ouvi uma explosão de riso.

---

1   Teochew é o nome de um povo – e, por extensão, de sua cultura e culinária – do leste de Guangdong, no sul da China.

"Nunca viu um peixe como esse, viu?", perguntou o cozinheiro. "São peixes de mentira, como todo o resto da comida aqui. Tudo tem muito pouco gosto, por isso a cozinha é tão importante. Temos que dar nosso melhor para fazê-la palatável."

"Mas eu pensei que as oferendas tivessem sabor."

"Ah, elas têm gosto quando estão frescas e são recebidas ainda no mundo dos vivos", ele explicou. "Mas quando chega na Planície, perdem todo o sabor. É por isso que muitos mortos gostam de visitar suas velhas casas, de tempos em tempos. Faz muito tempo que não provo uma *pie tee*[2] recém-saída do fogo. Ou uma tigela de *assam laksa*."[3] Por um momento, seus olhos se perderam na distância. "A *pie tee* que minha mãe fazia era tão deliciosa. Tinha uma casquinha crocante e o recheio doce de camarão e nabo era fantástico. Ela os colocava no prato de um jeito que fazia com que parecessem pequenas cartolas crocantes. E o molho de pimenta! Minha mãe era famosa pelo molho de pimenta que fazia toda manhã, misturando com vinagre, alho e açúcar."

Ouvir suas lembranças me enchia de água na boca. Precisei fechá-la, para não babar, e pela primeira vez desde que chegara à Planície dos Mortos, senti uma fome vaga. Aquilo não era bom. Er Lang havia me prevenido especificamente sobre ingerir comidas espirituais. Peguei novamente o peixe e o enxaguei em uma panela com água limpa. Depois peguei uma frigideira rasa de uma pilha de panelas, enquanto o cozinheiro me observava, inexpressivo, com seus olhinhos de porco. Peguei um pedaço de gengibre, descasquei-o, cortei-o em fatias e o dispus no prato. Assim que coloquei a chaputa limpa sobre o gengibre, acrescentei tomates fatiados e olhei em volta.

"As ameixas azedas estão ali", ele falou, inalterado.

Sob seu olhar observador, pesquei quatro ou cinco ameixas conservadas em salmoura e as coloquei no prato. Com os dedos, esmaguei-as até transformar sua polpa em uma espécie de pasta.

"Por que tanto? Que desperdício!", ele rugiu.

"Pensei que devia colocar bastante por causa da falta de gosto", respondi.

Ele concordou com a cabeça, satisfeito. "Pelo menos você usa a cabeça. Lembre-se, tudo aqui tem que estar muitíssimo temperado, às

2 Tortinha de massa fina e crocante, recheada com camarão e legumes apimentados.
3 Tipo de macarrão apimentado, com peixe ensopado. Prato com influências chinesas e malaias.

vezes duas ou três vezes o que você usava antes de vir para cá. Se não for assim, os convidados reclamam. Certo. Pode parar agora."

Meus braços estavam pesados e meus ombros doíam de cansaço. O cozinheiro continuava falando e eu tinha de me concentrar para acompanhar suas instruções.

"... daí pegue suas coisas. Você pode dormir no alojamento dos criados esta noite. Não há outras serventes no momento, então você vai ter um quarto só para si. Agora, apresse-se. Quero você aqui amanhã bem cedo, quando as luzes se acenderem."

Olhei para ele, atordoada. "Como vou encontrar o caminho?"

"Não ouviu nada que eu disse? Vou mandar um boneco acompanhá-la. Você pode recolher seus bens funerários e outros pertences. Guarde-os no quarto e não os traga à casa principal. Eles não querem seus cacarecos por aqui. Está cansada? É o ar da Planície. Demora um pouco para se acostumar. Vamos, agora anda."

Um manequim sem expressão planou a seu lado e começou a se afastar depressa. Imaginei que fosse meu guia e corri para acompanhá-lo. Iluminadas apenas por candeeiros fracos, as profundas e estreitas passagens se fechavam a minha volta como um pesadelo. Meu guia também era terrivelmente familiar. Eu vira aquela mesma cara sem graça repetidas vezes, em uma porção de servos bonecos por toda a casa. Caminhava sem precisar de luz, com um silêncio só quebrado pelo eventual farfalhar de papel. Não falei com aquilo – mesmo modelado em uma forma humana, não conseguia pensar naquilo como tendo um gênero – tampouco tive mais atenção dispensada a mim do que teria um cachorro em uma coleira. Logo chegamos a um jardim murado, com um portão aferrolhado. Esta, certamente, era uma das entradas laterais que o porteiro havia mencionado. Eu tinha pouco tempo para apreciar a paisagem, entretanto, porque meu guia trotava rápido ao longo da borda externa do muro, até que chegamos ao lado de fora do portão principal. Então, parou.

"Vou só pegar minhas coisas", falei.

A criatura não deu sinais de compreensão, mas como estava obviamente me esperando, saí para procurar Chendana. Para meu alívio, ela ainda estava esperando nas sombras. Eu pedira que ela se escondesse, quando me aproximei do portão horas atrás, e parte da minha ansiedade vinha do fato de não saber sobre sua segurança, embora Fan tivesse dito que ninguém pode mexer com os bens funerários de outra pessoa, a menos que fossem dados de livre vontade. Atenta ao meu guia silencioso, peguei na rédea e a conduzi de volta comigo.

Nosso regresso à mansão Lim foi surpreendentemente tranquilo. Talvez tenha sido porque entramos pela porta dos empregados, mas não havia ninguém por perto para falar de meu cavalo. O boneco me levou até uma série de construções baixas atrás das cozinhas. Obviamente, ali ficavam os alojamentos de criados para fantasmas humanos, como eu. Pilhas de lençóis e outras miudezas estavam colocadas por ali. Do outro lado, eu podia ver luzes e ouvir vozes masculinas, mas o alojamento das mulheres era escuro e quieto. Levando-me até um pequeno quarto no fundo, meu guia abriu a porta e, com um duro menear de cabeça, me indicou que entrasse.

"Onde estão as cozinhas?", perguntei, ansiosa por encontrar o caminho, pela manhã. Com outro giro, apontou para uma construção, mal visível na escuridão. Depois disso, foi embora. Estava tão cansada que cambaleei para dentro do quarto de teto baixo. Certamente destinado a abrigar três ou quatro criadas, ele estava iluminado apenas pela luz tremeluzente da lamparina que o boneco deixara. Eu deveria deixar Chendana do lado de fora, mas o quarto me deprimia tanto que, sem ligar para o que seria apropriado, levei-a para dentro, a égua tendo que se curvar para passar pela porta. Sua forma familiar fez com que eu me sentisse muito melhor. Ajeitando uma cama, atirei-me para o esquecimento.

A Noiva Fantasma
Yangsze Choo

24

Acordei ouvindo clangores e coisas sendo esfregadas. Ainda estava escuro, mas pela janela estreita era possível ver uma luminosidade fraca no céu. Lembrando da exigência do cozinheiro, de que eu fosse à cozinha assim que os fogos estivessem acesos, saltei da cama rapidamente. Acariciei o focinho de Chendana, grata por ela não ser um cavalo de verdade e poder me esperar indefinidamente. De todo modo, para evitar chamar atenção sobre ela, levei-a até o canto mais escuro do quarto e coloquei um biombo, usado para dividir os espaços do quarto em sua frente.

Os sons que eu ouvira vinham de dois bonecos que, fora da porta dos fundos da cozinha, lavavam grandes caçarolas com a água de alguns baldes. Eles me ignoraram, então passei por eles em meu caminho para a cozinha. O fogo nos incontáveis fornos a carvão já estava aceso, e não tive tempo sequer para me inteirar do ambiente antes que o cozinheiro me requisitasse. "Então já chegou."

"Você pediu que eu viesse pela manhã", falei.

"Sim, pedi. Mas não esperava que você realmente fosse vir."

"Por que não?"

"Ah, você sabe. Garotas. Avoadas. Espero que não tenha se importado muito com seus aposentos."

Pestanejei, compreendendo que a maior parte dos fantasmas com oferendas funerárias tinham suas próprias casas e provavelmente torceriam o nariz para aquelas acomodações miseráveis. "Não, está tudo bem", falei, com cautela.

"Então, ao trabalho."

Entendi rápido que o cozinheiro não precisava de mim para nenhuma das tarefas mais básicas da cozinha, como depenar galinhas, limpar os vegetais ou lavar as panelas. Ele tinha uma grande quantidade de criados bonecos que o faziam. Em vez disso, revezava comigo em turnos de supervisão, fazia com que eu mantivesse um olho sobre o trabalho dos bonecos e, principalmente, pedia que eu ajudasse a temperar e dar gosto à comida. O café da manhã estava sendo preparado para um número enorme de convidados, e estávamos ocupados com caldeirões de mingau de arroz onde havia fatias de peixe cru, bolinhos fritos e diversas tigelas de ovos moles, cozidos e regados a molho de soja e pimenta. Foi quando eu dava ordens a um boneco para que fizesse torradas *kaya* que me senti realmente tentada a comer. As fatias finas de pão eram tostadas no carvão, sobre uma grelha, até que ficassem douradas e crocantes. Quando prontas, eram cobertas por generosas camadas de manteiga e *kaya*, um tipo de geleia cremosa feita à base de ovos caramelados, açúcar e folhas de pândano. Sem pensar, passei o dedo no doce e o levei à boca, mas parei antes, lembrando da advertência feita por Er Lang. Limpei os dedos como se estivessem cheios do veneno de alguma serpente desconhecida. Com uma ponta de pânico, percebi que não podia saber quanto tempo precisaria ficar ali, nem quanto tempo teria passado no mundo real. Er Lang dissera que o tempo costumava passar em ritmo diferente na Planície dos Mortos, e meus pensamentos cheios de ansiedade se voltaram ao corpo em coma, tão distante de mim.

"Não precisa fazer essa cara. O café já está quase pronto." A voz do cozinheiro me assustou. "*Aiya*, que menina mais fresquinha. Deixa para lá. Vá para casa."

"Eu estou bem."

Olhou-me com ceticismo. "Como queira. De todo modo, minha outra ajudante deve voltar amanhã."

"Outra ajudante?"

"Você não acha que faço isso tudo sempre sozinho, acha? Ela é quem costuma me ajudar a supervisionar os bonecos, mas arrumou uma confusão com a Segunda Esposa e tomou um banho de sopa fervendo. A mulher é realmente irritante. Lindíssima, mas uma vaca quando abre a boca."

"Quem é ela?"

"A Segunda Esposa? É o rabo de saia do velho mestre."

"Pensei que o mestre desta casa fosse bem jovem."

"O velho mestre tinha setenta e dois anos quando morreu. Você deve estar falando do jovem mestre."

"Como pode haver dois mestres aqui? Pensei que cada casa fosse queimada em separado, como oferenda individual."

"Claro. Mas isso não quer dizer que eles não possam combinar as duas. É verdade que quase toda a riqueza veio quando o jovem mestre morreu, mas esta já era uma grande casa antes."

"O velho mestre é o avô, então?", perguntei, tentando entender o parentesco.

"É o tio-avô de Lim Tian Ching. Não sei o que aconteceu com o avô. Provavelmente já passou pelas Cortes do Inferno. A família Lim era representada pelo tio-avô, até que o jovem morreu. E que fortuna ele trouxe! Seus pais não economizaram no funeral, vou lhe dizer. Em todo caso, ele e o tio-avô juntaram as casas. Imagino que seja mais conveniente. De qualquer modo, o jovem mestre dificilmente fica aqui." Depois que o afã pela preparação do café tinha passado, o cozinheiro se serviu de uma tigela fumegante de mingau de arroz. Polvilhou coentro e uns pedaços de gengibre sobre tudo, adicionando molho de soja e óleo de gergelim. "Que é?", perguntou, notando meu olhar. "Pode comer também, se quiser. Comida é o que não falta."

Puxei um banco perto dele e fingi pegar um bolinho. "Ele está aqui, agora?"

"Por que o interesse?"

"Só curiosidade. Ouvi dizer que ele é jovem, mais ou menos da minha idade."

"Quer se casar com ele?"

"Oi? Não!"

O cozinheiro riu, grosseiro. "Vamos lá. Há casamentos arranjados todos os dias aqui no mundo espiritual. E seu noivo nunca vai ter que saber disso."

Balancei a cabeça, decidida, mas o cozinheiro entendeu minha agitação como vergonha. "Você podia mudar de ideia. Ele é um bom partido."

"Ainda não está casado?"

"Quem? O jovem mestre? Ainda não, embora tenham feito alguns arranjos faz pouco tempo. Um salão de festas inteiro decorado com lanternas e toneladas de comida."

Empalideci ao lembrar do sonho em que eu ficava a sós com Lim Tian Ching, naquele salão espectral cheio de lanternas vermelhas. Fora quando ele me pressionara sobre o casamento, e eu fugi através dos labirintos de neblina daquele mundo de sonhos, forçando-me a acordar. Mas o cozinheiro continuava tagarelando.

"Era para ter sido uma festa de noivado, mas o mestre ficou muito aborrecido depois daquilo. Acho que a noiva não apareceu."

"Não?", perguntei, com ar vago.

"Se você quer saber, ouvi que ela ainda está viva. Consegue imaginar a cara de pau desse camarada? Nem os Juízes do Inferno são muito favoráveis a esse tipo de casamento. Certo, eles até podem abrir uma exceção se o morto e o vivo estavam apaixonados, mas no geral isso só prova o tanto de favorecimento que Lim Tian Ching conseguiu, bajulando-os."

Agucei os ouvidos a isso. "E como ele conseguiu essa boa relação com os juízes?"

"Nem ideia." Colocou um dedo na lateral do nariz e me deu um risinho dissimulado. "Não vou falar mais nada sobre isso. Não quero perder meu cargo. Ah, os ricos sempre mais ricos e os pobres sempre mais lascados." O cozinheiro havia esvaziado sua tigela de mingau e se afastou da mesa. "Já que você está aqui, leve o café da manhã para minha assistente. Eu mandaria um boneco, mas eles estão muito ocupados agora."

Olhou para o pátio, onde dois bonecos se ocupavam em destrinchar um porco enorme. Diferente de um porco de verdade, no entanto, o animal permanecia imóvel enquanto os criados o desmembravam. Mesmo quando cortavam o lombo e as patas, o porco não demonstrava reação. Nem sangrava. Enquanto eu olhava, um dos criados arrancou a pesada cabeça do bicho, que ficou piscando calmamente no chão. Contendo um estremecimento, peguei a bandeja com uma tigela de mingau e um bule.

"Vamos ver se você é boa em servir pessoas. É provável que queiram ser servidos logo, então leve isso até minha assistente e fique atenta. O quarto dela é perto do seu, mas é individual e não um dormitório. Rápido! Quero você de volta aqui para começarmos a preparar o almoço."

Segui meu caminho através do pátio, evitando olhar para o esquartejamento sem sangue daquele porco, que continuava. Mesmo que Er Lang não tivesse me avisado sobre ingerir comida, aquela visão me tiraria o apetite permanentemente. Ao contrário da comida que o Velho Wong havia dedicado a mim, o porco devia ter sido uma efígie de papel. Não me impressionava que o cozinheiro reclamasse tanto da falta de sabor. Seguindo meu rumo para os aposentos dos criados, ia me concentrando para não derramar o mingau fervente. Meus pulsos começaram a doer e entendi por que o cozinheiro havia duvidado tanto de mim no começo. Com certeza era preciso força para carregar bandejas por muito tempo, até os salões de refeição. Quando cheguei a meu alojamento, olhei em volta. A noite anterior fora tão escura que eu não notara nenhum outro ocupante, mas o cozinheiro dissera que sua assistente tinha um quarto particular. Avistando uma porta, segui para lá.

O pátio estava quieto e a luz tinha um brilho pálido que fazia as sombras caírem sobre o pavimento como recortes de papel. Largando a bandeja, bati na porta com cuidado. O silêncio me convencera de que não havia ninguém ali, então me assustei ao ouvir uma voz responder.

"Quem é?"

Suspirei. Em minha breve existência fora do corpo, eu era invariavelmente recepcionada com total descortesia. Talvez fosse menos por este ser um mundo fantasma do que pelo fato de eu não ser nada mais que um espírito errante, praticamente uma mendiga. Isso abriu meus olhos para a vida que eu tinha antes. Viva, como filha da família Pan, eu tinha um nome e um histórico que me apresentavam. E eu também nunca estivera reduzida a bater em portas, pedir favores ou, como naquele momento, servir refeições.

"Sou a garota nova", falei. "Trouxe seu café."

A porta se abriu e uma velha mulher miúda apareceu. À primeira vista, fiquei paralisada pela semelhança assustadora com Amah. Ela também tinha uma fisionomia de passarinho, olhos escuros brilhantes e o cabelo cinzento preso em um coque. Um olhar mais atento, porém, revelava as diferenças. Seus olhos eram maiores, o nariz um pouco mais alto. Mas, como Amah, estava vestida com o indefectível uniforme branco e preto, e a impressão geral, somada a sua idade, era bastante familiar. Ela poderia ser a irmã mais velha de Amah. Quando saí de meu transe, percebi que a velha ainda me encarava.

"Qual seu nome?"

"Sou a número seis", respondi, lembrando da advertência do cozinheiro sobre os nomes.

"Mas qual sua família?"

"Meu sobrenome é Chen", falei, amaldiçoando a eterna indiscrição das velhas. A última coisa que eu desejava eram rumores sobre minha vida chegando aos ouvidos do dono da casa.

"Chen... Será que você é parente de alguma de minhas amigas?"

"Oh, provavelmente não, titia", falei, dirigindo-me a ela com cortesia. "Minha família era de Negri Sembilan. Tínhamos acabado de mudar para Malaca quando morri."

Fez que sim com a cabeça, desinteressada. "Há uma mesa de desmontar lá dentro. Pode trazer a bandeja para mim?"

Percebi que seus antebraços estavam enfaixados. "O que aconteceu com você, titia?"

"Não é nada. Só umas queimaduras." Notando meu olhar, sua boca se contorceu. "Machucados se curam mais rápido aqui do que no mundo dos vivos."

"E dói?"

"Sim, mas não existe infecção aqui. Nenhum risco de gangrenar. No fim das contas, já estamos mortos."

Era a segunda vez que ela mencionava morte em nossa breve conversa, e isso era contrário à aversão geral sobre falar do tema entre os fantasmas.

"Deve ter sido um acidente feio", comentei.

Ela torceu a cara. "Acidente? A Segunda Esposa derramou sopa sobre mim. Estava em um de seus dias ruins. Você faz bem em não se aproximar dela."

Entrei e ajeitei uma mesa bamba e um banco para ela. Era um quarto muito menor que o meu, embora meu quarto fosse, naturalmente, destinado a ser o dormitório de várias criadas. Ainda que estivesse desgastado, era escrupulosamente limpo. Não havia nada além de uma cama, um baú de madeira e algumas roupas dobradas com cuidado. Depositei a bandeja sobre a mesa que armara.

"Você não precisa ficar esperando", ela falou.

"Tudo bem", respondi com sinceridade. Havia algo a respeito dessa velha mulher que me deixava confortável. Talvez fosse a semelhança com Amah ou o fato de que, mesmo com sua desconfiança inicial, ela me parecia amigável.

"O cozinheiro não é má pessoa", falou após ter começado a comer. "Ele é um pouco rude, mas não vai tentar usá-la, ao contrário dos outros."

"Há quanto tempo você está aqui?"

"Há muito. É difícil saber neste lugar. E você?"

Enrolei-a com a mesma história que contara ao cozinheiro, sobre precisar de trabalho e não ter onde ficar. Ela acenou em compreensão. "Se você quer permanecer na cozinha e fora da cama do mestre, é melhor voltar para lá de uma vez. O cozinheiro é impaciente. Mas diga que ele não se preocupe, estarei de volta ao trabalho em breve."

Apressei-me de volta à cozinha, repentinamente preocupada por ter me demorado demais. Eu queria perguntar mais coisas à velha sobre a misteriosa Segunda Esposa que a havia escaldado. No fundo, porém, eu tinha o péssimo pressentimento de que sabia quem ela era. Outra vez na cozinha, vi que a carcaça do porco já havia sido cortada em porções finas. A cabeça, felizmente, não estava em nenhum lugar à vista, e eu torcia para que o cozinheiro não me mandasse mexer no conteúdo dos panelões que estavam perto. Ele, entretanto, estava ocupado. A correria do almoço já havia começado e o homem gritava com os criados bonecos que estavam lavando, cortando e cozinhando vigorosamente. Segui até ele, devagar, e pedi desculpas por ter demorado.

"Não se perca, da próxima vez", respondeu sem nem me olhar. "Como ela está?"

"A senhora?"

"Pode chamá-la de Titia Três. É como todos a chamam. Ela é a terceira que temos, pelo menos que eu saiba."

"Ela disse que voltará logo ao trabalho."

Ele se virou. "Pelo menos não ficou cega. Eu jurava que aquela sopa ia atingir seu rosto."

"Por que ela fez isso?"

"A Segunda Esposa? Por nenhuma razão aparente. Tédio, talvez. Ela é assim. Acho que se ela não fosse tão bonita o velho mestre já a teria mandado para o olho da rua. Mas há alguma coisa com relação a ela. Talvez eu pense isso por ser homem, mas sinto que eu mesmo não conseguiria recusar se ela se atirasse na minha cama." Deu uma risada rude e disse que eu fosse fiscalizar os pratos. "Esse é o trabalho da Titia Três. Vamos ver como você se sai."

Os dias seguintes passaram em uma atividade desenfreada. Mesmo que eu vestisse, toda manhã, um uniforme de *amah*, aquela blusa branca e as calças de algodão escuro, à noite eu me via com minhas próprias roupas. Talvez porque o uniforme fosse emprestado, enquanto meus pijamas se renovavam sempre, lembrando-me que Amah tomava conta de meu corpo na Malaca verdadeira. Ainda assim, eu carregava a escama de Er Lang sempre comigo, em qualquer bolso que tivesse. Ela não tinha qualquer utilidade naquele lugar, mas seu peso familiar me reconfortava.

Trabalhar na cozinha era infinitamente monótono, sem a presença de aromas. Sem cheiro, a comida passava por mim como modelos de cera. Tentei extrair do cozinheiro mais informações sobre a família, mas ele não deixava escapar muita coisa. Talvez o mordomo fosse uma fonte melhor, mas estava sempre com pressa e, quando ia até a cozinha, não prestava qualquer atenção em mim. Faltando poucos dias para que eu encontrasse Fan, como prometera, lamentava não ter conseguido outro emprego dentro da casa dos Lim. Se eu fosse uma servente ou uma faxineira, por exemplo, teria boas desculpas para espiar pela casa. Do jeito que as coisas estavam, eu sentia ansiedade e frustração crescentes, a cada dia que passava.

No terceiro dia, Titia Três voltou ao trabalho, mesmo com os braços ainda enfaixados. O cozinheiro estava espantado em vê-la.

"Por que a surpresa? Eu disse que voltaria logo."

"*Ya*, certo, mas eu não esperava que fosse voltar mesmo."

"O que você esperava que eu fizesse? Que eu ficasse sentada no quarto, encarando a parede?"

Ele deu de ombros, mas insistiu em olhar seus braços.

"Já estão curados, estou dizendo", ela respondia, mas quando o cozinheiro levantou uma ponta das bandagens, estremeci com a visão. Sua pele descamava onde a água fervendo havia caído, embora as feridas não tivessem sangue ou qualquer evidência de pus.

"Não acho que você devia estar de volta ao trabalho", ele insistiu.

"Se você está preocupado por *ela*, eu sei como evitá-la", foi a resposta da velha, afastando-se. Observei seus movimentos de passarinho com uma mescla de curiosidade e dó. Aquela figura mirrada, invocada, vestida em branco e preto me fazia lembrar de Amah de tantos modos diferentes que a saudade de casa era quase palpável.

Minha oportunidade surgiu dois dias depois. Durante a refeição da tarde, o mordomo apareceu de repente na cozinha. "Outro peixe no vapor, rápido!"

"Que houve?"

"Dois bonecos trombaram. Agora estamos com uma refeição a menos e o mestre tem convidados."

"Convidados?", quis saber a Titia, surgindo logo após o cozinheiro.

O mordomo foi pego de surpresa por essa interrupção. "Olha! Você voltou. Eu pediria que você servisse, mas sabemos o que aconteceu da última vez. E ela não está de bom humor hoje."

"Que tipo de convidados?", Titia Três perguntou, de novo.

"Você sabe." Os três trocaram olhares cúmplices.

"Nenhum destes bonecos estão treinados para servir convidados. Não há mais ninguém lá fora?", disse o cozinheiro.

"Estamos com poucos serventes. Alguns foram danificados no último banquete e ainda não os substituímos."

"Eu vou", falei.

Viraram-se para me olhar. "Não!", disse a Titia, mas o mordomo a interrompeu.

"Havia me esquecido de você." Ele me examinou longamente e declarou: "Sim, você vai servir".

"Ela não sabe como se portar!"

"Não é uma noite tão formal. Apenas o velho mestre está aqui. O jovem mestre ainda não voltou."

Titia Três empalidecera. "Deixe que eu vá."

"Não diga besteiras! A Segunda Esposa ainda está muitíssimo aborrecida com você. Não ouso deixar que ela a veja até que tenha se acalmado."

Com o coração acelerado, alisei meu avental e disse novamente que gostaria de servir.

"Tudo bem", disse finalmente o mordomo. "Mas ande logo! Estamos entre pratos e pedi aos músicos que tocassem uma peça." Levando-me pelo cotovelo, foi dando instruções enquanto saíamos da cozinha. "Os bonecos vão trazer a comida da cozinha para os aparadores, então eu anuncio os pratos principais sobre as mesas. Você fica de lado, arrumando as porções individuais e mantendo olho aberto sobre os bonecos. Não dá para confiar nesse bando. Com sorte, você não vai precisar se aproximar das mesas. Entendeu tudo?"

Fiz que sim e, com receio de que ele não enxergasse meu aceno no corredor escuro, acrescentei um "sim, senhor", por precaução. Eu estava me coçando para perguntar quem eram os convidados, mas ele parecia tão preocupado que eu segurei a língua. A bênção era que Lim Tian Ching, o jovem mestre, não estava lá, embora eu estivesse tão desesperada para espionar aquela casa que talvez tivesse encarado sua presença. Enquanto passávamos rápido pelos corredores, eu tentava encontrar possíveis esconderijos. Já havia tentado me infiltrar na casa principal antes, mas o cozinheiro sempre trancava a porta da cozinha à chave durante a noite. Agora que eu estava do outro lado, talvez encontrasse um lugar para me esconder antes que a porta fosse trancada.

O salão do banquete estava iluminado por dúzias de lâmpadas a óleo. Um trio de músicos tocava – dois *er hu*, com um *yang qin* acompanhando. A visão me causou um calafrio. A última vez que eu vira músicos ao vivo fora no Festival do Duplo Sete, na mansão verdadeira dos Lim, em Malaca, e lá também havia um trio. Eu bem lembrava que Tian Bai era um deles. O que acontecia com esse mundo fantasma, tão propício a criar paralelos sinistros com o mundo dos vivos? Pensei na Titia Três, na cozinha, e em como ela me lembrava Amah. Não sabia se tais coincidências eram intencionais ou apenas parte da sincronia peculiar entre os dois lugares.

Tive pouco tempo para pensar nisso antes que o mordomo me empurrasse para meu posto de serviço. Os convidados estavam no meio da refeição e eu pude ver, pelas pilhas de pratos nos aparadores, que aquele era um banquete longo. Sussurrando algumas instruções finais, o mordomo se apressou em levar o peixe no vapor até a maior das mesas. Deixou-o sobre ela com um floreio e, habilmente, cortou-o em postas na frente dos comensais que aguardavam, entre muitos sorrisos e reverências. Devia ser a mesa principal, já que ele a servia primeiro, e estiquei o pescoço para espiar seus ocupantes. Havia dez figuras sentada, duas eram grandes o bastante para fazer com que os vizinhos parecessem anões. Com apreensão, reconheci a forma corpulenta e as presas enormes de um demônio com cabeça de boi.

A Noiva Fantasma
Yangsze Choo

25

Disse a mim mesma que não importava. Eles não me notariam, escondida no fundo da sala e vestindo um uniforme discreto. Ainda assim, minhas mãos tremiam enquanto eu fazia o trabalho. Não pensei que fossem as mesmas criaturas que eu vira de guarda em minha casa. Aqueles eram soldados rasos, enquanto esses dois tinham um aspecto de alto escalão. Rezava para que não me vissem, nem de relance. Preocupada com meus próprios pensamentos, de repente notei que deixara dois bonecos andarem aleatoriamente pelo salão.

    O mordomo me fuzilou com o olhar, mas já era tarde: um dos bonecos trombou contra o demônio que estava mais próximo. Rosnando, ele se virou para abocanhar o braço do boneco, cuspindo-o no chão. Aconteceu em um piscar de olhos. Houve um silêncio breve no salão, depois do qual a conversa foi retomada como se nada tivesse acontecido. O boneco girava em seu próprio eixo, enquanto o braço tremelicava em espasmos, como um inseto no chão de mármore. O mordomo, ainda servindo o peixe, dirigia um olhar aflitivo a mim. Pensei em enviar outro boneco para buscar o primeiro, mas não tive coragem. Mantendo a cabeça baixa, segui ligeira pela sala e carreguei o boneco danificado de volta para o canto.

"Fique aqui", cochichei e ele, por milagre, obedeceu. Agora só faltava resolver o problema do braço. Rastejei até ele, tentando permanecer fora das vistas dos convidados. Por fim, com um suspiro, alcancei-o. Ele se contorcia como um ser vivo, embora não possuísse qualquer calor. A carne tinha uma consistência frágil, como se feita de cera. Rangendo os dentes para prender o braço com firmeza sob o meu, estava prestes a voltar para meu lugar quando um pé caiu sobre minha mão.

Era um pé largo, com o tornozelo duro, calçando um sapato antiquado de bico elevado. Tudo nesse mundo de fantasmas era grotesca e ornamentalmente fora de moda. Era como se os bens funerários que queimavam nunca se alterassem, como se o tempo jamais corresse. Tentei soltar minha mão de baixo daquela sola, mas o pé apenas pisou mais forte. Por um momento fiquei agachada, ali, pensando no que fazer. Então, dei um puxão forte. Consegui me soltar, e o dono do pé fez um ruído de indignação. Não pude evitar olhar para cima.

"Mas que surpresa", disse uma familiar voz aguda. "O que faz aqui?"

Ali estava o velho enrugado que eu encontrara logo que entrei na Malaca fantasma, recém-chegada à Planície dos Mortos. Ele era a última pessoa que eu esperava ver em um jantar na casa dos Lim, e o choque deve ter ficado estampado em meu rosto.

"Pensei que estivesse procurando sua amiga", ele disse. Desesperada, implorei com o olhar para que ele não chamasse atenção sobre mim, mas o desgraçado deu uma gargalhada que simplesmente atravessou toda a algazarra das conversas. "Por que você está vestida como uma criada?"

"Algum problema, Mestre Awyoung?" Uma voz feminina se fez ouvir. Era cristalina a ponto de me arrepiar os cabelos da nuca.

"Capturei um animalzinho", ele respondeu, alegre. "Alguém que não devia estar aqui."

Cadeiras faziam ruído ao serem arrastadas, enquanto os convidados espiavam em volta. Agachei-me ainda mais, pensando se conseguiria, por milagre, atravessar o chão. A mesma voz feminina continuava falando. "Mestre Awyoung, é apenas uma criada."

"Ah, senhora, não sei se ela é exatamente uma de suas criadas." Senti uma vontade enorme de acertar um chute na canela daquele velho diabo.

"Por que diz isso? Garota, levante-se."

Relutante, levantei-me, baixando a cabeça e curvando os ombros. Olhos curiosos me observavam. Felizmente, os dois demônios estavam longe o bastante. Os convidados pareciam compartilhar desse sentimento com relação a eles, porque haviam afastado ligeiramente suas cadeiras dos dois cabeças de boi. Os demais eram fantasmas humanos, todos intrincadamente vestidos com aquelas roupas engomadas que eu passara a detestar. Vi um velho macilento, todo amarelado e enrugado, com olhos faiscantes como facas. Tinha uma verruga no rosto, da qual saíam dois longos fios de cabelo. Devia ser o tio-avô de Lim Tian Ching, chamado de Velho Mestre pelos criados. A seu lado, sentava-se a dona da voz.

Era jovem, não muito mais velha do que eu e de uma beleza estonteante. Seu rosto clássico, arredondado, era suave e branco como um biscoito de arroz. Os grandes olhos, escuros como carvão; o nariz, um pouco comprido, tinha a ponta um tanto curvada. Na velhice, provavelmente se transformaria em uma imagem pouco agradável, mas ela nunca envelheceria. Já estava morta, afinal. Muitos adornos de jade enfeitavam seu penteado e pendiam das orelhas e pescoço. Quando se movia, as joias tilintavam fracamente. Suas sobrancelhas, delicadamente desenhadas, estavam unidas por uma expressão carrancuda.

"Quem é você?", perguntou.

Baixei a cabeça, respeitosamente. "Sou a nova criada, senhora."

"Isso eu estou vendo. Mas quem é você, exatamente?"

O homem de cara amarela fez um gesto de pouco caso. "Querida, precisamos aborrecer nossos convidados com esses assuntos domésticos? Trate disso mais tarde, se desejar."

Nesse momento, o mordomo irrompeu na conversa. "Lao Ye", ele disse, dirigindo-se respeitosamente ao velho. "Eu a contratei alguns dias atrás, porque estávamos com poucos criados."

"Oh, verdade? Acho que lembro de algum problema com os funcionários da cozinha. Alguma coisa envolvendo sopa." Ergueu as sobrancelhas para a mulher, mas ela virou o rosto, com evidente desgosto. Eu mal podia respirar. Mesmo sabendo que não devia, era impossível parar de olhar para ela. Seria minha mãe? Procurei por alguma semelhança. Será que eu me parecia com ela? Meus olhos, minha testa, o formato das orelhas? Não conseguia lembrar de nenhum detalhe específico que Amah contara, apenas que minha mãe era adorável. Olhe para mim! Queria que ela me olhasse com alguma expressão de reconhecimento. Não consegue ver que sou sua filha? Eu ouvira dizer que até animais eram capazes de reconhecer as crias, mas ela não dava sinais de fazer o mesmo. Seus olhos passaram por meu rosto e seguiram através da mesa, parando sobre um dos demônios do lado oposto.

"Vossas Excelências", ela falou. "Espero que a refeição esteja de vosso agrado."

Tomando isso como minha deixa para sair dali, afastei-me apenas para ter meu pulso agarrado por uma mão raquítica. "Não tão rápido", disse o Mestre Awyoung. Do fundo do coração, eu amaldiçoava o acaso que me fizera encontrar com esse homem, logo que cheguei. "Falei com essa garota apenas há alguns dias. Ela estava fazendo perguntas sobre demônios e corrupção dos oficiais de fronteira."

"Como você sabe?", perguntou o Velho Mestre.

"Estava parado perto da entrada, como costumo fazer para ficar de olho nos recém-chegados. Ela tentou me enrolar com uma historinha sobre procurar uma amiga, mas eis que ela está aqui. Não acredito em coincidências. Ela deve ser uma espiã."

Senti o sangue me fugir das veias. Idiota, idiota! Eu o havia tomado por um velho louco. Agora, só conseguia morder o lábio e tentava não encarar ninguém. "Se me permite, senhor", eu disse, com voz trêmula, "deve haver algum engano."

"Levem-na daqui e tranquem-na com chave", foi a resposta do Velho Mestre. "Faremos o interrogatório mais tarde." Olhou para um dos demônios, que grunhiu em concordância. O mordomo ensaiou um movimento, a face repleta de preocupação, mas o Velho Mestre acenou para um boneco vestido de farda preta, que estivera recostado contra uma parede. Imaginei que fosse parte de sua segurança pessoal. Agarrando meus braços com mão de aço, conduziu-me para fora do recinto. Lancei um olhar desesperado para minha mãe, mas ela levava uma migalha à boca com a ajuda de dois pauzinhos de marfim. Sequer virou a cabeça para me ver sair.

Fui arrastada com pressa por infinitas passagens estreitas. Já não havia mais salas esplêndidas nem grandes salões de recepção. Estávamos em um lugar que eu nunca vira antes, distante das cozinhas e de todas as áreas que me eram familiares. Assim que saímos de vista, lutei para me libertar, mas minhas tentativas só serviram para que o boneco apertasse ainda mais a garra. Eu não tinha dúvidas de que ele poderia quebrar meus ossos, sem cerimônias. E o que aconteceria comigo? Minha forma espiritual podia se machucar, do mesmo jeito que a Titia Três fora queimada. Esse pensamento me aturdiu e acabou com toda a resistência que eu ainda tinha. Por fim, paramos defronte a uma porta lisa. O criado a abriu com uma das mãos e, com a outra, me empurrou para dentro. "Espere!", gritei. "Deixe-me com alguma luz!" Mas não fazia qualquer diferença falar com a criatura. Com um estrondo, a porta se fechou e pude ouvir seus passos, rápidos e impessoais, sumindo ao longe. Fui ao chão, desesperada.

Depois de um tempo, meus olhos se acostumaram à escuridão. Uma forma difusa na parede logo se definiu como sendo uma janela fechada. Fracos raios de claridade se infiltravam por entre a madeira, mas as frestas eram tão estreitas que eu não conseguia separá-las. A sala não chegava a medir dez passos de comprimento e cheirava a mofo. Era seca, no entanto, e térrea. Imaginei que fosse uma despensa fora de uso, o que era infinitamente melhor do que ser aprisionada em uma masmorra. Apesar de que, talvez, eu estivesse sendo mantida ali apenas temporariamente. Pensei no interrogatório mencionado, nos demônios, e voltei a ter medo. Se eles não gostassem das minhas respostas, poderia me decapitar ali mesmo. E o que aconteceria com minha alma?

Eu chorara, antes, quando sentira tristeza por minha situação, mas agora percebia estar chorando de puro terror. Depois de um tempo, contudo, agitei o corpo com força. Se eu morresse ali, realmente morresse, sem qualquer chance de uma pós-vida ou renascimento, seria totalmente por minha culpa. Sendo assim, eu devia tentar sair daquilo. Vasculhei a sala várias vezes, tateando pela escuridão. A porta era sólida e não cederia a meus esforços. Não havia sequer uma peça de mobília, nenhuma arma de nenhum tipo. Larguei-me no chão e senti a forma familiar da escama de Er Lang. Com dedos trêmulos, tirei-a do bolso e ela imediatamente passou a emitir uma radiância nacarada.

Cuidadosamente, examinei outra vez o presente. Ele dissera que eu podia chamá-lo soprando a borda ondulada da escama, embora tenha dito que não funcionaria na Planície dos Mortos. De todo modo, soprei devagar por sobre a borda, do jeito que sopraria pelo gargalo aberto de uma garrafa. Um suave som musical saiu dela, como o vento carregando as últimas notas tocadas em uma colina distante. Nada aconteceu. Soprei de novo, algumas vezes, então passei o dedo por sua extensão. Havia uma borda afiada e, com esperanças reavivadas, usei-a contra a porta. Ela era afiada o suficiente para se enfincar na madeira, mas o progresso era absolutamente lento. Voltei a atenção para as ainda mais estreitas tábuas da janela, torcendo para que fossem mais fáceis de abrir. Enquanto tentava, pensava se viriam me buscar, afinal. O banquete já devia ter acabado há tempos. Talvez tivessem se esquecido de mim. Meu coração se agitou com essa esperança, mas não durou muito. Ao longe, ouvi o som de passos.

Rapidamente, guardei a escama em meu bolso e hesitei. E se eles me revistassem? Resolvi por escondê-la na faixa da cintura, em minhas costas. Os passos ficavam cada vez mais altos. Havia pelo menos dois ou três deles, mas, por mais que eu aguçasse os ouvidos, nenhum parecia com os passos pesados de um demônio com cabeça de boi. Ouvi algo metálico ressoar, e então a voz do Velho Mestre perguntou: "Você a prendeu aqui?"

Não houve resposta, então supus que o boneco tivesse apenas acenado com a cabeça. Eu jamais ouvira nenhum deles falando, e a ideia de que uma voz pudesse emanar daquela paródia sem vida me fazia gemer de repulsa.

"Ela está segura?", perguntou o Mestre Awyoung. Eu esperava que ele fosse embora depois do banquete, mas certamente estava muito à vontade como conselheiro da família Lim. Por que eu falara com ele, em primeiro lugar?

"Ela não vai fugir." A voz fria e cristalina era de minha mãe. Então, a porta se abriu.

Seguravam lamparinas. Ou, pelo menos, os criados as estavam segurando. Com meus olhos já acostumados à escuridão, aquela luz era ofuscante.

"Levante-se!", foi a ordem do Velho Mestre. "Quem é você, garota? E o que faz em minha casa?" Um boneco me agarrou pelo braço. Não era difícil baixar a cabeça e murmurar.

"Por favor, senhor, eu não sei do que estão falando."

"Quem é sua família?"

"São de Negri Sembilan. Mudamos para Malaca pouco antes de eu morrer."

"E aquela história que você me contou, sobre sua prima?", interveio o Mestre Awyoung.

"É uma meia-verdade. Mas eu estava com medo de falar com você, porque é um estranho."

"Ela está mentindo", o velho disse, com desprezo, mas o Velho Mestre se inclinou na minha direção para olhar mais de perto, forçando meu rosto para cima com as mãos frias e ossudas.

"Bom, suponho que possa ser verdade", falou, cáustico. "Consigo entender porque uma garota jovem prefere não lhe contar tudo."

"Absurdo! Ela sabe de alguma coisa, tenho certeza."

"É uma pena que nossos convidados tenham precisado ir embora." Era a primeira vez que minha mãe falava desde que entraram na sala. Ficara para trás, observando o interrogatório com uma expressão de tédio. "Eles poderiam tirar a verdade dela em um piscar de olhos."

"É, mas eles foram embora", rebateu o Velho Mestre. "E espero que isso não seja uma perda de tempo."

"Deixe-a comigo", falou o Mestre Awyoung. "Tenho certeza de que posso fazê-la falar."

Minha mãe apenas ergueu uma sobrancelha. "Como se não soubéssemos que você só deseja outro brinquedinho."

"Não preciso de mais problemas", foi a fala do Velho Mestre. "Entreguem-na aos demônios. Eles podem olhar em sua alma, e, se ela não souber de nada, meu sobrinho-neto pode ficar com ela. Então não a estraguem muito."

"E eu?", era a pergunta de Mestre Awyoung.

"Pode ficar com ela, se ele não a quiser." A risada de minha mãe ecoava pela sala. "Mas tenho certeza de que ele vai querer. As concubinas andam em falta ultimamente."

O boneco abruptamente soltou meus braços, e eu tombei no chão. Meus interrogadores começaram a sair, levando as lamparinas consigo. "Por favor!", implorei. "Pelo menos deixem-me alguma luz."

"Uma luz?", disse o Mestre Awyoung, de modo arrastado. "Nada disso. Na verdade, você também não precisa de comida ou água. Eis uma das maravilhas deste mundo. Posso trancá-la nesta sala por meses. Até por anos. Seria como uma boneca em uma vitrine. E, quando eu viesse tirá-la daqui, estaria desesperada por fazer qualquer coisa que eu quisesse." A porta bateu. Do lado de fora, ouvi-o ordenar ao criado boneco: "Fique aqui. Não importa o que aconteça, não deixe que ela saia por esta porta". Então, seus passos morreram ao longe.

Fiquei no chão por um longo tempo, depois que eles foram embora, sem ousar respirar. A claridade fraca que entrava por baixo da porta revelava a presença do boneco do lado de fora. Ele era um guarda silencioso, que nunca precisaria comer, dormir e jamais sucumbiria de cansaço. Considerei-me afortunada por eles não terem me torturado ou mutilado. Mas se eu caísse nas mãos do Mestre Awyoung algum dia, não acreditava permanecer incólume por muito tempo. Isso se eu sobrevivesse a um interrogatório levado a cabo pelos demônios. Era uma terrível perspectiva, a de que eles fossem chamados de volta e ressurgissem a qualquer momento. E minha mãe. Sua traição me feria profundamente, ainda que eu me esforçasse por lembrar que ela não fazia ideia de quem eu era. Mas a imagem doce e gentil que eu tivera por muito tempo, influenciada pelas histórias de Amah e pelos suspiros de meu pai, já não existia. A pior parte era não haver nada, em sua conduta ou fala que me aproximasse dela. Ela era calculista e dissimulada, exatamente como a Terceira Concubina a havia descrito. Eu dizia a mim mesma que aquilo não passava de encenação e que ela certamente apareceria para me resgatar. Meus ouvidos perscrutavam o silêncio, esperando pelo som leve de passos que nunca vieram.

Quando abri novamente os olhos, ainda estava escuro para além da janela fechada. Devo ter dormido um pouco, porque meus ossos doíam por estar deitada no chão frio. Era estranho que houvesse dor física nesse mundo dos mortos, e esse pensamento não ajudava a aliviar a perspectiva de ser torturada. A ameaça do Mestre Awyoung, de me enclausurar como uma boneca na vitrine, enchia-me de terror. Meu único consolo era não estar com fome, pelo menos ainda. Ergui-me, ansiosa. O barulho fez com que o boneco de guarda, do lado de fora, emitisse um farfalhar de alerta. Congelei, sem coragem sequer de respirar. Demorei muito para conseguir ir à janela outra vez e reiniciar o trabalho com a escama. Os barulhos suaves e regulares pareceram acalmar o criado, porque depois de um tempo vi a sombra, por baixo da porta, recostar-se como em transe. Ainda assim, eu temia que qualquer barulho repentino pudesse tirá-lo de seu torpor.

Comecei a cavar com mais força, sentindo dores em meus pulso e ombro, devaneando sobre Tian Bai. Onde estaria ele, e o que estaria fazendo? Quanto tempo havia passado no mundo dos vivos? Por que eu estivera com tanta pressa para chegar a este lugar infeliz? Desejava ter ficado mais tempo compartilhando seus sonhos. Lembrando da firmeza de suas mãos sobre mim, corei na escuridão. Repassei nosso diálogo infinitas vezes, tentando recordar as exatas palavras e entonações que ele usara. Minha imaginação se perdeu, pensando como seria estar casada com ele, a seu lado, abraçando-o à noite. Um pensamento sombrio cruzou minha mente, entretanto. Esse casamento me transformaria em um membro da família Lim, e eu voltaria a essa casa quando morresse de verdade e regressasse à Planície dos Mortos. Esse pensamento frustrou minhas ilusões.

Não sei quanto tempo passei ali no escuro, raspando a madeira da janela com a escama de Er Lang. Pareceu uma eternidade antes que eu pudesse arrancar uma das tábuas, depois outra. Minhas mãos e pescoço doíam pela tensão. Pelo buraco que havia aberto, eu podia ver o contorno vago de árvores e pensei estar diante dos campos daquela propriedade. Não havia belos jardins aqui, apenas um declive descampado e, à distância, um muro alto de tijolos. Mesmo através do manto da noite, pude ver um movimento tremeluzente, uma nuvem de asas ligeiras que mergulhavam e giravam. Passou tão rápido que pensei ter me enganado, até lembrar que não vira nenhum pássaro selvagem neste mundo dos mortos.

As tábuas da janela eram feitas de alguma madeira dura, talvez a lendária *belian*, ou o pau-ferro de Bornéu, que diziam ser tão resistente quanto metal. Volta e meia eu conferia a escama de Er Lang, com medo de ter estragado a borda, mas para minha surpresa ela permanecia afiada como sempre. Testei-a contra o dedo e senti gotas de sangue assomarem à pele. Essa visão me tranquilizou porque, ainda que não tivesse corpo físico neste mundo, eu ainda podia sangrar, diferente da carcaça do porco destrinchado no pátio. Exausta, sentei-me e tentei novamente soprar sobre a escama. Novamente ouvi o vago som musical, como um vento distante soprando através de espaços vazios. Aquilo me atraía, como se fosse um flautista tocando uma melodia solitária em uma montanha enluarada.

O céu estava tomado pela cinzenta falta de cor, antes do amanhecer. Eu havia adormecido novamente por alguns minutos, e com uma sensação de pânico me levantei e corri até a janela, cogitando se os demônios com cabeça de boi haviam retornado. Espiando pela abertura, levei um susto ao ver uma forma escura, como um cogumelo grotesco, que se erguia abruptamente lá fora. Sufoquei um grito.

"Estive esperando que você acordasse. E os Céus são testemunhas do quanto demorou."

Eu conhecia aquela voz. Aquele tom enfadado, aristocrático, em desacordo com o timbre atrativo. "Er Lang?", murmurei.

"Você tem sorte por eu ter chegado aqui."

"Mas eu pensei que você não pudesse vir."

"Tecnicamente, não posso. Como eu disse, este é um lugar para fantasmas humanos. Mas tive um pouco de ajuda."

"De quem?"

"Lembra-se da primeira vez que nos vimos?"

Pensei imediatamente sobre o encontro no mangue. Ele, como se pudesse ler minha mente, disse com impaciência. "Não. A médium na lateral do templo. Você foi lá atrás de algum feitiço contra Lim Tian Ching (e veja quanto bem lhe fez), mas eu estava lá para falar sobre a Planície dos Mortos." Sua voz continha certa presunção.

"Então você conseguiu, no fim das contas."

"Bom, foi um pouco difícil. E não estou em meu corpo físico, como você pode ver."

Olhei para fora da janela. A massa negra que eu confundira com um cogumelo não era senão o sempre presente chapéu de bambu de Er Lang. "Parece o mesmo, para mim."

"Claro que pareço. Acontece apenas de não ser meu corpo. Mas é bom o suficiente para espionar."

"Então para que você precisava de mim?" Eu começava a me sentir indignada. "Por que me enviou para cá, atrás de Lim Tian Ching, se todo esse tempo estava planejando vir pessoalmente?"

"Você é um bônus, digamos. E eu não estava completamente seguro de conseguir chegar aqui, de todo modo."

"Sabe que estou prestes a ser interrogada por demônios?"

"Sim, sim. Não é minha culpa você ser uma espiã tão ruim."

"Ruim!" Sem querer, ergui minha voz e o boneco de guarda rapidamente assumiu posição. Cantarolei, com urgência, e depois de um instante de apreensão o boneco voltou a se recostar, acalmado.

"Por que você está cantarolando?"

"Porque há um criado boneco montando guarda na porta", sussurrei. "Ele responde a barulhos estranhos."

"Ora, é verdade?" Eu odiava o modo como ele parecia se divertir. "Na verdade, devo agradecê-la. Se não fosse por você, provavelmente eu não alcançaria este lugar, independente da ajuda da médium."

"Como?"

"Você me convocou. Se não fosse por isso, eu possivelmente não teria conseguido."

Girei a escama entre meus dedos. Ela possuía um brilho suave, como uma pérola. "Quando você chegou?"

"Ontem à noite, considerando o tempo deste lugar. Demorei um pouco até conseguir me achar por esta propriedade. É terrivelmente pomposa."

"Por que não veio logo me libertar?"

"Minha querida, eu estava disfarçado como um dos jardineiros. Demorou um pouco para que eu a encontrasse, até que você me invocou outra vez. Além disso, há muita coisa interessante acontecendo por aqui. Mas, primeiro, preciso saber o que você descobriu."

Em voz baixa, apressei-me a contar tudo que eu havia observado, inclusive a presença dos demônios com cabeça de boi. Omiti a parte sobre minha mãe, contudo, sentindo vergonha por tê-la procurado. Er Lang ouviu sem fazer comentários, simplesmente concordando com a cabeça de tempos em tempos, fazendo o enorme chapéu balançar como um barco sobre as águas.

"É tudo?", perguntou, quando parei de falar.

Senti-me envergonhada. "Sim. Não é muita coisa, é?"

"Bom, pelo menos descobrimos que o tio-avô de Lim Tian Ching também está envolvido no que quer que esteja acontecendo. Consegue se lembrar de algum dos outros convidados?"

"Havia esse velho. Mestre Awyoung. Foi a primeira pessoa que encontrei, quando cheguei aqui."

"É bastante ruim que você não tenha podido permanecer incógnita por mais tempo." Er Lang falava com frieza. "Suponho que teremos de fazer o que pudermos com o que temos à mão. O Mestre Awyoung é um caso interessante. Ele está na Planície dos Mortos há muito tempo. Muito suspeito."

"Ele disse que está cansado disso e quer ir para as Cortes do Inferno, mas seus descendentes rezam para que ele tenha mais tempo para aproveitar as oferendas funerárias."

Er Lang deu uma risada sarcástica. "Ele contou isso? Cá entre nós, não acho que o Mestre Awyoung esteja com qualquer pressa em passar pelo julgamento das Cortes. Na verdade, seu nome vem ao caso precisamente porque já passou quase duzentos anos por aqui."

"Como ele conseguiu?"

"Os registros oficiais são iguais ao que você contou. Dizem que, devido à piedade filial de seus descendentes, seu tempo foi ampliado.

Mas tenho minhas dúvidas sobre seu desejo real de sair daqui. Em primeiro lugar, porque ele está cheio de pecados aguardando para serem julgados pelas Cortes, que ele não tem pressa de enfrentar. Sem dúvidas fez um acordo com alguém, possivelmente um dos Nove Juízes do Inferno, para que colaborassem com isso. Em segundo lugar, ter um agente como ele é tremendamente útil, já que a Planície é um espaço intermediário. Daqui é fácil coordenar movimentos entre os planos de existência, ou até voltar para o mundo dos vivos como uma sombra. O que poderia ser mais discreto que um fantasma?"

"Mas ele disse que nunca foi para lugar algum."

"Você é mesmo ingênua. Isso é até adorável, de algum modo. Seja como for, ele não precisa voltar pessoalmente. Pode enviar um espião ou um mensageiro. Alguém como Lim Tian Ching, por exemplo. Eu gostaria de saber quem está por trás de Mestre Awyoung."

"Pensei que ele fosse louco."

"Pois então, esse é um personagem muito conveniente de se assumir."

Eu me sentia destruída.

"De todo modo", ele continuou, "é certamente uma informação útil. Vejamos o que mais podemos farejar."

"Se você arrancar as barras da janela, acho que consigo escalar."

"Estou pensando se não seria melhor deixar você onde está."

"O quê?" Dei um grito agudo.

"Pense no que vai acontecer se eles descobrirem que você sumiu. E também no que você pode descobrir do Mestre Awyoung, se ele pensar que você é sua prisioneira. Na verdade, também não vejo mal em você ser interrogada pelos demônios. Gostaria de saber de qual companhia eles vêm."

"Se eles lerem minha alma será o fim de sua investigação secreta."

Um brilho de dentes surgiu por entre as sombras do chapéu. "Bem, isso seria um problema, não seria? Suponho que seja melhor deixá-la sair."

Encarei-o intensamente, tentando descobrir se ele realmente me deixaria para trás, caso isso ajudasse em seus propósitos.

"Oh, não faça essa cara de hostilidade", disse, inconsequente. "Isso não vai acontecer."

Observei fascinada enquanto ele quebrava as tábuas da janela. Suas mãos eram longas e delgadas e, sob a luz pálida e sombria, pareciam completamente humanas. Ainda assim, possuíam uma força muito além de sua aparência delicada, arrancando com facilidade as tábuas de pau-ferro. Ele praticamente não fez barulho, mas eu olhava com nervosismo para a sombra do boneco, por sob a porta.

"E o guarda?"

"O que tem?"

"Ele tinha ordens estritas para não me deixar sair."

"Pela janela?"

"Oh! Entendi. Eles falaram 'pela porta'."

"Eis o problema com esses autômatos", disse ele, alegre. "Não têm cérebro. Absurdamente devotados, ainda assim, e completamente confiáveis. Por isso tem sido difícil descobrir quem anda envolvido nesses estratagemas. Não é de se espantar que minha investigação tenha ficado empacada até que eu conseguisse vir pessoalmente até aqui."

"Não dava para ter pedido ajuda de algum outro fantasma?"

Ele parou. "O que faz você pensar que é a primeira?"

Enquanto considerava aquela ideia desconfortável, ele removeu a última barreira. Tentei me debruçar na borda da janela alta. Depois de alguns minutos de tentativa, Er Lang se aproximou e me puxou para fora. Eu tivera receio de que suas mãos fossem frias e mortas, como a dos bonecos, mas elas eram quentes e firmes, para meu espanto. Sem perceber, um arrepio percorreu minha nuca. Eu não estava acostumada a ser tocada por homens, e esse contato, mesmo rápido, fez com que eu ficasse desconfortavelmente ciente de seus dedos alongados e elegantes, tão diferentes da mão robusta de Tian Bai. Envergonhada, virei o rosto, concentrando-me em deslizar para fora daquela janela estreita. Meu quadril chegou a ficar entalado na moldura da janela, em certo momento.

"Pare, por favor!", implorei.

Er Lang inclinou a cabeça, como se ouvisse um barulho distante. Então, apoiou-se contra a parede e me puxou com mais força. Com um estalo, o batente da janela se curvou e consegui me desentalar dali, como se fosse um caranguejo saindo de uma panela tombada.

"Você não me ouviu? Estava me machucando!"

"Teria sido pior ficar entalada", ele respondeu. "Rápido, há jardineiros se aproximando."

Sem pensar duas vezes, corremos para alguns arbustos próximos, com Er Lang me arrastando. "Fique abaixada!" Pelo meu ponto de vista privilegiado, agachada ali, eu podia ver um par de pés caminhando com o ruído monótono da andadura dos bonecos. Seguiram-se a ele os passos de mais dois criados. Em ordem, iam um atrás do outro, podando e ajeitando os arbustos. Encolhi-me para perto de Er Lang, conforme eles se aproximavam de nós. Um cheiro suave de incenso se desprendia de suas roupas, algo surpreendente para aquele mundo morto. Fechei os olhos, inalando o aroma refinado da madeira de águila. Aquilo me fazia pensar em vozes tranquilas e leitura de poemas à luz de velas, o tempo sendo elegantemente contado pela queima de um incenso precioso. Era impossível imaginar Er Lang em um competição de poesia. Ele provavelmente falaria algo inconveniente. Então, quem teria perfumado a túnica para ele? Afastei esses pensamentos. Não importava saber em que Er Lang gastava seu tempo, ainda que pudesse ser devorando donzelas ou em mergulhos subaquáticos, até onde eu podia imaginar. Não devia estar tão curiosa com relação a ele. Ainda assim, eu estava perfeitamente ciente de nossa proximidade e de como minhas costas pressionavam o calor de seu peito.

Seu braço direito, repousado sobre seu joelho, quase chegava a me envolver por completo – e senti seus músculos se flexionarem, tensos, como se ele antecipasse algo. Tentava não pensar no quanto ele estava próximo, mas conseguia apenas ouvir o ritmo dispersivo do meu próprio pulso. Um calor ardente percorreu meu pescoço. Com medo de que Er Lang notasse, retesei-me, mas ele não prestou atenção em mim e apenas apertou mais a mão sobre meu ombro, em alerta.

Os pés se aproximaram cada vez mais de onde estávamos, e compreendi, apavorada, que eles pretendiam podar toda a sebe em que nos escondíamos. No último instante, Er Lang se levantou. Saiu dos arbustos e fingiu se ocupar das folhagens, batendo os calcanhares no chão, imitando o andar dos bonecos. Seu largo chapéu de bambu não era exatamente parecido com os chapéus de *coolies*, pontudos, mas rezei para que aquele detalhe não fosse percebido pelo jardineiros. Para meu alívio, eles pararam e se agruparam, indo para outra porção de árvores.

Algum tempo depois, Er Lang acenou para que eu saísse, e não pude evitar olhar em volta, com nervosismo, assim que saí dos arbustos. Os jardineiros eram simples pontinhos à distância. "Eles também trabalham à noite?", perguntei, olhando para a escuridão que, felizmente, ainda amortalhava o céu.

"Logo vai amanhecer. Mas parece que eles trabalham a qualquer hora. Você está horrível, a propósito", ele disse, sociável.

Encarei-o, ciente de meu cabelo desarrumado, da sujeira em minhas roupas e das lágrimas escorridas em meu rosto encardido. "E daí?"

"Bem, se você for pega espionando o Mestre Awyoung, ajudaria estar mais apresentável."

"Você está planejando que eu seja interrogada por ele também?"

"Poderia ser muito útil."

"Odeio você", falei, sem poder me conter.

Ele pareceu sinceramente surpreso. "A maioria das mulheres diz que me ama."

Afastei-me, para esconder a irritação. A autoconfiança e o egocentrismo dele me impressionavam, apesar de toda gratidão que eu devesse sentir por ele ter me resgatado. Mas, também, fora ele quem me havia instruído a ir até aquele lugar, para começar. Pensei nisso com raiva, convenientemente ignorando que eu não tinha qualquer alternativa, na altura. Antes eu havia cogitado se por baixo daquele chapéu impenetrável não se escondia uma cabeça de peixe, mas agora achava que ele só podia ser o Marechal Porco, um ser monstruoso que acompanhava o Rei Macaco na mitologia chinesa. Tendo sido um marechal das Hostes Celestiais, renasceu por acidente em uma ninhada de porcos e passava a maior parte do tempo atrás das mulheres, com a falsa crença de que era irresistível. Essa, pensei amargamente, era a verdadeira forma de Er Lang.

"Naturalmente, eu me esforçaria por resgatá-la", ele disse, ainda mais cheio de pompa. "Eu não a deixaria aqui."

"Não era isso que você estava justamente pensando em fazer?"

"Você precisa confiar em mim. Além disso, não acho que você tenha muitas outras opções. Se não encontrar uma maneira de voltar ao seu corpo logo, pode perdê-lo para sempre."

"Quantos dias se passaram desde que deixei o mundo real?", perguntei, com repentina ansiedade.

Ele fez uma pausa. "Quase três semanas."

"Mas você disse que o tempo tendia a passar mais rápido na Planície dos Mortos que no mundo dos vivos!"

"Isso não quer dizer que seja sempre assim. Se você tiver sorte, ele pode se inverter e passar mais devagar."

O medo me asfixiava. "Quanto tempo você acha que eu ainda tenho?"

"Na melhor das hipóteses, algumas semanas."

"E na pior?"

"A deterioração do laço entre seu corpo e espírito já pode ter começado."

"Sinto muito", disse Er Lang, depois de um silêncio longo e embaraçoso.

Eu queria chorar, mas não adiantaria nada. Lágrimas não fariam nenhum bem, mesmo que eu as derramasse aos cântaros. "Muito bem", eu disse, com um ânimo forçado. "Vou encontrar o Mestre Awyoung."

"Ele deve ter um padrinho muito poderoso nas Cortes do Inferno, se está organizando uma rebelião. Tente descobrir quem o está controlando, ainda que eu esteja preocupado que sua fuga da despensa seja descoberta em breve. Isso quer dizer que não temos muito tempo."

Aquilo me fez lembrar de algo. "Eu deveria encontrar Fan amanhã. Ela disse que me mostraria a saída. Ou eu posso voltar com você?"

Er Lang balançou a cabeça, em firme negativa, fazendo o chapéu de abas largas oscilar. "Fora de cogitação. O caminho pelo qual eu vim não é um que você possa seguir." Er Lang meneou a cabeça vigorosamente, fazendo balançar o chapéu de abas largas. Estava na ponta da minha língua indagar por que ele usava aquele chapéu, mas pensei novamente no tipo de monstruosidade que poderia estar oculta sob aquele adereço e engoli a pergunta.

A volta à mansão foi lenta. Er Lang se movia devagar, parando para se esconder nas sombras ou contra as paredes. Precisei apenas seguir seus passos enquanto fazíamos uma série de progressos acelerados, mantendo sempre um olho aberto para os ubíquos funcionários da casa. Todo o ambiente era carregado de um estilo chinês antiquado, que eu dificilmente via em Malaia. Eu pensava sobre como seriam os pós-vidas dos sikhs e tâmil[1] e também dos mercadores malaios e árabes. De fato, como seria o paraíso inglês? Por alguma razão, o sonho de Tian Bai com a moça portuguesa, Isabel Souza, passou por minha mente. Se ela morresse, pensei, teria que correr pelos campos de uma mansão hostil como esta? Eu tinha minhas dúvidas.

Em uma situação diferente, eu teria gostado de examinar alguns desses desenhos e estruturas, alguns dos quais só vira em livros ilustrados e pergaminhos de pintura. Os pequenos pavilhões, as arvorezinhas habilmente contorcidas e um ou outro pagode[2] eram elementos estranhamente familiares para mim. Mas havia algo sinistro nesse lugar, um desalento que me fazia sentir dentro de uma paisagem de pa-

---

1   Povos de origem hindu.
2   Monumentos budistas, no formato de torres com vários andares.

pel, eu própria não sendo mais que outro recorte de papel sobre um *wayang kulit*, um palco de teatro de sombras. Por mais que eu desgostasse daquele lugar, contudo, precisava admitir que havia certa excitação em me esgueirar pela propriedade de Lim Tian Ching. Afinal, quantas vezes ele havia entrado em meus próprios sonhos sem permissão? Por fim, chegamos a uma pequena porta em uma parede. Er Lang tocou a madeira com as mãos, e a porta se abriu ligeiramente.

"Ótimo", disse com alguma satisfação. "Ninguém trancou essa ainda."

"Onde estamos?", sussurrei.

"Atrás dos aposentos privados da família. Fiz um reconhecimento da área ontem e deixei esta porta aberta."

Senti-me um pouco envergonhada pela indignação que tive quanto à demora de seu resgate.

"Para além dela há uma série de pequenos pátios. Se há algum hóspede importante na casa, é acomodado por aqui. Vou deixar que você encontre os aposentos do Mestre Awyoung. Faça o que for preciso, mas volte ao anoitecer."

"Para cá?"

"Vê aquele pavilhão distante?" Virando-me, podia ver apenas um telhado e alguns pilares vermelhos envernizados. "Espere ali. Se eu não aparecer até a manhã seguinte, sugiro que encontre uma saída e vá atrás de sua amiga Fan."

"E abandono você?"

"Posso cuidar de mim. Você é quem pode encontrar dificuldades para sair da Planície dos Mortos."

Ele deslizou através da porta como uma gota de tinta e desapareceu.

A Noiva Fantasma
Yangsze Choo

26

Empurrei a porta aberta. Passando por ela havia um pátio privado; um espaço bem organizado mas, ainda assim, sem vida, que consistia em vasos de plantas ordenados em fileiras austeras. Todas as plantas eram idênticas, fosse pela quantidade de pétalas ou pelo ângulo das folhas. Não me saía da cabeça que elas deviam ter sido impressas em um cartão e queimadas para o proveito de algum Lim falecido havia muito tempo. Três portas davam para esse pátio. Não havia sinal de Er Lang, e hesitei novamente sem saber que caminho tomar. Supondo que a porta mais simples devia ser a saída dos criados, segui por ela, que se abriu rápida e silenciosamente para um corredor.

Ficava evidente que aquela era uma área privativa em que eu jamais estivera. O corredor era mais estreito, mas também mais suntuoso que as passagens abertas da casa principal. Havia tapeçarias de seda nas paredes, e olhando para elas eu podia perceber serem peças de um coleção de arte particular. Estranhas feras pintadas fitavam-me com seus olhos escuros de tinta, e conforme eu prosseguia as pinturas ficavam mais e mais curiosas. Algumas eram embaraçosas, pois representavam casais conjugando-se em práticas sexuais, mulheres se transformando em animais e fantasmas com as órbitas vazias roendo ossos. Evitei olhar para as pinturas mais horríveis, porque elas pareciam ter vida própria.

O som de passos leves caminhando rápido através do chão de azulejos lembrou-me de onde eu estava e da missão que tinha em mãos. Havia uma porta próxima, tão grande e ornamentada que eu não teria arriscado entrar por ela se não fosse o medo de ser descoberta. Tentei a maçaneta e, surpreendentemente, ela se abriu. Por sorte, o quarto estava vazio, embora parecesse ser os aposentos privados de alguém. Vi uma escrivaninha e, a um canto, uma cama antiga, parecida com uma grande caixa. Livros e papéis se espalhavam por todos os lados, mas eu não tinha tempo para examiná-los. O único guarda-roupas que poderia me servir de esconderijo estava trancado. Forcei-o, sem sucesso, então corri para o dossel da cama. As cortinas de brocado estavam semicerradas, e me escondi no meio delas, o coração batendo em disparada. Com certeza os passos seguiriam seu caminho, pensei comigo mesma, mas eles pararam exatamente do lado de fora da porta.

"Awyoung! Mestre Awyoung! Onde você está?"

Era a voz de minha mãe. Para meu horror, percebi que havia deixado a porta apenas entreaberta e ela, acusativa, abriu ainda mais. Houve um momento de hesitação até que uma mão delicada e branca, adornada por anéis, empurrou a porta para que se abrisse toda. Com pressa, agachei-me atrás das cortinas da cama.

"Você está aí?", ela chamou.

Eu podia ouvi-la andando pelo quarto, mexendo nos livros abertos e movendo pilhas de papéis. O que ela estaria procurando? E por que estaria ali? Sabendo que o menor movimento poderia denunciar minha presença, permaneci encolhida em meu canto, rezando para que ela não pensasse em vasculhar a cama. A cama fora construída com três divisórias, uma estrutura com cortinas e laterais baixas onde era possível se recostar. Romances tradicionais normalmente apresentavam essas camas, junto com a descrição de lindas heroínas, lânguidas, deitadas nelas. Eu nem sonhara que um dia poderia encontrar refúgio em uma dessas camas, escondendo-me de minha mãe em um mundo fantasma, enquanto ela bisbilhotava os segredos de um velho desagradável. Mordi o lábio para evitar uma risada que ameaçou surgir. Que piada! Eu havia ansiado por minha mãe, sonhado com ela, imaginado nosso encontro, e eis o resultado.

Ouvia ruídos e, segurando a respiração, aproximei o rosto do tecido das cortinas, até conseguir enxergar algo por ele. Minha mãe estava de costas para mim e usava um pincel para escrever algo em um pedaço de papel. Os ruídos que eu ouvia eram do bloco de tinta sendo raspada contra a pedra do tinteiro com pouca água. Em Malaia, tínhamos giz e lápis. Aparentemente, ninguém se preocupava em queimar réplicas desses elementos modernos para os mortos, então minha mãe precisava preparar a tinta para a escrita. Estava tão absorta em sua tarefa que não percebeu passos se aproximando até que fosse tarde demais. A porta rangeu e, assustada, ela escondeu no bolso o que estava escrevendo, misturando apressadamente os papéis.

"Ah, senhora! O que a traz aqui?", Era a voz de Mestre Awyoung.

"Você, naturalmente." Eu precisava dar o braço a torcer. A mulher tinha nervos de aço.

"O que faz em meus humildes aposentos?"

"Ora, Mestre Awyoung, o senhor tem sua própria casa. Suas próprias mansões e propriedades que fazem este lugar parecer uma província." Sua voz reduzia-se a um murmúrio.

"Você conhece meus estúpidos descendentes. Eles jamais deixariam que eu levasse minha pesquisa adiante lá."

"Mesmo? Sem dúvidas, foi por isso que o senhor trouxe suas pinturas para cá."

Sua risada parecia uma matraca. "Você gosta delas? Instruí meu neto a queimar toda minha coleção depois que eu morresse, para que eu as recebesse aqui. São caríssimas! Meu filho foi contra, queria vendê-las. Mas meu neto fez o trabalho. *Humpf!* Valeu a pena mimar o moleque, enquanto eu era vivo. Mas para que você veio aqui? Certamente não só para admirar minhas pinturas."

"Eu as estava olhando no corredor e percebi sua porta entreaberta."

"Que gentil. O que posso fazer por você?"

Minha mãe mudou o tom de voz. "O sobrinho inútil de meu marido conseguiu alguma coisa?"

"Tian Ching? Pensei que você soubesse mais dele do que eu."

"Ele não confia em mim. Mas eu sei o que você andou fazendo. Bajulando aquele pivete idiota." Embora suas palavras fossem duras, a cadência de sua voz era estranhamente sedutora. Contorci-me em meu esconderijo, com os ouvidos zumbindo.

"Enquanto for um idiota, é útil para mim. Se não fosse assim, ele não se arriscaria a carregar mensagens e encomendas tão traidoras."

Ela riu, um tinido que soava surpreendentemente jovial. Eu pensava que seria impossível desgostar mais ainda de minha mãe, mas aquela risada me fez ranger os dentes. "Lembre-me de nunca subestimar o senhor."

O Mestre Awyoung continuou: "Assim que ele morreu, eu soube que tinha meu instrumento. Você faz ideia de quantos anos esperei que um mensageiro desses aparecesse?"

"Centenas, sem dúvidas."

"Lim Tian Ching tem os contatos perfeitos para essa tarefa. Uma família rica, uma mãe dedicada no mundo dos vivos, que faz de tudo para agradá-lo, e um egocentrismo grande o suficiente para fazer com que não veja nada além suas próprias preocupações."

"E o que você conseguiu com isso?", ouvi um estranho sussurro.

"O que você acha? Estender minha estada na Planície dos Mortos. Indefinidamente."

"Mas você não se cansa de reclamar daqui", novamente o som lúbrico de cetim.

"Faz parte da astúcia", resmungou, fazendo um barulho horrível com a boca. Espiei através das cortinas e corei absurdamente. Pelo que eu podia ver, aquele velho enrugado estava apalpando minha mãe e ela, criatura desavergonhada que era, já havia despido um dos ombros. Virei o rosto, com a face em chamas. Como ela era capaz? Era um pior que o outro. Um pensamento mais urgente me assaltou. Cedo ou tarde os dois acabariam indo para a cama, e meu esconderijo seria descoberto. Em pânico, olhei em volta. Havia um espaço estreito entre a cama e a parede, tão apertado que fiquei entalada. As pesadas cortinas de brocado se agitaram, como se fossem movidas por uma mão invisível. Com um medo crescente, espremi-me o máximo que podia. No exato instante que consegui deslizar para trás da cama, colada ao chão, ouvi um baque e risos esganiçados. O Mestre Awyoung e minha mãe haviam se atirado sobre a cama.

Por muitos minutos fiquei deitada ali, o rosto colado às pedras frias do chão, como um lagarto, ouvindo os ruídos vindos da cama. Não havia qualquer tecido cobrindo o espaço sob a cama, e se alguém entrasse no quarto poderia me ver sem dificuldades. Eu rastejava para fora dali quando ouvi novamente a voz de minha mãe.

"Eu realmente não deveria estar aqui", disse, amuada.

"Ninguém vai saber", a resposta soava abafada. "Adoro chamá-la de 'madame'. E adoro o olhar frio que você me dá."

"Se meu marido suspeitasse!"

"Você sabe que ele não é seu marido de verdade."

"Como ousa?" Ouvia-se o barulho de roupas sendo recolhidas.

"Vamos lá, não faz sentido mentir para mim. Você sabe tão bem quanto eu que nunca se casaram formalmente. O título de 'Segunda Esposa' é nada mais que uma gentileza. Você simplesmente apareceu um dia, tão bonita que ele não foi capaz de resistir. *Eu* não sou capaz de resistir a você, mesmo que você planeje, provavelmente, me jogar fora."

Minha mãe riu, desconfortável. "Enquanto você me tratar bem, sempre ficaremos juntos."

"Bem, o que acha de mais um século de felicidade, então?"

"Mesmo?", falou, com suavidade. "Diga-me, quem está por trás de todos esses encontros secretos e transferências de dinheiro?"

"Quanto menos souber, melhor para você."

"Eu sempre quero saber quem está no controle da situação, especialmente quando envolve uma revolução." A voz de minha mãe era doce. "É um dos Nove Juízes do Inferno, não é?"

Ele rapidamente se pôs sentado. "Quem falou isso?"

"Acertei?"

Depois de um tempo em silêncio, Mestre Awyoung começou a rir. Era uma gargalhada seca e maliciosa. Jurei a mim mesma que nunca me venderia a um homem como ele. Como minha mãe podia tê-lo feito? "Minha cara, senhora querida. Se o Paraíso sequer cogitar que você sabe tanto assim, sua existência seria breve como a chama de uma vela em uma noite de tormenta."

Ela se desvencilhou dele. "Sei que estarei segura enquanto estiver com você. Agora diga, o que deseja que faça?"

"Bom, eu estava pensando sobre a garota."

"Garota? Aquela criada presa?"

Eu havia começado a rastejar para a frente da cama, mas congelei ao ouvir a mudança de assunto.

"Linda, não é?"

"Ainda está pensando nela? Particularmente, não a achei muito atraente."

"Que pena. Eu adoraria ver as duas juntas."

Ela bufou. "Em sua cama, certamente."

O gelo em sua voz era suficiente para esfriar o ambiente, mas o Mestre Awyoung apenas riu. "Ah, é por isso que tenho uma queda por você. É a única que ousa me desafiar. Venha cá, não fique tão zangada." Com essa e outras palavras de carinho, conseguiu levá-la de volta para a cama, tirando de mim um suspiro de alívio. Eu estava apavorada de que ela pudesse me ver, caso se levantasse.

    Olhando para a cama, fui encorajada pela visão das cortinas cerradas. Sem dúvida, eles desejavam se proteger de olhos intrometidos, mas também era uma vantagem a meu favor. Rastejei pelo chão, esperando ouvir um grito a qualquer momento, quando me descobrissem. O grande armário estava obstruindo a visão da porta, e era para lá que eu me dirigia. Com o pulso acelerado, segui desajeitadamente e por milagre, alcancei o guarda-roupa. A porta estava bem à minha frente, mas eu me encontrava em um dilema. Como o armário bloqueava apenas parcialmente a visão da porta, qualquer movimento dela seria visto da cama. Se pelo menos a porta estivesse entreaberta! Mas não, estava bem fechada. Estirei a mão até o trinco e o destranquei. Houve um estalido alto.

    "O que foi isso?", a voz de minha mãe perguntava.

    Ouvi as cortinas da cama de descerrando e a voz do Mestre Awyoung dizendo "não foi nada. Veja por si mesma". Enquanto me preparava para correr dali, o velho a censurava. "Você é muito assustadiça. Ninguém nunca vem a meus aposentos."

    "E se Tian Ching descobrir o que está acontecendo de verdade?"

    "Que besteira! Ele está tão ocupado por suas próprias reclamações que essa ideia nunca vai passar por sua mente. Ele quer prejudicar o primo e casar com não sei que garota. Exigências ridículas."

    "Tem certeza?"

    "Minha querida, por que você se incomoda com esses detalhes? Ou está pensando em me entregar?"

Ela mal começara a reclamar quando uma batida soou na porta. Congelei, do mesmo modo que o casal na cama. Não havia escapatória, agora.

    "Quem é?", sussurrou minha mãe.

    "Ah, esqueci disso. É um recado."

    "Por que você não se assegurou que não houvesse interrupções?"

    "E como eu poderia saber que você estaria aqui hoje? Mas tanto faz. Mantenha as cortinas fechadas." Erguendo a voz, perguntou: "Quem está aí?"

    A porta se abriu e defronte a mim estava a Titia Três. Seus olhos se arregalaram quando me viu, mas o rosto permaneceu impassível.

    "Mestre Awyoung, o mensageiro trouxe uma entrega para o senhor."

"Estava no meio do sono", ele disse. "Deixe aí em cima da mesa."

Titia passou por mim, como se eu não existisse. Deixou um pequeno embrulho sobre a mesa e lançou um olhar inquisitivo para a cama com as cortinas cerradas. "Há mais alguma coisa que o senhor deseje?"

"Não. E não volte a me incomodar."

"Perfeitamente, senhor."

Enquanto voltava em direção à porta, parou e fez um gesto rápido para mim. Entendi que, parada ali, ela bloqueava a visão que teriam a partir da cama, permitindo que eu fugisse. Assim que estávamos as duas no corredor, ela me agarrou pelo pulso. "Rápido!", sussurrou.

Levou-me, apressada, através do corredor sinuoso. Envergonhada pelo que ela poderia pensar de mim, gaguejei uma explicação, mas ela colocou um dedo sobre os lábios, pedindo silêncio. Seguindo-a pelo caminho, eu sentia que éramos como ratinhos se esgueirando pela toca de um *musang*, o gato-de-algália. Os malaios costumavam domá-los, porque eram ótimos caçadores de ratos. Eu sempre quisera um, mas apenas os tinha visto frios e enrijecidos, com os pelos lindíssimos e eriçados, levados ao mercado por caçadores que os vendiam como ingrediente para sopas medicinais. O que sentiria um animal tão pequeno, abocanhado por dentes tão terríveis? Os daqueles demônios com cabeça de boi eram grandes o suficiente para partir minha cabeça com uma única mordida. Estremeci, e Titia Três se virou para me olhar.

"Vamos descansar um pouco", falou.

Abriu a porta de um depósito repleto de pilhas das roupas funerárias engomadas. Uma pirâmide de sapatos enfeitados, antiquados, erguia-se a um canto, parecendo um amontoado de cascos descartados. Fechando a porta atrás de si, disse: "O que aconteceu com você?"

Contei como o Mestre Awyoung havia me trancado para interrogatório.

"O mordomo falou sobre isso. Tentei procurá-la hoje cedo, mas havia um guarda na porta e não tive coragem de me aproximar. Como você saiu de lá?"

Julgando ser melhor não mencionar Er Lang, balbuciei algo sobre ter escalado a janela.

"A janela! Isso foi esperto." Olhou para mim com uma expressão curiosa de orgulho. "Mas o que eles queriam com você, de todo modo?"

Esse era um ponto difícil de omitir, então contei a história inteira: que eu estava quase morta, ou prestes a morrer no mundo dos vivos, e fora até a mansão porque Lim Tian Ching estava me assombrando.

"Por que você veio? É perigoso demais!"

"E o que eu podia fazer?", respondi. "Ou eu perambulava por Malaca até que meu espírito definhasse, ou voltava para casa e era capturada pelos demônios de Lim Tian Ching."

"E você veio direto para cá?"

"Bom, parei na casa de minha família, no caminho. Ouvi dizer que minha mãe estaria aqui."

"Sua mãe?"

"E a encontrei! Ela é a Segunda Esposa."

Isso teve um efeito surpreendente sobre Titia. Ela ficou pálida como uma folha de papel de arroz e se atirou sobre a pilha de sapatos. "Aquela mulher! O que a faz pensar que ela é sua mãe?"

"Uma concubina disse que ela tinha vindo para cá. E ela tem a idade certa e a mesma personalidade."

"Entendo." Titia Três olhava para baixo. "O que você acha dela?"

Lembrando que ela tinha poucos motivos para gostar de minha mãe, senti que não havia razão para mentir. "Ela é completamente horrível! Não posso compreender por que meu pai e Amah a adoram tanto."

"O que seu pai fala dela?"

"Que ela era doce e gentil. Mas, sobretudo, que era linda. Agora eu vejo que ele deve ter ficado tão cego quanto o Mestre Awyoung."

"Você sente muita falta de sua mãe?"

"Sentia. Mas, agora, preferia nunca tê-la conhecido."

Ela pareceu agitada. Levantou-se e abriu a porta um pouco, para espiar lá fora. "Você precisa ir embora deste lugar. É só questão de tempo até que eles descubram sua fuga. Além disso, ouvi dizer que os demônios retornariam esta noite."

"Esta noite! Eles estão planejando me interrogar." Um calafrio incontrolável percorreu minha espinha, arrepiando até a raiz de meus cabelos.

"Como você vai fugir?"

"Tenho um cavalo. Ainda está no dormitório."

"Por que você não volta comigo agora? Posso escondê-la em meu quarto."

Era uma oferta tentadora, e a considerei. Esconder-me em seu quarto. Ficar sob um cobertor até que o perigo passasse. Eram coisas que eu realmente queria. Além disso, a Titia Três foi a primeira pessoa, em muito tempo, que se ofereceu para cuidar de mim. Quer dizer, sem contar Er Lang. Apesar de que sua ajuda tendia mais a me colocar em problemas maiores, como uma pipa sendo jogada em ventos cada vez mais altos. De todo modo, eu ainda lembrava da instrução de Er Lang, para encontrá-lo no pavilhão, e por mais que eu desejasse um abrigo seguro, não podia deixar de sentir certa excitação por tudo que eu já havia conseguido.

Hesitei, sem querer contar a ela que eu desejava espionar o quarto de Lim Tian Ching. Quantas vezes ele havia invadido meu próprio quarto, meus sonhos e o mundo dos vivos? Além disso, algo me incomodava. "Preciso verificar uma coisa."

"Não podemos ficar aqui", ela disse. "Vão sentir minha falta na cozinha, e o cozinheiro vai enviar um boneco para me procurar. Já estou fora há tempo demais."

"Vá na frente", falei. "Eu encontro com você no seu quarto."

"Mas você vai conseguir achar o caminho?" As rugas em sua face envelhecida se espraiavam como teias de aranha. A pele flácida pendia de seus antebraços sarapintados por manchas de idade. Ela era tão velha – muitíssimo mais velha que Amah, pensei. Ainda assim, havia nela uma convicção bem diferente de Amah.

"Diga-me como voltar."

Rasgou um pedaço de papel de embrulho e, com um grampo de cabelo, riscou um mapa sobre ele. "O jardim externo é menos frequentado por visitas, mas é um caminho muito maior. Na casa, esta passagem é um corredor de serviço, mas você pode encontrar criados bonecos. Acho que você deveria voltar comigo."

"Tomarei cuidado. Qual desses é o quarto de Lim Tian Ching?"

Ela pareceu se amedrontar. "O jovem mestre não está em casa."

"Exato! Por favor, se você quer me ajudar, eu preciso encontrar algo. Senão, meu espírito vai se desvanecer e eu não conseguirei mais voltar ao meu corpo." Confrontada com este argumento, ela só foi capaz de concordar, com relutância.

"Irei a seus aposentos o mais rápido possível", disse. "Você pode tomar conta de minha égua para mim? Ela se chama Chendana."

"Esperarei por você na porta da cozinha, à hora do cão, esta noite. Não acho que os demônios chegarão antes disso, e você precisa ir embora antes que eles ponham o pé nesta casa." Ela abriu a porta do depósito e deu um olhar furtivo para fora. "Tenho de ir, ou este lugar vai estar cheio de bonecos procurando por mim. Li Lan..." ela estava prestes a dizer algo, mas se calou. "Volte logo!"

A Noiva Fantasma
Yangsze Choo

27

Esperei até que os passos de Titia Três sumissem ao longe. Não havia motivos para que eu me demorasse ali, pois o Mestre Awyoung e minha mãe poderiam terminar seu encontro a qualquer instante. Munida do mapa que Titia traçara, eu me sentia mais confiante. As pinturas nas paredes começaram a rarear, passando a retratar temas mais mundanos. Considerei se minha mãe estaria, de fato, estudando-as no corredor, ou se tinha ido ao quarto. Sentia uma dor no peito ao pensar nela. Por que eu dera ouvidos a Amah, ou à confusão de meu pai? A mulher que eu encontrara não era melhor que uma puta barata.

Havia apenas um ponto no mapa que oferecia dificuldades: um grande pátio que ligava a ala de Mestre Awyoung com a de Lim Tian Ching. Titia Três dissera que, quando em casa, a família podia ser encontrada ali. Quando cheguei a ele, vi que estava mobiliado com cadeiras de pau-rosa. Na borda de uma mesinha havia uma única xícara de chá ainda fumegante. Parei, com um pensamento desagradável. Se o chá ainda estava quente, então alguém devia estar ali para bebê-lo. Quase de imediato, ouvi a voz anasalada do Velho Mestre. "Leve isso embora e traga-me *Pu'er!*"[1]

---

[1] Um dos modos de preparação da planta do chá (*camellia sinensis*), fermentada como uma espécie de chá preto envelhecido.

Levei um susto, pensando se ele me havia tomado por uma criada. Horrorizada, entretanto, notei uma figura se destacar da parede, a menos de um metro de mim. Era um boneco, mas ele felizmente me ignorou. Por outro lado, o que eu considerara ser uma almofada era a cabeça do Velho Mestre, deitado em um sofá. Parada onde eu estava, bastava que ele virasse o rosto para me enxergar. O boneco estava ocupado limpando os utensílios de chá quando me escondi atrás de um biombo laqueado, repleto de elementos vazados. Era um esconderijo muito melhor, embora houvesse uma abertura grande rente ao chão, o que significava que meus pés podiam ser vistos.

O criado se afastou e voltei minha atenção ao Velho Mestre. Ele permanecia sentado, olhos fixos sobre um pedaço de papel com algo escrito à mão. Longos e desconfortáveis minutos se passaram. O boneco voltaria a qualquer minuto, e eu não tinha certeza se ele me ignoraria uma segunda vez. Estiquei o pescoço para enxergar o papel, mas ele o segurava em uma posição que me era impossível de ver. Não era uma carta muito comprida e, pelo jeito que a olhava, eu tinha a impressão de que ele relia as mesmas passagens, várias vezes. Pensei se haveria alguma relação com o papel no quarto de Mestre Awyoung, que minha mãe copiara, e se era mesmo possível que o Velho Mestre ignorasse suas atividades extraconjugais.

Enquanto observava sua triste imagem pálida, tentava discernir alguma semelhança com Tian Bai ou, ainda, com Lim Tian Ching. Havia alguma proximidade no formato da testa e na ponte do nariz, achatada. Mas o canto dos olhos de Tian Bai se curvavam para o alto, seu maior charme, enquanto os desse homem tendiam para baixo, combinando com as marcas carrancudas entre os lábios e o nariz. Disse a mim mesma que Tian Bai era melhor que todos eles.

De súbito, o Velho Mestre levantou a cabeça. Ouvi passos e pensei se seria o criado retornando. O ângulo dos elementos vazados no biombo, entretanto, permitiam que eu enxergasse em apenas uma direção. Um sorriso fraco surgiu no rosto do velho. "Voltou cedo."

"Que mais há para ser feito, tio-avô?" A petulância naquela voz era terrivelmente familiar. Não era ninguém menos que Lim Tian Ching.

Passei a suar frio. Se ele olhasse para meu lado, certamente veria meus pés. Atrás de mim havia uma janela com um palmo de borda, e me dependurei ali, balançando naquele poleiro. Apenas com as mãos apoiadas contra as laterais da janela eu era capaz de manter o equilíbrio, mas era melhor do que deixar meus pés à mostra.

"Você fez tudo que eu mandei?", perguntou o Velho Mestre, escondendo a carta rapidamente.

"Sim, sim, entreguei todos os pacotes. Disseram para esperar por um grande carregamento semana que vem." Houve um pesado baque, possivelmente Lim Tian Ching largando o corpo sobre uma cadeira. "Não sei por que sou eu quem tem de fazer isso. Você não pode enviar um servo?"

"Já expliquei, são negociações delicadas. E também é um bom modo de apresentá-lo, meu descendente e herdeiro, a várias pessoas importantes."

"Bom, algumas nem podem ser classificadas como pessoas."

O tio-avô foi severo. "Jamais repita isso! Você não pode se dar ao luxo de ofendê-los. Afinal, eles podem ajudá-lo em sua busca."

"Era de se esperar que meus próprios parentes me ajudassem. Mas não."

"O que você anda fazendo? Embromando sua mãe em sonhos?"

"Ah, os sonhos! Comecei pensando que seria divertido manipulá-los, mas agora é um tédio. Minha mãe está tão assustada que só consegue chorar quando apareço. Que tipo de mãe é essa? Devia estar feliz em me ver, mesmo que apenas em sonho."

"E seu pai? Está bem?"

"Bem demais", Lim Tian Ching respondeu, mal-humorado. "Com ele é mais difícil. Nosso elo não é tão forte. E não alcanço os sonhos de meu primo, de jeito nenhum. Se ao menos pudesse dar a ele alguns pesadelos, já valeria a pena."

"Continue tentando. Em breve esse assunto estará terminado."

"Por que tenho de esperar, aliás? Era para eles estarem me ajudando a coletar evidências para meu caso. Em vez disso, estou servindo de menino de recados para toda essa gente."

"Paciência é uma virtude que, infelizmente, parece lhe faltar, sobrinho. É tudo questão de levar seu caso às autoridades certas. E não me importo em dizer que temos um advogado poderoso do nosso lado." Baixou a voz a um sussurro, e mesmo com aquelas palavras eu pude ver que ele afastava o papel dobrado de Lim Tian Ching, largando-o do outro lado do sofá. Estava mais perto de mim, agora, e contive a ansiedade ao ver que o papel lentamente se desdobrava.

Abençoando a agudeza sobrenatural de minha visão, apertei os olhos para decifrar alguns dos caracteres.

– seu bom trabalho... último carregamento de armas entregue em... Sua Excelência, o Sexto Juiz do Inferno está mais do que satisf...

Com o coração saltando do peito, encarei aquela carta até que as palavras estivessem gravadas a fogo em minha memória. Era certo que Er Lang teria o maior interesse no conteúdo daquela mensagem, que parecia conectar os conspiradores de uma rebelião com a corrupção nas Cortes do Inferno.

Era loucura, eu sabia, mas de algum modo precisava conseguir aquela carta. Procurei freneticamente por um meio de desviar a atenção deles, e percebi uma pilha de frutas sobre o aparador. O único problema era que um boneco estava parado exatamente no caminho. Avançando devagar, passei por ele, rezando para que não notasse minha presença, como fizera antes.

Os homens ainda estavam conversando. "...ainda não foi encontrada!", dizia a voz exaltada de Lim Tian Ching. "Como ela foi capaz de fugir?"

"Aliás, isso me lembra de algo. Capturamos uma garota, ontem à noite."

"Uma garota? Aqui?"

"Sim. O Mestre Awyoung disse que ela parecia suspeita."

"E você acha que é Li Lan?"

"Nem me passou pela cabeça", respondeu o tio-avô, com pouco interesse. "Mas, agora que você tocou no assunto, estou pensando se poderia ser a mesma menina."

Estiquei-me e agarrei uma laranja. Era dura e perfeitamente esférica. Coloquei-a no bolso. Depois, outra.

"Mas como poderia ter chegado aqui? Ela não tem nada. Nenhum bem funeral, nenhum transporte."

"Por isso não cogitei essa possibilidade antes. Mas você pode vê-la, se quiser. Na verdade, pode ficar com ela depois que os demônios terminarem o interrogatório."

"Será que é ela? A garota é bonita?"

"Oh, nada demais. O suficiente para deixar sua tia com ciúmes." Os dois riram, enquanto eu sentia outra pontada de dor ao pensar em minha mãe, que já me dava nojo por tantas razões que eu não conseguia contar. Em silêncio, aproximei-me por trás do sofá do Velho Mestre.

"Certo, vou dar uma olhada nela. Mas e se não for Li Lan?"

"Um homem pode ter concubinas. Na verdade, esse é seu dever e recompensa."

Senti o sangue ferver ao ouvir essas palavras. Meu pescoço doía, pela posição incômoda em que eu estava, mas não ousei me mexer. A carta estava tão próxima que eu quase podia tocá-la. A mão do Velho Mestre, contudo, estava apoiada sobre o sofá a apenas centímetros do papel.

"Quando chegam os demônios cabeça de boi?", perguntou o sobrinho.

"Esta noite. Esteja pronto para informá-los de seus progressos."

Com uma lentidão agonizante, alcancei o papel, mas enquanto o escondia em minhas roupas vi a mão do Velho Mestre se movendo no sofá, como que para pegar a carta. Respirando fundo, joguei a laranja em uma mesa comprida, do outro lado do pátio. Foi um arremesso tão forte que, mesmo errando a mesa, acertou a parede com um baque surdo. Os dois homens levaram um susto, girando a cabeça em seguida. Fiz a outra laranja rolar, imediatamente após a primeira. Assim que ambos se levantaram para ver o que estava acontecendo, deslizei desesperadamente para longe. Em minha pressa, entretanto, trombei contra o boneco parado ali, e senti sua mão firme prendendo meu braço. Enquanto lutávamos, em um silêncio desesperador, o pesado biombo de madeira vacilou e caiu para a frente, espatifando uma cristaleira e fazendo com que lascas de porcelana voassem para todos os lados.

Percebi, por um segundo, que Lim Tian Ching e seu tio-avô olhavam para mim, em choque. Embasbacados, de boca aberta, a semelhança de fisionomia ficava muito evidente. No segundo seguinte, eu corria desesperadamente pelo corredor. Ouvia gritos confusos atrás de mim. Meu coração batia acelerado, minhas pernas deslizavam pelo chão ladrilhado. O barulho de pés correndo chegava a meus ouvidos, um ruído monótono, como se muitas pessoas se movessem em sincronia. Era possível que fossem apenas bonecos, seguindo seu caminho pela mansão. Em pânico, procurei por uma saída, mas havia apenas uma janela, com grades tão estreitas que nem um gato passaria por elas. Sob ela, um vaso grande como um homem comportava arranjos de flores, crisântemos brancos e lírios-aranha. Não havia água nesse buquê para os mortos. As flores, sem precisar de água, durariam para sempre. Apressada, empurrei o vaso para o lado e chacoalhei as grades da janela. Os passos correndo chegavam cada vez mais perto. Na ausência de outros sons, eles se tornavam ainda mais ameaçadores. Então os criados bonecos se atiraram sobre mim.

    Eu devia agradecer pelo pavor que senti, porque quando me agarraram, cobrindo minha boca com as mãos duras e frias, fiquei tão apavorada que desmaiei. Assim, fui poupada de estar consciente enquanto me carregavam, não para a despensa em que fui presa na primeira vez, mas para um lugar completamente diferente.

A Noiva Fantasma
Yangsze Choo

28

Alguém alisava meus cabelos. A princípio, pensei ter voltado à infância, e que ali estaria Amah, acalmando-me depois de um pesadelo. O alívio de acordar foi tão grande que lágrimas inundaram meus olhos fechados. Então, eu os abri. Lim Tian Ching se debruçava sobre mim, afagando minha cabeça com uma expressão muito solícita no rosto próximo ao meu. Berrei.

"Pare com isso!", ele dizia, mas eu não era capaz. Lim Tian Ching tentava enxugar minhas lágrimas com sua mão gorda, mas isso só me deixava mais histérica. Ele me sacudiu, rudemente, e dei um tapa em seu rosto, sem pensar. A ardência em minha mão, quando acertou sua cara, era a melhor sensação que eu tinha desde que perdera meu corpo. Ficamos nos encarando, em choque.

"Por que fez isso?", perguntou.

"Como você ousa me tocar? Seu sequestrador! Infeliz!"

Seus lábios grossos se abriram em uma expressão de espanto diante de minha resistência. "Que conversa é essa? Foi você quem veio aqui! Como conseguiu chegar?"

Olhei em volta. Pelo tamanho do lugar e pelas roupas masculinas espalhadas pelo chão, tinha o péssimo pressentimento de que aquele era seu quarto. Cruzando os braços, aliviei-me ao ouvir o ruído da carta escondida em minhas roupas. Eles não haviam me revistado. Em meio ao caos da mobília despedaçada, o Velho Mestre deve ter esquecido, por um momento, da carta. Mas, inevitavelmente, daria por sua falta.

Evasiva, respondi: "Eu me perdi". Os olhos pequenos de Lim Tian Ching me encaravam com dureza, correndo por minhas roupas desarrumadas e cabelo bagunçado. "Segui alguns fantasmas, e eles me levaram por um túnel, através de uma planície, e acabei aqui."

"Você cruzou a Planície dos Mortos? Como conseguiu?"

A última coisa que eu precisava era que ele soubesse sobre meu cavalo. "Andando. Levou muito, muito tempo. Meses", respondi, recordando a conversa com Er Lang sobre como o tempo passava errático naquele lugar.

"Então era lá que você estava!", disse, meio para si mesmo. "Não me espanta que esteja tão acabada." Por algum motivo, suas palavras me encheram de fúria e parti para atacá-lo com as unhas. Por um momento ele se assustou, mas logo me agarrou pelos pulsos.

"Ei! Ei! Estou vendo que seu temperamento não melhorou em nada." Aproximou o rosto do meu, enquanto eu me debatia inutilmente. Era desesperador perceber que, apesar de sua aparência flácida e gorducha, ele era muito mais forte que eu. Ele era um homem, mesmo neste mundo tétrico de faz de conta, e eu era apenas uma garota frágil. O mesmo pensamento deve ter lhe ocorrido, pois sua expressão mudou.

"Li Lan, não tenho palavras para dizer como estou feliz por você estar bem." Seus olhos tinham retomado o brilho. Em silêncio, eu tentava me livrar dele. "Meu pessoal estava procurando por você em toda parte."

"Quem mandou você enviar demônios à minha casa? Eu fiquei apavorada!"

"Apavorada?", arrulhou. "Claro, eu devia ter imaginado. Pobrezinha. Mas você não tem razões para temê-los. Eles não passam de meus empregados." Quase ri daquilo, com desdém, mas seu olhar atencioso fazia eu me sentir desconfortável, sobretudo porque ele ainda segurava meus pulsos.

"Sabe, eu estava errado ao dizer que você parece acabada." Seu rosto enorme chegava cada vez mais perto, até que eu visse cada poro reluzente. Era ridículo que a morte não tivesse feito qualquer bem a ele. Pensei que devia ter sido difícil para ele crescer à sombra da belíssima aparência de Tian Bai.

"Na verdade, você está bastante... atraente. Gosto de seus cabelos soltos assim." Tocou uma mecha de meus cabelos e cada gota de piedade que eu sentia desapareceu. Com violência, soltei-me dele.

"Não encoste em mim! Você não tem o direito de me tocar!"

"Como pode dizer isso? Você foi prometida para mim."

"Eu não prometi nada."

"Bem, não importa o que você pensa." Ele se afastou, com ar magoado. "Os oficiais de fronteira já aprovaram nosso matrimônio."

"Você fala daqueles demônios com cabeça de boi?"

"Tome cuidado com o que diz! Alguns deles são de alto escalão." O sorriso afetado em seu rosto era um reflexo pálido daquele de seu tio-avô. Lim Tian Ching caminhou para um canto distante do quarto e pegou uma xícara. "Aceita chá?" Larguei o corpo sobre um assento, aliviada pela distância física entre nós.

"Não consigo entender por que você fugiu daquele jeito", ele disse. "Devia saber que eu só quero o melhor para você, de todo o coração." O olhar magoado reapareceu. "Por que você está sempre aborrecida? Não é melhor que uma jovem donzela se case com alguém que a estime? Eu não desejava que você chegasse à Planície dos Mortos tão rápido. Na verdade, eu gostaria que você ainda pudesse aproveitar muitos anos de uma longa vida."

Essas palavras me lembraram de Fan e de seu amado, precocemente envelhecido. "Para que você se alimentasse de meu *qi*?"

A negativa de Lim Tian Ching foi um pouco maior do que o necessário. "Eu não preciso me utilizar desses truques baratos! Não sou um desses fantasminhas famintos. Olhe em volta!" Empertigou o corpo. "Sou um homem importante, Li Lan. Se você tiver sorte, poderá ser uma grande *tai tai*[1] aqui."

"O que o faz pensar que é assim tão importante? Só porque sua família cede a suas vontades?"

Sua expressão assumiu um tom sombrio. "É a mim que eles devem agradecer! Por causa da condição especial de meu caso é que temos um relacionamento com os oficiais de fronteira. E, quando reunir provas suficientes, vou mostrar a todo mundo o que aconteceu."

"Como é possível você saber que foi assassinado?"

---

[1] Designa, de forma um tanto pejorativa, as mulheres casadas e ricas que não têm necessidade de trabalhar.

"Que pergunta estúpida! Eu tive uma febre, sim, aquele dia, mas meu pulso acelerou somente à noite, depois que tomei um chá antes de dormir. Eu não conseguia respirar, nem chamar ajuda. No meio da noite, meu coração parou." Ele me olhou.

"Pode ter sido uma convulsão da febre." Eu pensava em todas as doenças sobre as quais Amah já havia me falado.

"Havia uma camada de resíduos no fundo da xícara. E quem mais se beneficiaria com minha morte, além de Tian Bai?"

Engoli em seco, pensando se deveria contar alguma coisa. "Talvez haja outras pessoas que não gostem de você. Ou de sua mãe." Apressei-me em falar, a despeito de sua raiva. "Tian Bai nem mesmo estava em casa quando você morreu. E Yan Hong ainda tem sua xícara escondida com ela. Você nunca pensou nela?"

"Ela escondeu a xícara?" Ele tinha uma expressão estranha. "Como você sabe?"

Não querendo dizer que tinha espionado a mansão real dos Lim, baixei os olhos. Mas Lim Tian Ching continuou, enraivecido: "E daí que ela está com a xícara? Isso não significa nada! Quem você acha que me deu o chá que estava nela? Foi Tian Bai!"

Minha língua estava dormente, inchada, como se fosse maior que minha boca. Lim Tian Ching começou a andar, arrastando a borda de sua túnica.

"Ele pode ter colocado alguma coisa em meu chá ainda antes. Não precisava estar por perto quando morri. Na verdade, ele faria o possível para estar o mais longe que pudesse. Yan Hong deve tê-lo protegido. Os dois sempre foram muito próximos, sempre contra mim. Quando ela quis acertar o casamento com aquele marido pé-rapado, a quem acha que foi correndo pedir ajuda? A Tian Bai ou a mim?" Parou, controlando-se com dificuldade.

"Meu primo sempre conseguiu o que quis. Os criados o mimavam. Até meu pai tinha suas preferências por ele. A única que enxergava a verdade era minha mãe. Exigiu que meu pai o mandasse para estudar no estrangeiro. Eu queria que ele nunca tivesse voltado." Suas pupilas se contraíram até não serem mais que dois pontinhos.

"Sabia que ele tinha uma amante, em Hong Kong?" Notando meu choque, explorou essa vantagem sem pena. "Era alguma garota meio portuguesa. Foi um escândalo, e meu pai teve que gastar uma fortuna para se livrar dela. Há quem diga, inclusive, que eles tiveram um filho. Então não acredite se ele disse que você é a única a quem ele ama. Tian Bai pode parecer gentil, mas foi sempre um calculista com as coisas que queria. No fim, ele teria abandonado você, como fez com aquela mulher."

Um silêncio pesado caiu sobre o quarto. Lim Tian Ching limpou os lábios com a manga da roupa. Eu não era capaz de dizer palavra. Depois de um tempo, ele prosseguiu. "Vou deixar que pense sobre isso. Certamente é um choque para você, tão delicada." Bateu palmas e uma porta se abriu, através da qual surgiu uma boneca servente. "Ajude-a com o que for preciso", disse. Virando-se para mim, falou: "Os demônios virão interrogá-la à noite. Talvez você mude sua opinião sobre mim depois disso".

Fiquei imóvel por muito tempo, depois que ele se foi. A criada aguardou, com sua paciência incansável, até que finalmente me levantei. Atordoada, lavei e penteei meus cabelos. Roupas foram providenciadas, daquele estilo antiquado e engomado. Roupas funerárias. Vesti-as, apática, guardando a carta sem que a boneca percebesse. Então, a criada ajeitou meu cabelo, prendendo-o de forma elaborada com adornos de joias. Com movimentos mecânicos, passou pó-de-arroz em meu rosto e realçou meus lábios e bochechas. Então, acendeu uma vela e queimou a ponta de um alfinete na chama. Passou-a em uma mistura de cera e a usou para delinear minhas sobrancelhas. Não recuei, mesmo com a ponta do alfinete chegando perto de meus olhos.

Também não chorei. Desde que a família Lim abordara meu pai, propondo o casamento fantasma, eu havia chorado em muitas ocasiões. Quando Lim Tian Ching começara a me assombrar; quando soube do casamento de Tian Bai; quando, depois, desencarnei e passei a vagar pelas ruas de Malaca. Desta vez, contudo, não havia lágrimas. Meu coração estava frio e endurecido como uma fruta seca.

Lim Tian Ching possivelmente estava mentindo. Provavelmente estava mentindo. Nada lhe daria mais satisfação do que destruir qualquer relacionamento que eu tivesse com seu rival. E os sintomas de sua morte podiam muito bem ter sido causados pelas convulsões de uma febre ou pela overdose de *ma huang*, uma erva estimulante. Mas não era possível discordar que Lim Tian Ching montara uma acusação bem plausível. Teria sido muito, muito fácil fazer o que ele mencionou, colocar uma porção de veneno no preparado para o chá. Pensei em Tian Bai e, com tristeza, percebi que não o conhecia o suficiente para saber se ele era capaz de assumir tal risco. No fim das contas, eu não podia dizer que o conhecia muito bem.

Mas a evidência mais condenatória que eu vira estava no sonho de Tian Bai, no qual entrei. Sobre uma alta colina, vi-o encarar com ardor a uma jovem euroasiática. Isabel Souza, eu lembrava claramente de seu nome. Com certeza era a amante que Lim Tian Ching mencionara. E pensar que ele poderia ter tido um filho com aquela mulher! Se eu sobrevivesse a isso tudo e retornasse a meu corpo, que futuro esperava ter? Sentir os braços de Tian Bai, de carne e osso, fariam tudo valer a pena, mas eu jamais seria seu primeiro amor.

A noite caía como uma cortina, neste mundo de mentira. Meu rosto no espelho era um ovo pálido em meio à penumbra do quarto. Talvez pelas roupas ou pela maquiagem elaborada, a garota no espelho era mais adorável do que eu jamais imaginara ser. Como as heroínas românticas que eu costumava adorar nos livros. Senti enjoo. Qualquer atrativo que eu possuísse estava destinado à cama de Lim Tian Ching. Pensei em usar um grampo de cabelo para desfigurar meu rosto, mas lembrei-me de minha mãe e de seu status naquela casa. Seria estupidez me desfazer de qualquer poder de influência que eu tivesse.

Olhando pela janela, fui tomada por um pensamento desagradável. Os dez dias que eu pedira para Fan me esperar já haviam passado, e ela deveria estar no meio do caminho pela Planície dos Mortos. Mesmo que eu sobrevivesse ao interrogatório com os demônios, poderia ficar presa naquela mansão durante séculos, como esposa de Lim Tian Ching. E o que teria acontecido com Er Lang? Talvez ele também tivesse ido embora, já que eu não o encontrara no pavilhão vermelho combinado. Angustiada, soltei um grito involuntário. "Er Lang!"

Houve um barulho quando uma bacia caiu de cima do lavatório. Congelei, esperando que a boneca aparecesse, mas vários minutos se passaram sem qualquer interrupção. Ainda assim, algo estranho estava acontecendo. O ar em volta do lavatório se redemoinhava, escuro como fumaça, condensando-se na forma familiar de um cogumelo.

"Pensei que nunca mais fosse me chamar." A voz de Er Lang era a música mais suave que eu ouvia, em muito tempo.

"Como... onde você estava?" Em minha ânsia, agarrei suas mangas. Elas desapareceram entre meus dedos, e soltei um grito de surpresa.

"Parece que estou com dificuldades em manter uma forma física neste mundo."

"Er Lang!"

"Chame outra vez!", ele falou, com urgência.

Repeti seu nome e, para meu espanto, sua forma se solidificou até que eu pudesse sentir o peso do tecido entre minhas mãos. "O que aconteceu?"

"Bom, ficar na Planície dos Mortos é mais difícil do que eu imaginava. Essa forma espiritual tem se mostrado muito instável. Passei esse tempo todo tentando voltar, e possivelmente não teria conseguido se você não me chamasse."

"Então você não espionou nada, no fim das contas", falei. Era uma coisa boba de ser mencionada, mas ele fez uma reverência debochada.

"Não, nada. De fato, estou em dívida com você. E, a propósito, você está magnífica esta noite. Muitíssimo melhor que da última vez."

Sem poder evitar, corei. Quando Lim Tian Ching me elogiara, só pude sentir repulsa, mas o elogio de Er Lang me deixava inesperadamente lisonjeada. Sua voz fascinante era uma vantagem injusta, pensei. Algo que tornava atraentes mesmo suas observações mais casuais. Mas isso não excluía o fato de que ele era capaz de estar planejando me usar como isca.

"Pode me tirar daqui?", perguntei, ignorando seu último comentário. "Os demônios estão vindo me interrogar a qualquer momento. Ou você pretende esperar que eles acabem comigo?"

"Quanta reclamação! Como acha que vai conseguir um marido desse jeito? Não é como se eu estivesse sentado sem fazer nada, sabe?" Eu podia perceber o tom de divertimento em sua voz, mesmo através dos resmungos. Ou, talvez, eu já estivesse me acostumando a ele.

"Se você não insistisse em usar esse chapéu idiota, não teria tantos problemas para se materializar aqui."

"É pura e simples proteção. Eu seria infinitamente mais reconhecível se não o usasse."

"Quem o reconheceria?"

Deu de ombros. "Não tenho culpa por ter nascido com uma aparência tão extraordinária. Mas chega de falar de mim. O que aconteceu aqui?"

Contei, rapidamente, tudo que havia passado, incluindo a conversa entre minha mãe e o Mestre Awyoung. Por fim, mostrei a carta amassada que eu roubara do velho, com uma expressão de triunfo.

"Aí estão escritos algumas datas de encontros e o nome do Sexto Juiz do Inferno. É evidência o bastante, para seu caso?"

Embora eu não pudesse ver seu rosto, Er Lang parecia muito satisfeito. "Muito bom", disse, finalmente. "Estou de parabéns."

"Como assim, você?", balbuciei.

"Como, como assim? Sim, de parabéns por tê-la recrutado como espiã. Desde que a vi, tão dedicada a me perseguir pelo mangue, soube que ali havia uma garota capaz de fuçar pelo submundo."

"Ora, seu...!" Fiquei indignada, até perceber que ele não falava sério. "Você me deve um favor agora. Preciso voltar ao meu corpo."

"Quanto a isso, já prometi que vou ajudar. Mas você não devia estar mais preocupada em sair deste lugar, primeiro?"

"Pode me ajudar?"

Abriu as mãos, com pesar. "Muito do meu poder já se foi. Gastei muito *qi* tentando voltar para cá. Para chegar ao reino dos mortos, tive de me desfazer de meu *yang*, para que o *yin* negativo dominasse."

"Então, está dizendo que não pode me ajudar?"

"Sou incapaz de quebrar essa parede na forma que estou agora. Mas ainda tenho algumas possibilidades. Posso criar uma distração, e viajo muito rápido."

"Então encontre a Titia Três!", clamei. "A velhinha da cozinha. Ela disse que poderia ajudar. Além disso, você é capaz de alcançar Fan?" Descrevi-a, rapidamente. "Ela já deve estar em algum lugar da Planície, mas, como você viaja rápido, diga a ela para me esperar na entrada do túnel. Não acho que serei capaz de encontrar a porta certa sem ela. Ou você pode me mostrar a saída?"

"Já disse, o caminho pelo qual vim não é para você. Esse túnel de que fala... duvido que eu pudesse enxergar nele. Lembre-se de que somos as únicas criaturas vivas neste mundo." Suas palavras, mesmo que suaves, enregelaram meu peito. E eu já estava meio-morta.

"Preciso sair daqui!"

Mesmo dizendo isso, a dúvida se infiltrava em meu ser. Agora que eu dera a carta a Er Lang, o que o impedia de simplesmente me abandonar? Sua expressão verdadeira, por sob aquele chapéu, permanecia um mistério para mim. Esse medo deve ter transparecido em meu rosto, porque ele colocou uma mão suavemente sobre a minha. Sem pensar, agarrei-a. Er Lang não disse uma palavra, mas estreitou o aperto da mão. Eu podia sentir o calor de sua palma, o comprimento de seus dedos. Era, sem dúvidas, uma mão masculina: firme, mais larga e forte que a minha. O aperto em meu peito diminuiu. Um conforto peculiar começou a me inundar enquanto eu considerava suas palavras. As únicas criaturas vivas neste mundo. Estive tanto tempo naquele reino negativo, rodeada pelos mortos e por suas cópias da realidade. Mas eu não estava morta, não ainda.

Er Lang se virou. "Esteja preparada. Se eu puder, vou encontrar essa Titia Três. Os demônios com cabeça de boi já estão vindo."

"Como você sabe?" Corri atrás dele, subitamente temerosa de ser capturada outra vez.

"É melhor que você não saiba. Agora ouça, a porta vai se abrir em breve. Se eu fosse você, deixaria essas joias por aqui."

Dito isso, foi embora. Apressada, arranquei os grampos de meus cabelos, prendendo-os outra vez em tranças infantis. Os trajes formais que eu vestia eram completamente inapropriados para correr, que dirá cavalgar? Procurei freneticamente por minhas roupas de criada. Um novo medo assomou: teria Amah deixado de cuidar de meu corpo? Independentemente disso, não havia tempo a perder. Tirei a túnica, agradecendo o fato de ter um par de calças largas sob ela. Os sapatos eram impossíveis, com o calcanhar marcado e os dedos desajeitadamente adornados. Eu teria de ir descalça.

Mais cedo do que esperava, ouvi um grito do lado de fora. Havia sons de batidas e movimentos, como se várias pessoas se amontoassem em torno da porta. Então, silêncio. De repente, ela se abriu com um estalido seco, destrancada. Atirei-me pelo corredor, vazio exceto por Er Lang.

"Por ali. Eu vou segurá-los."

"O que você fez?"

"Acendi o fogo", respondeu, lacônico. "Casas de papel queimam muito bem, se você souber o jeito certo de acendê-las. Vou tentar encontrar sua amiga Fan na Planície. Agora, corra!"

A Noiva Fantasma
Yangsze Choo

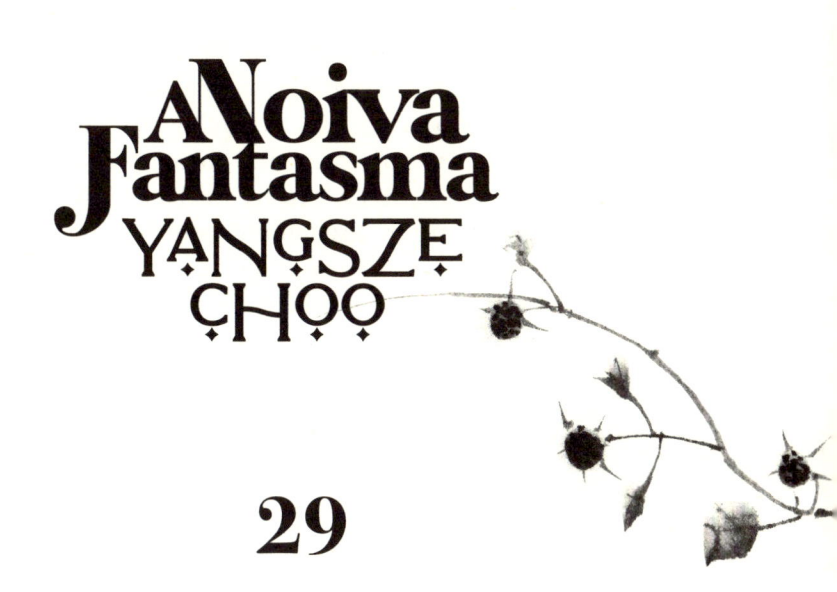

29

Acho que nunca vou me esquecer daquela jornada ensandecida. Os corredores serpenteantes, as séries infinitas de quartos vazios. Foi sorte eu ter memorizado o mapa de Titia Três, senão teria certamente me perdido. Às vezes, ainda vejo aquela casa em meus sonhos e temo que nunca vá deixá-la. Em dado momento, cruzei o salão que Lim Tian Ching preparara para nosso banquete de noivado, no que parecia ser uma eternidade atrás. As mesmas faixas e lanternas vermelhas ainda estavam penduradas. As mesas compridas, ainda repletas de pratos festivos e frutas que nunca se estragariam. Quando passei pelo lugar onde brindáramos nosso iminente casamento, meu coração pulou como um cavalo exaltado, mas não havia ninguém ali. Nisso, Er Lang havia cumprido suas promessas. Não sei como conseguiu, mas não havia nenhuma alma naquela parte da mansão.

Quando cheguei ao salão de banquetes, abri as portas corrediças e me atirei pela escuridão afora. Eu sabia, pelo mapa de Titia Três, que se pudesse alcançar o terreno lá fora, poderia correr pelo muro externo e chegar à área das cozinhas. Do lado de fora, o solo era duro e irregular. Escorreguei muitas vezes e desejei, com toda força, estar de sapatos. Mas era tarde. Eu precisava correr, mesmo que meus pés descalços se consumissem até os ossos.

Não havia lua ou estrelas naquele mundo morto, apenas as profundezas do céu escuro, como uma cortina cerrando o palco. Por fim, alcancei o pátio externo das cozinhas. Independentemente do que tivesse acometido o resto da mansão, a cozinha parecia imune. Eu podia ouvir o bater de panelas e até os berros do cozinheiro, dando ordens aos bonecos criados. Procurei ver se a Titia Três estava com ele. Teria ela saído para me procurar? Esgueirando-me pelo portão, corri pelo dormitório dos criados e me atirei dentro de meu quarto, sem ousar acender o candeeiro. Chamei, baixinho por minha égua, mas nada aconteceu. Com uma preocupação crescente, coloquei o biombo de lado para descobrir que ela havia sumido.

Entrei em choque. Como eu poderia atravessar a Planície sem minha montaria? Talvez Titia Três a tivesse levado. Ela disse que esperaria por mim na porta dos fundos, ainda que já passasse muito da hora que combinamos. Corri, minha respiração cada vez mais pesada e ofegante. Quando cheguei ao portão, uma figura pequena saiu das sombras. Era Titia Três.

"Li Lan! Você está bem?"

Fiz que sim, com dificuldades para falar. Algo estava errado, no entanto.

"Você precisa ir! Seu cavalo está do lado de fora." Então, perguntou: "Por que me olha desse jeito estranho?"

"Como você sabe meu nome?"

"Seu nome?"

"Nunca falei meu nome. Disse que era a garota seis quando cheguei."

Na penumbra, Titia Três parecia abalada. Com a mão pressionando meu flanco, que doía, continuei. "Você disse meu nome antes também, quando me encontrou no quarto de Mestre Awyoung, mas eu não pensei sobre isso na hora."

"Tem importância? Não temos tempo para isso."

"Claro que tem importância! Como posso saber se devo confiar em você?"

Ficou em silêncio por um momento, e então ergueu os olhos. "Eu menti."

Recuei, afastando-me de sua mão que se estendia.

"Mas fiz para seu próprio bem."

"Meu próprio bem!", falei, áspera. "É impressionante o quanto de gente sabe o que é melhor para mim."

"Como posso explicar? Você precisa sair daqui, antes que os demônios cheguem."

"E o que é você, de verdade? Outra espiã? Uma dos subalternos de Mestre Awyoung? Ou você pertence a Lim Tian Ching? Foi uma tática muito esperta. Eu realmente gostei de você."

"Gostou de mim?" Por alguma razão, aquilo pareceu afetá-la.

"E isso importa? Com certeza você vai me aprisionar mais uma vez."

"Como posso convencê-la?", perguntou, retorcendo as mãos.

"Diga a verdade!"

"Ouça, Li Lan, mesmo que eu tenha medo de que isso vá atrasá-la. Eu sou sua mãe."

Minha mãe! Como essa anciã poderia ser minha mãe? Eu estivera tão certa de que era a Segunda Esposa, com toda sua beleza. A descrença deve ter ficado estampada em meu rosto. "Você deve me achar repugnante. Sei que minha aparência não é o que esperava. Acredite, tem sido difícil esconder a verdade de você."

"Mas como é possível?"

"Você acertou sobre eu ter vindo a esta casa. Encontrou a Terceira Concubina, em nosso velho lar? Imagino que sim, pelo que me disse antes. Francamente, seu avô errou em tomá-la como concubina. Ela era jovem e cheia de vida, e ficou extremamente desapontada com ele. Na época, eu não sabia sobre sua conexão com a família Lim ou com minha prima, que depois se casou com o pai de Lim Tian Ching. Ele ainda está vivo, não está?"

Aquiesci, emudecida por um instante.

"Pois então, quando morri, fiquei surpresa por encontrá-la aqui. E surpresa pela gravidade de seu ressentimento. Ela contou sobre a varíola?"

"Disse que foi ela quem a mandou", titubeei.

Titia Três – ou minha mãe, como eu deveria chamá-la – suspirou. Aproveitei para examiná-la. Sua face marcada, sulcada por centenas de linhas, parecia gasta e assustadoramente antiga. "Ela a enviou. Quando morri, seu pai estava muito doente, igual a muitos membros de nossa família. Uma catástrofe."

"Mas você ainda não explicou! Como pode estar tão velha? Você fez algum acordo, como a Terceira Concubina negociou para causar a varíola?"

"Sim, também troquei a juventude de meu espírito, parte da essência de minha alma. Fiz o mesmo que ela se gaba de ter feito. Procurei a mesma criatura."

"Como pode fazer isso? E por quê?"

"Não sabe o motivo? Queria que você não perguntasse."

"Mas eu quero saber! É o mínimo que você me deve."

"Deixei-a sozinha, órfã. Mas troquei minha juventude pela sua recuperação daquela doença. Aquela varíola."

Corri os dedos pela pequena cicatriz atrás de minha orelha esquerda. Fora tudo que sobrara da doença que devastou nossa casa. Na época, um vidente dissera que eu era extremamente afortunada.

"Ela tentou causar o maior estrago possível. Se você não morresse, teria ficado como seu pai, com cicatrizes permanentes. Desse jeito, quem a tomaria como esposa? Você não teria futuro."

"Fez isso por mim?"

"Foi minha culpa. Por que você deveria sofrer com a vingança dela?"

"Como pode dizer que foi sua culpa?"

"Porque vi que ela estava infeliz e não fiz nada para ajudar. Éramos duas jovens morando na mesma casa, com a diferença de que eu estava casada com um homem que amava e ela, com um velho. E ela estava tão desesperada por um filho. Sempre penso que se eu tivesse sido um pouco mais gentil com ela, nada disso teria acontecido."

"Mas ela fez coisas horríveis!"

"Minha filha, o que isso importa? Quando você veio aqui, para a casa dos Lim, eu mal podia acreditar."

"Você me reconheceu?"

"Pareceu-me familiar, com sua voz e trejeitos. As histórias que contou sobre sua *amah*. Ela era minha *amah* também, sabe."

Meu coração batia com uma estranha felicidade. Ela me reconhecera! Minha mãe sabia quem eu era!

"Foi um choque, vê-la aqui. Tive medo de que você estivesse morta, mas seu nome ainda não aparecia nos obituários."

"Pensei que poderia descobrir algo sobre Lim Tian Ching. Mas por que você está na mansão dos Lim?", perguntei.

Titia Três encolheu os ombros. "Tive medo de voltar à casa que seu pai queimou para mim, porque a Terceira Concubina saberia que eu barganhei com um demônio, quando visse minha aparência. Não foi uma troca barata. Custou-me mais salvar você do que custou a ela o mal que fez. Se ela soubesse que tentei ajudá-la, poderia tentar prejudicá-la outra vez. Vaguei pela Planície dos Mortos, esperando que meu tempo aqui estivesse terminado. Trabalhei em algumas casas grandes em troca de comida e abrigo."

"Por que não foi ao mundo dos vivos para me ver?"

"Eu fui. Mas só algumas vezes, até que a viagem começasse a ficar muito difícil. Porque, como eu não voltava para a casa, não conseguia pegar nenhum bem funerário que me ajudasse na jornada." Essa constatação fez com que eu sentisse uma pontada no peito. "Mais cedo ou mais tarde, ela ou eu vamos passar pelas Cortes de Julgamento. E você estava viva e bem, com Amah cuidando de tudo. Você acredita que, agora, sou mais velha que Amah?" Lançou-me um sorriso fraco.

"Mas por que veio para cá?"

"Ouvi boatos sobre o jovem mestre e sua obsessão pela filha da família Pan."

"Mas você disse que está aqui há anos!"

"Sim, anos. O tempo passa estranho, neste lugar."

Segurei suas mãos nas minhas.

"Não fique triste, Li Lan. Vê-la e poder conversar com você é muito mais do que eu poderia desejar. Mas a noite está correndo. Você deve seguir seu caminho. Eu não queria tê-la sobrecarregado com essa triste história de família. Queria que você tivesse uma vida feliz, livre dessas brigas antigas."

"Venha comigo!", falei. "Meu cavalo pode levar nós duas."

Ela balançou a cabeça. "Eu só a atrasaria. E eles suspeitariam se eu sumisse também. Não vai ser bom para você se eles descobrirem mais coisas. Por enquanto, pensam que você é uma mera distração, uma das vontades de Lim Tian Ching."

"Mas eu preciso de você!" Minhas palavras explodiram antes que eu percebesse.

"Não precisa, Li Lan. Você já não é uma criança. E precisa sair daqui, agora. Se os demônios a pegarem, tudo vai ter sido em vão. Não deixe que a capturem!" Ela apertou minha mão, com uma força surpreendente. Olhei em seus olhos opacos, as íris turvadas pela idade, e entendi que ela sabia, mais do que ninguém, o que era estar nas garras de um demônio.

Corremos para o pequeno portão dos fundos. Do lado de fora, tudo era silêncio e escuridão. A estrada que serpenteava em torno da propriedade encontrava-se deserta, um pálido traçado na noite densa. Minha pequena égua aguardava, já carregada com alforjes. Quando me viu, relinchou suavemente. "O que é isso?", perguntei, tocando os alforjes. Eram duros e volumosos, amarrados por cordas.

"Carne. Não carne de verdade, mas comida espiritual", respondeu Titia Três. "Pode ser útil, se soltarem perseguidores atrás de você. Mas rezo para que não soltem."

"Como você sabe que eu posso precisar disso? Er Lang a encontrou?"

"Sim. Eu me apavorei quando ele apareceu. Mas, então, ele disse que era seu amigo. Se não fosse por isso, eu não estaria pronta a tempo. Aquele homem...", sua voz falhou.

"Não é humano. Eu sei."

Ela pareceu aliviada por eu ao menos saber com quem estava lidando. Enquanto eu montava em Chendana, minha mãe mexia nos alforjes, apertando as amarras e ajeitando tudo. Seus movimentos eram tão precisos que eu sentia um nó na garganta. Como eu sentia sua falta! Além de tudo, seu método de organizar e conferir as coisas era muito familiar. Ambas havíamos sido criadas por Amah, afinal.

"Mãe!" Ela se ergueu e agarrou minha mão. "Venha comigo", roguei mais uma vez.

Ela balançou a cabeça. "Quando tudo isso tiver passado, vou tentar atravessar a Planície e ver você outra vez." Baixei a cabeça, desolada, mas ela se aproximou e deu um beijo seco e estalado em minha testa. Sua mão fina afagou meus cabelos por um breve momento, então Chendana cavalgou para longe, os cascos comendo a distância da estrada. Virei-me para olhar a pequena figura de minha mãe, distante no caminho. Sua forma curvada, com a mão erguida, rapidamente ficou para trás no crepúsculo, até que eu não pudesse mais enxergá-la.

A Noiva Fantasma
Yangsze Choo

30

Dei rédea larga a Chendana, pedindo apenas que me levasse à entrada do túnel. As ruas da Malaca fantasmagórica surgiam e desapareciam diante de meus olhos, as casas se desvanecendo feito aparições. A essa hora da noite, algumas eram pura escuridão enquanto outras estavam inundadas por luz, como se grandes festas se desenrolassem em seus salões. Uma casa estava em chamas, mas ainda que as labaredas lambessem as vigas, sua estrutura nunca desmoronava. Em dado momento, podia jurar que cavalgávamos direto para o Stadhuys, mas quando viramos a esquina percebi que lá estava ele, outra vez. Havia pouco tráfego nas ruas. Rostos mortos me observavam, alguns com espanto, outros com tédio e outros ainda com desinteresse. Quando passamos pelo cais onde barcos fantasmas flutuavam sobre um mar de grama, tive medo de que jamais conseguíssemos sair. Mas, de repente, estávamos outra vez nas planícies infinitas.

Um vento estranho soprava, atravessando minhas roupas, que não protegiam do frio. Como eu desejava uma daquelas roupas pesadas que deixara na mansão! Mas Chendana cavalgava como um cavalo que sente o aroma da liberdade. Suas patas fortes martelavam o solo e a grama endurecida se despedaçava sob seus cascos. Acima de nós, a abóbada negra do céu. Eu não via ou ouvia qualquer sinal de perseguição, mas uma apreensão amargava meu peito. Algo estava vindo, era apenas questão de tempo até me alcançar. Enquanto galopávamos sem descanso, tive consciência de quão fácil seria me enxergar no meio da pradaria ressecada. Meus pensamentos saltaram para Tian Bai. Pensava que, se pudesse olhá-lo nos olhos uma vez mais, saberia quem ele de fato era. Não adiantava dizer a mim mesma que estava sendo ridícula: meu coração se recusava a ouvir a razão. De fato, meu desejo de vê-lo parecia crescer na proporção em que aumentavam as suspeitas sobre ele.

Depois de um tempo, senti-me cansada. Com muito medo de cair da sela, enrolei braços e pernas nos arreios de Chendana. Eu estivera temerosa de que o peso dos alforjes diminuísse o passo da cavalgada, mas ela parecia nem reparar. Comparei seu galope ao passo arrastado dos criados que carregavam Fan na liteira. Certamente avançávamos duas vezes mais rápido. Não, três vezes mais rápido! Nesse passo, eu devia alcançá-la antes que ela sumisse túnel adentro. Em algum momento, devo ter adormecido, porque percebia vagamente meu corpo debruçado sobre o lombo da égua, meu rosto enterrado em sua crina perfumada.

Acordei com um tranco súbito. Confusa, tentei entender se já havíamos chegado a nosso destino. Uma linha tênue de luz esverdeada cobria o horizonte, como um brocado. O vento balançava continuamente aquele oceano de grama frágil. À frente, eu podia ver a montanha onde estava a passagem para o mundo dos vivos. Seus picos escurecidos já eram visíveis, mas estavam tão distantes! Não entendi por que havíamos parado, até perceber o ar se contorcendo à minha frente. Ele se adensava, agitando-se como fizera na mansão dos Lim. "Er Lang!", gritei. O ar tremeluziu, mas não aconteceu nada. Tirei a escama do bolso e soprei sua borda ondulada. Finalmente, o vapor se consolidou naquela forma familiar, com chapéu de bambu. Permaneceu de pé por um instante, então tombou para a frente.

Com um grito de desespero, desmontei de Chendana. Olhando de perto, via sua roupa chamuscada e com as bainhas rasgadas.

"O que aconteceu?"

"Parece que eu exagerei."

Apesar da voz tranquila, Er Lang se curvava para a frente, a mão apertando a lateral do corpo. Havia manchas agourentas em suas roupas, e seus braços estava repletos de cortes. Enquanto o olhava, passou-me pela cabeça que aquele era o primeiro sangue que eu via na Planície dos Mortos, para além do meu próprio. Mesmo Titia Três (eu não conseguia pensar em minha mãe com outro nome) tinha apenas feridas pálidas e incruentas nas queimaduras dos braços.

"Deixe-me ver", falei, mas ele me afastou com um movimento rápido.

"Não há nada que você possa fazer", disse, com rispidez. "São feridas espirituais. Preciso voltar a meu corpo para curá-las, e você deve fazer o mesmo. Mas isso não vem ao caso. Você tem pouquíssimo tempo sobrando. Eu os atrasei o mais que pude, mas já estão vindo."

"O que isso quer dizer?"

"Quer dizer", respondeu, irritado, "que você deve montar nesse cavalo e voar para fora daqui. Consegui encontrar sua amiga. Ela estava quase entrando no túnel, mas a convenci a esperar por você. Lá está, consegue vê-la?"

Forcei a vista e enxerguei, à distância, uma forma clara contra a entrada negra do túnel, que devia ser do vestido de Fan. "Você foi até lá e voltou só para me dizer isso?"

"Pare com essas perguntas estúpidas e vá embora!"

"Mas e você?"

"Vou ficar, para o caso de eles se aproximarem."

"Você não pode ficar aqui! Está muito fraco."

"Não seja ridícula."

Ignorando-o, olhei para minha égua. "Ajude-me!", pedi. Ela se aproximou e baixou o corpo, para que eu pudesse colocar Er Lang sobre a sela.

"Isso só vai atrasar você." Sua voz era cada vez mais fraca.

"Eu posso jogar essa carne fora." Com pressa, cortei as amarras dos alforjes com a escama de Er Lang. Assim que caíram no chão, comecei a espalhar seu conteúdo, repugnada pela mistura de carnes, miúdos e pele sem sangue que minha mãe embrulhara. Espalhei-a ao acaso, atirando longe alguns dos pedaços menores. Resolvi guardar alguns pedacinhos, por precaução. Er Lang não havia dito o que me perseguia, mas eu tinha o péssimo pressentimento de que era algo carnívoro. Rapidamente, montei em Chendana, mas Er Lang começou a escorregar para fora da sela. Ele havia desmaiado.

"Acorde!", berrei, chacoalhando seus braços. "Rápido!"

Ele fez uma careta, mas conseguiu se manter no cavalo. Chendana galopou a toda. Eu agradecia, novamente, o fato de ela não ser um animal de verdade. Com o galope constante, fui capaz de segurar Er

Lang, que mal se mantinha às minhas costas. Aquilo era mais difícil do que eu imaginara. Ele era mais pesado que eu, e continuava tombando para trás. Envolvi seu corpo com meus braços, sentindo os músculos firmes se contraindo em dor. Foi então que pensei nas cordas que atavam os alforjes. Usando algumas braças, amarrei-o a mim, o máximo que pude, com as cordas enroladas em meus ombros, prendendo-nos de costas uma para o outro. Várias vezes eu jurei que cairíamos da sela, mas por algum milagre conseguimos nos manter.

As montanhas adiante estavam mais claras, mas percebi que isso se devia à proximidade do amanhecer. O manto da escuridão, tão consolador, começava a se dissipar. É quase impossível descrever a agonia daquela corrida. Er Lang devia ter novamente desmaiado, porque continuava escorregando da sela. A cada solavanco, sentia seu corpo largado tombar, e usava meu peso para contrabalançar a queda. Depois de um tempo, senti algumas gotas quentes em meu pescoço, e coloquei as mãos sobre ele para descobrir que era sangue. Primeiro, pensei que as cordas haviam cortado minha pele, mas logo ficou claro que aquele não era meu sangue. Er Lang devia estar mais ferido do que eu imaginara. Tateei às minhas costas, para agarrar sua cintura, e ele gritou de dor.

"Precisamos parar! Você não pode continuar nesse estado."

"Falei para me deixar", ele respondeu. "Por que você é tão teimosa?"

"Consegue voltar? Consegue sumir no ar, novamente?", eu gritava, lutando contra o vento.

"Não tenho *qi* o bastante", murmurou de volta. "Apenas me largue aqui."

"Não."

"Sua tola!"

"Quem é o tolo, aqui?", eu disse, com raiva. "Você devia simplesmente ter ido embora."

"E você não conseguiria encontrar sua amiga, Fan."

"E daí?", berrei. "E tire esse chapéu idiota! Está machucando meu pescoço."

Ele começou a rir, fraco. "Mas que rabugenta! Como eu poderia deixar que a devorassem se você ainda tem tanta reclamação para dar ao mundo?"

"Como ousa dizer isso?" Mas, secretamente, eu estava aliviada por ele poder falar de novo. "Agora, tire esse chapéu."

"Se eu tirá-lo, você nunca mais vai me tratar do mesmo jeito." Falava com tanta seriedade que temi tê-lo ofendido. Meu pai também era muito precavido em mostrar sua aparência destruída na frente de estranhos. De todas as pessoas, eu devia ter sido mais delicada nesse assunto. Er Lang pareceu ler minha mente, porque ficou em silêncio por muito tempo.

O céu clareava mais e mais, conforme nos aproximávamos das escarpas adiante. "Segure-se firme", falei. "Estamos quase lá."

"Não", respondeu a voz fraca de Er Lang. "É tarde demais."

Aterrorizada, olhei em volta. Ele olhava para trás, e pude ver uma nuvem escura voando rápido, à distância. "O que é isso?", perguntei.

"Os pássaros. Eles enviaram as bestas voadoras."

Eu podia ver, ao longe, os animais se reunindo, aquelas criaturas estranhas que haviam voado sobre nosso acampamento na primeira noite que passamos na Planície. Lembrava-me de como Fan se atirara ao chão, tremendo e chorando quando se aproximaram, e dos voos rasantes, cortando o ar com asas triangulares. A princípio, não eram nada além de uma nuvem vaga no horizonte, mas avançavam com uma rapidez assustadora, suas formas negras e nítidas contra a luz da manhã.

"Corra! Corra o máximo que puder!"

Em resposta, Chendana largou em uma disparada ainda mais rápida. Eu quase não era capaz de me segurar na sela, e teria caído se Er Lang não estivesse agarrado a mim.

"Corte as cordas", sussurrou.

"Você vai cair!"

"Não vou."

Ele, de fato, parecia ter mais força do que antes, e fiquei admirada com sua resistência. As montanhas corriam a nosso encontro. A cada segundo, avultavam-se sobre nós. Eu já podia distinguir com clareza a silhueta de Fan, pequena como uma boneca à entrada do túnel. Ela se virou, como se fosse entrar por ele, mas hesitou. Apavorava-me a ideia de que ela pudesse ir embora sem mim. Virei-me outra vez para olhar os pássaros, esperando vê-los quase sobre nós. Para minha surpresa, contudo, eles haviam parado. Voavam em círculos, dando mergulhos em confusão.

"A carne", falou Er Lang. "Foi uma boa ideia."

Abri a boca para dizer que fora ideia de minha mãe, não minha, quando me lembrei do último alforje que levava comigo. Debruçando-me sobre a sela, afrouxei as amarras com os dentes, espalhando os pedaços de carne pela estrada. Torcia para que aquilo os detivesse até que chegássemos ao túnel, mas quando olhei novamente percebi que poucas bestas continuavam distantes. A maior parte do bando voava rapidamente em nossa direção, caçando-nos com cada fibra daquelas asas sobrenaturais. Não podia imaginar sua velocidade, mas com certeza voavam muitas vezes mais rápido que o galope de Chendana para conseguirem avançar daquele jeito.

"Corte estas cordas!" Er Lang novamente lutava para se livrar das amarras, e seus movimentos ameaçavam levar nós dois ao chão. Apanhei a escama que ele me dera, então parei.

"Por quê?", eu quis saber.

"Apenas faça!" Ele agarrou minha mão e, com um movimento rápido, cortou as amarras.

"O que você está fazendo?", gritei, mas ele já estava solto. Julguei que dissesse algo, mas não pude ouvir nada em meio à tempestade de aves sobre ele.

Com gritos agudos e lamentosos, lançaram-se sobre nós como criaturas esfomeadas. Não havia nada além de asas coriáceas, olhos penetrantes e bicos afiados feito lâminas. Não eram como nenhuma ave que eu já havia visto, com suas garras como foices. O céu estava tomado. Eu não podia sequer gritar por sobre o barulho daquele ataque. Um bico raspou meu rosto enquanto eu me encolhia atrás de Er Lang, usando seu corpo instintivamente como um escudo. Então, Er Lang se transformou, sua forma contorcendo-se e serpenteando entre meus dedos. Eu já não podia mais me agarrar a ele. Escamas suaves deslizaram por minhas mãos, seu corpo grande demais para que eu pudesse segurar. Vi um resplendor de pérolas, milhares de lâminas lisas encadeadas umas às outras, então uma cabeça gigantesca, olhos incandescentes e dentes reluzindo em uma mandíbula barbada. Voou aos céus, agitando-se e atacando a revoada, espiralando seu corpo de serpente e destruindo as aves com suas garras. Um grande dragão, um *loong*, senhor das águas e do ar. Eu observava estupefata, enquanto Chendana me carregava em um galope alucinado, à batalha que agora se desenrolava acima de mim.

Os pássaros o cercaram, com rasantes e ataques ferozes. A princípio, pensei que Er Lang estivesse em vantagem, porque muitas aves tombaram dos céus. Mas eram muitas. Eu mal podia vê-lo por entre as formas negras que o atacavam, cortando-o impiedosamente até que gotas de um sangue escuro escorressem pelo corpo escamado. Gritei, horrorizada, e a luta foi pouco a pouco se afastando de mim, até que eu já não enxergasse seus detalhes. Percebi que, enquanto eu corria para as montanhas, ele devia estar voando para o lado contrário. "Pare!", berrei, mas dessa vez minha égua ignorou a ordem, levando-me para longe do perigo. Estávamos tão distantes, agora, que eu não podia distinguir mais nada, apenas uma mancha no horizonte. De repente, uma infinidade de asas caiu do céu. Já não era mais uma batalha: era um massacre. Cobri o rosto e chorei.

Alcançamos a entrada da caverna sem maiores incidentes. Minha face estava coberta por sangue e lágrimas, minhas roupas estavam em pedaços. O corte em minha testa sangrava copiosamente, e eu não fizera nada para estancar o sangramento. Havia tentado voltar mais de uma vez, mas não adiantara nada. Chendana não me obedecia. Pensei se aquilo era um instinto natural para proteger sua dona ou se Er Lang dissera algo a ela, para que seu sacrifício não fosse em vão. Nunca saberei.
 Quando desmontei, Fan estava esperando por mim. Era uma das últimas pessoas que eu desejava ver, mas não havia alternativa. Olhando minha aparência destruída, disse: "Você mentiu para mim".
 Simplesmente concordei.
 "Você disse que era do Paraíso."
 "Nunca falei isso. Foi o que você supôs."
 Suspirou. "Pensei que você nunca ia conseguir. Vamos, temos que correr."
 Uma vez dentro do túnel, fomos banhadas pelo brilho familiar. Em pouco tempo eu já não podia enxergar muito, e apenas minha mão na crina de Chendana garantia que eu não tropeçasse ao caminhar.
 "Então", disse Fan, puxando assunto, depois de caminharmos algum tempo pela escuridão. "Você é um fantasma como eu, no fim das contas."
 Senti um cansaço tremendo, mas ela prosseguiu. "Aquele homem me contou. Ele apareceu do nada, no ar, assim que cheguei à montanha. Fiquei tão surpresa! Ele perguntou se eu que havia trazido uma humana até a Planície dos Mortos, e disse para que eu a esperasse."
 "É verdade", falei, por fim. Não tinha vontade de conversar, mas ela continuava me enchendo de perguntas. Era mais simples dar respostas aleatórias, enquanto minha mente permanecia em Er Lang. Teria sobrevivido? Parecia impossível.
 "Então aquela conversa sobre uma missão era toda mentira?"

"Não. Eu estava ajudando, em troca de poder voltar a meu corpo."

"Seu corpo?" Ela ficou muito interessada no fato de eu ainda ter um corpo vivo em Malaca. "Que desperdício! Como pode ter abandonado algo assim? Se eu fosse você, ficaria grudada nele."

"Se eu tivesse feito isso, talvez meu amigo não estivesse morto."

"Quem era ele, afinal? Eu não pude ver o que aconteceu, na verdade. Vi apenas que as aves pararam de persegui-la e voaram na outra direção."

Surpresa, compreendi que Fan não pudera ver o brilho de Er Lang contra o horizonte por causa da distância e do amanhecer.

"Era só um funcionário das autoridades", respondi.

Pelo resto da jornada através do túnel, limitado por rochas por todos os lados, estive como em torpor. Fan continuou tagarelando, mas eu estava sem estômago para responder. O ar ficava cada vez mais abafado e sufocante. O silêncio pesava sobre mim como uma tumba.

"Bem, eu passei dias maravilhosos na Planície", ela falou, depois de um tempo. "É tão agradável voltar para casa. Pude trocar de roupa e tudo mais. Quer ver o que comprei com o dinheiro que você me deu?"

Ouvi o farfalhar de tecido, mas dessa vez a escuridão era completa. Na ida, tivéramos o brilho distante da boca do túnel para nos guiar, mas o caminho de volta não dava descanso das trevas.

"Oh, eu me esqueci disso. Você não consegue enxergar nada, não é mesmo? Deve ser porque você está só meio-morta. Isso também explica porque você é tão diferente de mim." Ela continuou a falar sobre sua visita, e o relato animado destoava completamente da postura desalentada que tivera antes. "É sério, eu não sei por que não venho mais vezes para cá. É um lugar tão agradável. Mal posso esperar até que meu amado e eu possamos ter nossa própria mansão aqui."

É porque você tem medo das autoridades, pensei, mas guardei isso para mim.

"E a vida social, que fantástica! Muito melhor do que em minha última visita. Conheci muitas pessoas de boa posição, todas tão simpáticas comigo." A voz de Fan ressoava nas paredes do túnel. Em dado momento, virou-se para mim, toda solícita. "Estamos quase lá. Você precisa parar para descansar?"

"Já?" Tinha a impressão de que a outra viagem fora muito mais longa, mas talvez isso se devesse às muitas coisas por que passei.

"Sim", respondeu. "O que você vai fazer ao chegar em Malaca?"

Baixei a cabeça. Sem Er Lang, eu não sabia o que fazer. Se ele estivesse mesmo morto. Ainda naquele momento eu queria voltar, procurar seu corpo, mesmo que fosse loucura. E se ele estivesse ferido, largado em algum lugar? Essa ideia me perturbava tanto que eu mal podia respirar. Mas Fan continuava seu inquérito.

"Ir para casa, imagino." Rezava para que ela parasse com aquelas perguntas.

"Oh, eu também! Mal posso esperar para ver meu amado outra vez."

Meus pensamentos voltaram-se para Tian Bai. Talvez eu também devesse encontrá-lo. Entrar em seus sonhos e perguntar a verdade sobre as acusações de Lim Tian Ching. Mas eu não tinha ânimo para pensar sobre aquilo, naquele momento, de tão esgotada que estava.

Fan me chamou à realidade. "Chegamos."

Eu não via absolutamente nada, mas estava ciente de seus movimentos à minha frente. Senti uma lufada de ar fresco, como se a pressão mudasse, e o brilho pálido de estrelas no céu noturno. Dei um passo à frente, então parei.

"Tem certeza de que é aqui?"

As palavras morreram em minha garganta quando me virei. Atrás de mim, a porta desaparecia lentamente, sua moldura sumindo na escuridão. Vi o rosto pálido de Fan, novamente iluminado pelo cadavérico brilho verde que ela perdera quando entramos na Planície dos Mortos. Ela sorria com um esgar perverso que desapareceu quando a porta se fechou. Olhei em volta, frenética. Eu estava perdida.

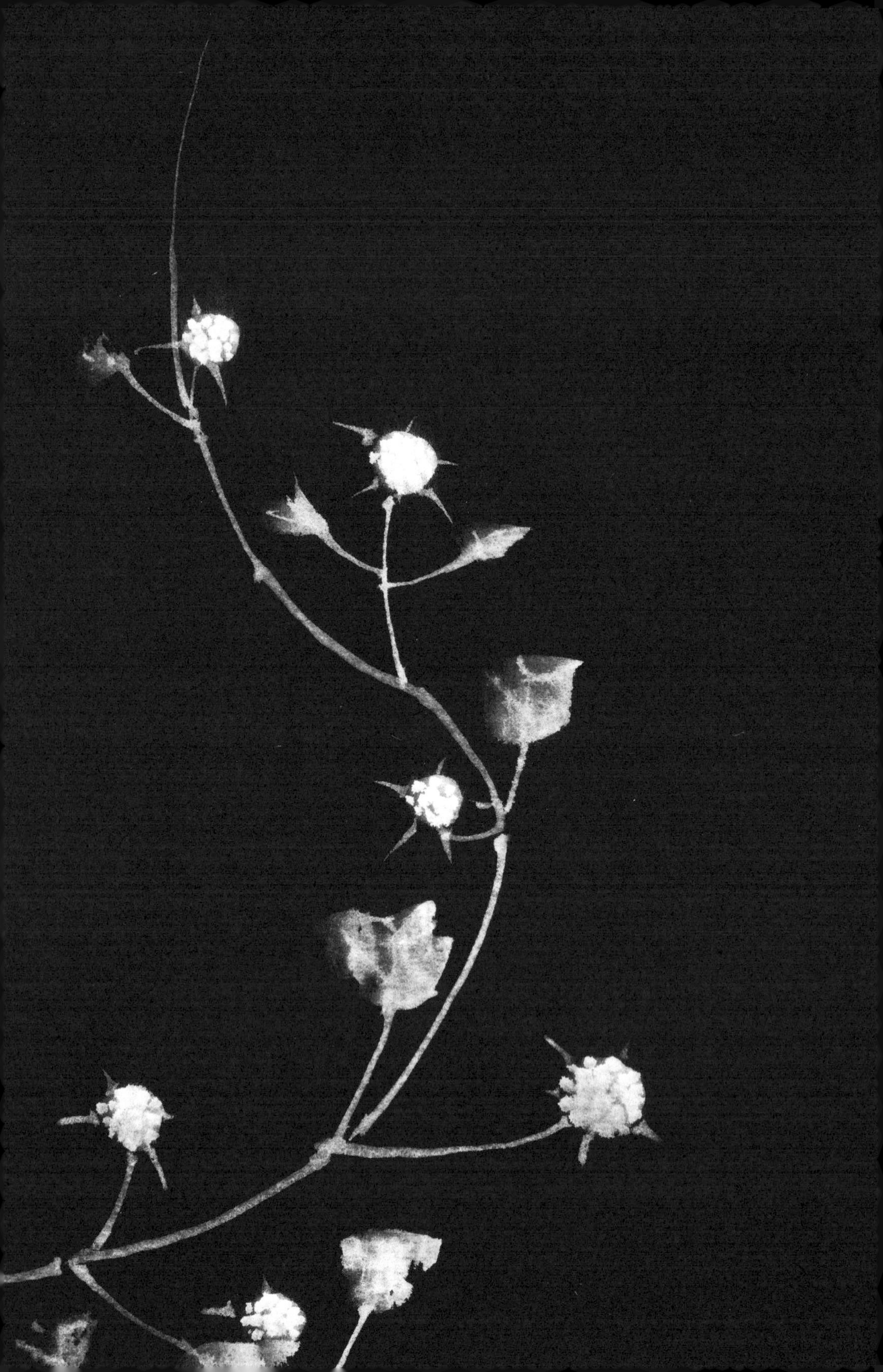

Malaca
Parte Quatro

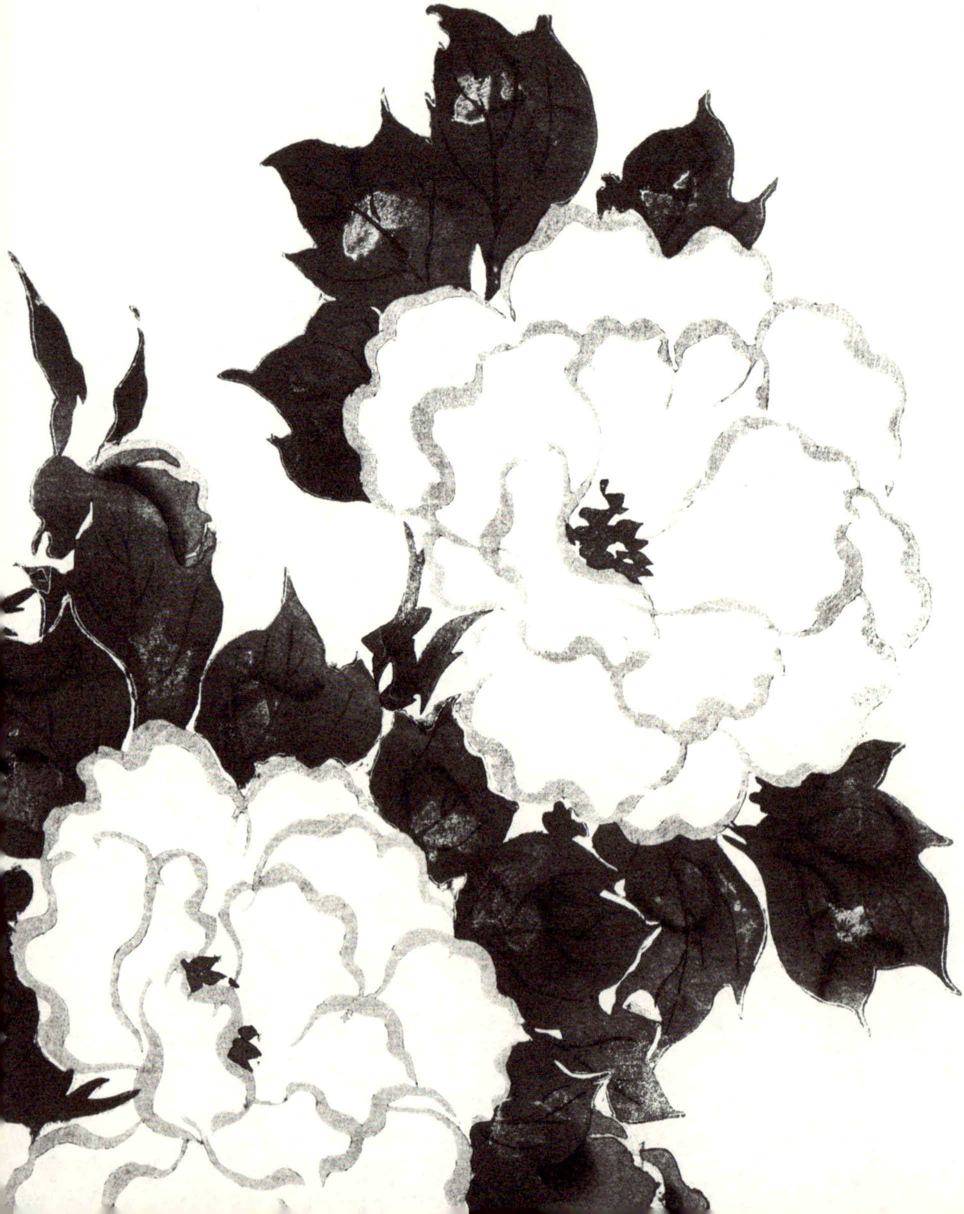

A Noiva Fantasma
Yangsze Choo

31

Estava escuro do lado de fora, muito mais escuro do que eu esperava que estivesse nas imediações de Malaca. Sombras de árvores se assomavam sobre minha cabeça, e as estrelas brilhavam através do teto de folhas. Na Planície dos Mortos, o ar seco não possuía cheiro, mas aqui o verdor do ar era intensamente vivo. Respirei profundamente, mesmo que minha vontade fosse chorar. Fan me traíra. Ali não era sequer próximo a minha casa.

Ela falara sobre muitas portas dando acesso ao mundo dos mortos, e ficara surpresa quando admiti não poder vê-las. Cada porta levava a um lugar diferente. E se essa levasse a um canto distante, como Johore, ou mesmo Kelatan, na costa leste? Ou a uma ilha, além dos Estreitos, como Bali ou Kalimantan? Não havia ninguém para me salvar agora. Er Lang ficara para trás, Tian Bai era um possível assassino, minha mãe era uma criada na Planície. Corri os dedos pela crina de Chendana, grata que pelo menos ela ainda estava comigo. Era fato que eu podia estar em qualquer lugar, mas algo me dizia que não estava tão longe de Malaca.

O cheiro da vegetação e o leve aroma do mar eram familiares. Eu duvidava que Fan fosse capaz de me deixar muito perdida. Ela era preguiçosa, devia ter me abandonado em uma porta bem próxima à que ela mesma usaria para sair. Além disso, ela própria admitira ter explorado pouco dessas saídas alternativas, com medo de, como fantasma, não poder encontrar o caminho de volta. Eu não era como ela. Estava apenas meio-morta, ainda que esse pensamento me desse calafrios. Não era algo para se ter orgulho. Uma das poucas vantagens da Planície dos Mortos era que eu tinha novamente um corpo. Mas, fora, eu olhava para meus pés e via vagamente, através deles, as folhas no chão. Temia estar mais tênue do que antes. Er Lang havia me advertido sobre o longo distanciamento de meu corpo. Quantos dias, quiçá semanas, haviam se passado desde que eu deixara o mundo dos vivos? Eu estava tão agitada que quase me lancei mata adentro, em busca de qualquer lugar mais familiar. Mas me contive. Estava escuro e eu já não tinha forças para nada. Lágrimas encheram meus olhos. De manhã eu poderia tomar melhores decisões.

O sol brilhava quando acordei. Não havia sol na Planície dos Mortos, mas agora as árvores enormes tinham raios de sol perfurando as copas, enquanto as raízes ainda eram envolvidas pela penumbra. Eu nunca estivera tão feliz por voltar, ainda que meu coração pesasse ao ver a densa mata tropical. Isso me fazia recordar de quão próxima estive de nunca mais retornar a este mundo. Eu caminhava no fio da navalha: qualquer deslize me faria perder meu corpo para sempre. Olhei em volta, procurando algum sinal da porta pela qual passara na noite anterior, mas não vi nada. A cada instante passado, sentia uma urgência maior por voltar a Malaca, descobrir se meu corpo ainda estava bem. Ver Amah e meu pai. E Tian Bai. Eu tinha a certeza, talvez um pouco ingênua, de que seria capaz de descobrir, vendo-o pessoalmente, se ele mentia. Ou se era um assassino. Também me perguntava se a traição de Fan havia sido motivada por simples desprezo ou se alguém a influenciara. Ou se Lim Tian Ching e seus demônios ainda estariam atrás de mim. Mas, maior que todas essas ansiedades, sentia a perda de Er Lang.

    As chances de que pudesse ter sobrevivido eram mínimas. Com um tremor, lembrei-me de como brincáramos sobre sermos devorados na Planície. Desde que eu perdera meu corpo, Er Lang fora o único com quem eu havia conseguido falar francamente sobre meus medos e preocupações. Mas eu nunca o agradecera como devia por ter voltado para me resgatar mais de uma vez, mesmo quando podia ter me abandonado e salvado a própria pele. Eu sentia sua falta, mais que tudo.

Não me importava se ele não era humano. Parecia impossível que nunca mais fôssemos nos ver. Meu peito se contorceu quando lembrei de sua satisfação ao ver a carta que eu roubara. E agora, aquela evidência também fora destruída.

Quando criança, muitas vezes eu ouvira histórias sobre os *loong*: grandes senhores que controlavam a chuva e os mares. Às vezes apareciam como criaturas magníficas, outras vezes eram homens majestosos e mulheres belíssimas. De vez em quando, tomavam humanas como esposas ou amantes. O próprio imperador da China se dizia descendente dos dragões e os bordava em suas túnicas. Cinco garras para as roupas reais, três para as pessoas normais. Lembrando-me da história sobre o erudito que visitou as maravilhas do palácio do Rei Dragão, no fundo do mar, eu compreendia por que Er Lang havia se sentido no direito de me proteger. Ver um dragão era sinal de sorte, mas o que significaria ser cúmplice na morte de um?

Tirando a escama do bolso, examinei-a cuidadosamente. Para minha tristeza, sua cor era opaca e o brilho lustroso parecia morto. Lutei contra a triste suspeita de que a vida fugira dali, e novamente soprei sua borda ondulada. O som era débil. Coloquei a escama de lado e afundei o rosto entre as mãos.

Sem Er Lang, como eu poderia prosseguir com aquela história de conspiração e rebelião no Inferno? E quem interviria no esquema de Lim Tian Ching para se casar comigo? As esperanças de recuperar meu corpo pareciam perdidas. Recostei-me contra o tronco áspero de uma árvore, a densa floresta em volta repleta com sons de insetos. Ouvi grunhidos quando um porco-do-mato correu por uma clareira, e mais tarde ouvi a respiração profunda de um tigre. Mas não havia pessoas ou espíritos. Aquela porta devia ter servido a algum assentamento antigo, um acampamento de lenhadores, cheio de *coolies* e capatazes, ou uma plantaçãozinha incrustada na selva. Os espíritos famintos daquela região deviam ter se consumido e desaparecido muito tempo atrás. Não fazia sentido permanecer ali, mas a mata ao meu redor era tão fechada que eu não tinha noção de nada mais distante que uns quinze metros. Olhando para a distante copa das árvores, resolvi escalar para encontrar orientação.

Foi muito mais fácil do que eu imaginara. Meu corpo leve precisava de pouco esforço para ser içado. Mais uma vez, precisei ignorar a horrível suspeita de estar perdendo substância. Rangendo os dentes, escalei até o mais alto. Quando finalmente cheguei, fiquei deslumbrada com o brilho do sol. Tudo em volta era um mar de verde ininterrupto, um oceano de milhares de folhas. O céu era cerúleo puro, tão azul como a porcelana Ming mais refinada. Insetos e borboletas do tamanho de minha mão voavam lentamente, as asas rebrilhando. Na claridade do sol e com o vento soprando, não pude deixar de respirar aliviada.

Empoleirada ali, podia ver o mar cintilando ao longe e a curva da baía. Com minha visão sobrenatural, podia até enxergar a aglomeração de casinhas de telhados avermelhados. Eu estava certa quanto à porta. Fan me abandonara muito perto da porta que sairia em Malaca. Para a maior parte dos fantasmas aquela viagem podia ser impossível, pela fragilidade de seus corpos e pela dificuldade em caminhar, mas eu ainda não era um fantasma completo. E estava a cavalo.

Ainda que seguíssemos o mais rápido possível, contudo, Chendana precisava contornar pedras e árvores, porque atravessar objetos sólidos se provou desgastante. Eu desconfiava que, a cada vez que atravessava algo, perdia ainda mais substância. Para piorar, muitas vezes eu me perdia entre os troncos largos das árvores e precisava escalar até o topo, para me reorientar. De vez em quando, soprava a escama de Er Lang. Nada acontecia, mas eu continuava soprando, na esperança de que aquilo pudesse chamá-lo de volta. As horas se arrastaram até o anoitecer, enquanto o mar distante se aproximava com uma lentidão agonizante. Eu pensara, ingenuamente, que estaria em Malaca pelo menos no dia seguinte, ou um dia depois disso, mas ainda me custou quase uma semana para alcançar os limites do porto.

Chegamos a Malaca pelo norte, seguindo a baía. Assim que nos livramos das árvores, Chendana pôde seguir a trote largo pelos quilômetros de areia, consumindo a distância com seus cascos. Passamos por colônias de pescadores, com palafitas de madeira sobre as águas e barcos na beira da praia. Peixes eram assados em fogueiras enquanto crianças peladas brincavam no raso. Passei como um raio, sem ser vista ou ouvida. Mesmo os espíritos famintos ficaram fora de meu caminho. A ânsia de voltar para casa me puxava como um peixe no anzol. Sentia-me louca de ansiedade, porque algo estranho se passava comigo.

Dores agudas começaram a assaltar meu corpo, seguidas por períodos de letargia, como se alguém houvesse sugado meus ossos até a medula. Procurando por todo o corpo, não via qualquer ferida, mas era impossível negar que algo havia me atingido. Se não fosse por meu cavalinho, eu nunca teria conseguido regressar, mas Chendana me carregou mesmo quando eu estava fraca demais para erguer a cabeça. Esses acontecimentos estranhos iam e vinham, mas não eram a única coisa a me preocupar. Minhas roupas também começavam a mudar.

Em vez dos pijamas com que Amah costumava vestir meu corpo desacordado, agora eu vestia *sam foo* e as roupas largas de algodão que usava para andar dentro de casa. Às vezes as roupas eram ainda mais formais. *Baju,* que eu raramente usava, e até o *kebaya* de minha mãe, uma vez. Quando isso aconteceu, fiquei desesperada. Estariam me preparando para o funeral? Mas eu ainda estava neste mundo dos vivos, e as roupas continuavam mudando. Eu estava angustiada, perturbadíssima.

Conforme nos aproximávamos, comecei a notar a presença de armazéns e soube que estávamos muito perto do escritório de Tian Bai, nos armazéns da família Lim. A tentação de parar para vê-lo foi irresistível, então rumei para lá. Da última vez, a tarde estava modorrenta, mas agora era meio-dia e a claridade dos trópicos inundava tudo. O armazém fervilhava de *coolies* carregando caixas e sacos. Parei em um pequeno caminho do lado de fora, invisível aos homens raquíticos que, seminus, labutavam sob o sol escaldante. Suas costelas marcavam a pele, as unhas dos pés eram escuras e quebradas. Alguns tinham os cabelos cortados no novo estilo ocidental, como Tian Bai, mas a maioria ainda usava a velha e ensebada trança comprida com a cabeça raspada na frente, parecendo uma lua cheia. O cheiro rançoso de suor se desprendia de seus corpos enquanto passavam por mim.

Desmontando de Chendana, caminhei através do mar de gente, espantada em ver como eles instintivamente desviavam de mim, como de um cão sarnento. Quando alcancei a porta, fui acometida por outra onda de fraqueza. Cambaleando, atravessei a entrada e caí de joelhos no chão. Ouvi ordens sendo gritadas e o som pesado de passos. Apesar de minha forma insubstancial, tive medo de ser capturada e fiz um esforço para me erguer. Então, ouvi a voz tranquila e firme de Tian Bai.

Ele parecia abatido, e tinha olheiras das quais eu não lembrava. Ainda assim, caminhou para os fundos do escritório com o passo leve que eu conhecia. Fui atrás, aos tropeções. Ele me parecia mais sério do que antes, pouco dado a um sorriso. A conversa que teve era toda com relação a negócios. Impressionava o fato de ele poder falar tantos dialetos chineses diferentes: hokkien, cantonês e o dialeto de Hainan, além de malaio e mesmo um pouco de tâmil. Mas por que eu me surpreenderia? A maioria das pessoas aqui era capaz de falar dois ou três idiomas. Minha admiração provavelmente vinha do fato de ser Tian Bai, e eu estar inclinada a adorar todas as coisas que ele fazia.

A tarde já começara quando disse a mim mesma que, tendo visto Tian Bai, deveria seguir para casa. Ainda assim, demorei a ir. Eu o observava com ansiedade, tentando perceber qualquer falsidade em seu rosto franco. Havia um lanche em sua mesa de trabalho, e ele examinava papeladas, negociando contratos e fazendo contas no ábaco com movimentos ligeiros das mãos. Observando sua competência, era fácil entender como seu tio preferia ele ao filho mimado. Com certeza as acusações de Lim Tian Ching não passavam de inveja. Uma dúvida chata permanecia, entretanto. Depois de viajar pela terra dos mortos e ver a pequenez de espírito que se mantinha mesmo no além, não podia dizer que tais coisas fossem impossíveis.

Mais tarde, naquele mesmo dia, um velho apareceu com uma pilha de papéis.

"Não terminou ainda?", perguntou a Tian Bai, balançando a cabeça. "Seu tio exige muito de você." O homem tinha um ar dissimulado que me deixava desconfiada. Percebendo a mudança de rumo da conversa, aproximei-me até estar ao lado de Tian Bai. "Tenho certeza de que ele está feliz por você ter voltado de Hong Kong. Muita gente disse que você jamais retornaria."

Tian Bai franziu o cenho. "Quem disse isso?"

"Disseram que você preferia lá."

"Pois estão enganados."

"Mesmo?"

Tian Bai ergueu as sobrancelhas. "Um chinês ainda é um cidadão de segunda categoria lá, mesmo que faça parte da Comunidade de Nações britânica."

Seu interlocutor levantou as mãos e riu. "Ei, que seriedade é essa? Seja como for", fez uma pausa, "queria lhe cumprimentar pelo casamento iminente. Quando será?"

"Em dois meses."

"Seu tio deve estar ansioso para que se case, já que agora você é seu único herdeiro."

"Ele foi gentil o suficiente para aprovar o casamento. Oficialmente, a família ainda está de luto."

Casamento! Então ele concordara com aquilo! Desolada, andei de um lado para o outro, depois de o velho ter ido embora, passando tão perto de Tian Bai que roçava minhas mangas em sua roupa. Ele não erguia os olhos. A única coisa em que eu conseguia pensar era na cara de cavalo daquela garota. Quem mais poderia ser tão aceitável para seu tio? Parei à sua frente, puxando as mangas de sua camisa com meus dedos invisíveis, mas de nada adiantou. "Tian Bai!", gritei. "Pode me ouvir?"

Não houve resposta, mas pouco depois ele arrastou a cadeira para trás, com um suspiro. Calma, sua expressão era fechada e distante. Olhei para o parapeito da janela, onde sua coleção de curiosidades ainda estava exposta. Faltava um entre os animais de madeira, e um sorriso me veio aos lábios. Eu sabia onde ela estava. E, no fim da coleção, minha presilha figurava como a última aquisição.

Um finíssimo fio prateado ainda se desprendia dela, aquele filamento insubstancial que me levara até Tian Bai. Fan dissera que aquilo representava a força dos sentimentos de alguém. Fui até a janela e tomei o fio entre os dedos. Talvez fosse pelo jogo de luz, mas ele parecia mais escuro e menos translúcido que antes. Mesmo assim, reverberava ao meu toque como uma criatura viva. Olhei para Tian Bai, ainda absorto em pensamentos. "Durma", pensei. "Durma, para que possamos conversar." Meu desejo percorreu o filamento, ou talvez fosse apenas o efeito de um dia cansativo, e seus olhos se fecharam. Quando tive certeza de que ele já dormia, pressionei levemente o filamento contra seu peito, como fizera antes.

Eu me encontrei parada no saguão principal da mansão dos Lim, em Malaca. Sombras alongadas marcavam o piso em mosaico preto e branco e a casa tinha uma atmosfera carregada. Tian Bai se distanciava de mim, atravessando um corredor após o outro, e eu me apressava por acompanhá-lo naquele mundo que seu sonho criava. Por fim, chegou à sala dos relógios e passou a dar corda neles. Fazia-o com grande precisão, mas, por mais rápido que fosse, nunca terminava a tarefa. Os relógios pareciam se multiplicar entre seus dedos. Lancei os olhos sobre seu rosto, que estavam absorvidos em concentração.

"Tian Bai!", eu disse. Ao ouvir, olhou para mim.

Pareceu pouco surpreso, até mesmo satisfeito. "Ah, Li Lan. Dê-me uma mão aqui."

Prestativa, ajudei a dar corda nos relógios. "O que estamos fazendo?", perguntei.

"Garantindo que eles não percam a hora."

"E isso importa?"

"Claro que importa." Uma sombra vincou sua testa. "Não queremos que o tempo pare."

"O que aconteceria, se parasse?"

Perturbado, olhou para mim. "Ele não vai parar. Não pode."

Não conseguia compreendê-lo, mas tinha a terrível sensação de que meu próprio tempo estava se esgotando. Concentrando-me muito, mudei o cenário para o pátio com o tanque de lótus, onde nos vimos pela primeira vez.

"Tian Bai!", disse, com urgência. "Preciso falar com você."

O sumiço dos relógios tirou o peso de suas costas, e ele pôde olhar para mim. A ternura em seu olhar me fez corar.

"Não o vejo há muito tempo", eu disse, depois de um breve silêncio. "Queria saber como você está."

Meneou a cabeça, divertido. "O que você quer saber?"

Comecei a abrir a boca, pensando se deveria perguntar a ele sobre o assassinato do primo. A pergunta foi e voltou em minha garganta, como um ioiô de chumbo. Eu estava relutante em perder esse momento ao lado dele, com o sol lânguido e o brilho suave da água no tanque de lótus. Poderia ter chorado de alívio, mesmo com aqui sendo apenas a ilusão de um sonho.

"Ouvi dizer que você vai se casar", balbuciei, por fim.

Deu um passo em minha direção, depois outro. "Sim, é verdade."

"Oh." Aquilo me abatia. "Meus parabéns, então."

"Obrigado." Seus olhos refulgiam, como se ele se divertisse com alguma piada secreta. Então, envolveu-me em seus braços, puxando meu corpo para perto de si. "Acho que há formas melhores de me dar os parabéns, não acha?"

Pasmada, não pude resistir. Ergui meu rosto e senti sua respiração, então o toque de seus lábios contra meu pescoço. No último segundo, afastei-me. "Mas e sua noiva?"

"O que tem ela?" Afundou seu rosto em meus cabelos e correu as mãos por eles, arrancando os poucos grampos que haviam sobrado. Minhas mãos correram por seu peito e pararam.

"Espere", falei, sem fôlego. "Não se importa com o que ela pensa?"

"Claro que me importo."

"Então por que está fazendo isso?" Empurrei-o, com esforço, mas ele ainda sorria. Aquilo começava a me irritar. "Você é igualzinho a seu primo!", falei. "Imagino que não faça diferença quantas concubinas você tem."

"Do que você está falando?" Ele parecia surpreso.

"Estou falando sobre o que sua noiva ia pensar, se visse nós dois juntos."

"Não acho que ela se incomodaria."

"Bom, eu me importo." Eu estava furiosa. Como ele podia agir daquele jeito? Como se eu fosse um aperitivo antes do seu casamento. Tian Bai tentou me tomar nos braços outra vez, mas resisti à vontade de afogar minhas tristezas em seu abraço. Se isso era o que o sonho de um amante oferecia, não me espantava que Fan preferisse ser um fantasma por tantos anos. Mas eu não era Fan.

"Solte-me!", gritei entredentes, ainda que precisasse de toda minha força para empurrá-lo.

"Qual o problema com você?"

"Quem é sua noiva?"

O rosto de Tian Bai assumiu uma expressão estranha. "Você sabe quem é minha noiva."

"Então diga! Diga logo!"

"Li Lan, minha noiva é você."

Não seria capaz de descrever o quão surpresa fiquei. Tian Bai puxou-me para perto dele e afagou meus cabelos, murmurando agrados. "Como é possível?"

"Eu disse ao meu tio que ele devia honrar o acordo que fez com seu pai. E, finalmente, ele concordou. Mas você sabe disso tudo." Seu olhar era penetrante.

"Quando foi isso?"

"Faz uma semana, mais ou menos."

"Uma semana? E eu falei com você?", perguntei, apatetada.

"Fui à sua casa na hora em que meu tio deu a permissão. Disseram que você estava doente, mas mesmo assim você desceu para me ver. Não lembra?"

"Não. E isso não é possível." Afoita, eu o sacudia. "Tem certeza, Tian Bai?"

"Claro que tenho! Começamos a planejar o casamento na mesma hora."

"Como eu parecia?"

"Como assim? Parecia com você mesma. Um pouco pálida, talvez. E um pouco confusa, no começo. Mas não mais do que agora. Você não está bem?"

"Não, você não entende! É impossível ter falado comigo semana passada. Eu estava muito doente."

"Eu sei", falou, com a paciência de quem conversa com uma criança. Mordi meus lábios. "Escute, seja lá com quem você falou semana passada, não era eu." Mas, no momento em que falava, eu sabia que era uma causa perdida. Supliquei para que me levasse a sério e disse para que confiasse somente no que eu estava falando ali. Ele concordou, mas como eu mesma tinha dificuldades de acreditar em minha história, não podia esperar que ele cumprisse a promessa. Um pânico crescente me envolvia. Era preciso voltar ao meu corpo o mais rápido possível.

"Preciso ir embora."

"Mas já?", disse Tian Bai.

"Sim, preciso mesmo. Mas tenho outra pergunta, antes de ir."

Ele sorriu. "Tem? Você está realmente estranha hoje."

"Foi você quem matou seu primo?"

Seus olhos perderam o brilho. "Por que pergunta isso?"

"Preciso saber", falei, desesperada. "Ele morreu tão de repente. As pessoas andam dizendo que foi o chá que você deu a ele."

"O chá? Eu dei aquilo antes que ele morresse. Também dei um pouco para meu tio."

"Então por que Yan Hong tem a xícara de Lim Tian Ching? Ela a guardou, depois que ele morreu."

Tian Bai pareceu desnorteado. "Não entendo. E, além disso, como você sabe de todas essas coisas?"

Meu coração batia descompassado. Seu espanto parecia completamente natural. Eu queria tanto acreditar nele. Como se respondendo a minha agitação, o mundo ao nosso redor começou a tremular e se dissolver. O tanque de lótus se despedaçou como um prato quebrado e o pátio em que estávamos se desmanchou como se um vento o soprasse para longe. Tian Bai estivera me encarando com um olhar curioso, mas agora olhava em volta. "O que está acontecendo?"

Já era impossível manter aquela realidade falsa. As pedras do piso em que estávamos começaram a desaparecer. "É um sonho?", ele perguntou. Eu queria dizer alguma coisa, perguntar mais sobre Yan Hong. Mas, assim que ele pronunciou aquelas palavras, o sonho rebentou e eu caí, girando, sem poder fazer nada para parar aquilo, até me encontrar outra vez encarando o rosto adormecido de Tian Bai.

A Noiva Fantasma
Yangsze Choo

32

Eu precisava voltar para casa. Não conseguia entender porque fora impossível manter a conversa no sonho de Tian Bai. Pode ter sido pelo meu cansaço, ou porque nossos espíritos ficaram muito confusos. Independente do motivo, eu não podia me dar ao luxo de pensar sobre aquilo naquele momento. Chendana nem precisou que eu a guiasse para casa quando falei o destino. Passamos rápido, realmente rápido, pelo Stadhuys e pela praça central. O sol quase havia se posto, mas ainda que eu procurasse por meu amigo holandês, passamos a galope tão rápido que não pude ver se ele ainda estava ali. Quando chegamos em casa, as lamparinas já estavam sendo acesas. A rua parecia tão normal agora, depois das sinuosas e mutáveis que ficavam na Planície do Mortos. Era um alívio estar de volta, parada na rua empoeirada diante de nossa pesada porta de madeira, como se eu jamais tivesse partido.

Tive medo de que os demônios com cabeça de boi ainda estivessem de guarda, mas a rua estava silenciosa e vazia. Era possível que estivessem apenas fazendo a ronda, mas foi outro detalhe que me chamou a atenção. As tiras de papel amarelo, que Amah e eu coláramos com tanto cuidado pelas portas e janelas, haviam desaparecido. Eu não podia acreditar que Amah faria aquilo, ou que meu pai fosse se dar ao trabalho de arrancá-las ele próprio. Mas talvez fosse algo bom, porque agora eu poderia entrar livremente na casa, sem temer ficar presa nos pergaminhos. Minhas mãos tremiam quando soltei as rédeas de Chendana e desmontei.

Passei pela porta principal com facilidade. Facilidade demais, para meu assombro. Era aflitiva a sensação de ter quase nada de substância neste mundo, desde que eu voltara da Planície. O saguão de nossa casa era irritantemente pequeno para meus olhos, dolorosamente familiar. Subi as escadas, o coração ribombando no peito. Não via sinais de Amah, e atravessei o corredor praticamente correndo, na ânsia de ver meu corpo. A porta estava entreaberta, e por um breve instante imaginei que Amah estivesse lá dentro. Quando entrei, contudo, não havia ninguém. A cama onde meu corpo repousara estava vazia, com os lençóis esticados e limpos como se ninguém tivesse dormido ali.

Ofegante, fui ao chão. Uma fraqueza se abateu sobre mim e eu a amaldiçoei, em silêncio. Não era a hora de ficar incapacitada. Com esforço, obriguei-me a olhar em volta. Nada parecia fora do lugar. Alguns adornos estavam sobre a penteadeira e, quando espiei debaixo do *almirah*, vi o relógio de Tian Bai ainda jogado em um canto escuro. Aparentemente, ninguém ainda o havia descoberto, o que não dizia muito sobre Ah Chun, nossa criada, e sua capacidade de limpeza. No momento em que pensei isso, Ah Chun apareceu no corredor, carregando um bolo de roupas para lavar. Corri atrás dela. Ela não me viu, claro, mas eu tinha tanta ansiedade por falar-lhe algo que precisei juntar minhas mãos para não tentar tocar seus ombros. Ela desceu as escadas, murmurando para si mesma: "Lavar roupas à noite? Nunca ouvi uma maluquice dessas. Ela já está exagerando!" Conforme passava pelo átrio, depois pelo salão de jantar no piso inferior, ouvi vozes. A família estava sentada à mesa. Para meu horror, ouvi, em meio ao tom comedido da voz de meu pai, o som da voz de uma garota.

A mesa de mármore redonda estava servida. Tigelas de arroz, pratos de vegetais e mesmo peixe cozido. Em torno dela se reuniam meu pai, uma mulher mais velha, de rosto arredondado, e eu mesma. Minha forma física, pelo menos. Eu encarava, incrédula, essa estranha vestindo meu rosto. Ela vestia roupas e joias muito pomposas, que eu não reconhecia de modo algum, e comia com afetação. De vez em quando, pendia a cabeça para o lado e, quando falava, dava risadinhas muito tolas. Eu jamais riria daquele jeito, pensei irritada. Mesmo assim, ninguém parecia notar. Meu pai perdera muito peso e sua pele cheia de cicatrizes estava esbranquiçada e irregular. Mas ele mantinha um bom humor, olhando para aquela filha falsa e sorrindo, de quando em quando. A outra mulher falava.

"Então, Li Lan, estamos muito felizes por você ter se recuperado. Que susto você deu em seu pai!"

Minha impostora deu um sorriso afetado e pestanejou.

"Ela estava muito confusa, quando acordou", disse meu pai. "Por um tempo, nem mesmo me reconhecia."

"E eu, então?", a mulher ria. "Bem, eu não a via já fazia muito tempo, Li Lan, mas pensei que você fosse lembrar de sua tia."

Era por isso que me parecia familiar. Ela era uma das irmãs de meu pai, que se mudara com o marido para Penang. Sua filha fora minha melhor amiga quando criança. Eu não os vira por anos, mas a vida em Penang deve ter feito bem a ela, porque havia engordado bastante.

"Vim assim que soube de sua doença. Mas que surpresa agradável foi encontrá-la de pé, recuperada e com casamento marcado!"

"Sim. Foi uma grande surpresa para mim também", falou meu pai. "O jovem vinha aqui, mesmo depois de eu dizer que ela estava de cama e não podia atendê-lo, mas, de repente, semana passada, apareceu dizendo que tinha permissão para se casar com ela. Por sorte, Li Lan havia começado a se recuperar no dia anterior, porque não sei o que diríamos a ele, caso contrário." Meu pai tinha um sorriso sincero, e eu estava surpresa com o nó que sentia na garganta.

"É um bom casamento, então", disse minha tia, aprovadora.

"Sim, muito bom." Meu pai se serviu de um pouco de *kai lan*[1] frito. "É aquele garoto da família Lim. Lembra-se dele?"

Minha tia fez uma careta. "Você está falando do..."

"O que foi prometido a Li Lan há muito tempo."

"Oh, pensei que tivessem rompido o acordo."

"Não é uma sorte que tenham mudado de ideia?" A garota à mesa – a outra eu – deu um risinho e pegou o peixe cozido. Ávida, colocou em seu prato as bochechas suculentas, a melhor parte do peixe, e nem se incomodou em oferecê-las primeiro aos mais velhos. Uma raiva cega me consumia. Eu conhecia aquele risinho.

---

1 Nome cantonês de um vegetal parecido com o brócolis.

Avançando sobre a mesa, gritei: "Então é assim que você me paga, sua desgraçada?" Mas ninguém me deu atenção. Continuaram a comer e conversar calmamente, como se eu não existisse. Ela, entretanto, havia erguido a cabeça momentaneamente, com os olhos arregalados. A cor sumiu de seu rosto por um breve instante, até que um pequeno e discreto sorriso tomasse seus lábios. Eu podia ver, dentro de seus olhos, o espírito de Fan me espiando. E, naturalmente, ela também era capaz de me ver.

O jantar foi um tormento. Em desespero, fiquei rondando a mesa, gritando e exigindo que ela me explicasse aquilo, mas ela não me dava atenção. Percebi que, apesar de poder me ver, ela não me escutava. Fan tinha uma postura arrogante, vestindo meu corpo e comendo feito um boi, rindo de um jeito idiota toda vez que alguém lhe dirigia a palavra. Depois do jantar, foi para o quarto alegando estar mal disposta. Fui em seu encalço, irritada, gritando com ela até ficar rouca. Entrou em meu quarto e bateu a porta na minha cara. Quando atravessei a porta, encontrei-a sentada de frente para o espelho, penteando os cabelos e encarando seu reflexo, hipnotizada. Depois de me ignorar por um tempo, virou-se para mim.

"Então você conseguiu voltar. Estou surpresa." Bocejou. "Oh, não adianta gritar, eu não consigo ouvir nada. Mas tenho certeza de que você quer saber como fiz isso. Bom, foi bem simples. Sempre tive curiosidade sobre você, isso não é novidade. Por que você era tão diferente? E, claro, não engoli aquela história sobre você ter vindo do Paraíso."

Rangi os dentes, em fúria.

"Bem, talvez no comecinho", deu o braço a torcer. "Mas quando chegamos à Planície dos Mortos, segui-a e encontrei a casa de sua família. Lá, falei com a velha concubina, aquela que ficava tagarelando sobre sua mãe e família. Descobri tudo sobre você, mas ainda não entendia por que você era tão diferente dos outros fantasmas. E depois, perdi seu rastro. Não tinha ideia de onde você havia se enfiado, mas uns dias depois, andando pela cidade, encontrei aquele velho horroroso. Disse que se chamava Mestre Awyoung, e ficou interessadíssimo no que eu tinha a dizer sobre você." Os grampos de cabelo com que ela brincava haviam sido de minha mãe, e eu sentia uma pontada no peito ao vê-la mexendo neles.

"De todo modo, o Mestre Awyoung não me contou muita coisa, a não ser sua suspeita de que você estivesse apenas meio-morta. Achei que ele estava me dispensando – a maioria das pessoas faz isso, sabe. Mas eu tinha minhas próprias ideias, e você é realmente estúpida. Eu jamais abandonaria meu corpo desse jeito. Especialmente um corpo tão jovem e bonito. Nunca ouviu falar em possessão espiritual, não? Odeio admitir, mas você é muito mais bonita do que eu jamais fui. É uma pena que eu nunca mais vá ver meu amado, mas ele é velho demais para mim, agora. Pretendo me divertir muito com este corpo."

Eu estava de frente para ela, com tanto ódio que lágrimas molhavam minha face. Fan fazia uma careta, e era estranho ver meu próprio rosto em expressões tão desconhecidas. Eu podia discernir perfeitamente o espírito de Fan sob meu rosto. Aquilo me enfurecia por completo.

"Oh, não me olhe assim! Tenho que admitir, quase me desesperei em certo momento. Quando aquele homem com chapéu de bambu me encontrou, na entrada do túnel. Se não fosse por isso, eu teria vindo embora sem você, mas ele me deixou aterrorizada. Então você disse que ele foi devorado pelos pássaros. E pronto, tudo aconteceu do jeito certo para mim, até a saída do túnel. Quando falei que havia uma porta no distrito dos mercadores, você ficou tão interessada que foi fácil saber onde era sua casa. Além disso, eu já a conhecia da Planície, não tive dificuldades para encontrá-la." Virou-se, como que me dispensando. "Agora, acho melhor você ir. Não há nada para fazer aqui, e seu espírito vai ficar mais e mais fraco, até desaparecer. Não vou mais falar com você."

Atirei-me contra ela, esperando, de algum modo, desalojar seu espírito de meu corpo, mas nada aconteceu. Fan simplesmente fechou seus olhos – *meus* olhos – e se deitou na cama. Depois de um tempo, vi que havia caído no sono.

Naquela noite, fiquei perto de meu corpo por horas, vendo Fan dormir o tranquilo sono dos injustos. Tentei várias vezes entrar em meu corpo, voltar ao conforto daquela carne que, mesmo depois de nossa separação, ainda dera alento a meu espírito cansado. Mas era impossível. Meu corpo se comportava como se pertencesse a uma pessoa completamente diferente, repelindo-me. Andei em círculos até que caí no chão, exausta, cheia de tristeza e autorrecriminação. Por que diabos eu deixara meu corpo sozinho? Fan estava certa, aquilo tinha sido estupidez. Pensei que poderia resolver meus próprios problemas, e nunca cogitei que outra pessoa seria capaz de tomar meu corpo.

Não conseguia entender como Fan pudera tomar posse de meu corpo, se eu mesmo não conseguira. Além disso, como ela pudera entrar em casa, se havia todos os papéis de proteção nas portas e janelas? Será que ela conhecia alguma arte arcana da qual eu não suspeitava? Um pensamento me abalou: eu devia ter ido à médium! A médium do templo Sam Poh Kung, que me dera os feitiços para colar às janelas, no começo de tudo. Ela dissera que podia ver fantasmas, talvez fosse capaz de me ajudar. Fiquei tão atarantada quando me separei de meu corpo que essa ideia nem me ocorreu, ocupada que eu estava em seguir o fio que me levava a Tian Bai. Depois, uma coisa havia puxado a outra. Eu precisava vê-la o quanto antes. Afinal, até Er Lang havia precisado de sua ajuda.

Pensar sobre ele me afundava em uma tristeza ainda maior. Fan dissera que ele a havia aterrorizado na Planície, e desejei com todas as forças que ele ainda estivesse comigo. Se estivesse, pensei, com amargor, ela nunca ousaria fazer o que fez. Mas ele se fora, e era culpa de minha desatenção e estupidez que Fan tivesse encontrado nossa casa. Er Lang sem dúvidas faria essa observação, e se eu pudesse ouvir sua voz uma vez mais, até seu comentário mais cáustico me deixaria feliz. Tomando sua escama nas mãos, soprei-a novamente, sem resultado. Minhas pálpebras se fechavam, sem que eu pudesse resistir. Estava tão cansada que me encolhi em um canto e, como um cachorro enrodilhado, adormeci.

Quando acordei, o quarto estava vazio. Fan não estava lá, mas havia traços de sua passagem. Havia pó de arroz salpicado sobre a penteadeira e as roupas que usara na noite anterior estavam espalhadas pelo quarto. Eu nunca faria aquilo. Amah me educara desde criança para ser asseada e organizada. No momento exato em que pensava nela, Amah entrou no quarto. Ver sua imagem tão frágil e mirrada enchia-me de uma alegria maior do que eu poderia descrever. Eu sentia sua falta mais do que imaginara. Mesmo seus resmungos e repreensões me agradavam, agora que eu estava tão distante. Como meu pai, ela aparentava estar mais cansada, como se minguasse pouco a pouco.

"Amah!", eu disse, indo atrás dela. Mas ela não me ouviu, limitando-se a recolher as roupas espalhadas e arrumar a cama. Espanou o pó de arroz de cima da penteadeira e organizou os potes de ruge e grampos que Fan deixara largados. Os cantos de sua boca curvaram-se para baixo, em desaprovação, mas ela não fez qualquer comentário em voz alta. Saberia que havia uma impostora na casa? Eu esperava, do fundo do coração, que soubesse. Então, lembrei de algo que poderia me ajudar. Rapidamente, lancei-me atrás de Amah enquanto ela saía pelo corredor, mas mal dera dois passos e fui acometida por outra onda de fraqueza. Com as mãos trêmulas, forcei-me a levantar, apenas para ser trespassada pelos raios de sol que vinham da janela. Meus dedos estavam completamente transparentes. Gritei em desespero.

Não sei quanto tempo fiquei ali, agarrando minhas próprias mãos. O sol se movia pelo céu, mas para mim o tempo havia parado. Minha existência havia chegado a um ponto singular, uma partícula de poeira atravessando a falta de substância de minha mão. Naquele momento, não importava se eu tinha um passado ou quem havia me prejudicado. Tudo se resumia à minha falta de futuro, ao fato de eu ser um espírito se dissipando como vapor. Passou-se muito tempo antes que eu voltasse a mim. Quando voltei, enjoada e vacilante, fiquei estarrecida ao perceber a perda da noção de tempo. Lembrava-me dos espíritos famintos, imóveis durante horas, até mesmo dias. Eu estava sozinha, abandonada sem funeral, porque ninguém sabia que meu espírito errava. Eu ficaria para sempre perdida, condenada à deriva até o fim dos tempos.

Por fim, eu me mexi. Precisei de muito esforço, mas finalmente segui pelo corredor. Quando passei pela sala, vi Fan sentada de costas para a porta, em uma cadeira de vime. Amah sentava-se perto, costurando algo franzido sobre o tecido. Chocada, notei que aquele era o batique que Yan Hong me enviara por ter vencido a competição de costura na mansão dos Lim, algo que parecia ter ocorrido há uma eternidade. Parecia que Amah estava costurando um *sarong* para acompanhar um *kebaya*. Consegui escutar o fim da conversa de Fan.

"Disse para que você terminasse isso ainda hoje e não está pronto."

"Para que a pressa?", respondeu Amah, com dureza. "Você não está bem o suficiente para sair."

"Sim, mas ele pode voltar. Aliás, tenho certeza de que virá."

Congelei, com uma suspeita terrível se formando. Fan suspirou e ajeitou o cabelo (*meu* cabelo) obsessivamente, como uma mulher afagando os pelos de um gato. "Sinceramente, fiquei surpresa com o quanto ele é bonito."

"Surpresa? E você já não andava sonhando com ele por semanas, antes de cair doente?"

"Oh... sim, claro, imagino que sim. Dê-me um copo d'água, pode ser?"

Amah se levantou, obediente. Eu estava espantada com sua submissão, mas ela parou ao chegar na porta. "Você deseja água quente ou fria?"

"Quente, é claro. Tenho de me cuidar." Eu não podia ver o rosto de Fan, mas era capaz de imaginar sua expressão presunçosa.

Houve um espasmo rápido no rosto de Amah. "Claro. Você sempre gosta de sua água quente."

Não fazia ideia do que levara Amah a dizer aquilo. Ela sabia perfeitamente bem que eu odiava bebidas quentes e sempre brigara comigo, quando criança, por eu estragar os humores do corpo com água fria direto do poço no quintal, ou então com os bocados de gelo que em raras ocasiões meu pai trazia para casa. Amah seguiu o corredor para a cozinha, e fui atrás. Havia mais alguém que eu queria ver.

Na penumbra da cozinha, com sua janela tapada pelo pé de carambola do lado de fora, o Velho Wong estava sentado em um banquinho de madeira, descascando castanhas d'água. Amah pegou a chaleira, ao lado do forno, e testou a temperatura com as costas da mão. Com um resmungo, colocou um pouco de água morna em uma xícara. "Copo errado", disse o Velho Wong. Era verdade. Aquela não era a xícara que eu costumava usar, mas Amah não ligou para isso e seguiu de volta ao quarto, com a xícara em uma bandeja. O Velho Wong levantou os olhos quando ela saiu, e foi então que me viu ali. Primeiro, pareceu atônito, logo em seguida apertou os olhos, como se não tivesse certeza do que via.

"Velho Wong, sou eu!", gritei. Ainda assim, ele olhava como se estivesse tonto. "Não consegue me ver?"

"O que aconteceu?", perguntou, por fim. Pareceu então alarmado. "Você morreu?"

"Não, não morri. Mas aquela não sou eu! Você precisa contar para todo mundo."

"Do que você está falando?"

Eu balbuciava, cuspindo as palavras na ânsia de me explicar. O Velho Wong enrugava as sobrancelhas, tentando me acompanhar, a faca de descascar castanhas pendendo de sua mão. "Calma, calma", ele disse. "Está querendo dizer que outro espírito tomou seu corpo?"

Quando aquiesci, soltou a faca com estrondo e deu um tapa na mesa. "*Aiya!* Senhorita, eu disse para não se perder por aí! Como isso foi acontecer? E ficamos tão felizes com sua recuperação. *Sum liao!*[2] Isso é algo horrível." Esfregou o rosto com as mãos, resmungando algo para si mesmo, então me repreendeu até que eu explodisse em lágrimas. "Eu avisei! Mandei não sair de perto do seu corpo!"

"Eu sei. E lamento, lamento muito." Todas as louváveis ambições que eu tivera sobre me salvar estavam despedaçadas.

Ele soltou um suspiro. "Não sei o que fazer, sinceramente. Eu contaria a seu pai."

"O pai não quer acreditar em fantasmas", respondi, desolada.

"Sua *amah*, então, ela deve acreditar em mim."

"Você acha?"

"Ela tem agido estranho desde que você se recobrou. Pensei que você não vinha à cozinha por ter estado doente. Não a vi muito na semana passada. Mas, pensando nisso agora, talvez Amah tenha desconfiado."

Uma esperança brotou em meu íntimo. "E você pode falar com ela?"

"Farei o possível. Mas isso não vai resolver seu problema."

"E se procurarmos um exorcista?"

"Podemos tentar. Mas você não está com aparência de um espírito saudável."

Concordei, sem palavras. Era tão evidente, até para o Velho Wong, que eu perdera substância? E agora que eu não podia mais descansar em meu corpo, a deterioração desse estado meio-morto estava acelerada. Mesmo se o Velho Wong não fosse analfabeto, eu duvidava que oferendas de comida feitas a uma tabuleta de finados fossem capazes de ajudar.

"Por isso eu pensei que você estava morta", ele falou, abruptamente.

"Fui à Planície dos Mortos", falei. "E encontrei minha mãe."

Seus olhos se arregalaram. "Você foi? Como é aquele lugar?" Então, ergueu a mão. "Não, não diga nada. Não é bom que os vivos saibam muito sobre os mortos. Como esse espírito a encontrou, aliás?"

Arrasada, contei como eu guiara Fan para casa, mesmo sem querer.

"Achei estranho que a primeira coisa que você fez quando se recuperou foi mandar tirar todos os papéis amarelos das janelas. Bom, eu provavelmente também tenho culpa." Suspirou e passou a mão pelos cabelos grisalhos. "Quando você se foi, tive medo que não conseguisse retornar, então tirei um dos papéis da janela na despensa, torcendo para que você descobrisse a entrada. Foi um erro, agora vejo. Pensei

---

2   Variação, provavelmente de origem hokkien, de uma interjeição chinesa.

que poderia ficar de olho na janela, já que está na cozinha, mas claramente não consegui." Seus olhos marejaram. De súbito, bateu sua testa contra a mesa. "Eu também sou responsável por essa situação!"

"O que está havendo?" Era Ah Chun, nossa criada. Ela devia ter estado fora, resolvendo algo, porque em uma das mãos carregava um vaso laqueado, cheio de flores azuis. Notando o olhar furioso que o Velho Wong dirigia a ela, gaguejou: "Eu não pretendia demorar. Apenas fui até os Chan para colher *bunga telang*. Eu sabia que você queria fazer *Pulut Tai Tai*[3] para a jovem senhora, mas ouvi uma história incrível!" O cozinheiro ainda a olhava, confuso, mas ela continuou. "Dizem que esta casa é assombrada! Eu sempre soube!"

Os Chan eram nossos vizinhos, três casas distantes. No quintal, tinham um muro coberto pelas flores azuis de uma trepadeira, muito procuradas para fazer bolinhos de arroz com *kaya*. Ah Chun adorava ir até lá, porque sua cozinheira era uma grande mexeriqueira.

"*Cheh!*" disse o Velho Wong. "Você não devia dar ouvidos a essas besteiras."

Mas Ah Chun notara a marca vermelha na testa do cozinheiro. "Por que você estava batendo a cabeça na mesa?"

"Foi um acidente", respondeu, irritado.

"Mas você conversava com alguém. Eu ouvi do corredor."

Ele fez uma cara tão zangada que ela se conteve, antes de continuar. "Além disso, disseram que alguém viu espíritos entrando e saindo de nossa casa!"

"Que tipo de espíritos?"

"Tipos horríveis, com cabeça de vaca e dentes de cão. E uma mulher com aparência terrível. Oh, o que vou fazer? Não posso mais ficar aqui."

"Pergunte a ela quem é essa mulher!", falei ao Velho Wong. Em meu íntimo, tinha a péssima sensação de que seria eu.

"Eles não falavam de nossa jovem senhorita, falavam?", ele perguntou.

"Oh, não! Outra pessoa, disseram. Com um rosto esquelético, como um cadáver. A cozinheira ouviu isso de um mascate que dizia ver fantasmas."

Lembrei-me da expressão mumificada que Fan tinha quando a vi pela primeira vez, como se toda a pele tivesse sido sugada. "É ela!", eu disse para o Velho Wong.

---

3 Bolinhos de arroz glutinoso em que se usam as flores de *bunga telang*, uma trepadeira do gênero clitória, que dá ao doce uma coloração azulada.

"Do que você está falando?", ele murmurou.

"Só estou dizendo o que ouvi", respondeu Ah Chun, com ar martirizado. "Mas claro que você não acredita em mim. Tenho que ir embora para casa."

"Espere", disse o cozinheiro. "Talvez você esteja certa. Devia contar a Amah. E ao mestre."

Ah Chun o encarou como se ele tivesse chifres. "Contar ao mestre?"

"Também farei isso", ele disse. "Se vamos ter um casamento, talvez devêssemos fazer um exorcismo antes."

"Está louco? Essa é a última coisa que alguém quer ouvir antes de um casamento!"

"E daí? Apenas conte a eles, sim?"

"E perder meu emprego?"

"Pensei que você quisesse voltar a sua vila."

Ela lançou um olhar penetrante sobre o Velho Wong. "Não coloque palavras em minha boca." Foi embora pelo corredor, deixando o vaso de flores esquecido sobre a mesa.

"Bem, ela tem um bom argumento. Ninguém vai querer um exorcismo tão próximo a um casamento."

"E o que isso importa?", gritei. "Cancelem o casamento."

"É o que você deseja?" Seu olhar para mim era de uma piedade curiosa.

"Não quero que ele se case com essa mulher!"

Ele suspirou. "Senhorita, acha que, se esse casamento for cancelado, você conseguirá casar com ele?"

Suas palavras me queimaram como um ferro em brasa. Baixei a cabeça, envergonhada. Era verdade que eu guardava em meu peito aquela esperança infantil por Tian Bai. E eu ainda nem sabia se ele era um assassino. Às vezes me perguntava por que pensava tanto nele. Não podia sequer dizer que aquilo era amor. Por algum motivo, a imagem de Er Lang apareceu em minha mente. Nos últimos tempos, frequentemente mantinha comentários imaginários, como se conversássemos. Era um conforto em minha solidão, embora pudesse ser mais uma prova de que meu espírito fraco estava se desfazendo. Naquele momento, o Er Lang em minha mente apenas erguia uma sobrancelha oculta e se virava. Não era de qualquer ajuda. Mas o Velho Wong ainda falava.

"Sei que isso parece cruel, mas como você pretende exigir seu corpo de volta? Nunca ouvi falar em um caso desses, em que o espírito é separado à força da própria carne. Normalmente, isso acontece porque o espírito não quer voltar."

"Acha que há alguma maldição sobre mim?"

"Eu disse que não sei muito sobre essas coisas. Tenho tentado evitar isso minha vida inteira."

"Peço desculpas." Eu não trazia nada para as pessoas ao meu redor, exceto problemas. Até Er Lang havia tombado por minha causa. A cada instante que passava, eu me desprezava mais e mais.

"Não fique tão triste", falou o cozinheiro, áspero. "Só não quero que você se apegue a falsas esperanças." Baixei o rosto, segurando o choro. "Vou falar pessoalmente com sua *amah*."

"Diga para ela falar com a médium. A do templo Sam Poh Kung."

"Tem certeza disso?"

"Por que não?"

"É que, se chamarmos um médium, não teremos mais controle sobre o que ele decida fazer."

"Você não pode contar para ela?"

"Um médium opera com outras regras. Nós, pessoas normais, não sabemos que tipo de equilíbrio espiritual ela pode desejar manter. Bom, pode ser tudo para o bem, no fim das contas."

"O que você quer dizer?", perguntei, lentamente.

"Senhorita, a médium pode decidir exorcizá-la também."

# A Noiva Fantasma
Yangsze Choo

33

As palavras do Velho Wong me assombravam enquanto eu pairava por ali, notando entorpecida as muitas atividades da casa, que continuavam como se eu jamais tivesse ido embora. De algum modo, eu não fora. Meu corpo permanecia ali, ocupado por Fan. Ela gastava um tempo exagerado escolhendo roupas, passando maquiagem e dando ordens aos criados. Não havia dúvidas de que ela era naturalmente inclinada a ser a esposa de um homem rico. Tentei falar com ela, implorar, barganhar, suplicar, mas ela me ignorava. Era bastante fácil, já que ela não podia ouvir minha voz.

Nada notável aconteceu durante o dia, afora o fato de eu ter sentido um novo ataque debilitante de dor, que me deixou tão fraca que eu só pude me encolher em um canto. Velho Wong estava certo: meu corpo espiritual estava se dissipando depressa. Eu não sabia se ele havia conseguido tempo para falar com Amah, e suas palavras ainda me incomodavam. Será que, no fundo, eu não quisera realmente voltar para meu corpo e isso me mantivera separada dele? Esse pensamento me enchia de inquietação. O sumiço dos demônios com cabeça de boi também me preocupava, embora Lim Tian Ching devesse tê-los chamado de volta quando me capturou na mansão da Planície dos Mortos.

Ao pôr do sol, saí da casa outra vez. Não podia suportar a proximidade de Fan. Agora eu notava como havia aproveitado pouco meu corpo, quando o tinha. Raramente pensava sobre ele, limitando-me a trançar os cabelos e vestir uma roupa qualquer, apressada. Fan, por outro lado, gastava horas passando batom e se mirando no espelho, fazendo biquinhos e experimentando várias poses sensuais. Apesar de meu desprezo, não podia deixar de reconhecer quão atraente ela era. Talvez eu devesse passar mais tempo aplicando camadas de pó de arroz em meu rosto. Mas antes eu não conhecia Tian Bai. Pensar nele, em Fan colocando seus lábios contra os dele, fazia meu sangue ferver. Eu estava tão furiosa que quase desejava mesmo que ele fosse um assassino. Funcionaria direitinho, se ele a estrangulasse! Mas esses pensamentos me encheram de remorsos. Amah era sempre cautelosa para não pronunciar infortúnios, com receio de que isso os fizesse acontecer. Disse a mim mesma que eu não acreditava nessas superstições, apesar de que, no meu caso, tudo que poderia dar errado já havia acontecido. Esfreguei a mão contra os olhos, notando desanimada que o brilho tênue de minha forma espiritual havia se tornado mais forte. Era certo que eu podia confiar em Tian Bai. Sua surpresa fora tão sincera, tão coerente, que eu não podia duvidar dele. Lim Tian Ching devia ter morrido por causa de uma simples febre. E, se não tivesse, Yan Hong possuía tantas motivações e oportunidades quanto Tian Bai. De fato, se ela fosse culpada, eu suspeitava que Tian Bai a encobriria, já que eram tão próximos.

Enquanto pensava nisso, fui surpreendida pela chegada de um riquixá. Eu não conseguia imaginar quem seria, àquela hora, até descobrir que não era ninguém menos que o próprio Tian Bai. Amah abriu a porta e, apertando os lábios, indicou a sala da frente. Quase o segui, mas quando lembrei que Fan poderia me ver, pensei melhor. Minhas mãos tremiam enquanto eu me pressionava contra uma janela, ocultando-me na substância das paredes. Entre todas as pessoas do mundo, ele devia saber que ela era uma impostora. Se ele me conhecesse, um pouco que fosse, devia saber. Eu não conseguiria suportar caso ele não desconfiasse de nada. Em pouco tempo, Fan apareceu e, com um sorriso recatado, correu direto aos braços dele com intimidade, para meu desespero. Vendo Amah ainda no canto da sala, ela fez uma careta e mandou que os deixasse a sós.

"Li Lan", disse Tian Bai, com um pouco de embaraço. "Você não devia ser tão impaciente."

"Aquela velha intrometida!"

"É sua *amah*. Você não disse que ela lhe criou?"

Fan virou o rosto e apertou os lábios, que agora pareciam uma flor em botão. Eu bem sabia quanto tempo ela levara para aperfeiçoar aquele expressão. "Trouxe-me um presente?"

Tian Bai tirou do bolso um pacote cor-de-rosa, com um sorriso indulgente. Ela rasgou o embrulho, guinchando: "Um colar de ouro!"

Eu estava tomada por tamanho ciúme que minha visão embaçava. Como Tian Bai não percebia que ela não era eu? Como ele podia ser tão imbecil? Fan se virou e deixou a nuca à mostra.

"Coloque."

As mãos de Tian Bai passaram o colar em torno de seu pescoço, deixando-se ficar sobre a pele sedosa. Eu não podia ver seu rosto, porque ele estava de costas para mim, mas seus dedos traçavam as curvas do pescoço dela. Fan tinha os cabelos penteados de um jeito bem elaborado, diferentes das tranças colegiais que eu usava. Ela mexeu no penteado com os dedos, afrouxando os cachos que caíram sobre seus ombros. Tian Bai afundou o rosto em seus cabelos, como fizera comigo em seu sonho. Tapei os olhos, angustiada. Sentia uma dor aguda em meu peito. Queria berrar, arrancá-lo dos braços dela. Ver aquilo era um tormento maior que as torturas do Inferno. Mas, mesmo que eu apertasse os olhos, ainda ouvia sua conversa suave.

"Sonhei com você ontem."

Quando Fan colocou os braços em volta do pescoço dele, senti-me congelar. Ela, mais que qualquer um, saberia o que era uma visita espiritual em sonhos. "O que acontecia?", arrulhou.

"Você dizia umas coisas estranhas."

"Oh?" Seu tom era agudo. "Que tipo de coisas?"

Tian Bai enrolou uma mexa dos cabelos soltos em seu dedo. "Coisas esquisitas. Sobre meu primo."

Fan apertou os olhos. "Eu agia diferente? Disse para você não confiar em mim?"

"Coisa engraçada de dizer. Por que você acha que teria sido assim?" Tian Bai parecia tenso, mas era difícil ter certeza, sem ver seu rosto.

Os olhos de Fan correram a sala, acusativos, procurando meu corpo espiritual. Felizmente, eu me escondera bem. "Não sei", ela disse. "Você parece perturbado. Conte-me", bateu no braço dele. "Quero ouvir tudo."

"E por quê?" Talvez fosse minha imaginação, mas Tian Bai soava frio.

"Porque sonhos podem enganar. Podem ser trabalhos de espíritos maus, que mentem."

"Realmente acredita nisso?"

"Não é bom subestimar essas criaturas. Agora, vamos, não vai me contar sobre o que era o sonho?"

"Você me fazia uma pergunta estranha."

Ela estava alerta agora, o corpo mais tenso que sedutor. "Oh?"

"Perguntava...", disse Tian Bai, vagaroso. "Perguntava se eu era um assassino."

Seja lá o que ela estivesse esperando, não era aquilo. Fez uma cara de espanto, boquiaberta, mas ele manteve o olhar firme. Eu tinha vontade de explodir em gargalhadas.

Ela se recuperou rápido. "Bem! Fico feliz que tenha sido só um sonho." Roçou o rosto contra o ombro dele, como um gato. "Provavelmente é só um espírito mau. Vou lhe dar um amuleto para mantê-lo afastado."

A expressão de Tian Bai era inescrutável. "Você sabe que não acredito em amuletos."

"Não seja bobo! Vamos ao templo juntos, conseguir um. E talvez possamos tirar a sorte para termos um dia bom para o casamento."

Segurei o fôlego. Ela não sabia que ele era católico. Enquanto eu pensava isso, ela sorriu alegremente. Como era possível que eu nunca tivesse percebido o potencial de um sorriso? O jeito com que ele olhava para ela, quase de estima, causava-me desconforto. Afinal, até onde ele podia saber, ela era eu. Ergueu o rosto de Fan com uma mão, e o observou atentamente.

"Li Lan, se você casar comigo, espero que saiba que espero confiança de minha esposa."

"Claro que confio em você!" Ela riu, desconfortável.

Ele não disse nada, mas depois de um tempo largou sua mão. Fan continuava com carícias, mas o olhar fugidio que eu notava nos olhos de Tian Bai me enchiam de inquietação. Eu sempre pensara nele como bem-humorado. Na verdade, seu semblante aberto e agradável era um de seus pontos fortes. Mas, em repouso, seu rosto era como um livro fechado.

Não pude ficar muito depois disso. Os dois se sentaram na sala de visitas, como qualquer casal de namorados, conversando sobre coisas banais. Talvez não pudessem falar muito porque Amah havia reaparecido, silenciosa, parando bem ao pé da porta. Fan fazia de tudo para se recostar contra ele, dando tapinhas em seu braço a toda oportunidade. Isso, aliado a expressões de admiração, faziam com que ele sorrisse de modo indulgente. Maliciosa, ela deixava à mostra as curvas do corpo que eu havia subestimado. Eu teria sentado perto dele, tensa como uma colegial, mas Fan não tinha essas inibições. Houve um momento, quando Amah se afastou, que ela levou o rosto tão perto ao dele, com os lábios entreabertos e convidativos, que Tian Bai foi incapaz de resistir. Vi-o roubar um beijo, e também como ela sorria, os lábios sendo lentamente tocados pela língua dele. Ela era muitíssimo mais experiente do que eu. Fiquei tão abalada que não sabia se ouvia indiretas ou as estava imaginando. No fim, forcei-me a sair de lá. Já na rua, chamei por Chendana, sentindo uma pontada de remorso por tê-la deixado tanto tempo do lado de fora. Minha eguinha tocou minhas mãos com o focinho suave e, por um instante, agarrei-me a ela.

Eu havia pretendido seguir Tian Bai e esperar até que ele adormecesse. Mas, sentada à porta, desolada, questionava-me se era certo continuar seguindo-o, invadindo e alterando seus sonhos. Se o fizesse, não seria melhor que Lim Tian Ching. Eu devia ter contado minha situação a Tian Bai quando tivera a chance. Explicar as coisas agora seria embaraçoso, sobretudo depois de eu tê-lo acusado de assassinato.

Em vez disso, resolvi procurar a médium no templo Sam Poh Kung. Era impossível continuar ali fora, considerando a moralidade de meus atos enquanto Fan esfregava seu corpo contra o dele. Mesmo preocupada com o que o Velho Wong dissera sobre exorcismo, qualquer coisa seria melhor que aquela semiexistência impotente. Abraçando meus joelhos, lembrava de Er Lang segurando minhas mãos, em silêncio, na Planície dos Mortos. A força de seu toque havia aliviado o terror que eu sentia naquela hora. Morrer agora me parecia a coisa mais solitária do mundo. Será que eu o veria outra vez, ou a minha mãe? Ou me dissiparia, sendo uma assombração indigente como os espíritos famintos? Ainda assim, a ideia de deixar este mundo me abatia. Eu tinha tantas coisas ainda por fazer. Minha alma estava repleta de desejos e anseios insatisfeitos.

A noite se adensava e espíritos de luz começavam a aparecer. Um a um, acendiam seus débeis fogos espirituais. Alguns eram brancos, outros eram vermelhos ou laranjas, e muitos tinham o verde tétrico que caracterizava Fan. Seu surgimento silencioso, como uma apresentação espectral de fogos de artifício, eriçava os pelos de minha nuca mesmo que eu tivesse acabado de voltar do além. Eu podia ver que esses espíritos eram diferentes dos que eu encontrara na Planície dos Mortos. Havia fantasmas humanos perdidos no meio deles, mas alguns eram criaturas que eu jamais vira. Havia árvores e plantas, criaturas serpenteantes, além de cabeças sem corpos, arrastando longas cabeleiras. Alguns tinham chifres e olhos protuberantes, e outros eram apenas névoa ou vapor. Nenhum deles prestava atenção em mim, mas eu tinha medo que logo, muito em breve, fossem me notar.

Saímos da cidade sem incidentes e tomamos o caminho através dos cemitérios, na direção de Bukit China e do templo Sam Poh Kung. Na escuridão, os túmulos se assomavam à nossa volta como casas abandonadas. Apavorada com a possibilidade de encontrar espíritos famintos ou coisas piores, amaldiçoei minha afobação por deixar a casa. Se algo me atacasse, fraca do jeito que eu estava, não teria como me defender. Mas não vi qualquer indício de espíritos de luz entre as colinas desertas. Estávamos longe o suficiente da cidade, e todos os que foram enterrados ali, com funerais apropriados, já haviam ido há muito tempo para a Planície dos Mortos. Ainda assim, aquela solidão absoluta gelava minha espinha. Sozinha na escuridão, vaguei por uma eternidade em meio às lápides. Com amargor, pensava sobre meus queixumes e percebia como Fan e eu havíamos trocado de lugar. Havia tantas semelhanças entre o mundo dos vivos e o dos mortos. Quantos fantasmas haviam sentido as mesmas coisas? Tremi ao pensar que tinha me juntado àquele contingente.

A lua surgiu no céu. Sua luz pálida e prateada brilhava sobre as tumbas, realçando os nomes dos falecidos. Era preferível ser exorcizada, pensei. Fan e eu havíamos, ambas, cortado laços com esta vida. Mas eu tinha medo, independente de minha resolução. Chendana seguia a um trote regular, seguindo a senda que se desenrolava como uma faixa sob o luar. Uma dor me engolfou, então, a mesma agonia que já havia cravado suas presas em mim antes. Os ataques estavam se tornando mais frequentes e duradouros. Entretanto, nenhum havia sido tão impiedoso quanto esse. Eu mal era capaz de raciocinar. Uma fraqueza me paralisava de tal modo que escorreguei para fora da sela e desabei na grama alta do caminho. Deitada ali, sentia algo afiado penetrando minha carne. Depois de muito tempo, consegui reunir forças para puxar o objeto dali. Era a escama de Er Lang. Ela brilhava ao luar, embora eu não soubesse dizer se era apenas um reflexo. Levei-a aos lábios e, desesperada, soprei.

A Noiva Fantasma
Yangsze Choo

34

Uma brisa soprava. Um vento impetuoso, que agitava as folhas e fazia a grama balançar como bandeiras fantasmagóricas. Gotas de chuva despencavam do céu. Pensei, com pesar, se uma monção estava se aproximando, e se eu já era efêmera o bastante para ser soprada ao Mar da China Meridional.

"Se você não levantar, vai ser arrastada para longe."

Abri meus olhos para ver dois graciosos pés. "Er Lang?"

Ele se curvou, o enorme chapéu de bambu quase tapando o céu noturno. Eu estava tão feliz por vê-lo que era incapaz de falar.

"Está feliz por me ver ou apavorada?" Sua bela voz soava com um curiosidade genuína.

"Claro que estou feliz!", falei, fracamente. "Seu estúpido! Pensei que estivesse morto!"

Er Lang riu. "Não sou tão fácil de matar, embora essa tenha sido por pouco."

"Você parece bem." Eu me esforçava para conseguir sentar. E ele parecia, de fato. Estava absolutamente igual à primeira vez que o vira. Suas roupas, inclusive, não estavam mais rasgadas e destruídas como na Planície.

"Este é meu corpo físico. Mas você está realmente mal."

Ergui as mãos. Elas já estavam completamente transparentes. "Estou morrendo."

"Sim." Sua voz era calma.

Uma curiosa sensação de paz me preenchia, agora que eu chegava ao fim de todas as coisas. Não sabia se isso era um efeito colateral da própria morte ou se era a presença de Er Lang que me tirava toda a ansiedade.

"Onde você esteve?", sussurrei. "Eu chamei, mas você não veio."

"Levei um tempo para me recuperar. Depois, claro, precisei apresentar meu relatório."

"E o que eles disseram?"

"O caso está em aberto, mas agora temos uma cadeia de evidências graças à carta que você conseguiu. Os processos contra Mestre Awyoung e a família Lim já começaram."

"Fico feliz, mas tenho um pouco de pena de Lim Tian Ching. Ele só estava sendo usado para fazer o trabalho sujo dos outros."

"Isso é muita bondade de sua parte, considerando que a recompensa dele seria você." Percebi a ironia na voz de Er Lang, mas estava fraca demais para responder. Além disso, eu tinha outras coisas na cabeça.

"Ele disse algo sobre apresentar queixas de assassinato contra Tian Bai. Esse seria um caso legítimo?"

Er Lang fez uma pausa. "Não está sob minha alçada. Quer que eu descubra?"

"Por favor."

"Por que você ficou tão humilde de repente?"

"Porque eu estou morrendo, ora!" Arregalei os olhos, irritada. "Será que posso morrer com alguma dignidade?"

"Não entendo porque você não está descansando em seu corpo, em vez de ficar passeando pelos cemitérios."

"Ah, eu não contei. Alguém se apossou de meu corpo."

"Quê?" Não havia alternativa a não ser contar-lhe toda a triste história. Eu podia vê-lo balançando a cabeça, antes que eu terminasse.

"Inacreditavelmente estúpido", falava baixo.

"Foi você quem me mandou ir à Planície dos Mortos!" Eu já não tinha mais forças para gritar com ele.

"Você não, eu."

"Como?" Eu havia deitado novamente, incapaz de me manter sentada. Minha cabeça estava apoiada em seus joelhos. Era estranho que ele pudesse tocar minha forma espiritual, mas havia muitas coisas estranhas sobre Er Lang.

Fez uma expressão de aborrecimento. "Eu devia ter considerado essa possibilidade. Mas pensei que os demônios estivessem guardando seu corpo."

"Bem, agora é tarde demais."

"É."

Ficamos em silêncio por um tempo. A noite estava agradável, perfumada pelo aroma suave das árvores. A grama alta se erguia ao nosso redor, e o brilho fraco dos vaga-lumes se confundia com as estrelas. Embora eu não pudesse ver seu rosto, Er Lang parecia absorto em pensamentos.

"Você faria uma coisa por mim?", perguntei, finalmente. "Depois que eu morrer, tome conta de minha família, por favor. Tenha certeza de que Fan não vai causar nenhum problema. Exorcize-a, se puder."

Vi o brilho de dentes sob a sombra do chapéu. "E por que não?"

"E outra coisa."

"Você tem pedidos demais, para uma moribunda." Ele não parecia levar minha morte muito a sério, e aquilo me doía. Afinal, eu havia sentido sua perda com todo o pesar, acabando-me em lágrimas e remorsos quando julguei que estivesse morto. Se eu tivesse forças, falaria isso, mas já era tarde demais para ficar discutindo.

"Tire seu chapéu."

"Por quê?"

"Quero ver um dragão cara a cara."

"Não tem medo?"

"Imagino que traga sorte, ver um dragão. Eu gostaria de ter sorte na próxima vida."

Ele ficou em silêncio por um tempo. Então, tirou o chapéu.

A lua brilhava em seu rosto. Eu não sabia o que estava esperando – talvez a cabeça da besta grandiosa que eu vira na Planície – mas devia ter considerado que ele também possuía uma forma humana. Ele era belíssimo além do imaginável, maravilhoso. Contemplando seu semblante puro e penetrante, sentia-me tão aturdida que não era capaz de desviar os olhos. Os longos olhos aristocráticos, as sobrancelhas sagazes como espadas. Os traços refinados de seu rosto eram completados por uma boca vívida. Meus olhos se enchiam pelas luzes e sombras de seu rosto pálido contra os cabelos escuros. Mas era seu olhar que me prendia. Aqueles olhos, sob a sombra oblíqua de suas pálpebras, eram ao mesmo tempo ferozes e meigos, queimando-me com sua limpidez. Por um momento, compreendi as profundezas de sua inumanidade, aquela nobreza monstruosa que o colocava bem acima de mim. Eu não era capaz de me afastar dele. Queria ficar ali, hipnotizada, como uma mariposa atraída pela lua.

Então, ele estragou tudo. "Pronto, já pode morrer feliz?"

Com essa recordação abrupta de sua petulância, não pude segurar a língua. "É por isso que você pensa que é irresistível, é?"

Ele sorriu. Era um sorriso deslumbrante que me roubava as forças. "Sempre falo a verdade."

Virei o rosto. A última coisa que eu queria era dar a ele a mesma reação que provavelmente toda mulher tinha ao ver sua face. Não era surpreendente que ele tivesse aquela autoconfiança, pensei, ainda que meu coração batesse acelerado, traidor, como um cavalo em disparada. Aquele não era o jeito que eu planejava morrer, mas que seja. Não podia esperar vencer todas as batalhas. Na verdade, eu já perdera a guerra, nessa vida. Mas Er Lang me sacudia.

"Você está realmente morta?"

"Como você consegue me tocar?"

"Você é um espírito. Tenho jurisdição sobre espíritos, em minhas atribuições oficiais."

"Pensei que você fosse um oficial subalterno."

"Não desde que este caso foi estabelecido."

"Sorte sua." Fechei os olhos. Sentia as forças escorrerem para fora de mim como água entre os dedos, mas Er Lang ainda me chacoalhava.

"Que foi?"

"Você não pode morrer. Ainda. Posso precisar de seu testemunho."

"Tarde demais para mim." Uma fraqueza indizível tomou conta de meu corpo. Minha forma se dissipava a olhos vistos. Er Lang me dirigiu um olhar duro.

"Há uma alternativa. Você já é quase um espírito faminto. Não sabe que pode se manter com o *qi* de outra pessoa?"

Estremeci. Aquilo foi o que Fan fizera por anos, sugando a vida de seu amado. "Eu não faria isso com Tian Bai. Prefiro morrer."

Era impossível saber o que se passava no olhar de Er Lang. "Você o ama tanto assim? Seja como for, não era isso que eu ia sugerir. Seria ilegal."

Eu não podia olhar para ele por muito tempo. Sua beleza era enervante, quase de outro mundo. "O que está sugerindo, então?"

"Uma coisa que os imperadores têm matado para conseguir."

Sentia-me fraca demais para demonstrar impaciência. "E o que seria isso?"

"Ora, minha força vital, é lógico."

Eu mal conseguia compreender o que ele falava. Alguma coisa sobre irregularidades processuais, documentação e a manutenção de uma testemunha. Minha consciência ia e voltava em lapsos curtos, e eu tinha a impressão de que ele tentava convencer a si próprio tanto quanto a mim.

"... que a mudaria, claro."

"Quê?", perguntei, fraca.

"Você está morrendo", ele disse, de súbito. "Rápido! Você precisa escolher!"

Esforcei-me por recobrar o autocontrole. "Escolher o quê?"

Sua boca se torceu em desagrado. "Se quer meu sopro ou meu sangue."

Diziam que feiticeiros alimentavam seus familiares através de um furo no pé, mas mesmo em meu estado fragilizado eu não podia concordar com tomar seu sangue. Fazê-lo me transformaria em nada mais que um espírito maligno, um *pontianak*. Uma assombração, com todo o horror que advinha disso.

"Sopro", escolhi.

"Então, rápido!"

Orgulhosa demais para mostrar meu medo, lancei-me entre seus braços. Ele estava próximo, muito próximo. Cerrei os olhos. Seus lábios tocaram os meus, a princípio levemente, como se ele estivesse incerto sobre aquilo. Um calafrio percorreu meu peito. Pensei que ele fosse dizer alguma coisa, mas então ele soprou.

Seu hálito era quente e puro, um vento que me atravessava e fundia de uma só vez. Vi o mundo girar, as estrelas no céu derretendo-se feito velas. Eu não tinha noção de mais nada além de seu abraço e do calor de sua boca. Sentia uma queimação em todos os pontos em que seu corpo tocava o meu. Em minhas bochechas, em meu pescoço. Abrindo meus lábios ainda mais, pressionou com mais firmeza sua boca contra a minha. Seu sopro me penetrou, permeando cada fibra do meu ser até que eu não pudesse mais contê-lo. Eu queria mordê-lo, queria gritar. Sua língua se movia em minha boca, agitada e lúbrica. Agitada, cravei as unhas em suas costas até que ele arfasse em dor. Meu peito estava apertado, um estremecimento tomava meu corpo. À distância, ouvi-o gemer profundamente, mas não o larguei. Era assim, então, que um fantasma podia roubar a essência de uma pessoa. Senti-me febril e uma languidez estranha me abateu. Então, ele me sacudiu com cuidado. "Chega."

Abri os olhos com relutância. Estávamos caídos um sobre o outro. Por um momento aterrador, pensei que ele estivesse morto, até que senti seu peito subindo e descendo sob meu corpo. A lua tornara tudo prateado, como se vivêssemos em um mundo preto e branco. Apertei o rosto contra seu peito. As roupas engraçadas, em estilo han, não conseguiam esconder a leveza graciosa de seu corpo, nem seu abdome definido. Eu era capaz de ouvir seu coração batendo, ouvir o sangue correndo por suas veias. Sentia-me intensamente viva, como se pudesse voar até a lua ou mergulhar nas profundezas do oceano. Mas ele ficou imóvel por tanto tempo que tive medo. Ao luar, seu rosto estava exausto. Enquanto o observava, ele abriu os olhos.

A luz pálida roubara todas as cores, então estavam insondáveis, como o mar noturno. Senti medo de que ele tivesse esquecido onde estava ou se arrependido da decisão. Er Lang me olhava com pesar. "Você tomou pelo menos cinquenta anos de minha vida!"

Fui tomada pelo pânico. "Pegue-os de volta!"

"Não posso. Mas, felizmente, minha expectativa de vida é muito maior que a sua."

"Quanto tempo vive um dragão?"

"Mil anos, se tiver sorte. Não todos nós, é claro." Ergueu a sobrancelha.

"Sinto muito." Não conseguia olhá-lo nos olhos. Em vez disso, meu olhar era atraído para o desenho firme de sua garganta. Se ele tivesse me dado sangue, eu certamente o teria matado. Ele tentava se colocar sentado, com esforço.

"Eu devia tê-la parado antes. Embora agora eu entenda porque os homens costumam sucumbir aos fantasmas." Ainda que ele falasse sem recriminações, eu me sentia mortificada.

"Foi você quem enfiou a língua na minha boca!", deixei escapar, me arrependendo na mesma hora. Falar sobre a língua dos outros era a pior coisa possível, o cúmulo da minha inexperiência. E, mesmo assim, a lembrança daquilo me fazia tremer e queimar, como se tivesse febre. Não havia sido assim com Tian Bai; com ele, era fácil saber onde eu estava. Mas Tian Bai havia me cortejado, enquanto Er Lang era um caso completamente diferente. Nós não tínhamos aquele tipo de relacionamento.

Mas ele me dirigiu um olhar torto, simplesmente. "Eu me deixei levar um pouco."

"Obrigada", acabei por gaguejar. Percebi que aquela era a primeira vez que eu o agradecia formalmente.

"Temo que você possa sofrer mais do que apenas uma mudança."

"Como?"

"Não sei dizer. Não saio por aí oferecendo *qi* para as pessoas."

Olhei para meu corpo. A translucidez que me afetara havia desaparecido por completo. Minha aparência era sólida, quase viva, exceto pelo brilho espiritual tênue que me envolvia. Ele próprio havia enfraquecido até não ser mais que uma luminosidade pálida. Er Lang tocou meu rosto com a mão, e recuei como se ele me houvesse queimado.

"Seu rosto está sujo de terra", ele disse, frio. Esfreguei a sujeira, envergonhada, mas ele não disse mais nada. Nuvens tapavam a lua, diminuindo a claridade da noite. O tempo estava mudando, o ar se agitava como antes de uma tempestade.

"O que você vai fazer agora?", perguntei.

"Eu estava indo a uma reunião, na verdade, quando você me chamou. Sem dúvida vão ficar muito incomodados com o atraso das ordens."

"Lim Tian Ching ainda está solto?"

"Sim, mas eu me preocuparia mais com o Mestre Awyoung." Ele ergueu a cabeça rápido, como em alerta. "Tenho que ir."

"Por quê?"

"Há demônios com cabeça de boi se aproximando. Não posso dizer de que companhia."

"Leve-me com você!"

"De jeito nenhum! Não quero minha testemunha em perigo."

Tentei gritar com ele, mas um vento forte jogou as palavras de volta em minha cara. Galhos e folhas se espalharam com um redemoinho, e ele sumiu. Encontrei-me sozinha na estrada deserta.

A Noiva Fantasma
Yangsze Choo

35

Apesar de minha decisão inicial de encontrar a médium, uma aflição crescente fez com que eu dirigisse Chendana de volta para casa. Algo estava acontecendo no mundo espiritual, e eu temia por minha família. Er Lang certamente desaprovaria, mas eu não me importava. Meu corpo estava forte, o sangue cantava em minhas veias. Chendana galopava pelo cemitério, a crina esvoaçante sobre mim. O céu, antes tão limpo, estava coberto por nuvens. A lua havia escondido o rosto.

    Estávamos nas imediações de Malaca antes que a excitação que havia me assaltado terminasse, como uma onda que rebenta na praia. Fui tomada por um sentimento de desolação. Er Lang havia ido embora tão subitamente que era como se uma parte de mim tivesse sido arrancada. Pus esses pensamentos de lado, pensando no que teria acontecido com os demônios cabeça de boi. Eles estavam ausentes há tanto tempo que eu nem sabia se Fan tinha ciência de que eles haviam guardado a casa. Provavelmente não, senão não teria tirado todos os papéis de proteção das janelas. Ela devia ter feito aquilo para seu próprio benefício, pensando que seria mais fácil entrar e sair da casa, se precisasse. Quando entramos na cidade, o céu assumiu um ar carregado. Mesmo os espíritos de luz pelas ruas estavam opacos e dispersos. Não havia quase ninguém à vista, mas ainda assim eu sentia que alguma coisa estava errada. Quando cheguei em casa, tive certeza de que havia algo de errado.

Ainda que a noite já fosse alta, todas as luzes estavam acesas. Desmontei de Chendana, dizendo que esperasse por mim. Foi surpreendentemente difícil passar pela porta da frente. Era um bom sinal, mas eu não tinha tempo para me alegrar por aquilo. Corri por todas as salas e quartos, procurando meu pai e Amah. Não foi difícil encontrá-los: bastou seguir o som dos gritos.

Fan estava na sala de jantar, usando meu pai de escudo. Seus olhos arregalados faziam-na parecer uma louca. Ela se protegia desesperada de nada mais que uma infusão de ervas sobre uma bandeja.

"Tire isso daqui!", berrava.

Amah pegou a xícara e levou na direção dela. "Qual o problema?", perguntou. Fan emitia guinchos, como se Amah estivesse oferecendo um escorpião.

"Mande-a embora desta casa!"

"Li Lan, o que você tem?", perguntou meu pai. Desnorteado, com as pupilas muitíssimo dilatadas. Eu sabia que ele estivera fumando ópio outra vez.

"Ela está doida", respondeu Amah. Deu outro passo na direção de Fan. "Você ainda está doente", falou, suavemente. "Isso vai fazê-la se sentir melhor."

Parei, antes de seguir muito adiante, lembrando que Fan era a única ali que poderia me ver. Em vez disso, escondi-me na parede. Fan, com uma rapidez que me impressionou, arrancou a xícara da mão de Amah. Caindo no chão, a peça se despedaçou e arrancou um grito de aflição do meu pai. Aquela xícara era parte do enxoval de minha mãe.

Fan saltou para longe, evitando qualquer respingo daquele líquido. "Essa velha quer me envenenar!", disse a meu pai. "Foi ela quem me deixou doente. Ela me rogou uma praga!"

"É verdade?", meu pai perguntou.

Amah balançou a cabeça, mas seu abatimento só reforçava a aparência de senilidade. "Eu jamais..."

Fan não deixou que ela terminasse. "Mande-a revirar os bolsos. Você vai ver os feitiços que ela carrega contra mim."

Meu pai fez uma carranca. Eu sabia o quanto ele abominava aquelas superstições e o quanto discordara de Amah sobre minha doença. "Mostre!"

Amah chorava. Com mãos trêmulas, puxou dos bolsos vários pacotes de chá e pergaminhos amarelos.

"Como você ousa trazer essas coisas para minha casa?", disse meu pai. "Não admito que incomode Li Lan desse jeito! Eu já devia tê-la impedido há muitos anos."

"Eles não são contra Li Lan!" Amah começou a explicar. "São para espantar demônios e maus espíritos. O Velho Wong disse que..."

Mas meu pai não deixou que ela prosseguisse. "Que besteiras são essas?"

Com o pequeno monte de feitiços na mão, ele abriu a porta do pátio e atirou tudo na escuridão da noite. Eu queria me intrometer e defender Amah, mas não queria que Fan me visse. A essa altura, ela devia achar que eu tinha me dissipado como uma assombração.

Fan cruzou os braços. "Fora daqui! Quero que ela saia dessa casa hoje mesmo!" Apontou para a porta aberta, com ar de triunfo. Nesse momento, a expressão em seu rosto desabou.

Eu senti o cheiro antes de vê-los. Aquele odor de carne podre queimada que eu jamais esqueceria. Um calafrio percorreu minha espinha. Sem coragem de olhar diretamente, meus olhos fixos no chão perceberam a sombra de uma forma monstruosa. A criatura que projetava aquela sombra estava entrando pela porta. Aproximava-se mais e mais, as presas enorme deitando suas próprias sombras sobre o chão. Fan estava petrificada, com os olhos arregalados. Mesmo escondida, fui tomada por um medo doentio. Depois de um tempo, sem poder me conter mais, olhei para a fonte da sombra. Era um demônio com cabeça de boi.

"Você é Li Lan, da família Pan?" Sua voz gutural sacudia as paredes. Um fedor empesteava o ar. Naquele ambiente fechado, o cheiro causava um terror primitivo. Eu mal podia conter a ânsia de fugir correndo. Fan só conseguia balbuciar coisas sem sentido. Meu pai e Amah olhavam para ela, assombrados, e eu entendi que eles não podiam ver o demônio.

"Perguntei se você é Li Lan."

Fan piscava freneticamente. "O que você quer?"

"Ela enlouqueceu!", disse meu pai.

Amah correu até ela, mas os olhos de Fan estavam fixos no demônio.

"Fui enviado para buscar a filha desta casa", ele disse.

"Não. Oh, não! Eu não sou Li Lan!"

"Você corresponde à descrição que eu tenho."

"Deve haver algum engano!" Fan gaguejava. "Eu não sou ela. Eu só estou... tomando conta desse corpo."

Meu pai e Amah estavam perturbados, julgando que ela perdera a sanidade. O demônio estreitou os olhos para observá-la. A bocarra aberta deixava as presas à mostra. Eu quase podia sentir o bafo fétido daquela criatura.

"Tenho ordens para levá-la de volta à mansão dos Lim."

"Não!" Fan recuava. "Conheço as leis do além. Você não tem permissão para levar uma pessoa viva!"

Houve silêncio, como se o demônio pensasse sobre aquilo. Ocorreu-me que ela podia ter razão, e um ar de desafio tomou sua face. "Este é meu corpo agora."

Amah avançou como se tivesse, repentinamente, tomado uma decisão. Com a mão direita, colou um dos papéis com feitiço na testa de Fan. O efeito foi instantâneo. Os olhos de Fan giraram nas órbitas e ela se enrugou como uma boneca de papel. Meu pai deu um grito de desespero. Mas eu era capaz de ver o que eles não viam. Fan havia sido arrancada de meu corpo. Em choque, tombou ao chão, e no mesmo instante foi agarrada pelo demônio. Vi seu rosto branco, aterrorizado, a boca aberta em um silêncio mudo. Com um único salto, o demônio levou-a dali para dentro da noite.

Amah e meu pai se debruçaram sobre meu corpo desfalecido. Amah se lamentava. "Eu não devia ter feito isso! A médium disse para não usá-lo, ela disse que isso cortaria todos os laços!" Mas eu sentia uma dor intensa no peito, como se uma corda estivesse me puxando, apertando e espremendo. Ofegante, fui arrastada na direção de meu corpo e me choquei contra ele.

A Noiva Fantasma
Yangsze Choo

36

Um único raio de sol iluminava o pé de minha cama. O arrulho dos pombos e a cadência ritmada do Velho Wong varrendo o pátio entravam pela janela. Era uma manhã perfeitamente normal, a não ser pelo fato de eu estar de volta a meu corpo. Amah estava de joelhos ao lado da cama, adormecida. Delicadamente, toquei seus ralos cabelos acinzentados.

"Amah."

"É você mesma?" Ela havia envelhecido, embora ainda estivesse mais jovem do que minha mãe parecia na Planície dos Mortos.

"Sim."

"Oh, Li Lan! Minha garotinha!" Passou a mão em meu rosto. "Onde você se enfiou?"

"Alguém roubou meu corpo", eu disse.

"Eu sei. Sabia que não era você."

Ficamos abraçadas por um longo tempo. Mais tarde eu contaria mais sobre minhas peregrinações, mas não muito. Eu me recordava da advertência do Velho Wong. Não queria criar problemas para Amah, supersticiosa como ela era. Sobre minha mãe, não falei nada além de contar que a encontrara e que ela havia me ajudado. Amah chorava copiosamente. Eu não disse como minha mãe havia envelhecido, nem da vida como criada que ela levava na Planície. Para meu pai, a única coisa que dissemos foi que eu me recuperara de uma febre do cérebro. Ele pareceu aceitar a explicação, assim como pareceu aceitar os acontecimentos estranhos da noite anterior. Com certeza o ópio afetava suas percepções.

Era estranho estar de volta a meu corpo. Passei algum tempo analisando minhas unhas das mãos, as veias azuladas em meu pulso e as articulações dos joelhos e tornozelos. Para mim, mesmo que fossem banais, eram fantásticas. Em poucos dias eu não repararia mais nisso, mas por ora era grata. Afinal, meu corpo realmente havia chamado por mim, como o doutor disse que faria. Com desconforto, pensei se não teria sido apenas depois de Fan me mostrar quão sedutor e gracioso meu corpo podia ser que eu o quisera com tanta força. Ou, talvez, podia ser por alguma mudança radical produzida pelo *qi* de Er Lang. Algumas vezes, pegava-me fazendo biquinho para o espelho, ou olhando de soslaio e batendo as pálpebras. Se fossem hábitos que meu corpo adquirira, eu precisava ficar atenta.

Sentia certa fraqueza nas pernas e braços, por causa das longas semanas em que fiquei estirada na cama. Amah massageara meus membros todos os dias, e isso havia ajudado, mas Fan não fizera nada para melhorar a situação. Tudo que ela queria era parecer bonita. Contudo, por mais que eu não gostasse dela, aquele havia sido um fim terrível para seu espírito. Não podia esquecer do completo terror em seu rosto naqueles últimos instantes. Pensar que aquelas criaturas estavam procurando por mim era aterrador. Eu só conseguia pensar que aquela fora uma última e desesperada ordem de Lim Tian Ching ou de Mestre Awyoung antes de ser preso, e me perguntava o que teria acontecido no mundo dos espíritos. Porque eu sentia falta daquilo. Embora tivesse passado muito tempo tentando voltar para meu corpo, agora sentia uma inquietação profunda, desejando a liberdade de vaguear e conhecer lugares novos. Estar meio-morta, apesar de suas óbvias desvantagens, fora muito mais interessante do que estar confinada a meu corpo e aos limites de meu círculo social. Com um sentimento de remorso, tentei espantar tais pensamentos. Eu estava grata, muito grata por estar de volta. Mas, ainda assim, aquela limitação me irritava. Talvez o contato com o mundo espiritual tivesse de fato me acostumado mal, como o Velho Wong temia. Ele dissera que aquilo era uma maldição, não uma bênção, e senti uma tristeza imensa ao perceber quão parecidas suas palavras haviam sido daquelas que eu ouvira da médium, no templo Sam Poh Kung. De vez em quando sentia minha pele formigar e olhava assustada para as sombras, mas eu não era capaz de ver mais nada. Ainda assim, sentia presenças desconhecidas, o toque tênue de vapores que se agitavam nos cantos escuros. Ocorreu-me que aquelas sensações eram causadas por espíritos que, invisíveis e parados no ar, eu atravessava ao caminhar. Eu havia conhecido um mundo escondido que, por mais que fosse aterrador, também era fonte de puro encanto. Deitada em minha cama, recordava dos espíritos de luz desabrochando na escuridão como frios e quietos fogos de artifício; das criaturas místicas que se reuniam pelas ruas de Malaca e que ainda agora estariam tratando, toda noite, de seus próprios negócios incomuns. E pensava em um rosto infinitamente belo, que eu vira uma vez ao luar.

Nada me satisfazia como antes, nem mesmo Tian Bai. Ele vinha me visitar quase todos os dias, agradável e charmoso como sempre. Mas eu já não era a mesma garota que se impressionara por suas viagens e experiências no mundo. Uma tarde, sentamos na sala da frente, como ele e Fan haviam feito. Ela permanecia como uma sombra entre nós. Mesmo tendo ido embora, eu podia notar vestígios dela a todo momento. Os grampos de cabelo que deixara, os vestidos novos que havia encomendado. Fan acumulara uma coleção considerável de joias, no pouco tempo que tomara conta de meu corpo. A maior parte, sem dúvida, presente de Tian Bai. Curiosamente, ela havia escondido as joias por toda a casa, como se não acreditasse muito em sua boa sorte e estivesse preparando esconderijos para o caso de qualquer emergência. Eu sentia pena dela toda vez que me deparava com um desses esconderijos, ainda que ela não tivesse demonstrado qualquer remorso em me deixar virar um espírito faminto.

"No que está pensando?", perguntou Tian Bai. Naquele dia, trouxera uma fina pulseira de jade, mosqueada em verde e branco como o tronco de uma árvore da floresta. Eu lamentava que ele percebesse que eu não era a mesma garota a quem tais presentes agradavam tanto. Mas ele trouxera aquele presente com tanto carinho, com uma covinha aparecendo em sua bochecha esquerda na hora que colocou o embrulho em minhas mãos, que eu não era capaz de expressar qualquer má vontade.

"Não me sinto muito bem", respondi.

Mais uma vez, lamentava não ter contado a ele que eu fora desalojada de meu próprio corpo. Se eu tivesse falado desde o início, talvez as coisas fossem diferentes. De todo modo, ele havia me ajudado mesmo que não soubesse de tudo. Dera-me Chendana, a quem eu não era mais capaz de ver ou procurar. Eu me preocupava com ela, pensando se ainda estaria esperando, pacientemente, do lado de fora da casa.

"Você tem estado estranha, ultimamente", ele continuou. "Algo a está aborrecendo?"

Eu me perguntava por que não contava a ele toda a história, mas tinha medo de que me achasse louca. Havia uma espécie de estigma sobre minha suposta febre cerebral. Ele não dissera nada, mas ouvi dos criados que a família Lim ainda cogitava cancelar o casamento, se eu me mostrasse incapaz. Se o cancelassem, o que seria das dívidas de meu pai? E eu amava Tian Bai, não amava? Ainda assim, não havia como negar que eu estava mais fria com ele. Deixava que me afagasse os cabelos e me abraçasse, até mesmo que me beijasse com delicadeza e carinho sinceros. Mas Fan estava sempre entre nós. Não conseguia esquecer com que liberdade ela usara meu corpo e, de certa maneira, sentia-me violentada. Gostaria de saber se ele percebia que havíamos trocado de lugar. Ou, ainda pior, se ele preferia ela a mim. Fan havia sido tão mais afável, faceira e atenta a cada palavra que ele dizia. Em contrapartida, eu era melancólica e muitas vezes retraída.

Eu não conseguia parar de pensar nas acusações que Lim Tian Ching fizera sobre o assassinato. Apesar das explicações de Tian Bai, eu ainda sentia uma ponta de suspeita sobre aquilo, suspeita que poderia se alastrar rápida como um fungo se eu não mantivesse atenção. Tian Bai era paciente, não fazendo comentários sobre minhas reservas nem exigindo mais do que eu poderia conceder. Queria ser capaz de superar essa suspeita, esse presente de casamento sombrio que Lim Tian Ching me dera.

"Ouvi algo sobre você", falei.

"Hmm?" Os cantos de seus olhos se enrugaram.

"Talvez seja apenas um boato, mas eu gostaria de perguntar diretamente."

Ele correu o dedo por minha nuca, o mesmo gesto que fizera com Fan. "É isso que a tem preocupado? Imagino que é justo o bastante que você saiba, já que estamos para nos casar."

Aguardei, com o coração na boca. Ele caminhou até a janela da frente. "Sou mais velho que você, Li Lan. Não vou negar que já passei por outros relacionamentos. Houve uma mulher a quem amei em Hong Kong."

"Isabel", deixei escapar. Ele me olhou com surpresa.

"Então você ouviu as fofocas. Mas ela nunca se casaria comigo."

"Vocês tiveram um filho?", perguntei, odiando minha intromissão.

"Não. Sem filhos. Ela se casou com outro homem, e foi por isso que não a procurei nem me casei com você assim que retornei de Hong Kong. Deve ter sido uma surpresa para você descobrir que estávamos prometidos há tanto tempo, desde antes da morte de meu primo. Mas julguei melhor assim. Eu não a conhecia na época, entende?"

Sorriu para mim, aquele sorriso encantador que me cativara desde o começo. Não pude me conter. Aproximei-me e o envolvi em meus braços. Ele me beijou, então, um beijo demorado que fez meu rosto se incendiar.

"Você parece uma colegial", disse, puxando minhas tranças. "Devia mudar o penteado, quando nos casarmos."

Mais tarde, eu me repreenderia por não ter sido mais incisiva sobre a morte de seu primo. Quando estávamos juntos parecia uma suspeita besta, mas ela voltava a me assombrar quando estava sozinha. Do mesmo jeito que eu me perguntava sobre como seria a expressão em seu rosto quando não podia vê-lo. Eu não conseguia esquecer aquela expressão fria e distante com que ele encarara Fan, quando ela ainda estava em meu corpo, e me perguntava se ele realmente não percebia que havíamos trocado de lugar.

Eu andava pela casa, como era meu costume, procurando pelos cantos desde que descobrira os esconderijos de Fan. Mas não estava interessada em joias. Eu procurava pela escama de Er Lang. Como Chendana, ela também desaparecera assim que eu voltara ao meu corpo, e desde então eu procurava por ela, sem sucesso. Tinha medo de tê-la deixado em Bukit China, entre os túmulos, e até convenci Amah a voltar ao templo Sam Poh Kung. Para prestar minha reverência, eu dissera. Durante todo o caminho de ida e volta, procurei desesperadamente pela estrada, de cima do riquixá, mas não consegui encontrar nada. Eu nem era capaz de saber em que ponto havia caído de Chendana, e onde Er Lang havia me dado parte de sua vida.

Acima de tudo, eu queria rever Er Lang. Ver seu chapéu ridículo, seus comentários bestas. Repreendê-lo por me deixar sozinha por tanto tempo, sem uma palavra. Eu mantinha a ideia de que ele sempre voltava para mim, mesmo à beira da morte. Certamente voltaria outra vez, embora não parecesse haver motivos para fazê-lo. Eu ainda tinha perguntas. Se Lim Tian Ching conseguira mover um processo contra Tian Bai por assassinato, como dissera que seria capaz. E também se eu ainda seria necessária como testemunha nos julgamentos do Velho Mestre e do Mestre Awyoung. Apenas Er Lang poderia me responder essas questões. Suas últimas palavras, entretanto, apenas haviam deixado claro que ele desejava me poupar para o bem de seus relatórios. Uma tristeza inexprimível me encobria. Eu desejava nunca ter visto seu rosto, mas estava gravado em minhas retinas. Ele avisara que eu não devia vê-lo. Por que insisti?

Nas histórias da China que havia lido, as relações entre humanos e espíritos eram sempre terrivelmente mal resolvidas. A ninfa do crisântemo era podada, a princesa abelha retornava à colmeia, e mesmo a felicidade do vaqueiro com sua noiva celestial durava pouco. Não eram casais feitos para durar: os assim chamados romances eram todos tragédias. Agora eu entendia o que os anos vindouros trariam para mim. Aquelas linhas de uma história antiga, que diziam "o lenhador viveu por muitos e muitos anos, e nunca mais a encontrou", assumiram um novo significado para mim. Mesmo assim, a cada vendaval que levantava as folhas ou a cada chuva forte que desabava sobre a casa, eu corria para a janela. Mas Er Lang não voltou.

A Noiva Fantasma
Yangsze Choo

37

Tian Bai e eu deveríamos nos casar em dois meses. Tentei postergar o casamento, alegando estar doente e apontando o fato de que o ano de luto por Lim Tian Ching ainda não acabara. Tian Bai disse que levaria aquilo em consideração. Enquanto isso, Amah e eu costurávamos meu enxoval. Ela estava feliz. Eu me casaria, finalmente, embora meu décimo oitavo aniversário tenha passado despercebido durante minha doença. Ver-me como Primeira Esposa em uma grande casa era a satisfação de suas maiores ambições. Meu pai andava para um lado e para o outro, como se um peso enorme tivesse sido tirado de suas costas. Até o Velho Wong estava feliz por mim, ainda que não evitasse me dar broncas de quando em quando. Às vezes, entretanto, quando o luar atravessava a janela do quarto, sentia lágrimas enchendo meus olhos. Outras vezes, quando Tian Bai sentava-se perto de mim, eu sentia que não era sequer capaz de olhar para ele.

    Chovia muito naquele ano. As monções haviam chegado cedo e as ruas tinham se transformado em lama. Penduradas para secar, as roupas continuavam úmidas por causa do clima. Amah suspirava e dizia que nunca terminaríamos o enxoval a tempo. As outras garotas ficavam desde a infância preparando um baú com bordados cuidadosos, desde lenços até cortinas de baldaquim, mas eu tinha pouco a oferecer nesse quesito. Por fim, Amah desistiu da vaga esperança de poder preparar meu enxoval antes do casamento e contratou uma costureira, mas se sentia profundamente envergonhada por eu não ter meus próprios bordados para mostrar.

"Sua mãe fez tudo, ela mesma. Cinco pares de sandália, inclusive!"

Eu havia visto aquelas sandálias, bordadas com pequenas contas. Era absurdo pensar que eu seria capaz de fazer o mesmo, e Amah reclamava do tempo que eu gastara estudando com meu pai. Em meu íntimo, pensava que eu nunca teria sido capaz de entender a carta que o tio-avô de Lim Tian Ching recebera na Planície dos Mortos se meu pai não me houvesse ensinado a ler. Mas aquele não era meu mundo, embora eu gelasse ao pensar que estava destinada, se casasse com Tian Bai, a percorrer os salões da mansão dos Lim depois de minha morte. Em todo caso, havia outras coisas exigindo minha atenção. Eu estava destinada a casar, ser uma esposa e, com sorte, mãe. Amigos e vizinhos parabenizavam meu pai por aquele casamento tão auspicioso. Eu era muito afortunada, diziam. A garota mais sortuda de Malaca.

Eu esperava que aqueles preparativos me permitissem rever Yan Hong. Havia muitas coisas que eu desejava perguntar, sobretudo sobre a xícara que ela escondera em seu quarto. Tian Bai parecia satisfeito com minha demonstração de apreço por sua prima, embora não estivesse inclinado a me levar até a mansão dos Lim.

"Depois de nosso casamento, aquela será sua casa. Não há motivo para pressa. Minha tia não está muito bem."

Eu não sabia se ele estava tentando me proteger de uma eventual desaprovação por parte da tia, ou se não queria que eu descobrisse mais coisas sobre sua família. Ou, possibilidade ainda mais abominável, se o espírito de Lim Tian Ching continuaria preso àquela casa, mesmo com a promessa de Er Lang de que o prenderia. Quanto mais delicadas eram suas desculpas para não me levar até lá, maior era minha ânsia de falar com Yan Hong.

Então, quando o Velho Wong mencionou que precisava devolver algumas formas de bolo que pegara emprestadas da mansão Lim, eu disse que iria junto. De todas as pessoas, ele era quem mais compreenderia minhas preocupações, mesmo que eu não ousasse contar maiores detalhes. Ele deu um suspiro.

"Senhorita, as coisas finalmente estão indo bem. Você precisa esmiuçar tudo?"

Sem coragem para olhá-lo, aquiesci.

"Bem, você parece saber o que anda fazendo ultimamente", comentou, e surpreendentemente não disse mais nada sobre o assunto.

Entramos na mansão dos Lim pelo setor dos criados. Os trabalhadores da casa me deram pouca atenção, tomando-me por uma assistente do Velho Wong, vestida em *sam foo*. Aquilo me deixava tranquila. A última coisa que eu desejava era ter que sentar em uma sala de visitas, conversando polidamente com uma porção de parentes e perdendo a chance de falar com privacidade com Yan Hong. Além disso, o anonimato era confortável, fazendo-me recordar do tempo que eu passara na cozinha daquela outra mansão Lim, a fantasma. Pela milésima vez, pensei em como minha mãe estaria e se nos veríamos outra vez.

"Yan Hong está em casa?", perguntei a uma criada.

"No jardim."

Eu nunca fora aos jardins externos da mansão e provavelmente não teria conseguido encontrar Yan Hong se a criada não me tivesse guiado. Pareceu um caminho enorme, enquanto passávamos por corredores, treliças e largos gramados. Tudo estava disposto em estilo inglês, a grama baixa cortada e batida, parecendo o pelo curto nas costas de um gato. Como nas outras grandes mansões na região de Keblang, os vastos terrenos iam até o mar. Um muro baixo com um emaranhado de buganvílias era tudo que separava o jardim das profundezas além. Yan Hong pareceu contente, ainda que surpresa em me ver ali.

"Eu queria entrar em contato", falou, "mas minha madrasta está doente."

"O que você faz aqui?", perguntei. Estávamos em uma parte isolada da mansão, bastante distante da casa principal e escondida pela infinidade de árvores.

"Inspecionando o muro. As chuvas têm sido tão fortes, ultimamente, que houve alguns deslizamentos de terra. Olhe o que aconteceu aqui."

Aproximando-me dela, vi como a terra havia cedido em um ponto. O buraco terminava em um canal estreito, tão sulcado que eu não podia ver o fundo de onde estava. Suas laterais tinham uma regularidade curiosa, e percebi que devia se tratar de um poço antigo. O deslizamento destruíra a parte superior, então ele não parecia mais do que um funil torto que desabara sobre o poço.

"Muito tempo atrás, havia uma casa aqui. Quase a um quilômetro da costa, no tempo de meu avô. Mas o mar devorou essa terra, até não sobrar nada", explicou Yan Hong. "Em breve, isso também vai desaparecer."

Surpreendia-me ver um poço tão perto do mar, mas nosso clima era tão úmido e quente que muitos veios subterrâneos desaguavam direto no oceano. Não era difícil cavar um poço em qualquer lugar, embora esse devesse estar seco há bastante tempo. Perguntei-me onde teria estado a casa antiga, e o que acontecera a seus habitantes. Teriam reencarnado? Ou seria possível que na Planície dos Mortos houvesse uma casa como aquela à beira-mar? Senti um formigamento na pele, rememorando mais uma vez de como eu iria remoer tais pensamentos para o resto da vida.

Yan Hong dispensou a criada, dando algumas instruções enquanto eu contemplava a vista. O contraste entre a terra revirada e os gramados bem aparados, além das árvores, era enorme.

"Costumávamos brincar aqui, quando crianças", disse Yan Hong, com os olhos perdidos em alguma memória longínqua. "Era nosso lugar secreto. Claro, na época o poço não era assim. Tinha uma cobertura e uma tampa. Dizíamos que era mal-assombrado, que uma mulher havia se atirado aí."

"E é verdade?" Depois de ter visto os espíritos dos mortos, podia facilmente imaginar um espírito faminto, macilento e enfraquecido, aprisionado no poço antigo.

"Claro que não. Mas gostávamos de botar medo um no outro. Eu dizia que a mulher se matara por amor, mas Tian Bai falava que ela era uma bruxa e que ainda vivia lá embaixo."

"E Lim Tian Ching?", perguntei, ansiosa para saber mais sobre aquelas relações.

"Ah, ele era um bebê chorão e fofoqueiro! Muito mais novo do que nós. Houve uma vez em que pregamos uma peça nele. Dissemos que havia uma passagem secreta por aqui e que a mostraríamos se ele esperasse. Mas corremos de volta para a casa, em vez disso. Tian Bai quis voltar para buscá-lo, mas era hora do jantar, e esquecemos."

Imaginei Lim Tian Ching como uma criança gorda e amedrontada, tremendo ao lado de um poço antigo na escuridão da noite. Talvez essa fosse uma das muitas queixas que ele tinha contra Tian Bai e Yan Hong.

"Isso foi cruel", falei.

"Acho que sim. Pedimos desculpas, mas ele contou o que fizéramos e meu pai foi muito severo ao nos punir. Não foi tão ruim para mim, mas Tian Bai apanhou tanto que ficou dois dias sem poder sentar." Ela falava abertamente, com muito mais franqueza do que eu esperava. Talvez porque agora, noiva de Tian Bai, ela me considerasse uma aliada. Ela não fazia ideia de que eu viera a esta casa como um fantasma, flutuando pelos cômodos e a espionando. Envergonhada, fiquei ainda mais relutante em perguntar sobre a morte de Lim Tian Ching.

"O que vão fazer com o poço?"

"Destruído desse jeito, vamos ter que construir o muro mais para dentro. Preciso falar sobre isso com Tian Bai. Ele está fora agora, mas deve voltar logo. Por que não espera por ele?"

Sentia-me aliviada por ele não estar por perto. Fazer aquela pergunta a Yan Hong já era difícil o bastante. Várias vezes ameacei dizer algo, mas logo calei. Ainda assim, eu tinha muito claro que o tempo estava correndo. Podia ser a última oportunidade de questioná-la antes do casamento. Minha última chance antes de entrar em uma vida inteira de suspeitas. Então, respirando fundo, comecei a história de como eu havia sido envolvida por um sonho. Um sonho em que Lim Tian Ching dizia ter sido assassinado. Convincente e bastante honesto, ao que parecia. Meus olhos não saíam de Yan Hong, mas ainda que ela tivesse empalidecido, pouco mudou em sua expressão.

"Você acredita nessas coisas?", ela me perguntou, com um botão de buganvília entre os dedos.

"Não sei. Mas ele estava aborrecido. E muito irritado com Tian Bai."

Ela franziu as sobrancelhas. "Se foi realmente seu espírito, não me admira que tenha tentado causar problemas. Ele sempre foi assim."

"Mas ele disse que você guardou sua xícara de chá."

Ela demonstrou surpresa, depois hostilidade. "Ele me acusou também?"

"Você está com a xícara?" Meu pulso estava acelerado. Se mentisse, eu saberia que não podia confiar nela.

"Sim, estou." Pareceu me estudar com o olhar. "Era parte das coisas de minha mãe. Lim Tian Ching gostava tanto da xícara que minha mãe lhe deu de presente. Quando ele morreu, peguei de volta. Ela nunca devia tê-la dado, para começar." Havia uma ponta de amargura em sua voz, e me lembrei do olhar ressentido que ela lançara à senhora Lim na escadaria.

"Tian Bai colocou algo no chá?" As palavras saíram de minha boca como flechas envenenadas, impossíveis de pegar de volta.

Ela respondeu com desdém. "Tian Bai nunca faria uma coisa dessas! Você faz ideia de tudo que ele fez por você? Ele já cobriu as dívidas de seu pai. Se você tem coragem de acusá-lo assim, não merece casar com ele!"

"Você colocou algo no chá, então?", continuei pressionando, ciente de estar destruindo todas as minhas pontes. Depois disso, ela nunca mais me veria como amiga. Esse pensamento era surpreendentemente doloroso, mas eu precisava saber a verdade.

Seu olhar era penetrante e duro. "Se eu dissesse que sim, alguém acreditaria em você? Mas suponhamos que eu realmente nutrisse ressentimentos contra ele. Porque, desde sua infância, minha mãe e eu éramos obrigadas a suprir todas as suas exigências e aguentar suas humilhações. Porque ele era filho da Primeira Esposa. E vamos supor que um dia ele estivesse se fingindo de doente, e eu quisesse dar uma lição nele. Eu bem poderia ter colocado algo em seu chá. Mas essas são simples suposições, naturalmente."

Ela passou por mim e parou. "Se vir o fantasma de Lim Tian Ching outra vez, diga que estou feliz que ele tenha morrido."

Incapaz de falar, pude apenas olhar Yan Hong se afastar sem mais nenhuma palavra. Mas ela dera apenas alguns passos antes que uma figura surgisse entre as árvores. Surpreendida, Yan Hong estacou no lugar, ainda que a criatura a ignorasse. Fiquei sem fôlego por um instante, julgando que era um espírito faminto. O fantasma da mulher que Yan Hong dissera ter morrido no poço. Então percebi que aquele cabelo desgrenhado e face cadavérica pertenciam à senhora Lim. Seu rosto, outrora cheio de vida, havia murchado, e o corpo inteiro tinha minguado até deixá-la com a aparência de um saco de ossos. O caro *kebaya* fora substituído por um tecido sem corte, a gola cheia de manchas de comida. Eu ouvira dizer que ela estava doente, mas aquela era uma mudança drástica para a mulher tão autoconfiante que me convidara para jogar *mahjong* apenas alguns meses antes. Ela se precipitou em minha direção e agarrou meu pulso com uma mão surpreendentemente forte. Recuei, mas não me atrevi a soltar o pulso.

"Então, vejo que vai se casar nesta casa, no fim das contas." Seu olhar se perdia para além de mim. "Mas não era para ser com esse", disse. "Não com esse."

"O que quer dizer, titia?" Vendo seu estado, podia entender por que Tian Bai quisera manter-me afastada da casa.

"Eu disse que seu marido não era para ser esse! Você devia casar com meu filho. Mas meu filho se foi." Seu ganido de lamento era enervante, sobrenatural. "Ele se foi de verdade. Já não me vem em sonhos."

Encarei-a, lembrando de como Lim Tian Ching exercia influência sobre a mãe. Certamente aquilo terminara quando Er Lang realizou as prisões no mundo dos mortos.

"É melhor assim", eu disse, tão suave quanto possível. "Deixe-o ir."

"Como eu posso, se ele foi assassinado? Ouvi sua conversa com Yan Hong, agora mesmo. Você disse que o viu também!"

Alarmada, olhei para Yan Hong, congelada atrás dela. "Era apenas um sonho. Nós falávamos sobre os sonhos."

Mas a senhora Lim balbuciava e chacoalhava a cabeça. "Ela admitiu! Ela o matou e Tian Bai deve tê-la ajudado."

"A senhora não ouviu Yan Hong? Tian Bai não teve nada a ver com isso."

"Mentira! Tudo mentira!" Soltou minha mão e avançou pelo terreno, chegando perigosamente perto da borda despedaçada do poço antigo. Por instinto, Yan Hong esticou uma mão na direção dela, que a agarrou. Demorei para perceber a intenção em seus olhos. Com uma força surpreendente, a senhora Lim empurrou Yan Hong. Com um grito, ela perdeu o equilíbrio e corri para segurá-la. Cambaleamos e, as duas, caímos poço adentro.

A Noiva Fantasma
Yangsze Choo

38

Eu estava escorregando. Caindo. Desesperada, finquei as unhas na terra, tentando deter minha queda, mas ela se esfarelava entre meus dedos. Pedrinhas ricocheteavam, cortando meu rosto. Minhas mãos estavam esfoladas e cobertas de sangue, de tentarem se agarrar às laterais do poço. Aliviada, tendo encontrado um ponto de apoio, eu arfava. Sobre mim, Yan Hong se debatia tentando parar a própria queda. Como duas lagartixas, grudamos na encosta deslizante enquanto lá embaixo o fundo escuro do poço lembrava uma ferida aberta. Olhando para cima, vi o rosto pálido da senhora Lim, espiando dentro do poço.

"Garotas estúpidas! Se não fosse por vocês, meu filho ainda estaria aqui. Vocês duas causaram tanto desgosto a ele..."

Uma pedra me atingiu. Depois, outra. Ouvi Yan Hong dando um grito agudo.

"Mãe! Por favor!"

"Não me chame de mãe! Sua mãe era uma suicida. Vou dizer a todos que você é igual e que arrastou Li Lan consigo. E agora vou tratar de Tian Bai, como deveria ter feito há muito tempo." Seu rosto desapareceu, e por mais que berrássemos ela não voltou.

A julgar pelo eco das pedras que caíam, o poço não era muito fundo. Apenas o suficiente para quebrarmos o pescoço, se caíssemos. Ainda que eu arriscasse firmar o pé, às cegas, não ousava escalar encosta abaixo. Cerrei os olhos com um terror abissal. Do alto, podia ouvir o soluçar de Yan Hong.

"Consegue subir?", perguntei.

"Não consigo. Tenho medo de altura."

Estreitando os olhos, vi que não estávamos tão distantes da borda do poço, embora as paredes de terra fossem perigosamente íngremes. Se ela conseguisse escalar uns poucos metros, alcançaria a saída. "Use as mãos!", eu disse. "Tente se puxar para cima. Eu ajudo seus pés a encontrar apoio." Encontrei uma pedra saliente e, segurando seu tornozelo, levei-o até ela. Desse jeito, tremendo e precisando parar a todo instante, Yan Hong foi capaz de subir um pouco. Tensa, fiz o mesmo caminho para o alto. Meu coração estava acelerado, minhas mãos banhadas de suor e sangue. Se eu olhasse para a escuridão abaixo, estaria perdida.

Quando ela estava quase na saída, começou a chorar outra vez. "Eu não consigo! Não consigo! As pedras desmoronaram aqui."

Vi que ela tinha razão. Uma pedra enorme, carregada pelo deslizamento, projetava-se para fora do túnel. Seria muito difícil para ela ultrapassar esse último passo. Ignorando a dor em meus braços, forcei a subida até encontrar uma saliência estreita onde consegui apoiar o pé.

"Suba nos meus ombros", falei.

Passou pela minha mente o pensamento de que ela, depois de praticamente ter assumido o assassinato, dificilmente me ajudaria em retorno. Mas eu não via alternativa. Ninguém sabia onde estávamos. Ninguém viria em nosso socorro. Em pouco tempo estaríamos cansadas demais para escalar.

Soluçando, Yan Hong esticou uma mão e se agarrou à pedra. Coloquei um de seus pés no meu ombro e me segurei quando ela soltou o peso sobre mim. Vendo-a desesperada em busca de outro ponto de apoio, estendi um braço. "Apoie-se na minha mão!" O esforço que fazia para sustentá-la me deixava sem ar. "Rápido!"

Ela estava quase lá quando escorregou. Seus pés se debatiam procurando apoio. Com todas as forças, empurrei-a de novo para cima. Ela conseguiu se segurar, mas eu perdi o equilíbrio e caí pelo poço, sem qualquer controle, tão apavorada que nem podia gritar. Eu morreria, agora, quebraria o pescoço no fundo do poço. Ouvia o grito de desespero de Yan Hong. "Li Lan!"

Minha queda deslizante foi interrompida por uma saliência em que pude me agarrar. Era um bloco de pedra, restos do poço que desmoronaram. Meus pés se agitavam no ar, sem parar, até que meus dedos se soltaram e caí novamente na escuridão. Tombei no fundo do poço, sobre o lodo. Olhando para cima, via o rosto distante de Yan Hong, apavorado.

"Estou bem!", gritei. "Vá deter a senhora Lim! Eu posso esperar!"

Yan Hong aquiesceu freneticamente. Então, desapareceu.

Por alguns minutos depois que ela se foi, eu só podia pensar no quanto demorara para cruzar a distância entre a casa principal e os extensos jardins. Levara quinze minutos? Talvez mais? De qualquer maneira, eu teria de esperar um pouco. E se a senhora Lim tivesse planejado alguma coisa contra Tian Bai? Yan Hong dissera que voltaria a qualquer momento, mas ela podia ter simplesmente me abandonado. Afinal, se ela de fato envenenara Lim Tian Ching, tinha todos os motivos para me calar também. Talvez tivesse sido idiotice ajudá-la, mas eu não via outra opção. Quando meus olhos se acostumaram à penumbra, explorei o fundo do poço. A lama havia suavizado minha queda e me poupado de ferimentos mais graves, mas as paredes de pedra se elevavam por todos os lados. O limo deixava-as escorregadias e, por mais que eu tentasse, era incapaz de escalar.

Patinhando pelo poço, os tornozelos afundados em lodo, topei com algo duro e comprido, do tamanho de um fêmur humano. Fui tomada por uma suspeita aterradora, pensando na mulher que Yan Hong dissera ter cometido suicídio. Mas aquelas eram apenas histórias de crianças, disse a mim mesma, sem querer pensar que eu me tornaria o espírito faminto daquele poço se Yan Hong não voltasse. Agachando-me, senti o alívio de encontrar apenas um cabo de vassoura partido. Havia outros entulhos também, como a cabeça de um machado velho e o fundo enferrujado de uma panela. Nada que me ajudasse a subir, porém. Olhei para o alto, vendo que o céu se tornara novamente carregado, uma tempestade ameaçando desabar sobre a costa. O ar estava frio e úmido.

Uma pancada de chuva me atingiu. Eu desejava ter meu leve corpo espiritual, que teria escalado aquelas paredes com facilidade. Desejava a companhia de minha doce égua. Mas, acima de tudo, desejava Er Lang. Se eu ainda tivesse a escama, poderia chamá-lo. Mas havia um abismo entre sua posição e a minha. Eu não tinha o direito de esperar nada dele. Rangendo os dentes, disse a mim mesma que não o chamaria mesmo que isso fosse possível. Eu era orgulhosa demais para isso; eu me resgataria sozinha.

Tentei novamente sair escalando de minha prisão. Várias vezes, conseguia subir alguns centímetros agonizantea, apenas para que minhas mãos voltassem a escorregar na pedra coberta de lodo. Minhas unhas estavam quebradas e sangrando, e eu comecei a ofegar. Ao recostar contra a parede do poço, pensei amargamente em como esse corpo físico era fraco. A morte estava sempre à espreita, e por mais que eu me livrasse brevemente de suas garras, sempre voltava a rondar. Eu já havia escapado uma vez, na Planície dos Mortos, mas não estivera sozinha – talvez, no fim, fosse arrogância minha achar que não precisava de ajuda.

"Er Lang!", gritei. "Er Lang! Onde você está?"

Meus braços doíam enquanto eu me apoiava contra o poço. Minhas pernas tremiam de fraqueza. A luz pouco a pouco se extinguia. Lágrimas inundavam meu rosto, misturando-se com o aguaceiro que começara a cair. Esgotada, sentia minha força ser varrida para longe, escoando junto com a chuva fria que arrancava o calor de meu corpo. Ainda que eu quisesse me sentar, tremia ao pensar no lodo e no que se esconderia nele. Gritei sem parar por ajuda, mas as distâncias naquela mansão eram tão enormes que eu não tinha esperanças de ser ouvida, ainda mais com aquele dilúvio. Era ridículo, histericamente cômico, que eu morresse agora, depois de tanto trabalho para voltar ao corpo. Velho Wong tinha razão. Eu era uma mexeriqueira que desperdiçava a chance de ser feliz casando com Tian Bai, de ser uma esposa e mãe. Há quanto tempo eu estava ali? Horas? Ou meros minutos? Eu batia os dentes, meus pensamentos mais e mais desconexos. Rezei para Zheng He, o almirante que navegara por aquelas águas mais de quinhentos anos atrás, e para minha mãe, onde quer que ela estivesse na Planície dos Mortos. Rezas e ladainhas, prometendo ser boa e nunca mais fazer nada daquilo se Er Lang pudesse aparecer uma vez mais. Só mais uma.

"Er Lang!" gritei novamente. Minha voz estava ficando rouca. "Er Lang, seu mentiroso! Sem palavra!"

"É assim que você pede ajuda?" E lá estava ele, olhando para mim. A chuva escorria de seu chapéu de bambu em finas cataratas. "O que diabos você está fazendo?"

O alívio por vê-lo fez meus joelhos fraquejarem. Cheguei a considerar brevemente que ele fosse uma ilusão causada pela cortina de água, mas o tom provocador em sua voz era convincente demais. Comecei a narrar meus apuros, de modo incoerente, mas ele apenas balançou a cabeça. "Depois você me explica."

Horrorizada, vi que ele saltava para dentro do poço.

"O que você fez! Por que não jogou uma corda?" Nervosa, quase me debulhei em lágrimas. "Seu... sua criatura imbecil! Como vamos sair daqui, agora?"

Er Lang analisava os próprios sapatos com desgosto. "Devia ter me avisado que havia lama aqui embaixo."

"É tudo que você tem a dizer?" Mas eu estava feliz, tão feliz por vê-lo, que o agarrei em um abraço apertado. Apesar de sua preocupação com os sapatos, não pareceu se importar que eu deitasse o rosto encardido em seu ombro.

"A última vez foi um cemitério, agora é o fundo do poço", ele comentou. "O que você estava fazendo, a propósito?"

Quando expliquei, sua voz se tornou fria. "Então você salvou uma assassina e se deixou ser abandonada. Você tem algum desejo mórbido, por acaso?"

"Por que você está bravo?" Levantando seu chapéu, procurei olhar em seu rosto. Um erro, porque encarar sua aparência irritantemente bela só me fazia baixar os olhos.

"Você podia ter quebrado o pescoço. Por que não consegue deixar essas coisas pras autoridades competentes?"

"Não foi de propósito." Era incrível, mas estávamos discutindo novamente. "E onde você esteve esse tempo todo? Podia ter me enviado uma mensagem!"

"E como eu poderia fazer isso, se você nunca sai sozinha de casa?"

"Poderia ter vindo a qualquer hora. Eu estava esperando por você!"

Er Lang estava furioso. "Essa é a gratidão que eu recebo?"

Se eu tivesse pensado sobre aquilo, jamais teria feito. Mas agarrei-o pelo colarinho e, puxando seu rosto para perto do meu, agradeci. "Obrigada", eu disse, e o beijei.

Minha intenção era parar logo, mas Er Lang me segurou, colocando a mão em minha nuca.

"Tem alguma reclamação dessa vez?", perguntou.

Atônita, balancei a cabeça. Estava ruborizada, lembrando de meu comentário desproposital sobre línguas da última vez. Ele deve ter pensado o mesmo, porque me lançou um olhar indecifrável.

"Abra a boca, então."
"Para quê?"
"Para que eu possa colocar minha língua."

Era inacreditável que ele pudesse fazer piadas em um momento como aquele. A despeito de minha irritação, contudo, entreguei-me a seus braços. Com uma mistura de riso e fúria, colei minha boca à dele. Com um movimento rápido, ele me apertou contra a parede do poço. A pedra gelava minha pele através da roupa úmida, e meus pulsos queimavam sob o aperto de suas mãos. Ofegante, podia sentir o calor de sua língua em minha boca. Meu pulso se acelerava, meu corpo tremia sem controle. Tudo que existia era a pressão de seus lábios, o gosto de sua língua. Quis chorar, mas as lágrimas não vinham. Um rio me inundava por dentro, todo meu corpo se derretia como cera em seus braços. Com os ouvidos zunindo, tudo que eu podia escutar era o arfar de nossas respirações e a batida forte de meu coração. Um gemido escapou de meus lábios. Ele deu um suspiro longo e se afastou.

"Você não está para casar no mês que vem?"

Eu estava corada, com as mãos tremendo. "Lamento muito. Eu não devia ter feito isso."

"Parabéns, então. Você deve estar felicíssima."

Não havia para onde me virar naquele espaço estreito. Er Lang também não me encarava. Em vez disso, olhava para o alto, para a fatia de céu carregado por nuvens de chuva.

"Temos de sair daqui", falava com sobriedade. Eu não tinha mais palavras.

Sem esforço, colocou-me sobre o ombro e começou a escalar. Não sei onde encontrou apoios para as mãos e pés, mas subiu com facilidade pelo declive escorregadio. Seu corpo era ágil e forte, muito mais forte que o de qualquer homem normal, como eu imaginava. Tonta, eu me agarrava a ele, sentindo-me um saco de arroz. Se abrisse os olhos, veria apenas a escuridão lá embaixo. Meu pulso palpitava. A cada movimento, podia sentir os músculos de seu corpo contraindo e relaxando entre minhas mãos. Quando saímos do poço, ele me largou. Eu esfregava as mãos cortadas, exausta. A ideia de que ele me abandonasse de novo me enchia de pavor.

"Vai me contar o que aconteceu a Lim Tian Ching e ao Mestre Awyoung?", perguntei, depois de um silêncio pesado.

"Bem, em boa parte graças à evidência que você conseguiu, algumas prisões foram feitas. Inclusive a de seu antigo pretendente. Foram todos mandados às Cortes, para julgamento."

"E Fan? Um demônio disse que a levaria para a mansão dos Lim."

"Nunca chegou lá. Arrisco dizer que não há vestígios dela."

Eu estava quieta, digerindo aquelas informações. Era um fim terrível para Fan. Er Lang não comentava nada, mas me observava atentamente.

"Prestei um desserviço a você", ele disse, depois de um tempo. "É no mínimo justo deixar que saiba. Você não terá um tempo de vida normal."

Mordi o lábio. "Você veio para levar minha alma, então?"

"Já disse que não é minha jurisdição. Mas você não vai morrer logo. Na verdade, você vai viver por muito tempo ainda, muito mais do que eu pensei a princípio. Também não vai envelhecer direito."

"Porque tomei seu *qi*?"

Inclinou a cabeça. "Eu devia tê-la interrompido logo."

Pensei nos longos anos que se estendiam à minha frente, anos de solidão depois que todos meus entes queridos tivessem partido. Embora eu pudesse ter filhos e netos. Que talvez apontassem minha estranha jovialidade e me taxassem de anormal. Boatos sobre feitiçaria, como aquelas mulheres javanesas que espetavam agulhas de ouro no rosto e comiam crianças. Na tradição chinesa, nada era melhor do que viver por muitos anos, ser um tesouro no seio da família. Mas ver descendentes morrendo e viver uma viuvez muito longa não parecia algo afortunado. Meus olhos se encheram de lágrimas e, por alguma razão, isso pareceu incomodar Er Lang, que se virou. De perfil ele era ainda mais bonito que o normal, como se isso fosse possível. E eu supunha que ele sabia disso.

"Não é algo necessariamente bom, mas acho que você estará aqui para ver todo o próximo século. E acho que será um século interessante."

"É o que Tian Bai diz", falei, com amargor. "Quanto tempo viverei a mais que ele?"

"O bastante." Então, disse com mais suavidade: "Vocês podem ter um casamento feliz, ainda assim".

"Eu não estava pensando nele. Pensava em minha mãe. Quando eu morrer, ela já terá passado pelas Cortes há muito tempo, para reencarnar. Nunca mais nos veremos." Eu soluçava, percebendo o quanto me apegara àquela esperança, ainda que fosse melhor para minha mãe ir embora da Planície dos Mortos. Nunca mais nos veríamos nessa vida. Suas memórias seriam apagadas e seu espírito estaria para sempre fora de alcance.

"Não chore." Eu senti seus braços em torno de mim e afundei o rosto contra seu peito. A chuva recomeçou, tão densa que era como uma cortina à nossa volta. Mesmo assim, eu não me molhei.

"Ouça", ele disse. "Quando todos à sua volta tiverem partido e for impossível suportar, eu volto."

"Mesmo?" Uma felicidade estranha começava a brotar, envolvendo e apertando meu peito.

"Eu nunca mentiria."

"Não posso ir com você agora?"

Ele balançou a cabeça. "Você não está para casar? Além do mais, sempre preferi mulheres mais velhas. Dentro de uns cinquenta anos você vai estar no ponto."

Olhei-o. "E se eu preferir não esperar?"

Seus olhos se estreitaram. "Está me dizendo que não quer casar com Tian Bai?"

Baixei o rosto.

"Se vier comigo, não vai ser fácil para você", ele disse, prevenindo-me. "Isso vai deixá-la mais perto do mundo espiritual e você não vai poder levar uma vida normal. Eu trabalho escondido, então não vou lhe dar uma vida luxuosa. Será uma casinha em alguma cidade perdida. E não estarei presente a maior parte do tempo. E você terá que estar preparada para se mudar a qualquer instante."

Ouvia aquilo com espanto crescente. "Está me pedindo para ser sua amante ou sua empregada?"

Ele fez uma careta. "Eu não tenho amantes. Dão trabalho demais. Estou sugerindo que casemos, ainda que possa me arrepender disso. E se você acha que a família Lim desaprovava seu casamento, espere até conhecer a minha."

Apertei meus braços em torno dele.

"Ficou sem palavras, finalmente", Er Lang falou. "Pense sobre isso. Sinceramente, se eu fosse mulher, ficaria com a primeira opção. Não menosprezaria a importância da família."

"Mas o que você vai ficar fazendo por cinquenta anos?"

Ele estava prestes a dizer algo quando ouvi um chamado fraco e, em meio ao temporal que caía, vi a figura borrada de Yan Hong emergir por entre as árvores, com Tian Bai a seu lado. "Responda-me em duas semanas", disse Er Lang. Então, desapareceu.

A Noiva Fantasma
Yangsze Choo

39

Tian Bai me levou para casa em um riquixá. Estava pálido e não falava quase nada, a não ser perguntar se eu estava bem. Eu tremia com as roupas molhadas, porque me recusara a entrar na mansão para trocá-las. Meu peito estava cheio demais, minha mente era um torvelinho. A mansão Lim parecia me assombrar ainda mais naquele dia, com suas calhas jorrando a água do temporal que caía sobre os telhados. A casa inteira estava alvoroçada. Ninguém perguntou muito sobre como eu saíra do poço. Imaginei que meus braços feridos e mãos ensanguentadas os faziam presumir que eu escalara por conta própria. Ninguém insistiu para que eu trocasse de roupa, nem ralhou comigo sobre o perigo de eu pegar uma pneumonia, como Amah certamente teria feito. Apenas Tian Bai, no meio do tumulto, silenciosamente cobriu meus ombros com seu fino paletó de algodão. Depois eu saberia que a senhora Lim o havia atacado, quando ele voltou à mansão, mas a história inteira só foi contada quando o Velho Wong voltou para casa naquela noite.

"Ela o estava esperando com uma faca de cozinha. Não sei como conseguiu pegá-la, mas tentou esfaquear o rapaz."

Felizmente, sua fragilidade a havia traído e Tian Bai conseguiu escapar apenas com um corte bem feio no braço. Eu vira o ferimento, envolto em um curativo malfeito, quando ele me levou para casa. Alarmada, insisti que não precisava de companhia, mas Tian Bai apenas chacoalhou a cabeça. Ele parecia esgotado, absolutamente desgastado, e pensei se me levar até em casa não era uma desculpa para escapar da loucura na mansão. Durante nossa rápida viagem, lancei meu olhar para ele algumas vezes. A expressão sinistra que eu imaginara notar em seu rosto havia desaparecido junto com as suspeitas de assassinato. Havia linhas indistintas sob seus olhos e um borrão de tinta na borda da manga esquerda. Ele era apenas um homem cuja família estava se despedaçando. Um homem bom, se acreditássemos em Yan Hong. Fui assaltada por uma ternura inesperada, mesmo que minha boca me fizesse recordar de outro.

A última coisa que Tian Bai pediu, enquanto me ajudava a descer do riquixá, foi para que eu não falasse nada sobre a situação envolvendo a senhora Lim. Concordei, sabendo que nenhum escândalo deveria tocar a família Lim. Eles estavam considerando mandá-la para um manicômio, embora isso fosse trazer vergonha à casa.

"Seria melhor mantê-la em casa, mas ela precisa de supervisão constante." Tian Bai me olhava com um olhar culpado. "Você se importaria de atrasarmos o casamento?"

Não me importava nem um pouco, ainda que tenha tido dificuldades para expressar isso a ele. Tian Bai segurou minha mão.

"Li Lan, estou feliz por você estar aqui."

Com medo de que ele me beijasse, virei o rosto. Assim que o fiz, senti uma pontada de culpa, mas ele apenas apertou mais minha mão.

"Sinto muito", falei, mal sabendo pelo que me desculpava.

"Pelo quê? Yan Hong me disse que você a salvou."

Tian Bai tocou meus cabelos. Seu comportamento calmo, sua habilidade para lidar com situações complicadas, tudo isso eram qualidades que eu admirava. Poderia ser um bom marido, compreensivo e confiável. Em meio àquela agitação, ele ainda tivera o cuidado de cobrir meus ombros com seu paletó. Com a lembrança desse gesto simples, toquei seu rosto com minha outra mão. Se eu pertencesse a ele, minha família e eu certamente teríamos uma vida boa.

Para minha surpresa, recebemos um carregamento constante de presentes e visitas da mansão Lim, nos dias que se seguiram. Pensei que eu seria a última pessoa que eles desejariam ver, já que sabia da tentativa da senhora Lim em matar Yan Hong e a mim, primeiro, e depois Tian Bai. No terceiro dia, o tio de Tian Bai, Lim Teck Kiong em pessoa, veio me ver. Amah se apressou a me informar de sua chegada, tomando-me pelo braço e rapidamente ajeitando meu cabelo.

"Suas roupas! Você não pode recebê-lo vestida assim!"

Ela fez uma cara feia olhando meu *baju panjang* simples, mas já era tarde para esses detalhes. Além do mais, eu suspeitava que ele tivesse outros assuntos para tratar que não fossem o vestido da futura esposa de seu sobrinho. Quando cheguei à sala de visitas, ele e meu pai estavam sentados como se sua amizade nunca tivesse sofrido qualquer abalo. Eu o examinava com novos olhos, pensando na Terceira Concubina, na Planície dos Mortos, e me perguntando como ele poderia ser o homem que causara tanta dor e sofrimento a ela. Mas ele ainda era o mesmo, gordo e complacente. A encarnação do homem de negócios bem-sucedido.

Seus pequenos olhos reluzentes, tão parecidos com os de Lim Tian Ching, pousaram sobre mim. Depois de algumas voltas cordiais perguntando sobre minha saúde, começou a falar sobre as dívidas de meu pai. Como eu soubera através de Yan Hong, aqueles débitos já haviam sido pagos por Tian Bai, mas seu tio agora explicava tudo com minúcias. Dizia que, já que seríamos parentes em breve, ele reinvestira o restante do capital de meu pai, para garantir a ele um rendimento modesto, mas seguro. Disse, então, que me admirava imensamente e que ouvira falar muito bem de minha educação. Nesse momento, apesar de meus protestos, meu pai estava lisonjeado o suficiente para buscar uma amostra de minha caligrafia, em seu escritório. Quando ficamos a sós, Lim Teck Kiong perguntou se eu já havia pensado em estudar no exterior.

"Uma garota como você tiraria muito proveito de uma educação formal. Especialmente na Inglaterra, onde há faculdades para jovens damas. O que me diz?"

Em outra época eu teria dado pulos ao ouvir essa sugestão, mas agora meu estômago se contorcia. "E o casamento?"

"Tian Bai esperaria por seu retorno. Não há razão para pressa, vocês dois são jovens."

Ouvi Amah, escondida atrás da porta, fungar baixinho. Jovem, sei! Na mente dela eu já devia estar casada há muito tempo, mas não podia me dar o direito de ofender aquele homem. "Tio, a Inglaterra me parece longe demais e acredito que sentiria falta de minha família e de Tian Bai."

"Mas é claro! Pois bem, se é isso o que você deseja, talvez devêssemos realizar esse casamento o quanto antes. Mas lembre-se, se acaso tiver interesse em estudar no exterior, não há necessidade de se preocupar com o bem-estar de sua família. Ficarei feliz se puder financiar seus estudos."

Olhei-o, pensando na história de Yan Hong, sobre como aquele homem batera em Tian Bai a ponto de ele passar dias sem poder sentar. Ainda assim, Tian Bai tinha se saído muito melhor que seu primo mimado. Mas eu conseguia entender. Esse homem preferiria que eu não casasse em sua família, conhecendo todos os detalhes sórdidos que eu conhecia. Se as autoridades britânicas descobrissem sobre as tentativas de homicídio, seriam bem capazes de fazer da família Lim um exemplo de punição. No mínimo, haveria um escândalo a ser explicado. Se ele não fosse capaz de se livrar de mim, a segunda melhor opção era me colocar sob vigilância constante. Mas eu também podia jogar aquele jogo, pensei, esquecendo por completo da hesitação quanto ao casamento. Inclinei-me em sua direção e dei a ele um sorriso encantador, que aprendera ao observar Fan.

"O senhor é muito gentil comigo, tio. E com meu pai. Sou muito grata."

Embora continuasse a me encarar, fiquei admirada ao notar nele uma mudança sutil. Seus olhos se abriram e um sorriso satisfeito tomou seu rosto. Fan dissera, uma vez, que eu não sabia como usar meu rosto e corpo, que eu os desperdiçava. Agora eu percebia que ela estava certa. Era estranho descobrir que o poder neste mundo estava nas mãos dos homens velhos e das mulheres jovens. Senti uma mistura de vergonha e triunfo quando ele foi embora. Havia sido uma jornada difícil, mas eu julgava ter aprendido como lidar com um casamento na família Lim.

Era difícil acreditar que eu passara da total falta de perspectivas de casamento para duas possibilidades, embora não fosse possível dizer que alguma delas era ideal. Eu estava feliz – quer dizer, eu sentia que, objetivamente, deveria estar feliz – mas, honestamente, eu estava desolada. Amah havia me preparado bem. Em nossa comunidade chinesa, no Estreito, casamento era um assunto muito relevante, uma transação que devia aliar dever filial e proveito financeiro. Nesse sentido, a proposta de Er Lang estava praticamente fora de questão. Na verdade, eu ainda estava em choque com aquilo.

Eu sabia muito pouco sobre ele. Muito menos do que sabia sobre a família Lim, com todas as suas intrigas, ainda que Er Lang tenha dito que sua família poderia ser pior. Não conseguia imaginar quão pior, mas ele nunca mentira para mim. Essa era uma de suas qualidades inumanas, junto do olhar feroz e da honestidade cáustica. Precisava afastar esses pensamentos. Eles me faziam perder tempo – minutos, até horas – quando tudo que eu tinha eram duas semanas para considerar minhas opções. Acompanhar Er Lang seria um salto no desconhecido, a coroação de todos os meus desejos e temores. Eu não estava certa de possuir a mesma coragem e determinação que ele demonstrara ao arriscar a vida para salvar a minha, na Planície do Mortos. Éramos diferentes demais, aquilo não daria certo.

Minha mente estava dispersa. Eu nem era capaz de costurar um remendo direito. Queria poder falar com minha mãe mais uma vez. De todos, seu conselho era o que mais me fazia falta, experiente que era sobre os reinos dos vivos e dos mortos. Eu estava largada à minha própria sorte, sem ninguém em quem me apoiar. Qualquer escolha que eu fizesse teria um alto preço a pagar. Se fosse com Er Lang, viveria uma curiosa meia-vida, vagueando às margens de uma terra povoada por fantasmas e espíritos, embora pudesse manter as esperanças de rever minha mãe. Sequer havia a certeza de que eu poderia ter filhos, ainda que os próprios imperadores da China alegassem ser descendentes dos dragões. Perguntava-me se eu teria essa honra ou se, por outro lado, daria à luz alguma monstruosidade.

Se ficasse com Tian Bai, teria a segurança de um bom casamento e a certeza de conforto para minha família. No entanto, isso também significava viver com o legado de loucura e homicídio da família Lim. Além do tio de Tian Bai, havia as outras esposas e concubinas com quem deveria lidar. Eu precisaria me tornar mais dura, aprender a administrá-los como a senhora Lim ou Yan Hong faziam. De certo modo, Yan Hong ter voltado para me salvar era algo que me surpreendia. Teria sido muito mais conveniente para ela que eu morresse naquele poço. Alguns dias depois da visita de Lim Teck Kiong, entretanto, Yan Hong me procurou.

Quando ela veio, eu estava no pátio dos fundos, cuidando do galinheiro. O Velho Wong sempre mantinha algumas galinhas, que eram engordadas por um mês antes do abate, e não permitia que elas saíssem do galinheiro até que estivessem rechonchudas e suculentas. Em uma casa grande como a dos Lim, uma filha do mestre provavelmente não estaria mexendo com aquilo, mas Ah Chun reclamava que as penas a faziam espirrar, então o Velho Wong me entregara o ancinho naquela manhã, com um resmungo. Senti-me envergonhada quando Yan Hong apareceu com Amah, como se nossas posições estivessem trocadas. Estranhamente, Amah não me pressionou para que trocasse de roupa. Simplesmente me encarou com orgulho, então compreendi que, diferente da boa impressão que devia causar sobre o tio de Tian Bai, com minha beleza, era importante impressionar as mulheres da família Lim mostrando quão prendada e virtuosa eu poderia ser. Amah anunciou que entraria para servir os bolinhos *kuih lapis*, de muitas camadas, que eu fizera inteiramente sozinha, e que nós, senhoritas, deveríamos entrar para o chá.

"Estou em débito com você", falou Yan Hong quando ficamos a sós. "Por me salvar."

Sem saber o que responder, permaneci em silêncio.

"Eu não queria matá-lo", continuou. "Foi um acidente, acredite você ou não." Ela agitou as mãos juntas. "Ele estava sempre se fazendo de doente. Fingia aquilo para nos punir quando se sentia negligenciado. Naquela noite eu estava sem uma gota de paciência. Tinha um pouco de *ma huang* que me haviam prescrito um tempo antes. Ouvira dizer que uma dose grande causaria dor de cabeça e vômito, mas não sabia que ele teria convulsões."

Ma huang era um estimulante derivado da junção de talos de efedra. Misturado ao chá, aliviava tosses e limpava o catarro dos pulmões, mas até eu sabia do seu perigo e não conseguia acreditar que Yan Hong fosse ignorante sobre seus efeitos.

"Você vai contar a alguém?", ela perguntou, mordendo os lábios. Era o mesmo gesto de nervosismo que eu vira quando percorri os corredores da mansão dos Lim, como um espírito desencarnado.

Neguei com a cabeça. Quem era eu para julgá-la, ou para saber exatamente o que acontecera naquela noite? Yan Hong afastou o olhar, com um misto de vergonha a alívio.

"Estou feliz por você se casar com Tian Bai", acabou por dizer. "Ele tem sorte de encontrar você, porque alguém precisa tomar conta da casa Lim."

"E por que você não pode?"

"Meu marido tem interesses de negócios em Cingapura. Disse a ele que preferia mudar para lá." Ela endireitou o corpo, evitando meu olhar.

"Vai ser bom para você e Tian Bai não terem tanta bagagem nas costas. Cuide dele, sim? Não tem sido tranquilo para ele viver nessa família."

"Ele sabe sobre a morte de Lim Tian Ching?", perguntei.

"Não, mas deve ter suspeitado. Eu quase contei, na época. Estava apavorada demais com o que aconteceu. Às vezes, desejava ter contado."

"Não conte", falei. Ambas sabíamos que Tian Bai teria tentado protegê-la. Era melhor que eu ficasse com o peso de saber a verdade, em vez dele.

"Obrigada."

Voltamos em silêncio para dentro de casa. Eu só podia desejar que as coisas tivessem acontecido de outra forma. Porque, a despeito de tudo, eu gostava dela.

A Noiva Fantasma
Yangsze Choo

40

Os dias passaram muito rápido, um depois do outro. Minhas duas semanas estavam quase terminadas. Eu mal conseguia dormir, com pensamentos e lamentos pesando sobre mim. Ri muito das piadas do Velho Wong e chorei em segredo ao ver o esforço com que Amah bordava minhas sandálias. A coisa certa a fazer era casar com Tian Bai e passar meus dias com ele e minha família, escondendo minha estranha juventude. E, depois disso tudo, esperar por Er Lang. Se ele ainda se lembrasse da promessa que me fizera. Mas essa seria a decisão covarde.

Creio que eu já sabia o que desejava havia muito tempo. Talvez tenha começado quando ele tomou minha mão na Planície dos Mortos, onde não havia qualquer criatura viva além de nós. Ou, para ser honesta, quando vi seu rosto pela primeira vez. É possível que as sementes estivessem plantadas desde muito antes, desde que a médium no templo Sam Poh Kong dissera para eu queimar dinheiro funerário para mim mesma. Será que ela sabia que eu cortaria meus laços com este mundo e nunca mais conseguiria reatá-los direito? Talvez eu devesse estar morta.

Porque todos que veem fantasmas e espíritos estão marcados. E, muito mais do que o Velho Wong, eu ultrapassara um ponto que nenhuma pessoa viva deveria ultrapassar. Conversara com os mortos, servira suas mesas e me alimentara de oferendas espirituais. Meus dois mundos se refratavam como lâminas de vidro distorcendo uma à outra. Em uma estranha reviravolta do destino, a opressão que eu primeiro sentira no mundo espiritual agora me afligia no mundo dos homens, de tal modo que me irritava na estreiteza das festas de *mahjong*, que um dia achara tão glamourosas. Assombrada, eu olhava por sobre o ombro à procura de sombras e ventos, desejando o proibido.

O tio de Tian Bai prometera que meu pai, Amah e o Velho Wong seriam bem cuidados, caso eu saísse em uma viagem longa. Ele não se importava para onde eu iria, contanto que fosse longe o bastante do bom nome da família Lim. Terei que prendê-lo a algum tipo de acordo e conferir de tempos em temposse minha família está bem, se me for permitido, embora não tenha certeza de para onde – e quando – vou. Talvez pensem que parti para estudar, ou talvez eu simplesmente desapareça em uma noite de luar, como naquelas histórias de espíritos e fantasmas. Espero apenas poder voltar para visitá-los, mesmo que seja como uma brisa. E se morrerem antes de mim, como certamente farão, devido à velhice e à fragilidade, estarei lá para escoltá-los até a Planície dos Mortos.

Quanto a Tian Bai, não sei como encará-lo. Ele ficará decepcionado comigo. Ainda que, quando chegar o momento, eu acredite que vá hesitar e tomar o caminho mais fácil. Já aconteceu antes, quando estive emudecida defronte a ele, sem conseguir contar a verdade. Com toda a sua gentileza, ele nunca me compreenderia. Nem eu a ele. Se alguém me dissesse que a ópera que ouvi na mansão Lim, tanto tempo atrás, expressava meus sentimentos por ele, eu teria gargalhado, ao pensar, na época, que estávamos destinados a ser amantes. Mas há um rio entre nós, agora, como a Via Láctea que separa o Vaqueiro da Tecelã. E não importa o quanto eu grite ou implore, nunca vou poder cruzá-lo. Tian Bai vai sorrir e me encher de presentes. Seus olhos estarão fixos em outro alguém, e não em mim.

Eu quero ver Er Lang. Não quero esperar cinquenta anos, nem enganar Tian Bai com um amor que ele nunca terá. Em meio à escuridão de milhares de almas, é a mão de Er Lang que eu busco, seu pulso firme que me tirou de tantos perigos. Um futuro incerto com ele, com todas as risadas e discussões, é melhor do que ser deixada para trás. Tendo resistido tanto a me tornar a noiva fantasma de Lim Tian Ching, não é nem um pouco engraçado que eu queira abandonar minha família por um homem que nem mesmo é humano. Quando Er Lang vier buscar sua resposta, direi que sempre pensei nele como um monstro. E que desejo ser sua noiva.

FIM

A Noiva Fantasma
Yangsze Choo

NOTAS

CASAMENTOS FANTASMA

A tradição popular de casar alguém com um fantasma ou promover casamentos entre fantasmas costuma se destinar a tranquilizar espíritos ou aplacar assombrações. Há várias referências a isso na literatura chinesa, mas suas raízes parecem estar no culto aos antepassados. Algumas vezes, casamentos são feitos entre duas pessoas recém-falecidas, com os familiares de ambos os lados reconhecendo o matrimônio como um laço entre eles. Entretanto, há casos em que o cônjuge do morto é uma pessoa viva. Esse arranjo tende a servir para que a pessoa realize a vontade de um amado moribundo, ou para que seja concedido status de esposa a uma amante ou concubina que tenha gerado um herdeiro. Às vezes, uma garota pobre é levada a uma casa como viúva, para realizar os ritos de ancestralidade a um homem que tenha morrido sem esposa ou descendentes, como ocorreu com Li Lan. Em casos assim, a cerimônia de casamento tem lugar com um galo assumindo o posto destinado ao noivo falecido.

Ocasionalmente, os vivos são também ludibriados. Se a família ouve de um vidente ou exorcista que o falecido deseja se casar, às vezes depositam um envelope vermelho (*hong bao*), normalmente utilizado para oferendas em dinheiro, na rua. Aquele desafortunado o suficiente para apanhar o envelope, julgando que dentro há dinheiro, torna-se designado para o casamento fantasma. É interessante notar que tais histórias são em grande parte restritas às comunidades chinesas no exterior, particularmente no Sudeste Asiático e em Taiwan. Mesmos nesses lugares, no entanto, não são muito comuns. Fiquei surpresa ao descobrir que na China continental muitas pessoas jamais ouviram sobre tais práticas, muito provavelmente pela influência comunista que por várias décadas desencorajou comportamentos supersticiosos.

NOÇÕES CHINESAS SOBRE O ALÉM

As ideias chinesas sobre o além frequentemente misturam noções budistas, taoístas, culto aos antepassados e crenças populares. Apesar de se valer da ideia budista de renascimento, em que se busca escapar do infinito ciclo de nascimentos e mortes através da extinção de todos os desejos e apegos, entrando em um estado de vacuidade, a ideia chinesa sobre o além também mantém diversos paraísos governados por diferentes guardiões e deidades. Essa contradição é ainda mais profunda se considerarmos as crenças taoístas sobre a imortalidade, mágica, levitação, artes marciais etc.

Há, ainda, uma tradição literária que apresenta histórias sobrenaturais, descrevendo um além burocrático, moldado a partir da tradicional burocracia oficial. Assim, em diversas histórias, o Inferno é governado por oficiais corruptos e ineptos que cometem crimes e aceitam subornos. Diversas divindades celestes são designadas para elucidar tais casos e aplicar a justiça. Er Lang é uma deidade menor que aparece em várias histórias diferentes. Em alguns casos, ele é um humano que se torna divino por conta de sua piedade filial. Em *Jornada ao Oeste*, a clássica história de Wu Cheng En sobre o rei macaco, Er Lang é o sobrinho do Imperador de Jade, encarregado de conter o macaco negligente. Ele também é associado à água, tendo sido um engenheiro que preveniu uma inundação ao derrotar um dragão. Tomei a liberdade de transformá-lo em um dragão, seres conhecidos por suas características enquanto metamorfos e controladores de chuva.

A Planície dos Mortos é uma invenção minha, embora reflita a crença chinesa básica sobre um Além povoado por fantasmas e suas oferendas de papel queimadas. A conexão dessas crenças com as ideias budistas de renascimento não são inteiramente claras, então tomei a liberdade de criar um contato mais substancial entre elas.

MALAIA

É o nome histórico da Malásia, antes da independência. A Malaia Britânica era um grupo de territórios, incluindo Cingapura, que se manteve sob variados níveis de controle britânico entre 1771 e 1948. Malaia era extremamente lucrativa para o Império Britânico, sendo o maior produtor mundial de borracha e estanho. Os Estabelecimentos dos Estreitos de Penang, Malaca e Cingapura eram os principais portos comerciais.

CHINESES NASCIDOS NOS ESTREITOS

Os imigrantes chineses no sudeste asiático entre os séculos XV e XVIII eram majoritariamente homens solteiros, que se casavam com mulheres nativas e cujos descendentes deram origem a comunidades particulares de chineses no exterior, conhecidos como *peranakan*. Estritamente falando, o termo designa filhos nascidos do casamento entre nativos e estrangeiros. Um *peranakan* não precisava ser necessariamente chinês: havia os holandeses, árabes, indianos etc, mas a maior comunidade *peranakan* em Malaia era a chinesa. Ela incorporou diversos traços culturais malaios, tais como a língua crioula, as vestimentas malaias e a alimentação baseada em culinária local. Filhos nascidos desses casamentos eram frequentemente mandados à China para receber uma educação chinesa, enquanto as filhas permaneciam em Malaia, mas eram autorizadas a casar apenas com homens chineses. Desse modo, a comunidade manteve um traço marcadamente chinês.

A partir do século XIX, houve um crescimento acentuado de imigrantes chineses, de modo que a comunidade se tornou quase inteiramente chinesa, mesmo que grande parte da cultura local fosse mantida e os novos imigrantes também adotassem tais costumes. A família de Li Lan seria um desses exemplos, saindo da China mais recentemente, mas tendo adotado alguns hábitos, como vestuário e alimentação. Dentro da comunidade havia divisões claras entre aqueles com raízes mais antigas e os imigrantes mais novos. De todo modo, os que nasciam em Penang, Malaca ou Cingapura eram considerados sujeitos britânicos autoidentificados como chineses nascidos nos Estreitos.

Na Malaca dos séculos XIX e XX, eles emergiram como a elite comercial dominante, tendo facilidade em dominar o idioma inglês e sendo anglicizados em diversos aspectos. Alguns jovens, como Tian Bai, estudavam na Grã-Bretanha ou na Colônia Real de Hong Kong.

DIALETOS CHINESES

Uma grande variedade de dialetos chineses era e ainda é falada na Malásia, embora a maioria provenha do sul da China, de onde partiu o maior número de imigrantes para os países do Sudeste Asiático. Chineses no ultramar mantinham fortes ligações com seus clãs ancestrais e vilarejos, distinguindo-se por eles mesmo depois de estabelecidos em Malaia por várias gerações. Os mais comuns incluem cantonês, hokkien, teochew, hakka e o dialeto de Hainan. A ampla variação de dialetos significava que muitos chineses não podiam entender uns aos outros, embora o chinês escrito, para aqueles que fossem letrados, permanecesse o mesmo.

Muitas profissões costumavam seguir as linhagens de clã, já que as pessoas costumavam empregar parentes na mesma indústria. Por exemplo, havia uma grande quantidade de *amahs* cantonesas, bem como muitos cozinheiros de Hainan, características que considerei ao criar Amah e o Velho Wong.

NOMES CHINESES

Para efeitos deste livro, considerei padronizar os nomes chineses em *pinyin*,[1] mas preferi refletir a diversidade do período. A pronúncia de um nome em particular variava de acordo com o dialeto ou clã envolvido. Por exemplo, o sobrenome "Lin" em mandarim pode ser pronunciado como "Lim" em hokkien ou "Lum" em cantonês. Mesmo dentro de um único dialeto, ortografias estranhas ou arbitrárias po-

---

1 *Pinyin* é o método de transliteração fonética
utilizado atualmente com base no mandarim simplificado
da República da China. É o sistema que tem padronizado
as grafias do idioma chinês, mas seu uso fora da China continental
– em regiões como Macau e Hong Kong, e mesmo em países do Sudeste
Asiático ou em Taiwan – ainda não foi completamente estabelecido.

diam ser aplicadas, dependendo de quem grafava o nome e como eles decidiam o modo de soletração. Há inúmeros exemplos de nomes chineses que foram desmembrados por um oficial de registros e terminaram por assumir significados inadvertidamente peculiares.

Tradicionalmente, o nome da família aparece primeiro, como no caso de Lim Tian Ching. Referi-me a ele por seu nome completo ao longo do livro, para diferenciá-lo com mais facilidade de Tian Bai. Os nomes Tian Bai e Tian Ching são similares porque os dois pertencem a homens da mesma geração. Tipicamente, os nomes geracionais são estabelecidos pelo poema familiar. Cada geração assume um caractere do poema, sucessivamente, como parte de seus nomes, de modo que é possível saber imediatamente qual geração é mais velha e qual é mais nova apenas recitando o poema familiar.

SIGNIFICADOS DOS NOMES

Li Lan – Orquídea Bela
Tian Bai – Céu Claro
Lim – como nome familiar, significa "bosque"
Lim Tian Ching – Céu Eterno
Fan – Fragrância
Yan Hong – Andorinha Vermelha
Lim Teck Kiong – Moralidade Firme
Er Lang – Segundo Filho. Como é fácil de imaginar, esse provavelmente não é seu nome real. Os chineses têm a tradição de assumir diferentes nomes de acordo com os diferentes estágios da vida. Por exemplo, um erudito pode ter um nome de criança, um nome oficial e um nome literário posterior, caso se torne famoso. Na velhice, pode assumir outro nome, representando seu distanciamento do mundo.

A Noiva Fantasma
Yangsze Choo

AGRADECIMENTOS

Teria sido impossível escrever este livro sem o apoio de várias pessoas incríveis. Sou profundamente grata a:

Jenny Bent, minha fantástica agente, cujo ponto de vista para este romance me guiou e inspirou. Rachel Kahan, minha editora, cujo olhar perspicaz e entusiasmo me estimularam a mergulhos mais profundos. Trish Daly, Lyyn Grady, Mumtaz Mustafa, Doug Jones, Camille Collins, Kimberly Chocolaad e a equipe de vendas da HarperCollins: tem sido um prazer e uma honra trabalhar com todos vocês.

Minha família incrível e paciente, incluindo meus pais, S. K. Choo e Lilee Woo, cujo amor incutiu em mim um grande espanto e curiosidade em relação ao mundo; Chuin Ru Choo; Kuok Ming Lee; e Jennifer e Spencer Cham, por seu amor e apoio durante todos esses anos.

Sue e Danny Yee, Li Lian Tan, Abigail Hing Wen, e Kathy e Lary Kwan, amigos queridos que defenderam este livro desde o começo, encorajando-me a apresentá-lo e continuaram entusiasmados mesmo depois de ter que ler os infinitos rascunhos e analisar personagens imaginários. Sem vocês este livro nunca teria sido publicado.

Os leitores Carmen Cham, Suelika Chial, Beti Cung, Christine Folch, Paul Griffiths, Diane Levitan e Rebecca Tulsi, que forneceram uma opinião destemida e inestimável desde a primeira página até os diversos finais alternativos.

Dr. Teow See Heng, meu especialista e morador da província de Hainan, no sul da China; Alison Klein, meu consultor holandês; e o sr. e a sra. Tham Siew Inn, que tão gentilmente mostraram-me as redondezas de sua cidade natal em Malacca e me ajudaram a encontrar um lugar para a ficcional mansão Lim próximo a Keblang.

Acima de tudo, meu marido, James, cuja paciência, amor e sábio discernimento renova meu mundo todos os dias, e meus filhos, Colin e Mika, minhas alegrias.

E àquele que tem me guiado através do vale da sombra e da morte. (Salmo 23:4)

Yangsze Choo é descendente de malaios. Formou-se na Universidade de Harvard e ocupou vários cargos corporativos antes de escrever seu primeiro romance, *A Noiva Fantasma*. Yangsze adora comer e ler, e faz as duas coisas ao mesmo tempo com frequência. Ela mora na Califórnia com seu marido e os dois filhos, além de um coelho. Saiba mais em yschoo.com.

A Noiva Fantasma
Yangsze Choo

FAÇA O SEU ORIGAMI

Arranque a página ao lado sem medo.
Dê para as pessoas que você ama, aquelas que lhe inspiram todos os dias. A vida é feita de gestos e lembranças.
Os sinais que nos guiam são um simples sopro de delicadeza na velocidade cruel do nosso tempo.

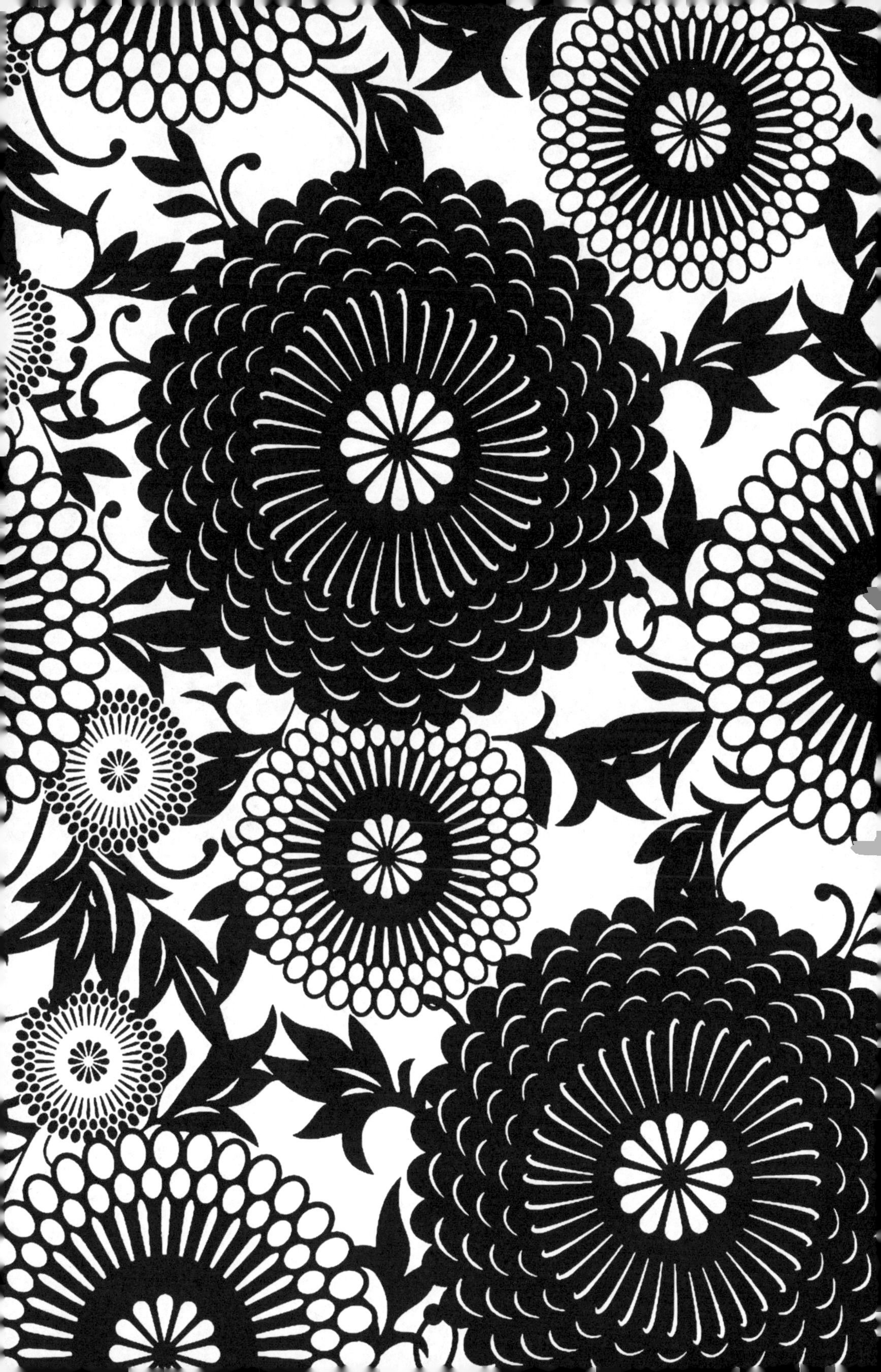

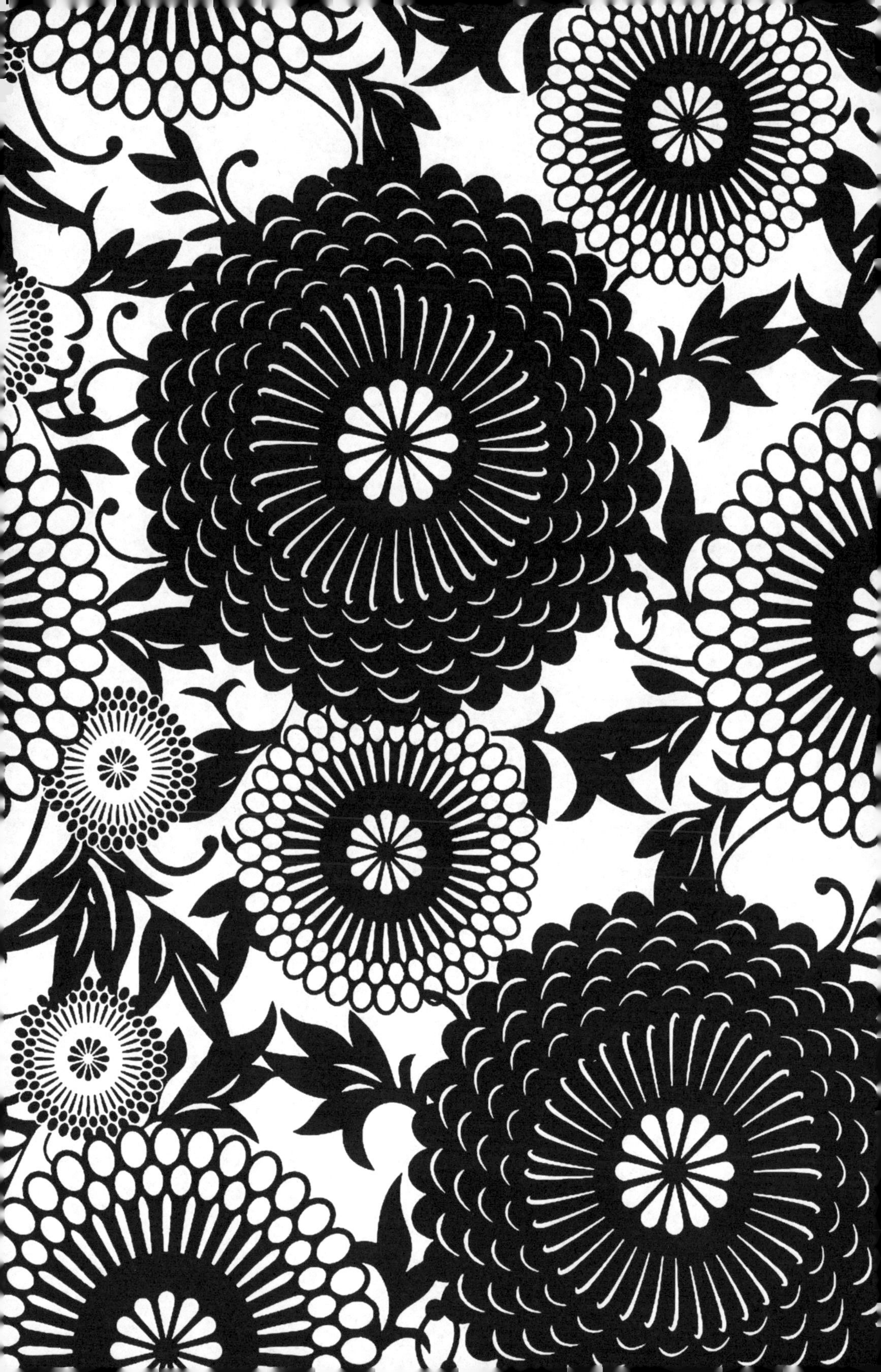

DARKLOVE.

Nos primeiros poucos anos depois de minha morte, eu passava o tempo inteiro espiando o mundo dos vivos.

O CASAMENTO ACONTECEU EM MAIO DE 2015

DARKSIDEBOOKS.COM